# 古典詩歌研究彙刊

## 第二十輯

龔鵬程　主編

## 第 7 冊

概念譬喻理論在詞作上的運用：
以蘇軾和柳永詞為例（上）

林增文　著

國家圖書館出版品預行編目資料

概念譬喻理論在詞作上的運用：以蘇軾和柳永詞為例（上）／
林增文 著 — 初版 — 新北市：花木蘭文化出版社，2016〔民
105〕
目 20+310 面；17×24 公分
（古典詩歌研究彙刊 第二十輯；第 7 冊）
ISBN 978-986-404-828-1（精裝）
1.（宋）蘇軾 2.（宋）柳永 3. 宋詞 4. 詞論
820.91                                             105015102

ISBN-978-986-404-828-1

9 789864 048281

古典詩歌研究彙刊
第二十輯　第七冊                    ISBN：978-986-404-828-1

概念譬喻理論在詞作上的運用：
以蘇軾和柳永詞為例（上）

作　　者　林增文
主　　編　龔鵬程
總 編 輯　杜潔祥
副總編輯　楊嘉樂
編　　輯　許郁翎、王筑　美術編輯　陳逸婷
出　　版　花木蘭文化出版社
社　　長　高小娟
聯絡地址　235 新北市中和區中安街七二號十三樓
　　　　　電話：02-2923-1455／傳眞：02-2923-1452
網　　址　http://www.huamulan.tw 信箱 hml810518@gmail.com
印　　刷　普羅文化出版廣告事業
初　　版　2016 年 9 月
全書字數　331791 字
定　　價　第二十輯共 18 冊（精裝）新台幣 28,800 元

# 概念譬喻理論在詞作上的運用：
## 以蘇軾和柳永詞為例（上）

林增文 著

## 作者簡介

林增文，福建省林森縣人，出生於台中市豐原區。東海大學文學博士，曾任高中教師、多家本國與外商公司人事主管，現任東海大學中文系兼任助理教授。著有《從當代譬喻理論解讀李清照》、《詩經章法與寫作藝術》等專書及〈紅塵客夢——由總體性隱喻閱讀解析蘇軾詞中的黃州夢〉、〈概念譬喻理論的詩歌詮釋——以蘇軾〈定風波〉詞爲例〉、〈分化中的統——《詩經‧巧言》的總體性隱喻閱讀〉等多篇學術論文。

## 提　　要

本論文運用 Lakoff-Johnson（1980）「概念譬喻理論」來探求文本中之概念譬喻，並在此基礎上加以延伸發展，探索蘇軾與柳永的詞作蘊涵及其特色。以認知語言學爲基礎，參考 Lakoff-Turner（1989）所建構的解析整首西洋詩歌的「概念譬喻理論文學分析法則」，並針對漢語詩歌的特色修正解析框架。期能深入文本與作家的心智世界，探求宋詞背後所隱藏的譬喻思維。

在作者、文本與讀者三方面孰輕孰重的爭論中，雷可夫（George Lakoff）和詹森（Mark Johnson）所提出的概念譬喻理論，爲作者、文本與讀者三方面孰輕孰重的爭論，啓發一條兼籌並顧的解決良方。他們論證我們日常生活的概念系統其本質是譬喻性的，也就是說我們是經由系統性的譬喻思維來認知整個世界的。立基於此一理論基礎來閱讀文學文本，以文本中所使用的語言文字作爲線索，透過這些語言符碼索隱其背後的譬喻概念系統，既呼應艾柯重視「文本的意圖」之看法，進而貼近作者創作的「原意」，也不致違背葉嘉瑩並重作者之論，更能在有詮釋依憑下保有接受者的再創作用與詮釋自由，應該是多方兼顧下的一條可行路徑。

本論文即藉由認知角度解析蘇軾與柳永的詞作，一方面探討他們譬喻思維的蘊涵以掌握其譬喻特色；另一方面從兩位詞人的語言譬喻風格及特色來探求北宋詞中豪放、婉約兩大派別的語言表達與譬喻思維的異同；更在譬喻思維的導引下，促進對宋代文人及社會文化的進一步了解。

在本論文對創作的詩隱喻探討中，我們了解詞人藉創意延伸、創意表述、創意質疑以及創意拼合等四種方法，可以將深藏在日常生活概念中的常規譬喻，脫胎換骨幻化爲神奇的詩隱喻。雖然不是每位作者都必然會運用這四種方法來創造詩隱喻，而且也並非只有這四種方法才能將常規譬喻幻化爲詩隱喻，但 Lakoff-Turner 所歸納出的這四種方法仍然具有重要的價值，因爲這是探討詩隱喻基礎的一步，也是很重要的一步。畢竟不管詩人幻化的方式爲何，譬喻的結構和映射運作機制總是促成詩隱喻誕生的原動力。

在本論文的作品實踐中，藉由 Lakoff & Turner 1989 提出的「總體性隱喻閱讀」原則，我們得以掌握許多詞作多元的背後，不論各種各類的詞，那些原來我們認爲不同類型，不同時期與背景的作品，原來都可以映射到同一個更大範圍的目標域。透過「總體性隱喻閱讀」原則，使得我們可以更進一步貼近詞人的創作本意，也得以較全面地來了解作品。

# 目

# 次

## 圖目錄

# 第一章 緒 論

　　本論文運用概念譬喻理論來分析古典詞作，並以蘇軾與柳永兩大詞家的作品作爲具體實踐的範例。嘗試沿著認知詩學（Cognitive Poetics）的路子，探索蘇軾與柳永的詞作蘊涵及其特色。方法上主要是以認知語言學爲基礎，參考 Lakoff-Turner（1989）用來分析整首西洋詩歌的「概念譬喻理論文學分析法則」，並針對漢語詩歌的特色修正解析框架，意圖藉由此方法論取徑，而能深入文本與作家的心智世界，探求宋詞背後所隱藏的譬喻思維。

　　義大利著名學者昂貝多・艾柯（Umberto Eco，1932～）〔註1〕在闡述詮釋的重要性時，曾經引述約翰・維爾金斯（John Wilkins，1614～1672）於其所著的《莫丘利〔註2〕；或，隱密敏捷的信使》（1641）書中講述的一個很有趣的故事：

> 我下面所要講的這個故事是關於一位印弟安僕人的；這位
> 僕人受到主人的吩咐去送一籃無花果和一封信，但在半路
> 上卻將籃子裡的東西吃掉了一大半，將剩下的送到了該送
> 到的那個人的手中；這個人讀了信，發現無花果的數目與

---

〔註1〕 義大利著名學者，當代小說家與文學理論家，主張讀者在文學作品的詮釋上，雖然享有一定的聯想自由，但這種聯想也不應當漫無限制，而是應該根據「本文的意圖」，詳見本文第二章的論述。

〔註2〕 莫丘利（Mercury）：羅馬神話中的神使。

信上所説的不符，於是就責問僕人爲何將果子偷吃了，並且告訴了他信上是怎麼説的。然而這位印地安僕人卻矢口否認有這事（儘管證據確鑿），並且不斷詛咒那張「紙」，認爲這張紙是在説謊。

之後不久，這位僕人又被支使送同樣的東西到同一個地方—— 同樣的一籃果子以及説出了果子確切數目的信。他又故技重演，在路上吃掉了大部分果子；但這一次，爲了防止受到上次同樣的指責，他在吃果子之前首先將那封信拿出來藏到了一塊大石頭下面。他相信，如果這封信沒有看到他吃果子的話，它就不可能出賣他。然而這一次他又失算了，他受到了比上一次更加嚴厲的指責；他不得不老實坦白自己的錯誤，對紙所具有的「神性」讚嘆不已。從此以後，他在執行主人的命令時，再也不敢耍任何滑頭了。

〔註3〕

這個故事有趣的地方在於艾柯所提出來的問題：我們憑什麼斷定印地安僕人説謊？我們能不能相信那封信上所寫的內容？大多數人應該都會持肯定的答案。因爲他們相信「信中提到的籃子一定就是僕人帶去的那個籃子，帶給他籃子的僕人也一定就是他朋友交籃子的僕人，並且信中所寫的『三十』與籃子中無花果的數目之間一定存在著對應關係。」〔註4〕換作是撰者也會做如是想。但是艾柯有一個非常有趣的假設：

我們可以進行這樣的想像：送籃子的那個僕人在路上被人殺了，另一個人代替了他，原來的那三十個果子也被人給換掉了，籃子被送給了另一個人，而這個人根本上就不知道有什麼朋友急於送他什麼果子。經過這樣一番想像之後，我們還能相信信上所説的東西嗎？儘管如此，我們還

〔註3〕 John Wilkins, Mercury： Or, the Secret and Swift Messenger, 3rd ed.（London, Nicholson, 1707），pp.3～4.
〔註4〕 見艾柯（Umberto Eco）等著、柯里尼（Stefan Collini）編、王宇根譯，《詮釋與過度詮釋》，（香港：牛津大學出版社，1995 年），頁41。

是可以設想新的收信人將會作出如下的反應：「有人——啊，天知道是誰！——給我送來一定數量的無花果，果子的數目比信上說的數目要少。」現在，讓我們來做進一步的假設：不僅送信人被殺，而且殺他的人將果子全給吃了，將籃子踩爛了，將信塞進一個瓶子裡並將它投進了海中；七十年後瓶子被羅賓遜‧克魯蘇（Robinson Crusoe）〔註5〕發現了。沒有籃子，沒有僕人，沒有無花果，只有一封信。儘管如此，我敢打賭，羅賓遜的第一個反應　是問：「果子呢？」〔註6〕

艾柯這個有趣的假設帶給我們什麼樣的啓發呢？去掉籃子、僕人和無花果等實體物證，一封信能夠告訴我們什麼訊息呢？艾柯認爲如果一個語言學、詮釋學或者符號學的研究者發現了這封信，可能會做出一些假說，例如：

一、無花果（fig）這個詞——至少是在今天——可以在象徵的意義上使用（比如說，to be in good fig, to be in full fig; to be in poor fig〔註7〕），因此這一信息可以有多種解釋。但即使在這種情況下，收信人也得依賴「無花果」這個詞某些約定俗成的傳統解釋，比如他就不能將其理解爲「蘋果」或是「貓」。

二、瓶子中的信是一種隱喻，其作者是一位詩人：收信人在其中讀出了某些隱含著的、建立在個人化的詩歌編碼基礎上的、專門適合於這個本文的意義。在這個例子中，收信人可以作出許許多多互相矛盾的假設，但我堅信，一定存在著某種按照簡潔「經濟」的原則確立起來的標準，據此標準，某些假設會顯得比其他假設更爲有趣。爲了使其

〔註5〕撰者按：羅賓遜‧克魯蘇（Robinson Crusoe）爲丹尼爾‧笛福（Daniel Defoe）所著中譯《魯濱遜漂流記》小說中之主角。

〔註6〕見艾柯（Umberto Eco）等著、柯里尼（Stefan Collini）編、王宇根譯，《詮釋與過度詮釋》，頁42。

〔註7〕前二者意思是「穿戴整齊」，「身著盛裝」，「精神抖擻」的意思；後者的意思正相反。

假設得到證明，收信人可能會對發信者以及信得以產生的
可能的歷史語境事先做出一些假設。這與研究發信者的「意
圖」無關，但它的確與研究信產生的文化語境有關。〔註8〕

艾柯舉這些例子的原意是要說明文本在文學詮釋中的重要性（詳見第
二章）。我們先在這裡借來作爲一個引子，因爲這個故事同時可提供
我們一些思考的方向：同一個文本，爲什麼會有這麼多不同的詮釋？
這些詮釋會涉及哪些因素？這些詮釋是否可以是揭示作者原意的合
理解釋？我們應如何面對各種情形？這些都是我們最常質疑的問
題。實際上，同一文本，所理解和所感受到的因文化、因人而異，如
何在諸多限制與差異之下，尋得深入文本與作家心智世界的較佳方
法，此即本論文探討與研究之目標。

## 第一節　研究緣起

　　一首詩或一闋詞到底如何能將作者幽微深隱的心境傳達給讀者
大眾知道？因爲「詩無達詁」，各種文學詮釋，特別是對於詩性語言
的詮釋，可以是人言言殊，同時也很難有絕對的標準可供依循。但爲
何有些人（有時是多數人）對同一首詩或詞的感受卻是大同小異，解
讀上有相合之處？是不是詩詞中釋放出甚麼訊息給我們？換句話
說，從詩詞作品中，尤其是富含比、興的作品，我們如何探求作者內
心相對幽隱的感情，並由此產生相當一致的判讀？這是頗令人好奇
的，也是撰者時常思索的問題。

　　隨著認知語言學的發展，它與文學之間的關係愈形密切，它們之
間的共同要素──語言，正扮演著更關鍵的角色。透過文本，揭開文
學作品的神秘面紗，一窺創作者的思維底蘊，當是讀者追求的一個目
標。本論文以語言文字做爲橋樑，試圖藉由認知語言學 Lakoff-Johnson
（1980）「概念譬喻理論」與 Lakoff-Turner（1989）「概念譬喻理論

〔註8〕　見艾柯（Umberto Eco）等著、柯里尼（Stefan Collini）編、王宇根
　　　　　譯，《詮釋與過度詮釋》，頁42。

文學分析法則」透過詩詞文本中的詞彙索隱，希望能由文本中蘊含之概念譬喻及其譬喻攝取角度來逐步解開作者寓藏在古典詞作中的幽微情感之謎。

## 一、研究背景

「概念譬喻理論」（conceptual metaphor theory，簡稱 CMT），係 1980 年由美國語言學大師 George Lakoff（喬治・雷可夫）（1941～）和哲學大師 Mark Johnson（馬克・詹森）（1949～）所共同創立。他們當年發表的《我們賴以生存的譬喻》（*Metaphors We Live By*），不僅開創了譬喻研究的新局面，也開創了認知研究的新局面。此一研究方向也啓發撰者藉由文學作品的語言表述來探索其背後所隱藏的譬喻思維的想法。林增文（2006，2008）《李清照詩詞中的譬喻運作：認知角度的探討》即以 Lakoff-Johnson「概念譬喻理論」之「二域映射」模式，探討宋代女詞人李清照詩詞作品中的譬喻特色與思維蘊涵。

其後 George Lakoff 與 Mark Turner（馬克・藤納）（1954～）在《超越冷靜理性：詩歌隱喻實用指南》（*More Than Cool Reason：A Field Guide to Poetic Metaphor*）（1989）中運用「概念譬喻理論」分析整首西洋詩歌並提出「概念譬喻理論文學分析法則」，這是「概念譬喻理論」用於詩歌解析的實踐。撰者 2010〈概念譬喻理論的詩歌詮釋——以《詩經・摽有梅》爲例〉與〈概念譬喻理論的詩歌詮釋——以蘇軾〈定風波〉詞爲例〉兩篇論文，即藉由 Lakoff-Turner（1989）所建構的「概念譬喻理論文學分析法則」，分別解析單首漢語古典詩詞作品。撰者 2011〈分化中的統一——《詩經・巧言》的總體性隱喻閱讀〉，則以 Lakoff-Turner（1989）「總體性隱喻閱讀」原則，析論單一漢語詩作之內不同譬喻的整合；撰者 2011〈紅塵客夢——由總體性隱喻閱讀解析蘇軾詞中的黃州夢〉，以此「總體性隱喻閱讀」原則，析論蘇軾貶至黃州時期，多首詞作間不同譬喻之整合。這些漢語詩歌的實踐證明，「概念譬喻理論」及其「概念譬喻理論文學分析法則」，不僅可運用於西洋

詩歌分析，同樣適用於漢語詩歌的解析。實踐後也發現「總體性隱喻閱讀」原則，不限於單一文本之譬喻閱讀與整合，更適用於不同文本間之跨文本閱讀與譬喻整合。撰者 2012〈常規與變異——論蘇軾〈西江月〉詞的詩隱喻〉，則運用 Lakoff-Turner（1989）「概念譬喻理論文學分析法則」，成功探索蘇軾〈西江月〉詞中的詩隱喻，析論詩人藉創意延伸、創意表述、創意質疑以及創意拼合等方法，將日常生活中那毫不引起注意，深藏在概念中的常規譬喻，脫胎換骨幻化為詩隱喻的神奇魔力。

在運用 Lakoff-Johnson（1980）以及 Lakoff-Turner（1989）成功析論單首漢語詩歌與跨文本的多首詩歌後，本論文延續撰者（2006，2008，2010，2011，2012）之研究成果，繼續運用 Lakoff-Johnson（1980）「概念譬喻理論」來探求文本中之概念譬喻，並在此基礎上加以延伸發展，沿著認知詩學（Cognitive Poetics）的路子，探索蘇軾與柳永的詞作蘊涵及其特色。以認知語言學為基礎，參考 Lakoff-Turner（1989）所建構的解析整首西洋詩歌的「概念譬喻理論文學分析法則」與「總體性隱喻閱讀」原則，並針對漢語詩歌的特色修正解析框架。藉由此方法論取徑，深入文本與作家的心智世界，探求宋詞背後所隱藏的譬喻思維與文化蘊涵。

## 二、研究目的

撰者由（2006，2008，2010，2011，2012）的研究過程得到許多難得的經驗，除上述研究成果外並有新的啓示激發，發現許多值得繼續深入探討的論題，諸如：

（一）作家如何選取譬喻表述情懷？其中的運思過程如何？

（二）不同作家是否有獨特的譬喻攝取角度？是否與其環境、遭遇或個性有關？或者不同作家也具有相同的譬喻思維？是否受到相似的身體經驗與文化的影響？

（三）文學作品的成就與特色是否受到作家譬喻思維的影響？作

品的良窳是否也可從其作品中的譬喻運作判知？

（四）認知譬喻理論可否運用於文學詮釋？其範圍與限制何在？

本論文希望在撰者（2006，2008，2010，2011，2012）原有的研究基礎上，作進一步延伸並擴大範圍，探討北宋詞的認知譬喻運作。希望對於上述論題有所釐清及闡發。

至於何以選擇蘇軾與柳永詞作為研究例證，主要原因是：

（一）相對於言志的詩來說，詞作更容易顯露作家的真性情：「昔人有云：『觀人於揖讓，不若觀人於遊戲。』正因為揖讓之際尚不免有心為之，而『遊戲』之際，才更可以見到一個人真情的流露。」〔註 9〕因此，在詞這種文體剛興起未久的北宋，一代名臣大儒不乏以遊戲筆墨寫做小詞者，「其心靈性格最深微的一面，便自然流露於其中」〔註 10〕。

（二）「人之稟賦中，原該有一類屬於特別敏感多情的心性，而詞之為體，則恰好具有一種要眇宜修的特質」〔註 11〕。在此因緣際合下，有些心性稟賦在某一點上與詞之特質相接近的人物，身處詞之傳唱正當盛行的北宋，遂不免受到這種韻文體式的吸引，留下了一些美好動人的作品。

（三）蘇軾、柳永兩位作家，一般認為是宋詞的重要作家，在詞的發展流變上有著重要影響，研究比較他們二人譬喻背後的思維奧秘，對於北宋的語言以及文化方面來說，將有重大意義。

故而撰者寄望在以認知角度解析其作品的同時，一方面探討他們譬喻思維的蘊涵以掌握其譬喻特色；另一方面從兩位詞人的譬喻風格特色與譬喻攝取角度來探求其在語言表達與譬喻思維的異同；更希望在譬喻思維的導引下，對宋代文人及社會文化有進一步了解。

---

〔註 9〕　見葉嘉瑩：《唐宋詞名家論集》，〈論歐陽修詞〉（台北：桂冠圖書股份有限公司，2003 年 10 月），頁 91。

〔註 10〕　見葉嘉瑩：《唐宋詞名家論集》，〈論歐陽修詞〉，頁 92。

〔註 11〕　見葉嘉瑩：《唐宋詞名家論集》，〈論歐陽修詞〉，頁 86～87。

## 第二節　文獻回顧與評述

　　自 Lakoff-Johnson（1980）概念譬喻理論（CMT）創立以來，對於概念譬喻理論本身的探討，以及此理論在相關方面的實踐等研究可說是推陳出新、與時俱進，而在研究的質與量上也都有豐碩的成果。由於相關研究者與文獻的成果豐碩，本論文就「概念譬喻理論在詞作的運用」之題旨，將文獻回顧聚焦於台灣境內與論題相關的研究上（註12），除闡明當前的研究概況外，並彰顯本論文與其他碩博士論文在研究內容與方法上的不同。

　　**「概念譬喻理論」理論本身之研究**，《隱喻認知的背景理論》（張國樑 1996，輔仁大學哲學研究所碩士論文）是從認知背景理論的觀點來探討 Mark Johnson 的「經驗實在論」。「經驗實在論」旨在說明人類是從身體與環境互動的實際經驗中，獲得將「力」抽象爲認識外界的動態性完形結構（格式塔結構）。因此該論文的探析有助於了解「動覺意象基模」（kinesthetic image scheme）等人類認知模式。另外，《隱喻的哲學內涵》（楊晨輝 2002，中正大學哲學研究所碩士論文）這篇論文則是以 Max Black、H. P. Grice、John R. Searl、Lakoff-Johnson 等二域模式的「隱喻定義」、「理論架構」、「理解隱喻的機制」與理論的「優缺點」等來與「傳統隱喻觀點」作比較。這使得我們更能了解「概念譬喻理論」與傳統觀點的不同與其價值。至於《慣用語外──詩之隱喻》（宋雅惠 2002，台灣大學外國語言學系研究所碩士論文）則是提出擴大（Amplification）、簡化（Reduction）與融合（Integration）等更明確的指標來比較「詩隱喻」與一般隱喻的差異，並嘗試修正 Lakoff-Turner 的理論。因爲這篇論文與概念譬喻理論在文學分析上的運用有關，正好可作爲對詞作分析上的參考。

---

〔註12〕　周師世箴 2006 譯注《我們賴以生存的譬喻》〈中譯導讀〉中對美、
　　　　　日暨海峽兩岸等地，關於「概念譬喻理論原典」、「譬喻理論的實踐
　　　　　與拓展」等相關的研究資料有完整詳盡的蒐集與介紹，敬請參閱。
　　　　　（Lakoff & Johnson 著，周世箴 2006：（114～162））。

　　**「概念譬喻理論」在各種範疇之實踐與運用**，有了長足的進展，曹逢甫 1996 國科會計畫：《中英文身體部位器官之譬喻現象的比較研究》，可說是將此嶄新的西方語言學理論引進國內的開拓者之一；其後曹逢甫教授帶領其研究團隊在此研究成果基礎上加以延伸，提出多篇論文及專書，以漢英不同語言與文化的詞彙對比，深入淺出地析論概念譬喻理論，為日後譬喻研究的蓬勃發展奠定了堅實的基礎。如：

　　曹逢甫、卓江 1998，《中英文身體部位之譬喻的比較研究》，國科會研究報告。

　　曹逢甫、劉秀瑩 1998，〈談心以及心的比喻詞：漢英詞彙比較研究之一〉，新加坡：《南大語言文化學報》第 3 期。

　　曹逢甫、蔡中立、劉秀瑩 2001，《身體、譬喻與認知——中文身體部位及其譬喻引申詞的研究》，台北：文鶴出版有限公司。

　　曹逢甫、劉秀瑩 2003，〈解除禁忌：身體部位禁忌的另類說法——漢英詞匯比較研究之二〉，《現代中國語研究》5：111～130。

　　曹逢甫 2007，〈從心理空間理論看極短篇、絕句與短詞共有的一條文則〉（《輔仁外語學報》，頁 79～111）。

　　周世箴教授亦有系列相關的研究論文：如

　　2008，《譬喻運作的圖示解析於中文成語教學之應用》，《華語文教學研究》5.1（2008 年 6 月）（楊孟蓉合著）。

　　2009，〈認知取向的成語研究〉，《語言、文字與教學的多元對話》：177～210，東海大學中文系。

　　2011a，〈視覺類成語之心智隱喻〉，《語言、文字與文學詮釋的多元對話》：23～54，台中：東海大學中文系。

　　2011b，〈由科學分類與語用認知的落差探索詞彙認知的特性及文化蘊涵——以毛髮類成語為例〉，《日本中國語學會第 61 回全國大會論文集》：275～279 日本中國語學會。

　　2011c，〈由成語中人體器官詞的搭配窺視語言使用者對感官互

動的認知〉《第十屆世界華語文教學研討會論文集》（電子檔）。

其次，張榮興教授近年所發表的關於 BT 理論的一系列論文對本研究也頗有啓示作用，如：

張榮興、黃惠華 2004，〈心理空間理論與「梁祝十八相送」之隱喻研究〉9th International Symposium on Chinese Language（Is CLL-9）（November 19～21）。

張榮興、黃惠華 2006，〈從心理空間理論看「最短篇」小說中之隱喻〉（《華語文教學研究》3.1：117～133）。

張榮興、吳佩晏 2010，〈心理空間理論與《論語》中的隱喻分析〉（《華語文教學研究》7.1：97～124）。

張榮興（Jung-hsing Chang）2012，〈從心理空間理論解讀古代「多重來源單一目標投射」篇章中的隱喻〉，（《華語文教學研究》9.1：1～22）。

張榮興（Jung-hsing Chang）2012，〈心理空間理論與《莊子》「用」的隱喻〉，（《語言暨語言學》，13.5：999～1027）。

林建宏；張榮興 2014，〈從意象基模來解析《小王子》篇章的上層結構〉，（《清華學報》，新 44 卷第 2 期（2014.6）：283～315）。

這些研究是以實際文學分析的模式爲讀者展示了從心理空間理論解讀文學作品（包括古代經典）的可能與方法。因爲概念譬喻理論所探究者爲譬喻來源域與目標域之對應關係，有如早期心理學探索人類動機與行爲的關係，在心理空間理論提出後，一如解釋由動機產生行爲的中介歷程，爲譬喻從來源域到目標域的映射關係提供更完善的解釋與說明。

其他與認知隱喻相關但與古典文學較無干涉的碩博士論文與本論文題旨無關，茲不贅述。

在「**認知詩學**」之**文學分析實踐**方面，則有周世箴 2012 國科會計畫【感官再體驗，走入新「詩」界：認知詩學視野下的漢語敘事詩】（NSC101-2410-H-029 -038-）以及由周世箴教授所帶領的研究

團隊所發表的論文：

周師世箴

2011，〈認知詩學：理論的建構、延伸與實例探討〉，超越辭格之修辭新視野研討會，台灣台南：成功大學（2011.11/3）。

2012〈認知詩學的理論與實踐初探〉《語言傳播與詩學評點》——「修辭格之多元詮釋與教學」學術研討會論文集二）：1～36，臺北：新文豐出版股份有限公司。

2014，〈葉嘉瑩先生詩歌韻律理論管窺：認知詩學角度初探〉《文學與文化》（2014）2：26～34（南開大學中文核心期刊）。

周世箴　吳賢妃　2014〈白居易〈上陽白髮人〉：認知詩學角度的綜合思考〉第十屆通俗文學與雅正文學——「語言與文字」國際學術研討會，台中，國立中興大學（2014.10.24～25）。

顏靜馨、吳賢妃、周世箴 2013，〈認知詩學視野下的漢語古典詩歌敘事學芻議〉，第四屆敘事學國際會議暨第六屆全國敘事學研討會，中國廣州：南方醫科大學（2013.11/6～9）。

吳賢妃 2014，〈杜甫〈新安吏〉的認知詩學解析〉，慶祝葉嘉瑩教授九十華誕暨中華詩教國際學術研討會，中國天津：南開大學，2014.5/10～12。

吳賢妃、周世箴、顏靜馨，2013，〈空間的移轉與敘事的推動－〈長恨歌〉的認知敘事分析〉，第四屆敘事學國際會議暨第六屆全國敘事學研討會，中國廣州：南方醫科大學（2013.11／6～9）

吳賢妃 2014，〈認知語言學於文學研究之運用——以〈長恨歌〉與〈連昌宮詞〉為例〉，

《紀念周法高先生百年冥誕國際學術研究生研討會會議論文集》（2014.11.21，東海大學中文系）。

在**「概念譬喻理論」**之文學分析實踐上，最早進行此項文學實踐的是劉靜怡 1999：《隱喻理論中的文學閱讀——以張愛玲上海時期小說為例》（東海大學中國文學研究所碩士論文）；周世箴教

授亦有一系列相關的國科會計畫，如：

2000～2001，《漢語譬喻性語言之運用類型研究（先秦）》（NSC89-2411-H-029-020），東海大學中研所。

2003～2004，《詩經語篇中的隱喻模式之運作》（NSC 92-411--029-007），東海大學中研所。

2004～2006，《成語中的譬喻運作：初始建構、語義延伸及其文化義涵》（三年期）（NSC93-2411-H-029-013），東海大學中研所。

2009，【感官類成語、閩俗諺語認知語用研究】（NSC 98-2410--029-041）。

2011，【感官的心靈世界：視覺熟語的認知研究】（專書寫作計畫）（NSC 100-2410-H-029-042-）。

在「概念譬喻理論」的文學分析實踐上周世箴教授並有多本專書與論文發表，如：

2003，《語言學與詩歌詮釋》，台中：晨星出版社。

2007，〈由一首詩的隱喻結構探索思維運作與文化氛圍的映照〉，東西方研究國際學術研討會（2007,10.5～7, 香港：香港大學）。

2011e，〈認知詩學：理論的建構、延伸與實例探討〉，超越辭格之修辭新視野研討會，台南：成功大學（2011.11/3）。

另外，曹逢甫 2004，《從語言學看文學：唐宋近體詩三論》（語言及語言學甲種專刊之七，台北：中研院語言所），對撰者以語言學理論探究宋詞多有啓迪。而且，曹逢甫 1988，〈從主題──評論的觀點來看唐宋詩的句法與賞析〉（《中外文學》17,1：4～26）也啓發撰者以主題內容索求詩詞中主要概念譬喻的研究方法。

其他的單篇論文，如：

江碧珠 2001：〈析論《詩經》蔓草類植物之隱喻與轉喻模式〉（《東海學報》第 42 卷，P1～22）。

唐毓麗 2003：〈從殺夫小說〈女陪審團〉與〈殺夫〉探勘手刃親夫的隱喻世界〉（《東海中文學報》第 15 期）。

陳瑷婷 2004:〈譬喻揭秘 ——《馬蘭故事》的植物與土地想像〉（《興大人文學報》第 34 期，P439～472）。

吳賢妃（2013），〈語義場互動及概念譬喻理論的運用 —— 以李白〈白頭吟〉為例〉，第八屆「有鳳初鳴 —— 漢學多元化領域之探索」學術研討會，台北：東吳大學。

吳賢妃 2014，〈認知語言學於文學研究之運用 —— 以〈長恨歌〉與〈連昌宮詞〉為例〉，《紀念周法高先生百年冥誕國際學術研究生研討會會議論文集》（2014.11.21，東海大學中文系）。

由上述論文可知「概念譬喻理論」的文學分析實踐上，多年來已有蓬勃與多元發展，而由此基礎發展而來的認知詩學理論的建構、延伸以及對於漢語詩歌的實例探討方面亦開始萌芽。以下為「概念譬喻理論」的文學分析實踐上之碩博士論文概要介紹：

**1、「概念譬喻理論」在經書、子書中之運用**：如張淑惠 2004，《《詩經》動植物意象的隱喻認知詮釋》（東海大學中國文學研究所碩士論文）一文，是以「認知語意網絡」來探析《詩經》中的動植物意象，再歸納其中的隱喻概念。作者提出的認知語意網絡有「品種屬性」、「外形特徵」、「生長週期」與「經濟價值」等；而歸納在「人是植物」的譬喻概念則有：「柔弱依附」、「相聚相親」與「多子多孫」等。其他類似的尚有以《論語》作為文本的吳佩晏 2008，《《論語》中的隱喻分析》（中正大學語言所碩士論文）。以《莊子》寓言為文本來探求其敘事隱喻的則有林安德 2007，《莊子寓言及其譬喻概念》（台東大學兒童文學研究所碩士論文）與廖彩秀 2011，《原型與顛覆 —— 莊子寓言敘事的隱喻認知研究》（東海大學中國文學研究所碩士論文）。從認知角度析論《易經》卦象的有林芳璋 2011，《《周易》卦象之認知思維探析》（東海大學中國文學研究所碩士論文）。

**2、「概念譬喻理論」在古典小說、戲曲與詩歌之運用**：如以《紅樓夢》為研究對象的論文有林碧慧 2001，《大觀園隱喻世界 —— 從方所認知角度探索小說的環境映射》（東海大學中國文學研究

所碩士論文），是由方所——方位和處所的認知角度來探索大觀園的
隱喻世界。作者由大觀園場所裡形形色色的人物出發，以認知隱喻的
觀點討論小說中「形塑人物形象」與「推衍情節發展」的功能。再如
江碧珠 2005，《「元雜劇」語言之隱喻性思維》（東海大學中國文學研
究所博士論文），是以 Lakoff-Johnson 的二域模式、Lakoff 的範疇理
論與 Fauconnier-Turner 的概念融合理論等，從「雜劇結構元素：基
本範疇及其隱喻運作模式」、「末本雜劇：人物範疇、敘事模式與譬喻
運作」與「旦本雜劇：人物範疇、敘事模式與譬喻運作」等三方面論
述來分別考察元雜劇語言之隱喻性思維。嘗試由表層的語言符號深入
到文化的深層意涵。李文宏 2011，《概念隱喻理論與詩文分析之運用
——以李白〈古風〉五十九首為例》（東海大學中國文學研究所碩士
論文）則藉概念隱喻理論析論李白〈古風〉五十九首，作為唐詩分析
之實踐與運用。

　　<u>3、「概念譬喻理論」在現代小說之運用</u>：如陳璦婷 2007，
《概念隱喻理論在小說的運用——以陳映真、宋澤萊、黃凡的政治
小說為中心》（東海大學中國文學研究所博士論文）一文，作者即「借
助概念隱喻理論及其文學分析法則探索台灣當代政治小說的涵義，期
待在此一理論引領下能深入文本與作家的心智世界，並以此測度這個
曾在西洋詩歌實踐過理論的『能耐』，也探求西方文學理論以外的研
究蹊徑。」〔註 13〕

　　藉「概念譬喻理論」運用於文學分析實踐上之碩博士論文近年來
亦有長足之發展，但除撰者 2006，《李清照詩詞中的譬喻運作：認知
角度的探討》（東海大學中國文學研究所碩士論文）以李清照詩詞作
品作為語料文本，歸納出作品中的概念譬喻並析論其譬喻運作模式與
蘊涵外，其他尚未有以「詞」作為研究對象的碩博士論文，因此本論

---

〔註 13〕　見陳璦婷 2007，《概念隱喻理論在小說的運用——以陳映真、宋澤
　　　　　萊、黃凡的政治小說為中心》（東海大學中國文學研究所博士論文），
　　　　　第一章緒論，頁 1。

文運用「概念譬喻理論」解析詞作，在研究內容與方法上皆有其價值。

　　總之，綜觀本節所檢視的論文，其研究認知理論與「概念譬喻理論」者，對於理論的提示與闡述，有助於撰者釐清疑點、掌握理論重點與方向；其文學實踐的部份，則提供撰者對作品分析方法的觀摹與省思。而江碧珠（2005）與陳瓔婷（2007）兩篇博士論文，除共同強調譬喻是人類思維的方式外，亦提出「概念譬喻理論」在閱讀、分析與詮釋文本的功能，這對往後的研究者提供了不少助益。只是撰者以為「概念譬喻理論」的文學詮釋應有其範疇與限制，陳瓔婷（2007）雖曾提起詮釋的限制，但所論較簡要，仍有更深入、全面探討的必要與空間。再者，該二篇博士論文，一篇以元雜劇為文本、另一篇則以當代政治小說為中心，與撰者以宋詞為對象不同；加上撰者除「概念譬喻理論」、「概念融合理論」外，還參酌「詩隱喻」理論的析論方法，並輔以葉嘉瑩《詞學新詮》中貫通中西方理論，所提出之論詞創見，以及所論詞之感發作用等詞論觀點，期與傳統文學詮釋方法接軌，以防析論失真與偏頗。

　　至於**對蘇軾與柳永詞研究之相關期刊論文**有：林宛瑜 2006，〈論柳永詞中「秋士易感」之原型〉（《語文學報》）；宋德樵 2007，〈蘇軾詞化用《莊子》文典淺探〉（《有鳳初鳴年刊》3 期，頁 59～77）；黃文芳 2008，〈蘇軾「曲子中縛不住者」析論──以〈定風波〉詞調為例〉（《東方人文學誌》）；顏文郁 2008，〈論宋代詞壇對蘇軾之接受〉（《東方人文學誌》）；薛乃文 2008，〈從〈水龍吟〉探蘇、辛倚聲塡詞之異同〉（《東方人文學誌》）；馬美娟 2008，〈柳永「干謁詞」的特色與意義〉（《南臺科技大學學報》33 期，頁 59～70）；盧冠如 2009，〈宋士大夫觀點下的柳詞──兼論柳詞「高處不減唐人」意涵〉（《東華中國文學研究》第 7 期，頁 111～140）；張白虹 2010，〈柳永《樂章集》女性形象的修辭藝術〉（《人文與社會學報》）；卓惠婷 2010，〈時空下的審美觀照──柳永詞的時空藝術探論〉（《國立臺灣科技大學》第 6 期，頁 133～155）等；顏智英 2009，〈寫實與浪漫──柳永、

蘇軾「詠潮詞」（〈望海潮〉〈南歌子〉）之比較探析〉（《中國學術年刊》31 期，頁 145～169）。

　　至於以蘇軾和柳永詞作爲研究對象之國內碩博士論文：有陳怡蘭 2008，《柳永與蘇軾詞之比較研究》（逢甲大學中國文學所碩士論文），該文試圖透過蘇軾和柳永的詞作互相比較的過程以了解兩人的人格特徵、寫作內容、創作手法，希望可以清楚了解柳蘇各個階段的詞體變化，和蘇軾對柳詞的開拓和進展；亦即作者是從筆法、章法與詞境等方面來比較蘇柳的類似詞作；這篇論文與撰者博論欲由認知譬喻觀點進行比較的方法明顯不同；加上撰者並非以蘇柳兩人的異同作爲比較之目的，而是以其語言符碼之異同作爲譬喻思維之分析依據，進而探討時代文化背後之原型思維與基本概念，因此與陳文在目的上亦完全不同。至於張嘉惠 2010，《北宋詞閨閣書寫之研究 —— 以柳永、秦觀、李清照爲觀察對象》（高雄師範大學國文學系博士論文）一文係以閨閣書寫爲著眼點進行柳永、秦觀與李清照詞的比較，亦與撰者博論觀照範疇不同。

　　以蘇軾和柳永詞作爲研究對象之各種研究：其他研究者多從其個人遭遇、語言風格、詞論主張、與其他作家寫作手法的比較，或由女性主義等觀點進行析論，與撰者從認知角度觀察詞作的概念譬喻、析論作家的攝取角度，進而探求其社會文化要素有別，因此不作詳細論評。謹陳列這些論文篇目如下：

　　1、對柳永詞之研究：崔瑞郁 1774，《柳永與周邦彥》（臺灣大學中國文學研究所碩士論文）、張仁愛 1885，《柳永歌詞與高麗歌謠之比較研究》（臺灣師範大學中國文學研究所碩士論文）、張白虹 1996，《柳永樂章集意象析論》（高雄師範大學國文學系碩士論文）、連美惠 1998，《柳永詞情色書寫之研究》（淡江大學中國文學研究所碩士論文）、林燕姈 2002，《柳永詞對都會描寫的開拓》（南華大學文學研究所碩士論文）、施惠娟 2002，《柳永詞女性形象之研究》（中興大學中國文學研究所碩士論文）、姜昭影 2003，《柳永詞研究》（臺灣

大學中國文學研究所碩士論文)、林柏堅 2004,《柳永其人與其詞之研究》(中央大學中國文學研究所碩士論文)、曾琴雅 2004,《物阜民豐的圖卷——柳永《樂章集》太平氣象研究》(彰化師範大學國文學系碩士論文)、林佳欣 2005,《柳永詞評價及其相關詞學問題》(東華大學中國語文學系碩士論文)、曾子淳 2006,《柳永詞清代評論之研究》(中山大學中國文學研究所碩士論文)、王俐菁 2007,《柳永慢詞研究》(彰化師範大學國文學系碩士論文)、謝曉芳 2008,《柳永羈旅行役詞研究》(彰化師範大學國文學系碩士論文)、張家懿 2009,《柳永俗詞意象探討》(臺灣師範大學國文學系在職進修碩士班碩士論文)、簡雅慧 2009,《柳永《樂章集》長調之音韻風格——以創調、僻調爲對象》(彰化師範大學國文學系碩士論文)、許玉婷 2010,《北宋詞壇的柳永現象研究》(東吳大學中國文學研究所碩士論文)等。

**2、對蘇軾詞之研究**：林慧雅 2001,《東坡杭州詞研究》(臺灣師範大學國文系在職進修碩士學位班碩士論文)、陳秀娟 2001,《東坡詞用典研究》(臺灣師範大學國文系在職進修碩士學位班碩士論文)、許雅娟 2001,《蘇門四學士詞比較研究》(彰化師範大學國文學系碩士論文)、林麗惠 2008,《蘇軾離別詞之研究》(東海大學中國文學研究所碩士論文)、李天祥 2009,《蘇軾的「寄寓」與「懷歸」——以時間、空間爲主軸的考察》(臺灣大學中國文學研究所博士論文)、黃筠雅 2010,《東坡清曠詞風初探——以月夜詞爲考察中心》(臺灣大學中國文學研究所碩士論文)、洪式穀 2010,《蘇軾詞文中「尚意」思想之研究》(華梵大學東方人文思想研究所碩士論文)、林均蓮 2010,《蘇軾感遇詞研究》(銘傳大學應用中國文學研究所碩士班碩士論文)等。

再回顧上列對蘇軾與柳永詞之論文,除近年加入之女性主義論題,顯示研究範圍擴大之外,對蘇、柳不同時空背景下作品之深入鑽研,也顯示對古典作品的詮釋技巧日益精進;而對不同詞家作品風格的探討與比較,更使得我們對作家與作品有更眞實的理解。只

是除了這種傳統直觀式的比較之外，本論文希望藉由作品中的概念譬喻、以及作家的攝取角度，所索隱出的客觀思維內涵，能對該時代的作品、作家甚至社會文化做全人、全方位的理解與觀照。因此，本論文之研究成果與價值實可預期。

## 第三節　研究方法與進行步驟

本論文以 Lakoff-Johnson（1980）概念譬喻理論（CMT）、Peter Stockwell（2002）認知詩學理論以及 Fauconnier & Turner（1984；1998）概念融合理論（BT）爲主要理論根據，並以 Lakoff-Turner（1989）「總體性隱喻閱讀」（a global metaphorical reading）作爲析論原則。詳細的理論運作、研究方法暨研究步驟分述如下。

### 一、理論運作

本論文主要以認知語言學理論與傳統詞學理論作爲運作依據。其中 Peter Stockwell（2002）認知詩學（詩隱喻）、Lakoff-Johnson（1980）概念譬喻理論（CMT）、Fauconnier & Turner（1984；1998）概念融合理論（BT）、Lakoff-Turner（1989）總體性隱喻閱讀（a global metaphorical reading）等認知語言學理論的介紹，以及它們在文學詮釋方面的運作實踐，除在本節研究方法與研究步驟中作扼要說明外，並將於本論文第二章中詳細探討。

至於傳統詞學理論在本論文中的運用，主要指王國維境界說與葉嘉瑩《詞學新詮》中貫通中西方學說的詞學觀點，尤其是其論詞之感發作用及參酌古今詞評家之說法。本論文藉此理論期能建立認知譬喻觀點下的評詞標準，其詳細運作將在本論文第二章第七節論證之。

### 二、研究方法

本論文之研究方法乃針對研究資料，以認知理論作文本分析，必要時並配合圖表說明。分析方式是以 Lakoff-Johnson（1980）概念譬

喻理論（CMT）、Peter Stockwell（2002）認知詩學的詩隱喻理論以及 Fauconnier & Turner（1984；1998）概念融合理論（BT）為主要理論根據，並以 Lakoff-Turner（1989）「總體性隱喻閱讀」（a global metaphorical reading）作為析論原則。Lakoff-Turner（1989）提出「總體性隱喻閱讀」原則，並以之探討一首西洋詩歌〈茉莉月光──為一徒而作〉（The Jasmine Lightness of the moon-To a Solitary Disciple）之內不同譬喻的整合。兩人所謂的「總體性隱喻閱讀」就是將全詩視為一個來源域，其所映射的目標域具有較大範圍的觀照。

　　「總體性隱喻閱讀」的方法到底為何？從 Lakoff & Turner 1989 分析"The Jasmine Lightness of the moon-To a Solitary Disciple"〈茉莉月光──為一徒而作〉的方法來看，是先從標題索隱一個主要概念譬喻，以用來節制文本內其他概念譬喻的索隱，而被標題節制的這些概念譬喻以環環相扣的方式出現，其蘊涵也以相同的方式疊加串聯，但它們必須是從詞彙聯想或推論出來的；之後再將這些概念譬喻整合映射至目標域以闡釋文本的內涵，目標域的內涵便在這些概念譬喻串聯完成後顯露出來。對於詩歌的解析而言，此原則有其優點，但亦有其限制：

> 總體性隱喻閱讀具有某些適度開放性，也必須遵循某些限制。以目標域的選擇為例，可由詩的正文與標題明示或暗示，但讀者通常有廣闊的空間來選擇目標域。主要的限制是這些選擇必須「合理」（make sense），解讀經得起「評判」（justified）。並非任意選一個目標域來任意解讀而已。

- 限制之一，映射必須用常規概念隱喻，也就是說，這些隱喻屬於我們的概念系統，而不專屬某首詩的特定解讀。
- 另一限制是常識與常規隱喻的配合運用。
- 外加一條限制是像似性（iconicity）──必須形義相符。詩中的像似結構（iconic structure）必須與整體解讀前後連貫。

諸如此類的限制是我們評斷整體解讀的一個環節。〔註14〕

關於「總體性隱喻閱讀」的方法，陳瓈婷（2007）言之甚詳：

Lakoff-Turner 只以〈月之淡黃光輝〉〔註15〕的分析來呈現何謂「全局性隱喻閱讀」原則——把整首詩/整個文本視爲來源域，將之映射到具更寬廣關懷的目標域。如果只能憑藉這些分析來掌握方法，那方法又是什麼？一是，從標題索隱節制文本內其他概念隱喻的主軸，即主要概念譬喻。二是，藉由語彙再來索隱文本內的其他概念隱喻，值得注意的是，語彙的挑選仍受主要概念隱喻的節制。由於一、二兩種方法使然，形成了以主要概念隱喻爲基點的一連串概念隱喻聯想，文本內在結構的關聯也就建立在這種聯想之上。三是，從詩篇整體形式和句子結構來發現「語言表述形式與意義的像似」關係。〔註16〕

但是，「總體性隱喻閱讀」的方法是否適合於古典詩詞的分析呢？撰者認爲多數具有「標題」〔註17〕的文類，應可符合上述 Lakoff-Turner（1989）所論與陳瓈婷（2007）所歸納出的三個方法。古典詩歌除少數晦澀者外，多數詩題可用以索隱詩中之概念譬喻，自然可以適用。只是，「詞」這種文體，其詞牌與詞之內容並無絕對相關性，恐不能完全適用 Lakoff-Turner 所示範之分析法則。運用時須由文本中之語言符碼入手、從文本分析始，另需求索詞人之生平志意與詞之創作背景，再參考前人說解（此部分參酌王國維境界說以及葉嘉瑩《詞學新詮》中融會貫通中西方學說的詞學觀點，尤其是其論詞之感發作用），輔以詩隱喻理論方能索隱出詞中主要的概念譬喻。

---

〔註14〕 Lakoff & Turner（1989）CH3：（147），本文依據周師世箴譯〔未刊稿〕。

〔註15〕 此詩原文爲：The Jasmine Lightness of the moon-To a Solitary Disciple，周師世箴譯爲〈茉莉月光——爲一徒而作〉，陳瓈婷則譯爲〈月之淡黃光輝——致一個孤獨的信徒〉。

〔註16〕 見陳瓈婷，《概念隱喻理論在小說的運用——以陳映眞、宋澤萊、黃凡的政治小說爲中心》（東海大學中國文學研究所，博士論文，2007年），頁109～110。

〔註17〕 按：上引陳瓈婷文中所謂「標題」係指詩題而言。

## 三、進行步驟

本論文進行步驟為：先進行與蘇軾、柳永詞作相關的典籍、詞集與論文等資料蒐集後→次依《蘇軾詞編年校註》〔註18〕（鄒同慶、王宗堂著，北京：中華書局，2007 年 10 月）、《東坡詞編年箋證》（宋‧蘇軾撰；薛瑞生箋證，西安：三秦出版社，2006 年 1 月）與《樂章集校註》（宋‧柳永著；薛瑞生校註，北京：中華書局，2002 年 10 月）內容將每首詞分類→再按 Lakoff-Turner（1989）「總體性隱喻閱讀」原則，依據詞中出現之語言符碼（出現在詞題、小序與詞的內容）索隱出每首詞中的主要概念譬喻→以 Lakoff-Johnson（1980）概念譬喻理論探求每首詞主要概念譬喻下的其他概念譬喻，並分析其譬喻攝取角度→比較相似詞作類別下的概念譬喻與攝取角度→探討其相似與相異的原因→探討背後的個人與.會文化意涵→參酌王國維境界說、葉嘉瑩《詞學新詮》中所論及詞的感發作用等詞學理論，探討譬喻的生命力與感發力。解析程序詳如下表所示：

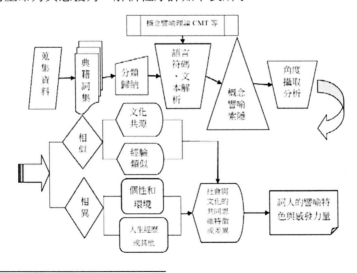

# 四、章節配置

　　本論文分爲六章：第一章緒論，除敘述本論文的研究緣起外，並對研究背景及研究目的作概要說明；章內也對文獻與前人已有的研究成果加以回顧與述評；章末則詳述研究方法、進行步驟及章節配置等。

　　第二至第五章爲本論文重心所在，分爲理論介紹與作品實踐兩大部分。第二章爲理論介紹，著重在認知理論的文學詮釋，以美學、文藝心理學理論與認知譬喻理論相互證成的方式，來印證我們日常概念基本上是譬喻性的，並且這些概念譬喻是以我們的身體經驗來建構的，接著再逐步論證文學詮釋是具有認知基礎的、以認知譬喻理論所從事的文學詮釋是適當而且合理的。章末將從譬喻認知的觀點結合作者、文本與讀者三方面來探討文學詮釋的限制問題。第三、第四兩章爲作品分析實踐，第三章以蘇軾詞作爲例證，分別運用概念譬喻理論析論蘇軾〈西江月〉詞中的詩隱喻，以及〈定風波〉詞的詩歌詮釋，最後藉由概念譬喻理論的總體性隱喻閱讀來解析蘇軾詞中的黃州夢。第四章則是運用概念譬喻理論解析柳永詞作。第五章是蘇軾與柳永詞作中譬喻特色的比較與分析。第六章爲本論文的總結，係對前五章的論述做回顧與檢討。

# 第二章　認知譬喻理論與文學詮釋

　　本章旨在從理論層面探討文學詮釋問題，嘗試論證文學詮釋的認知理論基礎。對於認知譬喻理論是否適用於文學分析，學界已多有論證並有實際的作品實踐，例如周師世箴 2001〈隱喻認知與文學詮釋：以圓圓曲中的隱喻映射為例〉、《圓圓曲》的譬喻世界〉〔註1〕、江碧珠 2005：《「元雜劇」語言之隱喻性思維》以及陳瑗婷 2007：《概念隱喻理論在小說的運用 ── 以陳映真、宋澤萊、黃凡的政治小說為中心》〔註2〕等均有詳盡的理論引介與論述，本論文不擬再加贅述。

　　我們常常會有如此之經驗，在閱讀與詩歌尤其是與古典詩歌有關的論文時，有時會覺得論文撰寫人對於某些詩歌的解讀與自己不謀而合，有時卻又完全格格不入。是詩無達詁？讀者應有其各自詮釋的空間？而英雄所見略同的現象是否代表存在一種比較適當和標準的詮釋？換句話說，文本的詮釋是否有共同的標準可供遵循？另一方面，文本詮釋是否該有一定的限制？否則天馬行空、漫無邊際，該如何取捨。設若出現不同看法時，又該以何種詮釋為準？

---

〔註 1〕　見周師世箴 2001〈隱喻認知與文學詮釋：以圓圓曲中的隱喻映射為例〉《美學與人文精神》：281～338（文史哲出版社，2003）；2003〈《圓圓曲》的譬喻世界〉《語言學與詩歌詮釋》第十二章（319～352）（台中：晨星出版社，2003 年）。

〔註 2〕　以上兩篇皆為東海大學中國文學系博士論文。

比如王國維在《人間詞話》中的說詞方式：

> 古今之成大事業、大學問者，必經過三種之境界：「昨夜西
> 風凋碧樹。獨上高樓，望盡天涯路」，此第一境也。「衣帶
> 漸寬終不悔，爲伊消得人憔悴」，此第二境也。「眾裡尋他
> 千百度。回頭驀見，那人正在，燈火闌珊處」，此第三境也。
> 此等語皆非大詞人不能道。然遽以此意解釋諸詞，恐爲晏、
> 歐諸公所不許也。〔註3〕

他分別將晏殊〈蝶戀花〉〔註4〕（檻菊愁煙蘭泣露）〔註5〕、柳永（一
作歐陽修）〈鳳棲梧〉（一名〈蝶戀花〉）（獨倚危樓風細細）〔註6〕以
及辛棄疾〈青玉案〉（東風夜放花千樹）〔註7〕解釋爲古今成大事業、
大學問者所必經過的三種境界。如果單從這三闋詞的字面義而言，晏
殊詞中所表達的應該是閨中女子對於遠方心上人的思念與懷想；柳永
詞中所述則是羈旅中遊子對於心愛女子的想念之情；辛棄疾〈青玉案〉
所寫則是尋尋覓覓、歷盡艱辛追尋理想的意中人，最終如願以償的那
種驚喜之情，可說與王國維所謂的「成大事業、大學問」那必經的「三
種境界」毫無關聯。他這樣的詮釋合不合理呢？是不是所有的讀者都
能接受這樣的說詞方式呢？連王國維自己也說：「然遽以此意解釋諸

---

〔註3〕 見王國維著；馬自毅注釋、高桂惠校閱，《新譯人間詞話》（台北：
　　　 三民書局，2000 年 5 月再版），頁 39。

〔註4〕 本論文單首詩詞篇名原則上皆冠以「〈〉」符號，但直接引文中之單
　　　 首詩詞篇名，若冠有「《》」符號時，則從其原文所加符號，不強求
　　　 一致。

〔註5〕 晏殊〈蝶戀花〉原詞爲：「檻菊愁煙蘭泣露。羅幕輕寒，燕子雙飛去。
　　　 明月不諳離恨苦。斜光到曉穿朱戶。　昨夜西風凋碧樹。獨上高樓，
　　　 望盡天涯路。欲寄彩箋兼尺素。山長水闊知何處。」

〔註6〕 柳永（一作歐陽修）〈鳳棲梧〉（一名〈蝶戀花〉）原詞爲：「獨倚危
　　　 樓風細細。望極春愁，黯黯生天際。草色煙光殘照裏。無言誰會憑
　　　 闌意。　擬把疏狂圖一醉。對酒當歌，強樂還無味。衣帶漸寬終不
　　　 悔。爲伊消得人憔悴。」

〔註7〕 辛棄疾〈青玉案〉原詞爲：「東風夜放花千樹，更吹落、星如雨。寶
　　　 馬雕車香滿路。鳳簫聲動，玉壺光轉，一夜魚龍舞。　蛾兒雪柳黃
　　　 金縷，笑語盈盈暗香去。眾裡尋他千百度。驀然回首，那人卻在，
　　　 燈火闌珊處。」

詞，恐爲晏、歐諸公所不許也。」

而我們最常質疑的、最重要的問題是，同一個文本，爲什麼會有這麼多不同的詮釋，能否有合理的解釋？而我們應如何面對此一情形？針對這些問題，本文嘗試由認知譬喻理論來探討。

認知譬喻理論雖是新興的理論，與我們所熟悉的文學詮釋卻有認知方面的共同基底。本章第一節爲概念譬喻理論之簡介，第二節將略述文學詮釋的歷史流變，第三、四兩節則以美學、文藝心理學理論與認知譬喻理論相互證成的方式，來印證我們日常概念基本上是譬喻性的，並且這些概念譬喻是以我們的身體經驗來建構的，接著再逐步論證文學詮釋是具有認知基礎的，以認知譬喻理論所從事的文學詮釋是適當而且合理的。至於第五節，將從譬喻認知的觀點結合作者、文本與讀者三方面，來探討文學詮釋的界限問題。第六節分別由詩隱喻、概念譬喻的文學詮釋、總體性隱喻閱讀原則以及概念融合理論等層面，論析概念譬喻與文學詮釋的相關論題，並希望確立文學作品（尤其是詩詞）的析論準則。第七節論證認知譬喻觀點下的評詞標準。第八節則爲本章小結。

## 第一節　概念譬喻理論簡介

「概念譬喻理論」（conceptual metaphor theory，簡稱 CMT），係1980 年由美國語言學大師 George Lakoff（喬治‧雷可夫）和哲學大師 Mark Johnson（馬克‧詹森）所共同創立。他們當年發表的《我們賴以生存的譬喻》（*Metaphors We Live By*），不僅開創了譬喻研究的新局面，也開創了認知研究的新局面。近年來認知語言學的蓬勃發展益加證明該書與該理論的重要地位。以下爲「概念譬喻理論」所提出的幾項重要創見：

1、顛覆譬喻理論的傳統觀念，認爲譬喻不僅僅是語言修辭的工具，而是一種思維的方式 —— 譬喻概念系統（metaphorical concept system）。譬喻作爲人類認知、思維、經驗、語言與行爲的基礎，

是人類賴以為生的主要和基本的方式。

2、挑戰西方哲學和語言學的「語義」理論，強調人類的身體經驗與認知能力在語義解釋中的重要作用，而非絕對客觀的現實。Lakoff-Johnson（1980）提出「經驗主義語義觀」，認為沒有獨立於人類認知以外的所謂「意義」，亦無獨立於人類認知以外的客觀真理。

3、闡明人類譬喻認知結構是語言、文化產生與發展的基礎，語言反過來又對思想與文化產生影響的互為參照的看法。同時論述語言形式與意義的相關性、詞義發展的理據性以及語言與思維的不可分割性。

## 一、語言和思維的概念譬喻系統

長期以來，傳統譬喻理論將譬喻視為語言的修辭工具，屬於語言表達層次。Lakoff-Johnson（1980）顛覆傳統觀念，提出「譬喻」（metaphor）不僅僅只是語言修辭，而是人類思維和行為的方式，稱為譬喻概念或概念譬喻（metaphorical concept or conceptual metaphor）。在日常生活中，人類往往按其熟悉的、有形的、具體的概念來認識、思維、經歷與對待那些無形的、難以定義的概念，形成一種不同概念之間相互關聯的認知方式。譬喻概念在一定的文化中又成為一個系統的與一致的整體，亦即譬喻概念系統。此譬喻概念系統對人們認識客觀世界有主要和決定性的作用。

### （一）譬喻的類型

人類的思維過程是譬喻性的，其表現形式——語言中的譬喻來自於人的譬喻概念系統。Lakoff 認為譬喻語言（metaphorical language）只是深層概念譬喻的表象（Lakoff 1993：244）。他對「譬喻」（metaphor）下的定義是「概念映射」（conceptual mapping），「譬喻表述」（metaphorical expression）則是受概念映射制約下的語言表達（Lakoff 1993：208～9）。亦即 Lakoff 所謂的「譬喻」是在認知層面上，藉一個概念範疇的知識、特性、構成知識各個節點之間的關

係、推理模式、評估的方式等，來瞭解另一個概念範疇，受此制約，語言層面上所呈現的是，將一個概念範疇描述成另一個概念範疇的表述。換句話說，「概念譬喻」就是以一個概念範疇，來瞭解另一個概念範疇的認知運作，通常以"T"是"S"（"T" IS "S"）的主謂句式表達。其中"S"用來瞭解另一個概念範疇之所在，稱為「來源域」（source domain）；要被理解的概念範疇之所在"T"稱為「目標域」（target domain）；「是」（IS）則用以表示從來源域向目標域映射的方向。經過此運作而產生的意義則稱為「譬喻蘊涵」（entailment）〔註8〕。以概念譬喻「論辯是戰爭」（ARGUMENT IS WAR）為例，「戰爭」是來源域，「論辯」則是目標域。二域映射就是將「戰爭」這個概念範疇的知識、特性、構成知識各個節點之間的關係、推理模式、評估的方式等，轉移到「論辯」的概念範疇，亦即以「進攻」、「防守」、「反進攻」以及「輸贏」等戰爭的概念來理解論辯的概念。「論辯是戰爭」這個概念譬喻決定了人們對於論辯的認識和了解，人們理解論辯的方式是由戰爭的概念所構成的。在英語中，類似的概念譬喻與其語言表現形式比比皆是。

　　Lakoff-Johnson（1980）將概念譬喻概分為以下三種類型〔註9〕：

1、結構譬喻（structural metaphor）：即「以一種概念的結構來構

---

〔註8〕　所謂「蘊涵」（entailment）為：「譬喻映射可以將相關知識的細節從來源域傳送到目標域，這樣的傳送稱之為譬喻蘊涵功能。譬喻蘊涵是概念系統的一部分，並構成各種概念譬喻的蘊涵（metaphorical entailment）。蘊涵是由邏輯理論引用來對語句語義進行分析的一種邏輯方法。最基本、最簡單的『蘊涵』關係是『p 真必然 q 真』依存關係，避開抽象的真值解釋，將『真』、『假』理解為直觀的事實反映，即語句的具體內容，『蘊涵』也就可以應用於語義分析了。」（Lakoff、Johnson 著，周師世箴譯 2006（78））

〔註9〕　雖然 Lakoff-Johnson（2003）已修正這項分類，認為：所有的譬喻都有結構，才能將一個結構的要素映射到另外一個；所有的譬喻都是實體的，如此才能創造目標域實體；多數的譬喻都具有方向性，它們映射方位意象基模（Lakoff & Johnson 2003：264）。但本論文為了方便對宋詞中的概念譬喻做歸納以及統整，仍然沿用此分類。

建另一種概念，使兩種概念相疊加，將談論一種概念的各方面的詞語使用於談論另一概念」〔註10〕，如「論辯是戰爭」（ARGUMENT IS WAR）；「時間是金錢」（TIME IS MONEY）等概念譬喻皆爲結構譬喻。在一定的文化中，時間被當作像金錢一樣寶貴的東西，因此人們以金錢的概念結構來建構時間的概念結構，因此人們常說「花時間」、「浪費時間」、「節省時間」等。

2、方位譬喻（orientational metaphor）：指參照空間方位而建構的一系列概念譬喻。空間方位源於人們與大自然的相互作用，是人們賴以生存的最基本的概念：上－下，前－後，深－淺，中心－邊緣等，人們將這些具體的概念映射至情緒、身體狀況、數量、社會地位等抽象的概念之上，形成使用方位詞語表達抽象概念的語言表述。例如「快樂是上；悲傷是下」（HAPPY IS UP; SAD IS DOWN）：我覺得很嗨（I'm feeling up.）；我覺得沮喪（I'm feeling down.）。這樣的概念譬喻與其相應的語言表述並非任意的，而是有其物質的和文化的經驗作爲基礎：人們在悲哀和沮喪的時候，常是彎腰駝背、身體下彎的姿勢，而愉快和有活力的時候則常是抬頭挺胸、身體直立的姿勢。

3、實體譬喻（ontological metaphor）：人類最初的生存方式是物質的，人類對物體的經驗，爲我們將抽象的概念表達理解爲「實體」提供了物質基礎，並由此而派生出實體譬喻。在實體譬喻中，人們將抽象的和模糊的思想、感情、心理活動、事件、狀態等無形的概念看作是具體的有形的實體，特別是人體本身。實體譬喻最典型的與具有代表性的是容器譬喻（container metaphor）：人是獨立於周圍世界以外的實體，每個人本身就是一個容器，有裏有外並有分界的表面。人們將這種概念投射於人體以外的其他物體，如房屋、樹林、田野、地區，甚至將一些無形的、抽象的事件、行爲、活動、狀態也看作是一

---

〔註10〕　見趙艷芳 1995，〈語言的隱喻認知結構——《我們賴以生存的隱喻》評介〉（《外語教學與研究》，1995 年第 3 期）。

個容器。例如「這艘船進入了我的視線」（The ship is coming into view.），是「視線是容器」（VISUAL FIELD AS CONTAINERS）的實體譬喻表述。諸如此類的實體譬喻還很多，如「花中第一流」是「花是容器」的實體譬喻表述；「隱藏在人群裡的天才」是「人群是容器」的譬喻表述。這些語言形式已經成為日常的慣用語言，一般人已經意識不到它們的譬喻性。這也說明人們的思維方式已經不自覺地將兩種事物相提並論，並以具體的事物來思考、經歷、談論抽象的事物，使抽象事物似乎具有具體事物的特徵，以達到有系統的描述表面上雜亂無章的世界的目的。譬喻性的思維方式和其他感知一樣，已經成為人類認識世界和賴以維生的基本方式。

### （二）譬喻概念之系統性

　　語言中的譬喻表述方式與譬喻概念體系是緊密相連的，思維與語言都具有系統性。也就是說，「由於譬喻概念是成系統的，因此我們用以談論此類概念的語言也是成系統的」〔註11〕。首先，在同一個譬喻概念下構成以一個概念談論另一個概念的系統的方式。例如我們用「攻擊某點」（attack a position）、「守不住/不堪一擊」（indefensible）、「戰略」（strategy）、「新的攻擊線」（new line of attack）、「贏」（win）、「奪取地盤」（gain ground）等表示戰爭的詞語，來談論論辯的不同方面，構成「論辯是戰爭」（ARGUMENT IS WAR）的體系。再以「理論是建築物」（THEORIES ARE BUILDINGS）為例，我們常用「基礎」（foundation）、「框架」（framework）、「建構」（construct）等與「建築物」（building）的概念相關的詞語，來對應「理論」域中的概念。

　　然而，「建築物」還有許多其他的概念，沒有被採用來建構「理論」這個概念，像「屋頂」（roof）、「室內房間」（internal rooms）、「樓梯間」（staircases）等都是未被採用的概念。亦即，來源域「建築物」概念範疇的局部節點/結構要素，有些可以、有些不能映射至目標域「理論」

〔註11〕　見 Lakoff、Johnson 著，周師世箴譯 2006（15）。

的概念範疇。此即譬喻映射中，概念的突顯與隱藏（highlighting and hiding of concept）（Lakoff & Johnson 1980：12-3、10），也就是譬喻映射的局部偏好性。例如在「論辯是戰爭」（ARGUMENT IS WAR）中，我們常凸顯「論辯」意欲擊敗對手的積極意圖與消極防衛的概念，卻隱藏「合作」這方面的概念（Lakoff、Johnson 著，周師世箴譯 2006（21））。這種譬喻映射的局部偏好現象，說明譬喻映射是有所取捨的，而這種概念的取捨即爲譬喻的攝取角度。藉由分析概念譬喻的攝取角度，當能瞭解映射過程中被採用與凸顯的來源域概念。

其次，不同的譬喻概念具有統一性。譬喻概念有其外在的系統性，亦即在跨譬喻概念之間具有統一性。同一個目標域可能有不同的譬喻來源域，但它們之間不是矛盾的，而是相合的。以「論辯」爲例，除了「論辯是建築物」、「論辯是戰爭」外，還有「論辯是旅行」（ARGUMENT IS JOURNEY）；「論辯是容器」（ARGUMENT IS CONTAINER）。這些不同的譬喻概念雖然來自不同的來源域，給人不同的形象，每一譬喻強調和說明不同的概念，但它們的目的是相同的：讓人們從不同的概念理解和認識目標域的全貌。它們之間並不相違背，而是相合的。

## （三）譬喻與文化之一致性

「同一文化中，同一隱喻概念自成體系，不斷發展，形成更多的隱喻。不同的隱喻概念，強調和說明事物的不同的層面，互相補充，共存於同一文化的概念體系中，成爲人們本能的思維方式。」〔註12〕這些在日常生活中不假思索、本能使用的概念譬喻系統，構成人們慣常使用的常規譬喻系統。易言之，「常規譬喻」（conventional metaphor）就是約定俗成的「概念譬喻」。它們有些由特定的語言社群（speech community）所擁有，有些則超越地域、社會、文化的隔閡，爲全體

---

〔註12〕 見趙艷芳 1995，〈語言的隱喻認知結構──《我們賴以生存的隱喻》評介〉（《外語教學與研究》，1995 年第 3 期）。

人類所共有。由於它們已深入潛意識，以致人類頻繁使用而不自知，故從日常交談到科學文獻都可發現它們的存在。Lakoff-Turner 指出「常規譬喻」的特徵是：無意識的、自發的、不假思索的、不被注意的〔註13〕，這些譬喻反映人們對生命、生活問題、周遭事物的基本看法，已然成為人們思想的一部份。例如「人生是旅行」、「時間是金錢」、「論辯是戰爭」、「思想是食物」等譬喻皆屬常規譬喻。

譬喻概念體系是文化的組成部分，與社會文化中最基本的價值觀念相一致。例如，「我們社會中的某些文化價值與『上下』（UP-DOWN）空間譬喻的正值相合，但卻與其負值不相合。」〔註14〕「多是好」（More is better）與「多是上」（MORE IS UP）、「好是上」（GOOD IS UP）具整體相合性。「越大越好」（Bigger is better）與「多是上」（MORE IS UP）、「好是上」（GOOD IS UP）具整體相合性。

這些價值觀念已深入英語文化之中，與前文所介紹的方位譬喻相一致而不相違背，正說明這些價值觀念與我們賴以生存的譬喻概念，形成一個統一的體系。儘管價值觀念與譬喻結構，有時似乎表現出矛盾與衝突，如「通貨膨脹上升」（Inflation is rising）、「犯罪率上升」（The crime rate is going up），與「多是上」相合，卻與「好是上」不相合。「要解釋此類價值（及其譬喻）間的衝突，我們必須找到使用這些價值與譬喻的次文化，所賦予這些價值與譬喻的不同優先。例如，『多是上』似乎總是有一個最高層的優先，因為有一個最清楚的身體基礎。『多是上』優先於『好是上』，可由『通貨膨脹上升』以及『犯罪率上升』等例子看出來。」〔註15〕

## 二、轉喻與譬喻

「轉喻」的特徵，是以單一概念範疇內的原型結構要素，代表範

---

〔註13〕 Lakoff & Turner 1989： preface xi、55、62、66、158： Lakoff 1993：227～8.
〔註14〕 Lakoff、Johnson 著，周師世箴譯 2006：43。
〔註15〕 Lakoff、Johnson 著，周師世箴譯 2006：44。

疇整體，或代表範疇內的其他結構要素。簡言之，轉喻就是以一個實體替代另一個實體，或以一物指涉另一相關之物。轉喻的經驗基礎或許來自人類的身體經驗，人們體認到自身是由各部分組合而成的整體，因而意識到客體也有「部分－整體」的結構，於是在日常生活中建立了「部分－整體」的基本層次感知。轉喻的經驗基礎又或者來自於物質的經驗，一種是兩個物質實體（physical objects）之間的相互關係，例如「部分代整體」、「物體代使用者」；另一種是物質實體與某些經由譬喻概念化爲物質實體者，之間的相互關係，例如以「地點代事件」、「機構代負責人」等（Lakoff & Johnson 1980：59）。轉喻常見的語言表述如下：

（1）THE PART FOR THE WHOLE　部分代整體
　　　We don't hire ***longhairs***.　我們不雇用長頭髮。

（2）PRODUCER FOR PRODUCT　生產者代產品
　　　I hate to read ***Heidegger***.　我討厭閱讀海德格。

（3）OBJECT USED FOR USER　物件代使用者
　　　The ***sax*** has the flu today.　薩克斯風今天感冒。

（4）CONTROLLER FOR CONTROLLED　控制者代被控制者
　　　***Ozawa*** gave a terrible concert last night.　小澤昨晚的音
樂會眞糟糕。

（5）INSTITUTION FOR PEOPLE RESPONSIBLE　機構代負責
人

　　　The ***Senate*** thinks abortion is immoral.　參議院認爲墮
胎不道德。

（6）THE PLACE FOR THE INSTITUTION　地點代機構
　　　***Wall Street*** is in a panic.　華爾街陷入恐慌之中。

（7）THE PLACE FOR THE EVENT　地點代事件
　　　***Watergate*** changed our politics.　水門（案）改變了我們
的政治。（Lakoff & Johnson 1980：38-9）

　　Lakoff-Johnson 有感於「轉喻」和「譬喻」常被混淆，特別針對二者作了區別。轉喻與譬喻都是人類思考的方式，其主要差異在於功能不同。譬喻的主要功能用於理解，藉一物來說明另外一物；轉喻的主要功能在於提示，以一個實體替代另一個實體、以一物指涉另一相關之物。從映射的層面來說，譬喻是二域的映射和推理，轉喻是單域的映射。儘管譬喻和轉喻都涉及腦神經共活化作用（neural coactivation），但譬喻是二域之間的交互作用，轉喻則是同一域之間兩個框架要素的交互作用。單一域「兩框架」，即「複合框架」，由來自兩個不同概念域的簡單框架所形成。最好的例子就是與人們生活最密切的「時間域」和「空間域」的轉喻（Lakoff & Johnson 2003：265、266，周師世箴譯 2005 未刊稿）：

> San Francisco is a half hour from Berkeley. 舊金山距離柏克萊半小時。

在這個例子中，兩地的「空間距離」卻以「時間」半小時來表述。制約這個語言表述的是「時間代旅行」（Time-For-A-Trip framework）的複合框架。框架中以「旅行所需的『時間』」代指「旅行的『距離』」。先以「距離是空間」建構一個複合框架，然後再以「時間」映射至「空間/距離」。表面上似乎是「一個概念域的某一個成分，向另外一個概念域的某一個成分之映射」，但兩個概念域都同屬於一個框架的局部（兩者同在旅行的框架內），只有單域映射而無跨域映射，故是轉喻而非譬喻。相較之下，另一個容易混淆，以空間隱喻時間的語言表述是：

> Chanukah is close to Christmas. （猶太教的）獻殿節（光明節）接近聖誕節。

例句中的「接近」提供我們空間譬喻的線索，藉此推論句中是以「空間的距離」隱喻「時間的接近」，亦即「空間」是來源域，而「時間」則是目標域。

## 第二節　文學詮釋之概略流變

　　有關詮釋學的歷史，對於某些領域來說（例如宗教）是非常重要的，但本論文是以文學詮釋的析論爲主，因此對於宗教、哲學以及其他領域的詮釋歷史也就無須過度涉入，僅就其源流發展與進程作概略介紹。

　　遠在第一次世界大戰前夕，在德國興起了現象學哲學運動，代表人物胡賽爾（Husserl）曾在《大英百科全書》（1929）中簡介現象學，談到意識與客體的關係，他認爲意識不是單純指一種感受的官能，而是指一種向客體現象不斷投射的活動，而這種活動具有意向性。後來這種學說傳入美國，美國學者詹姆士・艾迪（James Edie）認爲現象學所研究的既不是單純的主體也不是單純的客體，而是在主體向客體投射的意向性活動中，主體與客體之間的相互關係及其所構成的世界。葉嘉瑩認爲正是由於現象學提出了這種意識的意向性活動，因此才引起了文學批評理論中追尋作者原意的「詮釋學」（Hermeneutics）的興起〔註16〕。而所謂詮釋，就起源於西方對於宗教經典《聖經》之中的眞正意義的追尋。柯里尼（Stefan Collini）在《詮釋與過度詮釋》（*Interpretation and Overinterpretation*）〔註17〕這本書的導論中指出「詮釋」（interpretation）最先是由意圖確立「上帝之言」的意義這種大膽的想法引發。柯里尼說：

> 其近代階段始於十九世紀初，施萊爾馬赫（Schleiermacher）所建立的聖經詮釋學導致了對「本文的意義」這一問題高度自覺意識的產生；到了十九世紀末，狄爾泰（Dilthey）便將施氏的神學詮釋學進一步走向普遍化和理論化，詮釋在他的理論體系中佔據著非常重要的地位，成爲理解人類的精神創造物、探討整個「精神科學」（Geisteswissenschaften）的基

---

〔註16〕　參葉嘉瑩，《詞學新詮》（北京：北京大學出版社，2008 年 4 月），頁 6〜7。

〔註17〕　見艾柯（Umberto Eco）等著、柯里尼（Stefan Collini）編、王宇根譯，《詮釋與過度詮釋》，頁 3。

礎。〔註18〕

柯里尼（Stefan Collini）對詮釋學由神學逐漸轉變爲向文學、哲學甚至精神科學等多面向發展的歷程做了初步的介紹。葉嘉瑩則對詮釋學的歷史發展脈絡有清楚易懂的說明：

> ……所謂「詮釋學」（hermeneutics），原是西方研究《聖經》的學者們如何給經文做出正確解釋的一種學問，原該譯作「解經學」。因爲關於《聖經》的解釋，在西方社會中往往會對各方面產生重大的影響，所以解釋經文的學者們，除了要對經文之文字推尋其原始意義以外，還要對這些文字在原有的社會和文化背景中使用時的意義和效用，也作出正確的分析。像這種精密的推尋文字之原意的精神和方法，後來也被哲學家及文學家用來作爲對抽象的意義之探討的一種學問，因此 hermeneutics 這個字，就不僅只限於「解經學」的意思，還有了被後來的哲學家與文學家用來泛指對一切抽象意義之追尋的「詮釋學」的意思了。〔註19〕

因此，「詮釋學」既然起源於對於宗教經典《聖經》之中的眞正意義的追求，在詮釋學向文學擴散的歷程上，首先受到重視的自然是對於文學作品，其作者之寫作原意的追求。只是這種對作者寫作原意追求的趨勢，後來遭到強烈的挑戰。

> 然而，最近幾十年來，傳統上被視爲構成這一學科研究對象的「經典」（the canon）以及與此有關的研究方法都受到了強烈的質疑，受到了更爲犀利、更爲精細的重新審察。其原因是，「經典」以及與此有關的研究方法所賴以形成、所賴以立足的社會觀念與種族觀念在當今世界上不再像以前那樣輕而易舉地享有主導的地位。而美國社會文化的多元性以及支配著個人在美國社會生活中取得成功的市場原

---

〔註18〕　見艾柯（Umberto Eco）等著、柯里尼（Stefan Collini）編、王宇根譯，《詮釋與過度詮釋》，頁3～4。
〔註19〕　見葉嘉瑩，《詞學新詮》，頁3～4。

則也爲其推波助瀾……〔註20〕

因此，「十九世紀遺留下來的、對文學進行『歷史』考察的研究方法受到了一種新的批評實踐的強烈挑戰，並在很大程度上爲這種批評實踐所代替；這種新的批評實踐受當時勢頭正旺的『科學』方法的影響，試圖對『偉大文學』的經典作品的語言細節進行敏銳而精細的分析——在英國，這種批評實踐是與瑞恰茲（I・A・Richards 1893-1979）的『實用批評』聯繫在一起的〔更遠一點、或者更複雜一點而言，也與艾略特（T. S. Eliot）、利維斯（F. R. Leavis），以及威廉・燕卜遜（William Empson）等人的批評實踐有關；在美國，則與「新批評」有關，其代表人物主要是藍塞姆（John Crowe Ransom），布萊克默（R. P. Blackmur），沃倫（Robert Penn Warren），泰特（Allen Tate），布魯克斯（Cleanth Brooks）和維姆薩特（W. H. Wimsatt）。〔註21〕

這種批評實踐最終產生了自成一套的理論體系與價值判斷標準，把視角由作者移向作品本身。主要的原因當然還是由於在追尋作者原意的過程中，詮釋者發現了純粹客觀的作者原意難以重現，辛苦追尋之所得，事實上都是已經染雜有詮釋者色彩的衍義。代之而起的新批評，其核心觀念是將文學作品視爲審美的客體，認爲「無依無傍、自由自在地闡述文學本文意義產生的動態機制正是文學批評家的主要任務」〔註22〕。這種批評的另外一個觀點就是對所謂「意圖謬誤」（intentional fallacy）的否定，也就是認爲「作者在寫作文學本文之前的主觀意圖會與確立本文——維姆薩特稱之爲『語言符號』（verbal icon）——的意義有關這種看法是一種想當然的錯誤」〔註23〕。

---

〔註20〕 見艾柯（Umberto Eco）等著、柯里尼（Stefan Collini）編、王宇根譯，《詮釋與過度詮釋》，頁4。

〔註21〕 以上引自艾柯（Umberto Eco）等著、柯里尼（Stefan Collini）編、王宇根譯，《詮釋與過度詮釋》，頁5～6。

〔註22〕 所引同上，頁6。

〔註23〕 引自艾柯（Umberto Eco）等著、柯里尼（Stefan Collini）編、王宇根譯，《詮釋與過度詮釋》，頁6。

　　1950 年代末期，德國的凱特・漢柏格（Kate Hamburger）在她的《文學的邏輯》（*The Logic of Literature*）一書中提出了另一種看法，她認為一些抒情詩裡所寫的內容，即使並非詩人眞實生活中的體驗，但其中所表現的情感眞實性以及感情之濃度則仍是詩人眞實自我的流露。即使如此，新批評的態度和學說還是在五十年代和六十年代英美大學的文學系中成爲主流。只是當索緒爾語言學理論的一些基本觀念擴散到其他領域與列維——斯特勞斯（Claude Lévi-Strauss 1908～2009）的結構主義人類學理論結合後，情況又有了轉變。自五十年代晚期以來，在許多研究領域，甚至在人類活動的各方面，學者們都孜孜不倦的致力於尋求隱藏在複雜表象下的深層結構，以及反覆出現的模式。「這種尋找深層結構與模式的作法與被重新激活了的、對人類活動的可能性進行超驗探尋的『後康德主義』遺產結合在一起，最終導致了一種旨在對意義、對溝通以及其他的類似主題進行深入精細探討的非常抽象的普遍性理論的產生」〔註24〕。這種所謂「後結構主義」揭示出「索緒爾對『能指的任意性』的強調早已成爲最近一些理論研究和探索的出發點，特別是雅克・德里達（Jacques Derrida，1930～2004）對寫作中意義『不確定性』的令人目暈耳眩的研究更是以其嫻熟而精湛的技巧將這些理論探索向前大大推進了一步」〔註25〕。

　　值得注意的是，1970 年代捷克結構主義評論家莫卡洛夫斯基（Jan Mukarovsky）的《結構、符號與功能》（*Structure, Sign and Function*）一書中提議把一切作品（art work）都劃分爲兩種，一種稱爲藝術成品（artefact），另一種則稱爲美學客體（aesthetic object）。他認爲一部文學作品如未經讀者的閱讀和想像並且再創造，就只不過是一種藝術成品而已，唯有經過讀者的閱讀和想像並再創，才能提升爲一種美學客體。即使是同一部作品，透過不同的閱讀主體，就會呈現許多不同的美學客體。現象學也是如此，羅曼・英伽登（Roman

〔註24〕　所引同上，頁 6～7。
〔註25〕　所引同上，頁 7。

Ingarden）的現象學美學理論，就主張一切藝術成品，都一定要經接受者以多種方式解讀，從而產生美感經驗，否則就等於未獲生機。〔註26〕這些說法從某個角度來看是強調接受者（讀者、聆聽者或觀賞者）的再創作用。

這些理論與觀念的陸續出現，使得從事文學教學與研究的學者們對傳播由這些哲學傳統所引發出來的文學觀念充滿了熱情，其結果是使得關於文學研究的性質與目的的論爭不斷升溫、越來越亂，到現在已經成了眾說紛紜、爭執不下的態勢。

> 在此論爭的過程中，認爲確立文學本文的意義乃文學批評
> 與文學研究的合法目的的觀點受到了非常嚴厲的批評。那
> 種企圖限制意義生成的語境範圍或是企圖使作品意義生成
> 那無休無止、不斷推衍的不確定性過程停止下來的作法，
> 已被指責爲「專制主義」——這種指責本身乃將複雜的理
> 論問題與更爲廣泛的政治態度糾結在一起。與此相反，另
> 外一些批評家則提醒人們對此保持高度警覺，認爲德里達
> 那樣對認知「確定性」的否定實際上依賴於「後笛卡兒哲
> 學」的傳統，我們不應以此爲標準對所有本文約定俗成、
> 眾所周知的意義可能性投下懷疑論的陰影。他們指責後結
> 構主義批評家「玩著雙重的遊戲，用自己所宣揚的那一套
> 新的語言策略去解讀別人的本文，而在向讀者傳播自己的
> 那一套方法和標準時卻又心照不宣地使用著大家都已接受
> 的、約定俗成的方法和標準」，試圖通過指責別人而使自己
> 的理論得到論證〔註27〕。

總之，從詮釋學的歷史流變中可以知道，文學詮釋的重心不外是在作者、作品本身或是接受者三者之間遊走，詮釋偏重其一的結果恐怕便失之偏頗而難以爲人所接受，這也是之前學界爭擾不休的根本原因所在。

---

〔註26〕 此一資料取材自葉嘉瑩，《詞學新詮》，頁15～16。
〔註27〕 見艾柯（Umberto Eco）等著、柯里尼（Stefan Collini）編、王宇根譯，《詮釋與過度詮釋》，頁6～7。

　　到了 1980 年代，雷可夫（George Lakoff）和詹森（Mark Johnson）
提出的概念譬喻理論論證出我們日常生活的概念系統其本質是譬喻
性的，也就是說我們是經由系統性的譬喻思維來認知整個世界的。
立基於此一理論基礎來閱讀文學文本，以作者文本中所使用的語言
文字作爲線索，透過這些語言符碼索隱其背後的譬喻概念系統，既
呼應艾柯重視「文本的意圖」之看法，進而貼近作者創作的「原意」，
也不致違背葉嘉瑩並重作者之論，更能在有詮釋依憑下（不致被譏
爲胡思亂想的過度詮釋）保有接受者（讀者、聆聽者或觀賞者）的
再創作用與詮釋自由，應該是多方兼顧下的一條可行之道。

## 第三節　文學詮釋之認知基礎

　　如前所言，「詮釋學」原本起源於對於宗教經典《聖經》之中的
眞正意義的追求，而「這種精密的推尋文字之原意的精神和方法，後
來也被哲學家及文學家用來作爲對抽象的意義之探討的一種學問」
〔註28〕，因此按照字典的說法詮釋就是「對文字解釋或指解釋的文字」
〔註29〕，這種「對文字的解釋」或「解釋的文字」與修辭學上「借彼
喻此」、「凡二件或二件以上的事物中有相似之點，說話作文時運用
『那』有類似點的事物來比方說明『這』件事物」〔註30〕的譬喻修辭
在本質上有相似之處。

　　而且譬喻修辭的理論架構，「是建立在心理學『類化作用』
（Apperception）的基礎上——利用舊經驗引起對新經驗的了解。通
常是以易知說明難知；以具體說明抽象」〔註31〕，這點與前述詮釋學
應用於文學時「推尋文字之原意的精神和方法」以及「對抽象的意義

---

〔註28〕　見葉嘉瑩，《詞學新詮》，頁 3～4。
〔註29〕　見教育部《重編國語辭典修訂本》網路版，
　　　　　網址：http：//dict.revised.moe.edu.tw/，2007 年 12 月推出。
〔註30〕　見黃慶萱，《修辭學》（台北：三民書局股份有限公司，1979 年），
　　　　　頁 237。
〔註31〕　見黃慶萱，《修辭學》，頁 237。

之探討」在心理認知過程亦有共通之處。

再根據朱光潛的看法，人類對事物認知的方式根本上只有「直覺的」和「名理的」兩種。其分別在於：

> 直覺的知識是「對於個別事物的知識」（Knowledge of individual things），名理的知識是「對於諸個別事物中的關係的知識」（Knowledge of the relations between them）。一切名理的知識都可以歸納到「A 為 B」的公式。比如說「這是一張桌子」，「玫瑰是一種花」，「直線是兩點之中最短的距離」。這個「A 為 B」公式 B 中必定是一個概念，認識「A 為 B」就是 A，知覺就是把一個事物（A）歸納到一個概念（B）裏去。看見 A 而不能說它是某某，就是對於 A 沒有名理的或科學的知識。就名理的知識而言，A 自身無意義，它必須因與 B 有關係而得意義。我們在尋常知覺或思考中，決不能在 A 本身站住，必須把 A 當著一個踏腳石，跳到與 A 有關係的事物上去。〔註32〕

雖然朱光潛分辨「直覺的知識」與「名理的知識」的本意是為了要說明「美感的經驗」就是直覺的經驗。但如果我們暫時先拋開「美感的經驗」不談，朱光潛所說「對於諸個別事物中的關係的知識」的所謂「名理的知識」，其「A 為 B」的公式，正印證認知譬喻理論中的一些關鍵論點。如同雷可夫（George Lakoff）和詹森（Mark Johnson）一再重申的：「譬喻在日常生活中普遍存在，遍布語言、思維與行為中，幾乎無所不在。我們用以思維與行為的日常概念系統（ordinary conceptual system），其本質在基本上是譬喻性的」〔註33〕。但因為「概念系統是不易察覺的，從事日常瑣事時，思考與行為多半在不知不覺中遵循著某些特定軌跡，至於這些軌跡的真實面

---

〔註32〕 見朱光潛，《文藝心理學》（台南：大夏出版社，1997 年 3 月），頁 4。

〔註33〕 見雷可夫（George Lakoff）＆詹森（Mark Johnson）著、周師世箴譯注，《我們賴以生存的譬喻》Metaphors We Live By（台北：聯經出版事業股份有限公司，2006），頁 9。

貌卻是無法察覺的」〔註34〕，而「當用於思考與行為的概念系統也用於溝通時，語言便成為一個提供何謂概念系統的重要證據來源」〔註35〕。在以語言證據作為原初的基礎後，雷可夫和詹森發現「日常概念系統本質上是譬喻性的」，因此提出了「概念譬喻理論」（Conceptual metaphor theory），認為譬喻存在於日常語言中，具有認知基礎，是一種認知現象。

　　概念隱喻連結兩個概念領域（conceptual domains）：來源域（source domain）和目標域（target domain）。一個概念領域是語意相關的本質、特性和功能之集合。來源域通常由具體概念（concrete concept）組成，例如金錢；而目標領域則牽涉到抽象概念（abstract concept），例如時間；一般而言，概念隱喻會以大寫字母寫成簡短的公式 X IS（A）Y，而 X 表示目標域，Y 表示來源域。

　　概念隱喻理論假設我們用來源域去了解目標域，例如，如果我們要用中文（或英文）談時間，我們可以用金錢（MONEY）作為來源域（如時間就是金錢 TIME IS MONEY）。〔註36〕

由此我們可以發現，朱光潛所說認知事物名理的知識的公式 A（事物）為 B（與 A 相關事物或概念）與雷可夫&詹森概念譬喻理論中譬喻的公式 X（與 Y 相關的抽象概念）IS Y（具體概念），雖然在公式呈現上是顛倒的，通過 A（事物）表述或理解 B（概念）的認知本質則完全是互相符合並且可以互相印證的。更進一步來說，不管是朱光潛所說的「把 A 當著一個踏腳石，跳到與 A 有關係的事物（B）上去」或者是概念譬喻理論中「用來源域（具體概念）去瞭解目標域（抽象概念）」與前面所說詮釋學應用於文學時「推尋文字之原意的精神和方法」以及「對抽象的意義之探討」等理路也都若合符節。因此文學

---

〔註34〕　同上註，頁 10。
〔註35〕　同上註，頁 10。
〔註36〕　見安可思，〈概念隱喻〉，收於蘇以文、畢永峨主編《語言與認知》（台北市：國立台灣大學出版中心，2009），頁 62。

詮釋與接受美學的內在理路，其實與朱光潛所謂的 A 爲 B 或概念譬喻理論 X IS（A）Y 內在理路並行不悖。這也意味著，文學詮釋是可以藉由概念譬喻理論系統的運作，索隱出語言表象下的認知基礎的。以下我們將由文藝心理學的移情（擬人）作用來進一步說明兩者的關聯性，亦即移情作用說與認知譬喻說，不但有共同的認知基礎，而且殊途同歸。

## 第四節　移情作用說與認知譬喻說

　　朱光潛曾經提起，我們日常生活中對一些人爲作品的美感經驗：「有時你鎭日爲俗事奔走，偶然間偷得一刻餘閒，翻翻名畫家的頁冊，或是在案頭抽出一卷詩，一部小說或是一本戲曲來消遣，一轉瞬間你就跟著作者到另一世界裡去。你陪著王維領略『興闌啼鳥散，坐久落花多』的滋味。武松過崗殺虎時，你提心吊膽地罣念他的結局；他成功了，你也和他感到同樣的快慰。秦舞陽見著秦始皇變色時，你心裡和荊軻一樣焦急；秦始皇繞柱而走時，你心裡又和他一樣失望，人世的悲歡得失都是一場熱鬧戲。」〔註37〕除了欣賞人爲作品，時容易投入作品之中，他還認爲在大自然中，人與物可以達到一種「物、我同一」的境地：

> 觀賞者在興高采烈之際，無暇區別物、我，於是我的生命和物的生命往復交流，在無意之中我以我的性格灌輸到物，同時也把物的姿態吸收於我。比如觀賞一棵古松，玩味到聚精會神的時候，我們常不知不覺地把自己心中的清風、亮節的氣概移注到古松，同時又把古松的蒼勁的姿態吸收於我，於是古松儼然變成一個人，人也儼然變成一棵古松。〔註38〕

朱光潛認爲這是「在凝神觀照時，我們心中除開所觀照的對象，別無

---

〔註37〕　見朱光潛，《文藝心理學》，頁 2。
〔註38〕　同上註，頁 12。

所有，於是在不知不覺之中，由物、我兩忘進到物、我同一的境界。
比如我們在第一章所指的欣賞古松的例，看古松看到聚精會神時，我
一方面把自己心中清風、亮節的氣概移注到古松，於是古松儼然變成
一人；同時也把古松的蒼老勁拔的情趣吸收於我，於是人也儼然變成
一棵古松。這種物、我同一的現象就是近代德國美學家所討論最劇烈
的『移情作用』」〔註 39〕。而移情作用與擬人作用說穿了都是源自人
類對於設身處地、體驗認知的能力，朱光潛引用洛慈（Lotze）《縮形
宇宙論》的解釋：

> 凡是眼睛所見到的形體，無論它是如何微瑣，都可以讓想
> 像把我們移到它裡面去分享它的生命。這種設身處地分
> 享情感，不僅限於和我們人類相類似的生物，我們不僅能
> 和鳥鵲一齊飛舞，和羚羊一起跳躍，或是鑽進蚌殼裡面，
> 去分享它在一張一翕時那種單調生活的況味，不僅能想像
> 自己是一棵樹，享受幼芽發青或是柔條臨風的那種快樂；
> 就是和我們絕不相干的事物我們也可以外射情感給它們，
> 使它們別具一種生趣。比如建築原是一堆死物，我們把情
> 感假借給它，它就變成一種有機物，楹柱、牆壁就儼然成
> 爲活活潑潑的肢體，現出一種氣魄來，我們並且把這種氣
> 魄移回到自己的心中。〔註40〕

朱光潛並且認爲移情作用是一種最普遍的現象，當我們在欣賞大自然
景物時，「大地、山河以及風雲、星斗原來都是死板的東西，我們往
往覺得他們有情感，有生命，有動作，這都是移情作用的結果。」〔註
41〕他更認爲詩文的妙處往往都是從移情作用得來的，「例如『天寒猶
有傲霜枝』句的『傲』，『雲破月來花弄影』句的『弄』，『數峰清苦，
商略黃昏雨』句的『清苦』和『商略』，『徘徊枝上月，空度可憐霄』
句的『徘徊』、『空度』、『可憐』，『相看兩不厭，唯有敬亭山』句的『相

---

〔註39〕　同上註，頁 35。
〔註40〕　見朱光潛，《文藝心理學》，頁 38～39。
〔註41〕　同上註，頁 39。

看』和『不厭』，都是原文的精采所在，也都是移情作用的實例。」
〔註42〕而移情作用事實上與擬人作用相同，「移情作用有人稱爲『擬
人作用』（Anthropomorphism）。拿我做測人的標準，拿人做測物的標
準，一切知識、經驗都可以說是如此得來的。把人的生命移注於外物，
於是本來只有物理的東西可具人情，本來無生氣的東西可有生氣，所
以法國心理學家德臘庫瓦教授（H・Delacroix）把移情作用稱爲『宇
宙的生命化』（Animation de l'univers）。」〔註43〕

　　以上筆者不厭其煩地引述朱光潛所舉的這麼多的例子，目的是要
說明美學家所謂的移情作用或是擬人作用，與認知譬喻理論的論述有
相同的認知基底。也就是說，當 X IS（A）Y 代換成「彼是此」的譬
喻理解時，就可以爲每個人在進行文學欣賞與理解時的心理認知歷
程，提供一個合理的解釋。當然這樣的譬喻理解，所呈現的是由來源
域向目標域映射的簡單對應關係，若要求其詳細的概念化歷程，便須
借助概念融合理論來說明。不過，這樣的理解不僅可以解釋美學家所
主張的，文學欣賞與詮釋的移情作用和擬人作用，更可以解釋不同的
讀者或欣賞者，對同一件作品或文本爲何會出現不同詮釋的原因。認
知譬喻理論一再強調，我們是通過某一領域的經驗來認知另一領域的
經驗：

> 譬喻意味著以另一件事來瞭解及經歷某一件事。換句話
> 說，我們是以我們概念中某一基本的經驗範域去瞭解另一
> 範域的事。在此，產生了一個根本性的問題：基本的經驗
> 範域是由什麼組成的？Lakoff & Johnson（1980：117～118）
> 指出，每個基本範域均是個別經驗的完全形態。這樣的完
> 全形態在經驗上是最基本的，因爲它們都是以人類週期性
> 的經驗爲主。而其中一個主要的經驗完形的源頭，即是我
> 們的身體（知覺機制、心智能力、情感構造等）。因爲我們
> 很早就認識了我們的身體，所以將它投射到外界事物上是

---

〔註42〕 同上註，頁 39～40。
〔註43〕 同上註，頁 40。

很自然及便利的。而且以人的角度來看事情,對大多數人
來說在意義的理解上很容易引起共鳴。〔註44〕

這是說,我們是以概念譬喻來認知以及了解、體會我們所存在的世
界,而這些概念譬喻是經由我們的身體經驗建構的。美學家對於這點
似乎也有相同的感受:

知覺都是憑以往經驗解釋目前事實。我們最原始、最切身
的經驗就是自己的活動以及他所生的情感,我們最原始的
推知事物的方法也就是根據自己的活動和情感來測知我以
外一切人物的活動和情感。我們不知道鼠被貓追捕時的情
感,但是記得起自己處危境的恐懼;我們不知道一條線在
直立著和橫排著的時候有什麼不同,但是記得起自己在站
著和臥著時的分別。以己測物,我們想像到鼠被追的恐怖;
同理,我們也想像線在直立時和我們在站著時一樣緊張,
在橫排時和我們在臥著時一樣弛懈、安閒。〔註45〕

這種論點與 Lakoff & Johnson 的體驗哲學並行不悖,朱光潛稱之為「設
身處地」和「推己及物」:「我們對於人和物的了解和同情,都因為有
『設身處地』和『推己及物』一副本領。本來每個人都只能直接的了
解他自己的生命,知道自己處某種境地,有某種知覺、情感、意志和
活動,至於知道旁人、旁物處某種境地有某同樣知覺、情感、意志和
活動時,則全憑自己的經驗推測出來的。」〔註46〕認知學者如 Lakoff
& Johnson 則稱之為體驗認知的隱喻思維。只是這些身體經驗有些是
人類所共有的,有些則受到環境以及文化的制約,因文化甚至因人而
異。因此我們所見到的雖是同一文本、所理解和感受到的卻有差異:

比如古松長在園裡,看來雖似一件東西,所現的形相卻隨
人、隨時、隨地而異。我眼中所見到的古松和你眼中所見
到的不同,和另一個人所見到的又不同。所以那棵古松就

───

〔註44〕 見曹逢甫、蔡立中、劉秀瑩著,《身體與譬喻——語言與認知的首
要介面》(台北市:文鶴出版有限公司,2001 年 12 月初版 1 刷),
頁 14。
〔註45〕 見朱光潛,《文藝心理學》,頁 48。
〔註46〕 同上註,頁 37。

> 呈現形相說，並不是一件唯一無二的固定的東西。我們各
> 個人所直覺到的並不是一棵固定的古松而是它所現的形
> 相。這個形相一半是古松所呈現的，也有一半是觀賞者本
> 當時的性格和情趣而外射出去的。〔註47〕

以上朱光潛所論述的現象，認知學者歸因於認知上的角度攝取
（perspective taking）因觀察者所取的角度差異而不同，且因文化甚至
因人而異。概念譬喻以及情感既然都需要經由身體經驗來建構，而「藝
術不能脫離情感。情感是『切身的』」〔註48〕當然就脫離不了經驗的
因素，「藝術是最切身的，是要能表現情感和激動情感的，所以觀賞
者對於所觀賞的作品不能不了解。如果他完全不了解，便無從發生情
感的共鳴，便無從欣賞。了解是以已知經驗來詮釋目前事實。如果對
於某種事物完全沒有經驗，便不能完全了解它。」〔註49〕換句話說，
X IS（A）Y 代換成「我是他」或「彼是此」的譬喻理解，確可用來
彰顯文學詮釋的認知歷程，但畢竟「我不是他」、對於「他」的理解
實在是因人而異的，也因此藝術的欣賞以及文學的詮釋仍然要受到個
別經驗的影響，就因為受限於每個人經驗的不同，不同的欣賞者與詮
釋者，對於同一文本和作品，出現不同的感受與詮釋是可以理解的。

## 第五節　文學詮釋與追尋作者「原意」

　　詮釋雖起源於西方對於宗教經典《聖經》之中的真正意義的追
尋，然則「原義」真能藉著「詮釋」而求得嗎？尤其是文學作品的所
謂「作者的原意」真能藉著詮釋者的追尋而呈現嗎？對此葉嘉瑩舉出
幾本與詮釋學相關的著作，來說明西方對「詮釋」與「原義」之間的
看法。其一是在 1960 年代後期由美國西北大學所刊出的李查・龐馬
（Richard Palmer）的《詮釋學》（*Hermeneutics*）。作者認為在對所謂

---

〔註47〕 同上註，頁 12。
〔註48〕 同上註，頁 19。
〔註49〕 見朱光潛，《文藝心理學》，頁 19。

「原義」的追尋過程中，那些從事分析和解釋的人，不論如何努力想要泯滅自我進入過去原有的文化時空，也很難做到純然的客觀。也就是說，「詮釋者對於追尋『原義』所做的一切分析和解說，勢必都染有詮釋者自己所在的文化時空的濃厚的色彩」〔註50〕。「像這種從詮釋者做出的追尋『原義』的努力，最終又回到詮釋者自己本身來的情況」，葉嘉瑩認為與伽達默爾（Hans-Georg Gadamer）在《哲學的詮釋學》（*Philosophic Hermeneutics*）所說的「詮釋的循環」（hermeneutic circle）相類似。其次她舉 1960 年代後期美國耶魯大學刊出的赫芝（E. D. Hirsch）《詮釋的正確性》（*Validity in Interpretation*）所提出的看法。赫芝認為所謂「重新建立作者的原義，原來只是一種理想化的說法。實際上詮釋者所探尋出來的通常不可能是作者真正的原義，只不過是經由詮釋者的解說之後所產生出來的一種「衍義」（significance）」〔註51〕罷了。赫芝的另一本著作《詮釋的目的》（*The Aims of Interpretation*, University of Chicago Press, 1978）則提出更進一步的看法：作品不過是提供意義的一個引線，詮釋者才是意義的創造者。

　　葉嘉瑩引介這些學者說法的目的，原只是為了解釋王國維論詞的方式與舊傳統、新學說之間的暗合之處，並非完全同意這種詮釋者至上的說法。不過，這些學者普遍認為文本作者的真正原意難以還原，因此詮釋者才是文本意義的創造者，這種看法若結合上一節所述，文學欣賞與詮釋難免會受到每個人的個別經驗影響而有不同的理解，那麼，對某一文本的不同詮釋豈不就應該是平常而合理的事嗎？再來的問題是，文學詮釋是不是就毫無限制了呢？喬納森・卡勒（Jonathan Culler）認為文學詮釋不應該有任何限制，他說：

> 詮釋本身並不需要辯護；它與我們形影相隨。然而，正如
> 大多數智識活動一樣，詮釋只有走向極端才有趣。四平八
> 穩、不溫不火的詮釋表達的只是一種共識；儘管這種詮釋

---

〔註50〕 見葉嘉瑩，《詞學新詮》，頁 4。
〔註51〕 見葉嘉瑩，《詞學新詮》，頁 4。

在某些情況下也自有其價值，然而它卻像白開水一樣淡乎
寡味。切斯特爾頓（G.K. Chesterton）對此曾有過精闢的論
述，他說：一種批評要麼什麼也別說，要麼必須使作者暴
跳如雷。〔註52〕

他認為愈是極端的詮釋，愈是能凸顯文本原本不被人注意到的意義
和內涵，因此也就比四平八穩的所謂「溫和」的詮釋更有價值：「許
多『極端』的詮釋無疑在歷史上不會留下什麼痕跡——因為它們會
被斷定為沒有說服力、多餘、不相干或枯燥乏味——然而，如果它
們果真非常極端的話，對我來說，它們就更有可能揭示出那些溫和而
穩健的詮釋所無法注意到或無法揭示出來的意義內涵。」〔註53〕他舉
羅蘭·巴爾特（Roland Barthes）曾寫過的話強化自己的立場：「那些
不去下功夫反覆閱讀作品本文的人注定會到處聽到同樣的故事。因為
他們所認出的只是已經存在於他們頭腦中的、他們已經知道了的東
西。」〔註54〕所以，巴爾特認為「過度詮釋」的方法也不失為一種「發
現」的方法：「即使這也許與詮釋問題無關——就是一種『發現』的
方法：對本文、符號以及符號實際運作機制的發現。一種方法如果不
僅能使人思考那些具體的元素，而且能使人思考那些元素的運行機
制，它就比只是力圖去回答本文向其標準讀者所提出的問題的那些方
法更有可能獲得新的發現。」〔註55〕這種看法附和了喬納森·卡勒對
所謂「過度詮釋」的辯護：

我卻認為這是我們一直在努力尋求的、探究語言和文學奧
秘的最好方法和智慧源泉，我們應該不斷地去開發它，而
不是去迴避它。如果對「過度詮釋」的恐懼竟導致我們去
迴避或壓制本文運作和詮釋中所出現的各種新情況的話，

---

〔註52〕 見艾柯（Umberto Eco）等著、柯里尼（Stefan Collini）編、王宇根
　　　　 譯，《詮釋與過度詮釋》，頁112。
〔註53〕 見艾柯（Umberto Eco）等著、柯里尼（Stefan Collini）編、王宇根
　　　　 譯，《詮釋與過度詮釋》，頁112。
〔註54〕 同上註，頁123。
〔註55〕 同上註，頁123。

那將的確是非常悲哀的。對我而言，這種新情況、這種求
新的精神在今天實在是太罕見了。〔註56〕

不過，持相反意見的艾柯，雖然不同意詮釋的唯一目的是去發現作
者本意，但他也不同意漫無限制的文學詮釋。儘管他曾在《開放的作
品》（*Opera aperta,* 1962）一書中肯定詮釋者在解讀文學文本時所起
的積極作用，然而他真正主張的是：「開放性閱讀必須從作品本文出
發（其目的是對作品進行詮釋），因此它會受到本文的制約。」〔註57〕
同時認為「在最近幾十年文學研究的發展進程中，詮釋者的權利被強
調得有點過了火。」〔註58〕並且強調「我真正想說的是：一定存在著
某種對詮釋進行限定的標準。」〔註59〕這種標準就是他所說的「本文
的意圖」：

我在最近的一些文章中曾經提出，在「作者意圖」（非常
難以發現，且常常與本文的詮釋無關）與「詮釋者意圖」
—— 用理查德・羅蒂的話來說，詮釋者的作用僅僅是「將
本文錘打成符合自己目的的形狀」—— 之間，還存在著
第三種可能性：「本文的意圖」。〔註60〕

他認為「本文所說的東西與讀者（遵循某些個人閱讀習慣）自認為
從本文中讀到的東西是可以不同的。在無法企及的作者意圖與眾說
紛紜、爭持難下的讀者意圖之前，顯然還有個第三者即『本文意圖』
的存在，它使一些毫無根據的詮釋立即露出馬腳，不攻而自破。」
〔註61〕

那「本文的意圖」到底是什麼？如何發現呢？艾柯覺得大家或許
比較能夠明白「讀者的意圖」到底是什麼意思，但卻很難對「本文的

---

〔註56〕　同上註，頁124。
〔註57〕　見艾柯（Umberto Eco）等著、柯里尼（Stefan Collini）編、王宇根
　　　　　譯，《詮釋與過度詮釋》，頁23。
〔註58〕　同上註，頁23。
〔註59〕　同上註，頁40。
〔註60〕　同上註，頁25。
〔註61〕　同上註，頁79。

意圖」進行簡單的抽象界定。也就是說「本文的意圖」並不能夠由文本的表面直接看出來。「因此，本文的意圖只是讀者站在自己的位置上推測出來的。讀者的積極作用主要就在於對本文的意圖進行推測。」〔註62〕而本文的意圖既然是出自於讀者的推測，那麼要如何證明這種推測是有效而且正確的呢？「唯一的方法是將其驗之於本文的連貫性整體。」〔註63〕艾柯並引用源於奧古斯丁的宗教學說（《論基督教義》）對自己的論點做了註解：「對一個本文某一己部分的詮釋如果爲同一本文的其他部分所證實的話，它就是可以接受的；如不能，則應捨棄。」〔註64〕值得注意的是儘管艾柯非常注重本文的意圖在文學詮釋中的重要性，他卻沒有完全否定作者的作用。他認爲「我們必須尊重本文，而不是實際生活中的作者本人。」〔註65〕然而，認爲作者與本文詮釋無關而排除在外可能會失之武斷。「在語言交往過程中存在著許多同樣的情況：說話者的意圖對理解他所說的話至關重要；特別是在日常生活交流中更是如此。」〔註66〕不過他認爲作者的作用並不是更好地理解作品本文，而是爲了理解作品的創作過程。他重視這種區別：「理解『本文策略』——作爲呈現於標準讀者面前的語言客體（因而也就能脫離經驗作者的意圖而獨自存在）——與這種本文策略的生成過程之間的區別是很重要的。」〔註67〕因爲「在神秘的創作過程與難以駕馭的詮釋過程之間，作品『本文』的存在無異於一支舒心劑，它使我們的詮釋活動不是漫無目的地到處漂泊，而是有所歸依。」〔註68〕

---

〔註62〕 同上註，頁64。
〔註63〕 同上註，頁65。
〔註64〕 見艾柯（Umberto Eco）等著、柯里尼（Stefan Collini）編、王宇根譯，《詮釋與過度詮釋》，頁65。
〔註65〕 同上註，頁66。
〔註66〕 同上註，頁66。
〔註67〕 同上註，頁86。
〔註68〕 同上註，頁89。

　　葉嘉瑩也持類似的看法。她一方面認同讀者體悟文本不必盡合作者原義，但「其相互感發之間，卻又必須有一種周濟所說的『赤子隨母笑啼，鄉人緣劇喜怒』的密切而微妙的關係，而並非漫無邊際的任意的聯想。」〔註69〕換句話說，詮釋者雖然可以擁有對作品、文本進行所謂創意性閱讀或創造性聯想的權利，但其詮釋或聯想仍然必須依文本而行，不能是南轅北轍、天馬行空式的空想。朱光潛也認爲「藝術作品中些微部分都與全體息息相通，都受全體的限制。全體有一個生命一氣貫注，內容儘管複雜，都被這一氣貫注的生命化成單整。」〔註70〕他更指出「想像」（Imagination）和「幻想」（Fancy）的分別：「『幻想』是雜亂的，飄忽無定的，有雜多而無整一的聯想，例如因『疏』字聯想到『禹疏九河』、『今年黃河水災』、『水災捐』等等。『想像』是受全體生命支配的有一定方向和必然性的聯想，……聯想在爲幻想時有礙美感，在爲想像時有助美感。」〔註71〕由此可見，美學家所認同的聯想具有一定的方向和目標，必須遵循整體作品生命的制約，並非是漫無限制、獨立於作品之外，這些看法也都呼應了前述文學詮釋應有限制、不能脫離文本的主張。

　　從認知譬喻的角度來看，儘管受限於文化背景以及個人經驗的差異，不同的讀者對於相同的譬喻容或有不同的解讀或詮釋，但這些概念譬喻並非憑空而得，仍須藉由文本中來求索。因此筆者以爲文學詮釋可以尊重一些不同的詮釋角度，但卻不宜漫無節制與限制。也正因爲概念譬喻必須從文本中追尋，因此筆者認爲文學詮釋不能脫離文本的主張是合理的。比較不同的是，雖然說文本的意圖非常重要，作者的原意也的確不易追尋，但運用認知譬喻理論解析作品的方式，是藉由文本中作者所使用的譬喻作爲線索，透過作者的譬喻概念融合過程及其認知攝取角度，索隱出其創作時有意無意間流露出的譬喻蘊涵

〔註69〕　見葉嘉瑩，《詞學新詮》，頁 5。
〔註70〕　見朱光潛，《文藝心理學》，頁 104。
〔註71〕　同上註，頁 105。

及思維，這種詮釋方式對於貼近作者的創作原意來說不僅可能，而且在理解文本上更將有莫大的助益，甚至對於理解其他詮釋者的詮釋理念來說也大有幫助。

況且，立基於此一理論基礎來閱讀文學文本，以作者文本中所使用的語言文字作爲線索，透過這些語言符碼索隱其背後的譬喻概念系統，既呼應艾柯重視「文本的意圖」之看法，進而貼近作者創作的「原意」，也不致違背葉嘉瑩並重作者之論，更能在有詮釋依憑下（不致被譏爲胡思亂想的過度詮釋）保有接受者（讀者、聆聽者或觀賞者）的再創作用與詮釋自由，應該是多方兼顧下的一條可行之道。

## 第六節　概念譬喻理論與詩歌詮釋

### 一、詩隱喻的誕生

認知詩學是對文學的一種思考方式。﹝註 72﹞「認知」研究閱讀所涉及的心智過程，「詩學」則針對文學藝術。﹝註 73﹞認知詩學視文學非少數人的樂事，而是日常人類經驗的一種特殊形式，是一種認知，植根於我們賦予世界意義的普遍認知能力之中。﹝註 74﹞概念譬喻理論中的文學觀即可涵蓋於認知詩學底下，Lakoff-Johnson（1980）已論證人類是藉由譬喻概念系統來生活及思維，文學既爲人類的認知經驗，則從認知的角度透過文本中的語言符碼做爲橋樑，探求文本中蘊含之概念譬喻及其譬喻攝取角度，或有可能逐步解開作者寓藏在作品中的幽微感情之謎。

以色列特拉維夫大學（Tel Aviv University）希伯來語及認知詩學

---

﹝註 72﹞ Stockwell 2002, Cognitive Poetics: An Introduction,（London：Routledge）: 6.

﹝註 73﹞ Stockwell 2002, Cognitive Poetics: An Introduction,（London：Routledge）: 1.

﹝註 74﹞ Gavins, Joanna & Gerard Steen（Eds）. 2003, Cognitive Poetics in Practice, London/New York： Routledge.p.1

（Hebrew Literature and Cognitive Poetics）的 Reuven Tsur 教授認爲，文學的主要目的是把我們的常規認知運作作陌生化處理（defamiliarize）。這其實也與 George Lakoff、Mark Turner 等所強調的「文學閱讀的心智活動與日常生活中的心智活動一致，『詩隱喻』的創造力經由慣用隱喻的創意延伸而產生」之主張有其認知共性。

　　George Lakoff（喬治・雷可夫）以及 Mark Johnson（馬克・詹森）在 1980 年出版了認知語言學的經典巨著 *Metaphors We Live By*《我們賴以生存的譬喻》〔註 75〕，創建了「概念譬喻理論」（conceptual metaphor theory，簡稱 CMT）。透過他們的理論以及論述使我們瞭解，原來譬喻並不只是在文學修辭上才能用得到的特殊工具，而是我們瞭解環境、探索世界以及與他人溝通的重要生存方式。只是，譬喻思維既然本來就存在於我們的概念系統，而且是人類日常習慣的思維方式，那麼文學呢？文學上使用的譬喻，尤其那些被認爲是文學家獨創的、偉大作品中的譬喻，究竟與我們生活中不斷使用的常規譬喻〔註 76〕有何區別？或者這樣說，文學家們如何能化腐朽爲神奇，將陳舊的、習見的常規譬喻轉化成有創意、新奇的詩隱喻呢？

　　Lakoff 與 Mark Turner（馬克・透納）爲我們解決了這個問題。他們隨後於 1989 年出版了 *More Than Cool Reason：A Field Guide to Poetic Metaphor*《超越冷靜理性：詩歌隱喻實用指南》〔註 77〕，將「概

---

〔註 75〕 George Lakoff & Mark Johnson，Metaphor We Live By,（Chicago,The University of Chicago Press, 1980）本文依據周師世箴譯註，《我們賴以生存的譬喻》（臺北：聯經出版社，2006 年）。

〔註 76〕 本文所謂「常規譬喻」指的是日常生活中習用的概念譬喻，儘管我們可能絲毫沒有察覺，但卻不時使用的那些概念系統。例如我們常說的「早年」、「中年」及「晚年」，即是以一年喻指人的一生的概念譬喻，我們時時都在使用，卻絲毫沒查覺這是「譬喻」。至於本文所謂「變異」則是指藉由 Extending（創意延伸）、Elaborating（創意表述）、Questioning（創意質疑）以及 Composing（創意拼合）等方法，將日常的常規譬喻幻化而成的詩隱喻。

〔註 77〕 George Lakoff & Mark Turner：More Than Cool Reason：A Field Guide to Poetic Metaphor（Chicago,The University of Chicago Press,1989）本

念譬喻理論」運用在文學的詩歌分析上。書中除逐步詳論常規譬喻的
創造力，以及常規譬喻與詩隱喻之間的密切關係外，並論述了文學家
如何藉由 Extending（創意延伸）、Elaborating（創意表述）、Questioning
（創意質疑）以及 Composing（創意拼合）等方法，將日常的常規譬
喻幻化爲神奇的詩隱喻。

　　Lakoff 與 Mark Turner（1989）一書中的詩歌分析，可以說是概念
譬喻理論的文學分析與實踐。他們說：「偉大的詩人之所以能與我們溝
通，是因爲運用了人人都具有的思維模式。」〔註 78〕也就是說，讀者
之所以能跨越時空、超越種種限制，欣賞並領會歷代作家的作品，從
而與作者產生交感共鳴，完全是依賴人類共有的思維模式之故。由此
可看出 Lakoff 與 Mark Turner 的文學觀念——文學就是隱喻認知運作
的結果。「雖然『隱喻認知』並不直接等於『文學』，是『詩隱喻』使
它成爲文學，但它卻是孕育『詩隱喻』的娘胎。」〔註 79〕

　　常規譬喻之所以能孕育出詩隱喻，從概念譬喻理論來看，其過程
是透過「映射」。也就是經由映射把來源域和目標域的基模結構點、
結構點間的關聯和概念的知識特性對應起來。例如，透過「旅行」的
知識結構以及映射，創造出讓我們理解「人生」的結構，幫助我們快
速適當地理解類似的抽象觀念。因此 Lakoff- Turner 1989 指出，當人
們時常不假思索地使用常規譬喻，並且溝通無礙時，便是接受了它的
基模結構與概念，這樣也就顯現出常規化基模和譬喻映射的力量。

　　換句話說來源域和目標域的四種對應是：1、將來源域基模存儲
槽（如旅行）映射至目標域存儲槽（如人生）之上。2、將來源域關
係（如旅行）映射至目標域關係（如人生）之上。3、將來源域特質

---

　　　　文依據周師世箴譯〔未刊稿〕。
〔註 78〕　請見原文：Great poets can speak to us because they use the modes of
　　　　　thought we all possess（L&T 1989： Preface xii）.
〔註 79〕　請見陳瓊婷，《概念隱喻理論在小說的運用——以陳映眞、宋澤萊、
　　　　　黃凡的政治小說爲中心》，（台中：東海大學中國文學系博士論文，
　　　　　2007 年 2 月），頁 80。

映射至目標域特質之上。4、將來源域知識映射至目標域知識之上。
透過這樣的映射，便可賦予常規譬喻五種創造性的力量：1、建構的
能力（The power to structure）──是說譬喻映射使人們可以藉助已
知之物的概念結構來瞭解未知事物的概念結構，概念結構不能自外於
譬喻而存在。2、選擇的能力（The power of options）──是說譬喻
映射擁有選擇的可能性，這與映射具有層級結構以及映射發生在較上
位層次有關。譬喻映射的選擇使我們可以豐富基本隱喻結構，並因此
發出對目標域的新解讀。3、推理的能力（The power of reason）──
是說譬喻使我們可以借用來源域的推理模式去解釋目標域。4、評價
的能力（The power of evaluation）──是說我們不但可以將來源域的
實體與結構借用到目標域，還可以將來源域評價實體的方式借過來。
5、生存的能力（The power of being there）──是說常規概念譬喻的
存在以及隨手可得，使其成為有力的概念性表達工具。但也因此具有
左右我們的力量，因為概念譬喻在使用時自然而然且不費吹灰之力，
我們即使察覺也很難質疑它的存在。

　　「慣用隱喻的四項映射賦予隱喻四種創造的能力/力量，提供『詩
隱喻』誕生的條件，而『延伸』（extending）、『精鍊』（elaborating）、
『提問』（questioning）、『整合』（composing）四個手法，則直接點化
平凡的想法為詩思，使『慣用隱喻』蛻變成『詩隱喻』（Lakoff & Turner
1989：67）。」〔註80〕詩性思維的一個主要作法就是將常規隱喻加以
延伸，而創意延伸最大的功能則是擴大常規譬喻的蘊涵。詩性思維另
一個超越慣例的主要作法是將基模作非常規的創意表述，這是於基
模位置填入不尋常的方式，而非將隱喻延伸映射於新增的位置。除了
創意表述的常規譬喻，詩人突破常規譬喻的常態用法是指出並提出

〔註80〕　見陳瓊婷《概念隱喻理論在小說的運用──以陳映真、宋澤萊、黃
　　　　凡的政治小說為中心》，頁 89。關於此四項詩隱喻的概念力，周師
　　　　世箴所譯為 Exending（創意延伸）、Elaborating（創意表述）、
　　　　Questioning（創意質疑）和 Composing（創意拼合）。

質疑這些用法的界線。Lakoff-Turner 甚至認為，一些重要的詩意觀點（poetic point）就是因為詩人違反常規譬喻的想法而形成。創意拼合是以別出心裁的方式來聯結各種概念譬喻，Lakoff-Turner 認為這是使詩性思維從常規譬喻脫胎換骨最有力的方法。兩人並強調創意拼合發生在概念層次，雖然概念以字詞為載體，但絕非字詞的組合，特別是創意拼合創造更豐富和複雜的譬喻聯結，它產生的推論遠勝過由單一譬喻所導出者。創意拼合常見於一段詩或一行詩，常並用兩個或多個概念譬喻來表達詩性思維，也就是目標域被一個以上的譬喻映射。多個譬喻結合映射，所產生的映射層次與蘊涵將較單一譬喻多樣、豐富。Lakoff-Turner 分別舉了一些例子以闡明這四種方法的實際運作情形。他們首先以「Hamlet 的獨白」來說明 Shakespeare 如何透過擴充常規譬喻的譬喻蘊涵，將「死亡是睡眠」（DEATH IS SLEEP）的常規譬喻延伸為詩隱喻：

> To sleep, per chance to dream ── Ay, there's the rub;
> For in that sleep of death what dreams may come?
> 睡去，可能還作夢 ── 對，這才麻煩。
> 因為在死的睡眠裡會做哪一種夢？
> William Shakespeare（Hamlet 3.1）（彭鏡禧譯）〔註81〕

在「死亡是睡眠」的常規譬喻中，我們通常是將「睡眠」域知識系統中的「無法活動」、「無法知覺」、「水平的姿勢」等概念映射至「死亡」域。「夢」並不屬於常規映射的知識系統，而是相關的延伸。

接著 Lakoff-Turner 以「死亡是離去」（DEATH IS DEPARTURE）的常規譬喻為例，藉由比較賀拉斯（Horace）（Quintus Horatius Flaccus）與狄瑾森（Dickinson）在填空格上的用字差異來說明「創意表述」的運作：賀拉斯（Horace）之「木筏之永遠放逐」（eternal exile of the raft）其譬喻蘊涵為「死亡是一去不回的旅行」。他在「離開」空格內填入

---

〔註81〕 此翻譯部分轉引自陳瓊婷《概念隱喻理論在小說的運用 ── 以陳映真、宋澤萊、黃凡的政治小說為中心》，頁 89。

「放逐」，「交通工具」空格內塡入「木筏」，「放逐」與「木筏」使常
規譬喻「死亡是離去」的意義明確，也額外增加一些概念。「放逐」
並非自願的離開，由外力造成，被放逐的人雖具有回歸的意願，卻無
法如願。「木筏」不是快捷、華美、安全、直達目的地的理想交通工
具，它漂浮在浪潮中難以控制，木筏上的人被置放在自然的險地。「木
筏之永遠放逐」表達了人無力反抗、永遠被放逐於木筏之上，漫無目
的地隨波逐流、不知所終的死亡概念。與賀拉斯（Horace）之「死亡
是離去」用法相比，狄瑾森（Dickinson）對同一常規譬喻有不同用法：

> Afraid? Of whom am I afraid?
> Not Death, for who is He?
> The porter of my father's lodge
> As much abasheth me.
>
> 怕？我怕誰？
> 不是死神，他是誰？
> 我父住所的搬運工
> 同樣令我驚恐

狄瑾森（Dickinson）詩中的「離開」是離開本地前往別處，具有「目
的地」；她在此目的地空格塡入的是「家」——父親的小屋（father's
lodge）。「離開」空格中塡字的不同，顯示兩人對死亡的認知與感受
完全不同，賀拉斯（Horace）認爲死亡是漫無目的的飄盪並懼怕死
亡；狄瑾森（Dickinson）則不懼怕死亡。由此可知，不同的作者在
相同塡空格使用的字眼不同，即可帶給讀者不一樣的死亡概念。即
便遵循「木筏之永遠放逐」之傳統讀法，視「木筏」爲卡隆（Charon）
（希臘神話中黑夜女神之子）擺渡亡靈之筏，那麼賀拉斯在「死亡
是離去」常規譬喻的創意表述仍不同於狄瑾森：雖然二者均含一個
終點，但此終點在狄瑾森詩中是家，在賀拉斯詩中卻是家的對立面
——放逐。（Lakoff & Turner 1989：67～9）

　　Lakoff-Turner 對於詩隱喻「創意質疑」的作法舉例如下：

> Suns can set and return again,

But when our brief light goes out,

There's one perpetual night to be slept through.

太陽落了會再來，

我們短暫的火花熄滅了，

卻將是永夜長眠。

Gaius Valerius Catullus（Catullus 5）（卡圖盧斯詩集 5.4～7）

此處卡圖盧斯用了「一生是一日」（A LIFETIME IS A DAY）這個概念譬喻，並且從「人死不能復生」的重要關鍵，凸顯這個譬喻中「衰竭而亡」（breakdown）的重要意涵。同樣的情形發生在【奧賽羅】 *Othello* 第五幕第二景，當奧賽羅企圖殺死愛妻 Desdemona 時對著一支蠟燭自言自語：

If I quench thee, thou flaming minister,

I can again thy former light restore,

Should I repent me; but once put out thy light,

Thou cunning'st pattern of excelling nature,

I know not where is that Promethean heat

That can thy light relume.

Shakespeare（*Othello* 5.2）

我若是熄滅你，這熊熊燃燒的蠟燭，

我如一旦翻悔，還可以使你再放光明；

但我若撲滅你的生命之火，

你這天生尤物，

我不知甚麼地方有那從天上盜來的神火

能點燃你的光亮。莎士比亞奧賽羅 5.2（梁實秋譯）

此例中莎翁運用「生命是火焰」（LIFE IS FLAME）的概念譬喻，透過「蠟燭熄滅了仍然可以點亮，但 Desdemona 的生命之火熄滅了，即連神火亦無法令其復燃」的創意質疑，寄寓「人死不能復生」的事實。（Lakoff & Turner 1989：69）

關於「創意拼合」，Lakoff-Turner 以莎士比亞十四行詩中的四行

為例：

> In me thou seest the twilight of such day
> As after sunset fadeth in west;
> Which by and by black night doth take away,
> Death's second self that seals up all in rest.

> 從我身上你可以看到這樣的黃昏，
> 夕陽已在西方褪了顏色，
> 不久黑夜那死亡的化身，
> 就會把它取走，使一切安息靜臥。

> William Shakespeare（*Sonnet* 73）（梁實秋譯）

以上四行詩中創意拼合有關死亡的譬喻概念：「光是物質」（LIGHT IS A SUBSTANCE）、「事件是行為」（EVENTS ARE ACTIONS）、「生命是寶貴財產」（LIFE IS A PRESCIOUS POSSESSION）、「一生是一日」（A LIFETIME IS A DAY）、「生命是光」（LIFE IS LIGHT）等。（Lakoff & Turner 1989：70-2）

　　嚴格來說，每一個偉大作家的每一部作品都會出現將常規譬喻幻化為詩隱喻的不同手法，應不只上述 Lakoff-Turner 所歸納出的那四個方法而已，但這是探討詩隱喻基礎的一步，也是很重要的一步。且不管詩人幻化的方式為何，譬喻的結構和映射運作機制總是促成詩隱喻誕生的原動力。而該四項方法中，在文學作品的分析上，創意拼合是其中最重要的一項。因為每一個作品中的每一個概念譬喻，單獨存在時即各自具有其獨特的蘊涵，當它們共存在同一文本時，創意拼合在消極方面能使這些概念譬喻相互牽制，約束了譬喻蘊涵的任意性；在積極方面則是能創造更豐富和更複雜多元的譬喻映射與蘊涵。

## 二、概念譬喻理論之詩歌詮釋

　　前文曾提出過這樣的問題：一首詩或一闋詞到底如何能將作者幽微深隱的心境傳達給讀者大眾知道？因為「詩無達詁」，各種文學詮釋，特別是對於詩性語言的詮釋，可以是人言言殊，同時也很難有絕

對的標準可供依循。但爲何有些人（有時是多數人）對同一首詩或詞的感受卻是大同小異，解讀上有相合之處？是不是詩詞中釋放出的訊息激發出我們內在共有的體驗？換句話說，從詩詞作品中，尤其是富含比、興的作品，我們如何探求作者內心相對幽隱的感情，並由此產生相當一致的判讀？這是頗令人好奇的，也是筆者時常思索的問題。伴隨著認知語言學的發展，這些疑問逐漸有了解決的可能。認知詩學視文學非少數人的樂事，而是日常人類經驗的一種特殊形式，是一種認知，植根於我們賦予世界意義的普遍認知能力之中。〔註82〕概念譬喻理論中的文學觀即可涵蓋於認知詩學底下，Lakoff-Johnson（1980）已論證人類是藉由譬喻概念系統來生活及思維，文學既爲人類的認知經驗，則從認知的角度透過文本中的語言符碼做爲橋樑，探求詩詞文本中蘊含之概念譬喻及其譬喻攝取角度或有可能逐步解開作者寓藏在作品中的幽微感情之謎。

　　對於語言學理論能否用於文學研究的問題，周師世箴曾有詳盡論述，她說：

> 文學作品中的語言，太過老套的令人生厭，太怪、用語太生澀難懂也同樣要被排斥。評者有一定的衡量標準嗎？同樣是寫妓女，黃春明早年的《看海的日子》與後期《莎喲娜啦再見》、《小寡婦》爲什麼有鄉土、城市之分？除了其他相關因素，語言表達是如何顯示人物的背景與個性呢？《紅樓夢》與《西遊記》中的人物語言爲什麼那麼鮮活而有個性？同樣以送別爲主題，蘇軾、柳永、李清照三人的風格差異可以由他們的語言運用觀察到嗎？相對於成人文學，成人寫兒童文學時所追求的「淺語、童言童語」是否有「規」可循呢？詩的語言往往看似無理，想去卻又覺得妙得不可更易一字。讀者由「看似無理」到「妙得不可更易一字」，詩人由句句中規中矩到「看似無理」、「妙得不可

〔註82〕 Gavins, Joanna & Gerard Steen（Eds）. 2003, Cognitive Poetics in Practice, London/New York： Routledge.p.1

更易一字」，其間經歷了什麼樣的心路歷程與詞句鍛鍊過程
呢？這就牽涉到語言的「常規」、「變異」、二者之間的互動
關係，以及使用者如何拿捏的問題。對文學語言現象進行
由表及裡的分析，層層深入地揭開只可意會不能言傳的神
秘面紗，正是講求系統與知性分析的語言學理論可以貢獻
所長之處。〔註83〕

因此，利用語言學與文學二者間所共同具有的「語言符碼」作為媒介，
便有可能使原本各自獨立、不相隸屬的兩個空間，重新會合到同一個
整合空間（blending space）之中。

概念譬喻理論（Lakoff-Johnson 理論）原本是論證我們人類是以
譬喻性的方式來看待整個世界的理論。例如我們常將人一生的長度
看作是一天的長度，因此有了「早年」、「暮年」的說法；我們又常以
看待自己身體部位的方式來看山，所以山就有了「山頭」、「山腰」以
及「山腳」這種類似於人的身體部位的形容；在複雜的人際社會交往
上，我們有時也會推展自己在生意買賣上頭的經驗，將人看作是貨
物，而有了「誰出賣了誰」這一類說法。所有類似的、數不清的例子，
正說明我們是以譬喻的思維方式來生活、來與旁人溝通的。我們之所
以時時刻刻都能使用這些譬喻比擬，並不是偶然的，它的背後有著完
整的概念系統。

文學強調作家（作者）的想像、興發或聯想作用，自然是概念以
及思維的產物。無論是象徵、比喻，以及其他有形、無形的比擬，背
後一定蘊含概念體系的作用。所以，「我見青山多嫵媚，料青山、見
我應如是」〔註84〕正是「青山是人」的譬喻概念作用之下，把青山比
擬為人的聯想結果。

不過，同樣的情與景，每個人所生的聯想卻不盡相同。所以作家
對於譬喻的取擇也不一定相同。追尋作家的聯想軌跡，探求其譬喻背

〔註83〕　見周師世箴，《語言學與詩歌詮釋》（台中：晨星出版有限公司，2003
　　　　年3月），頁1。
〔註84〕　見辛棄疾〈賀新郎〉（甚矣吾衰矣）詞。

後的概念思維，對了解與欣賞作品而言，自然是極爲重要的一步。即使作家運用的是相同的譬喻，也會因攝取角度的差異，在作品中呈現完全不同的樣貌。例如：「她像玫瑰花一樣嬌豔」與「她像朵帶刺的玫瑰」，都是出自「人是植物（玫瑰）」的概念譬喻。可是「她像玫瑰花一樣嬌豔」是外型比擬（艷麗）之下的角度攝取結果；而「她像朵帶刺的玫瑰」則是從植物的生物特質（多刺），作爲譬喻的角度攝取。

所以，藉由作家在作品中較常使用的概念譬喻，分析他（她）們獨特的譬喻攝取角度，對於了解作家是如何看待世界以及發掘作家作品的譬喻特色，進而掌握作家的譬喻思維，將有很大的幫助。下一章將以使用的語言符碼作爲切入點，追尋其概念譬喻，以蘇軾〈定風波〉詞爲例，驗證概念譬喻在詩歌中的實際運作情形。

## 三、總體性隱喻閱讀原則

Lakoff-Johnson 告訴我們，譬喻是人類的思維方式，而譬喻存在的目的就是以一個概念範疇去說明另一個概念範疇：

> Lakoff-Johnson 譬喻理論列舉了一系列的論證，證明人類語言中之所以會有這麼多譬喻性說法，主要原因就是我們的概念基本上也是由譬喻建構起來的。我們大部分的概念體系本質上就是譬喻性的（metaphorical），人類藉助譬喻來建構觀察事物、思考、行動的方式。『譬喻的本質就是藉由另一個事物以理解或經驗一個事物。』（……the essence of metaphor is understanding and experiencing one kind of thing or experience in terms of another.）（1980：5）。〔註85〕

只是，語言表述是複雜的，一句話或一個句子中往往含有不只一個概念譬喻。這些不同的概念譬喻卻可能爲相同的目的服務。也就是說，這些不同的概念譬喻可以用來說明同一個概念範疇。例如「讓我們進入此事件的*核心*」（Let's get to the heart of the matter.），這個句子除「重

---

〔註85〕 見拙著，《從當代譬喻理論解讀李清照》（台北：文津出版社，2008年），頁 2～3。

要的是中心、次要的是邊緣」（IMPORTANT IS CENTRAL; LESS IMPORTANT IS PERIPHERAL）的概念譬喻，還寓含「事件是容器」（AN EVENT IS A CONTAINER）的概念譬喻，這兩個不同的概念譬喻都用來說明相同的概念範疇——「事件」所具有的重要內容。

　　不單是日常語言表述如此，文學作品亦然。還未閱讀過 Lakoff & Turner 1989 之前，筆者就認為概念譬喻的出現往往具有另外的目的：

> 由上述李清照的作品來說，「人是植物」或「女人是花」的譬喻只是詞人用來傳達「人的凋零如植物的凋零」、「人的高尚品格如植物的堅貞」等譬喻蘊涵的基礎。甚至植物因風雨或時間凋零，但使人衰老凋零的外力為何，或許才是詞中藉由「人是植物」或「女人是花」的譬喻要對方（或讀者）產生的聯想。因此，了解作者何以從植物的許多特性中選擇部分特性作為概念譬喻的攝取角度，既說明概念譬喻的角度攝取因人、時、地的不同有其不同的偏好性，也更能使我們體會作者在作品中所欲傳達的真正意涵。〔註86〕

閱讀了 Lakoff & Turner 1989 並了解其所提出的「總體性隱喻閱讀」之原則後，我們更相信文學作品中出現的不只一個的概念譬喻，多是為了說明或解釋相同的目標域。換言之，來源域可以由多個概念範疇整合後映射目標域，目標域可藉此獲得更周全的了解。因此，跨隱喻的整合就顯得必要而且重要。

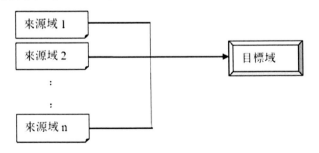

圖 2-5-1　「總體性隱喻閱讀」原則之來源域與目標域映射

〔註86〕　見拙著，《從當代譬喻理論解讀李清照》，頁 50。

　　單一概念範疇本身即具有整體相合性，多個概念範疇要映射同一個概念範疇，當然也必須具有整體相合性。而多個概念範疇之所以能夠整合，在於它們具有共同的譬喻蘊涵。Lakoff & Turner（1989）在「共同的譬喻蘊涵使得跨隱喻映射成爲可能」的基礎上，再提出「單一隱喻可整合成複雜的隱喻」以及「整合創造更豐富和複雜的隱喻聯結」的看法，這些卓見對闡釋文本的幫助甚大。

　　前文曾提到，Lakoff & Turner（1989）提出「總體性隱喻閱讀」原則，並以之探討一首作品之內不同譬喻的整合。兩人所謂的「總體性隱喻閱讀」就是將全詩視爲一個來源域，其所映射的目標域具有較大範圍的關照。

　　然而，「總體性隱喻閱讀」的方法到底爲何？從 Lakoff & Turner（1989）分析"The Jasmine Lightness of the moon--To a Solitary Disciple"〈茉莉月光──爲一徒而作〉的方法來看，是先從標題索隱一個主要概念譬喻，以用來節制文本內其他概念譬喻的索隱，而被標題節制的這些概念譬喻以環環相扣的方式出現，其蘊涵也以相同的方式疊加串聯，但它們必須是從詞彙聯想或推論出來的；之後再將這些概念譬喻整合映射至目標域以闡釋文本的內涵，目標域的內涵便在這些概念譬喻串聯完成後顯露出來。關於「總體性隱喻閱讀」的方法，陳瑷婷（2007）分析得極爲透徹：

> Lakoff-Turner 只以〈月之淡黃光輝〉的分析來呈現何謂〈全局性隱喻閱讀〉原則──把整首詩/整個文本視爲來源域，將之映射到具更寬廣關懷的目標域。如果只能憑藉這些分析來掌握方法，那方法又是什麼？一是，從標題索隱節制文本內其他概念隱喻的主軸，即主要概念譬喻。二是，藉由語彙再來索隱文本內的其他概念隱喻，值得注意的是，語彙的挑選仍受主要概念隱喻的節制。由於一、二兩種方法使然，形成了以主要概念隱喻爲基點的一連串概念隱喻聯想，文本內在結構的關聯也就建立在這種聯想之上。三是，從詩篇整體形式和句子結構來發現「語言表述形式與

意義的像似」關係。〔註87〕

那麼，「總體性隱喻閱讀」的方法是否適合於古典詩詞的分析呢？筆者認爲多數具有「標題」的文類，應可符合上述 Lakoff & Turner（1989）所論與陳瓊婷（2007）所歸納出的三個方法。古典詩歌除少數晦澀者外，多數詩題可用以索隱詩中之概念譬喻，自然可以適用。只是，「詞」這種文體，其詞牌與詞之內容並無絕對相關性，恐不能完全適用Lakoff-Turner 所示範之分析法則。運用時須由詞彙類聚入手、從文本分析始，另需求索詞人之生平志意與詞之創作背景，再參考前人說解，方能索隱出詞中主要的概念譬喻。葉嘉瑩教授也主張除對作品本身的語言意象必須重視外，亦須重視作者創作的主體意識，兩者不可偏廢：

> 私意以爲中國舊傳統之往往不從作品之藝術價值立論，而津津于對作者人格之評述的批評方式，雖不免有重點誤置之病；但西方現代派詩論之竟欲將作者完全抹殺，而單獨只對其作品進行討論的批評方式，實亦不免有褊狹武斷之弊。因爲無論如何作者總是作品賴以完成的主要來源和動力。就以西方現代派詩論所重視的意象、結構與肌理等質素而言，又何嘗不是完全出自作者的想像與安排。所以對作者之探索與了解，永遠應該是文學批評中的一項重要課題。而且近日西方所流行的較現代派更爲新潮的現象派的文學批評，也已經注意到了作者過去所生活過的時空的追溯和了解在文學批評中的重要性。美國約翰霍普金斯大學的教授普萊特（Georges Poulet）就曾認爲批評家不僅應細讀一位作家的全部著作，而且應盡量向作家認同，來體驗作家透過作品所有意或無意流露出來的主體意識。我以爲現代派批評所提出的對作品本身之語言意象的重視，與現象派批評所提出的對作者主體意識的重視，二者實不可偏

〔註87〕　見陳瓊婷，《概念隱喻理論在小說的運用——以陳映眞、宋澤萊、黃凡的政治小說爲中心》（台中：東海大學中國文學系博士論文，2007 年 2 月），頁 109～110。

廢。〔註88〕

當然，索隱文本中的主要概念譬喻時仍然具有著某些限制：「總體性隱喻閱讀具有某些適度開放性，也必須遵循某些限制。以目標域的選擇爲例，可由詩的正文與標題明示或暗示，但讀者通常有廣闊的空間來選擇目標域。主要的限制是這些選擇必須『合理』（make sense），解讀經得起『評判』（justified）。並非任意選一個目標域來任意解讀而已。限制之一，映射運用了常規概念隱喻，也就是說，這些隱喻屬於我們的概念系統，而不專屬某首詩的特定解讀。另一限制是常識與常規隱喻的配合運用。外加一條限制是像似性（iconicity）──必須形義相符。詩中的像似結構（iconic structure）必須與整體解讀前後連貫。」〔註89〕否則便容易流於「過度詮釋」之失。

## 四、概念融合理論的介紹

本節將由概念融合理論的源起至發展成熟的過程作一概要介紹，並將討論該理論在認知語言學以及其他相關方面的運用與貢獻，尤其是在文學作品詮釋上的各種嘗試以及強大的解釋力，以明瞭其與概念譬喻理論在運作上之差異以及實質上之互補關係，俾作爲往後延伸研究與文本實踐之基礎。

### （一）概念融合理論的起源與開展

概念融合理論約可推源至20世紀70年代Langacker所提出的「空間語法」（space grammar）概念。隨後他發表了《基礎認知語法》（*Foundations of Cognitive Grammar*）的第一卷（理論前提）（Langacker 1987）以及第二卷（描寫應用）（Langacker 1991），其中所大力闡述的「認知語法」，正是對「空間語法」的深化與拓展，也就是說，「認知語法」實質上就是原初的「空間語法」（Brown 2008，Vol. 2：538），

---

〔註88〕 請見葉嘉瑩，《詞學新詮》，頁 28～29。
〔註89〕 L&T（1989）：CH3（147），周師世箴譯〔未刊稿〕。

而「空間語法」就是「認知語法」的雛形。〔註90〕到了西元 1980 年，Lakoff & Johnson（1980）發表了劃時代的鉅著《我們賴以生存的譬喻》（*Metaphors We Live by*），不僅顛覆傳統上對譬喻的看法與想法，也開創了認知語言學研究的新時代。Lakoff & Johnson 指出，譬喻不僅只是一種修辭技巧，更是人們日常生活普遍使用的認知與思維的方式（Lakoff & Johnson 1980：3）。他們並且提出概念譬喻理論，認為譬喻是從來源域到目標域的結構映射。這一理論引發不少學者省思傳統的各種譬喻研究觀點，開始追索隱藏在譬喻現象背後的人類認知過程以及其認知機制。五年後，Fauconnier 的《心理空間》（*Mental Spaces*）問世，建立了認知語言學的另一個里程碑。Fauconnier 在書中提出了心理空間理論，進一步探索深藏在人類自然語言意義實時（on-line）構建背後的認知奧秘（Fauconnier 1985）。心理空間，就是人們在交談以及思考的過程之中為了達到局部理解與行動的目的而臨時儲存在工作記憶中的概念包（conceptual packets），而譬喻則是跨心理空間映射的結果。Fauconnier 聚焦在探討自然語言意義實時（on-line）構建過程中，心理空間通過各種語言形式而得到建立、所指和辨認的各種具體情況，他指出「對所相關的語言組織的理解，會將我們引向對空間域的探究，而這些空間域建基於我們的談話或聽話過程，並且我們借用各種語義要素（elements）、角色（roles）、策略（strategies）以及關聯（relations）來建立這些空間域」（Fauconnier 1985：1）。Fauconnier（1985：1～2）進一步指出，這些空間域實際上就是彼此具有相互聯繫的心理空間。Lakoff & Johnson 其概念譬喻理論中所謂的「來源域」與「目標域」，也可以說就是在譬喻映射的過程中所產生的兩個「心理空間」。心理空間與人類語言之間的關係究竟有多密切呢？

---

〔註90〕 資料取材自王文斌、毛智慧主編，《心理空間理論和概念合成理論研究》前言（上海：上海外語教育出版社，2011 年 11 月），頁 4。

> 雖然心理空間本質上不屬於語言，不是語言的有機組成部
> 分，但語言不能游離於心理空間之外而存在。同樣，在構
> 建心理空間的過程中，語言起著至關重要的作用，因為語
> 言能確立各心理空間之間的關係以及各心理空間中各語義
> 要素之間的聯繫。〔註91〕

經過長期對心理空間的研究與努力，Fauconnier 在 1997 年出版了闡述概念合成理論的專書 Mappings in Thought and Language（思維與語言中的映射）。書中詳細闡論自然語言中的意義實時（on-line）構建及連接各心理空間的映射過程，也就是「四空間」相互作用下的自然語言意義構建模型。這所謂的「四空間」是指類屬空間（generic space）、輸入空間 $I_1$（input $I_1$）、輸入空間 $I_2$（input $I_2$）以及融合（合成）空間（blend）。這個自然語言意義建構模型的目的是要揭示概念合成的認知運作機制和程序。其運作過程是先由類屬空間向輸入空間 $I_1$ 與輸入空間 $I_2$ 映射，先反映出 $I_1$ 與 $I_2$ 兩個輸入空間之中，共同享有平常儲存在人類大腦中的，那些更為抽象但常見的思維結構和組織，同時制定跨空間映射的核心。一旦這兩個輸入空間發生了部分帶有選擇性的直接對應映射之後，便會再被映射到合成空間，隨後並在合成空間經過「組合」（composition）、「完善」（completion）以及「擴展」（elaboration）等彼此互相關聯的心理認知程序的交互作用下，最後形成「新顯結構」（emergent structure）〔註92〕。新顯結構的產生過程，就是意義的蘊含和形成的過程。正因為有認知思維與心理蘊含不斷地在此過程中展開，整個認知模型展現出來的是一個充滿動態的認知運作模式。Fauconnier（2001：167）認為，語言研究的重點就在意義構

---

〔註91〕 王文斌、毛智慧主編，《心理空間理論和概念合成理論研究》前言（上海：上海外語教育出版社，2011 年 11 月），頁 4。

〔註92〕 "emergent structure"周師世箴譯之為「湧現結構」以取其在腦際靈光一閃、如潮水突然湧現之意，此處行文參考王文斌、毛智慧主編之《心理空間理論和概念合成理論研究》其前言部分所述之理論沿革，為維持譯文之一貫性以及顯示"emergent structure"係在「合成空間」所合成之「新結構」，故暫依其文中所譯為「新顯結構」。

建的過程，是以心理空間的建立、映射以及合成的機制自然便成爲概念合成理論所探討的中心問題。

總之，從 Langacker 在 20 世紀 70 年代提出「空間語法」起，經過他自己以及 Lakoff、Johnson、Fauconnier 等大師在 80 年代的持續努力之下，不僅他原先的學術思想更臻成熟，也得到更大的拓展，並逐步演變成爲心理空間理論。到了 90 年代以及 21 世紀初，隨著研究的深入與深化，一個系統化、有著完整體系的概念合成理論於焉成立。

## （二）概念譬喻理論與概念融合理論的比較

如同前文所敘述，自 1980 年 Lakoff & Johnson 出版《我們賴以生存的譬喻》（*Metaphors We Live by*）並提出概念譬喻理論以來，他們所主張的譬喻不只是語言的表達工具，也是我們認識世界、了解世界的認知與思維方式等，目前已經成爲認知語言學界普遍接受的主流論述。他們所提出的「來源域」（source domaim）、「目標域」（target domain）、「映射」（mapping）以及「守恆原則」（invariance principle）等理論術語也已經成爲認知科學、語言學和文藝批評理論等學科常用的術語。另一方面，美國語言學家 Fauconnier 則在 1997 年所出版的 *Mappings in Thought and Language*（思維和語言中的映射）（Fauconnier 1997）中，將譬喻機制跟其他語言以及認知現象結合起來，創立「概念融合」（conceptual blending）或稱「概念合成」（conceptual integration）理論。他隨後又與另一位語言學家 Turner 共同發表 *Principles of Conceptual Integration*（概念整合的原則）（Fauconnier & Turner 1998）以及 *The Way We Think*（我們思維的方式）（Fauconnier & Turner 2002）等專文，進一步制定了概念整合的運作法則，終於逐步確立並改善了概念整合理論。「概念整合理論探討意義構建的動態性、心智空間的無限性、概念映射的連通性、意義生成的激活性，對認知語言學產生了深遠的影響」（熊學亮 2003）〔註93〕。

────────────

〔註93〕 見熊學亮（2003），《語言學新解》（上海：復旦大學出版社）。轉

　　概念譬喻理論與概念合成理論對於認知語言學而言，可說都是相當重要的理論。前文曾經提及，概念合成理論 BT 與概念譬喻理論 CMT 之間的關係以及其所論的現象並非相互替代，而是有相當的互補性，BT 模式的出現並不等於 CMT 模式應當完全被取代。本文為掌握這兩種理論之間的相同以及差異的各方面，仍然加以詳細的梳理比較。

## 1、兩種理論的運作方式比較

　　概念譬喻理論的認知機制包括來源域（source domain）、目標域（target domain）、映射（mapping）、理想化認知模式（idealized cognitive model）以及意象圖式（image schema）等。在概念譬喻的理論框架中，譬喻的運作方式是將一個概念域也就是來源域的認知圖（the cognitive maps）直接映射到另一個概念域即目標域之上。（Lakoff ＆ Johnson 1980；Johnson 1987； Turner 1987；Lakoff ＆ Turner 1989；Sweetser 1990；Turner1991）〔註 94〕。所謂的「概念域」是指一個龐大的知識結構，例如我們的心智中關於「建築」、「戰爭」以及「旅行」等概念所具有的一切知識。概念域普遍在較高的層級上具有一個實體以及關係網絡的基本結構。例如，「旅行」的概念域應該具有旅行者、起點、終點、路途、嚮導等。一個概念譬喻是由一個概念域（來源域）向另一個概念域（目標域）的基本結構（部分的）映射所構成。如圖 2-5-2 所示：

---

引自孫毅、陳朗，〈概念整合理論與概念隱喻觀的系統性對比研究〉，收在王文斌、毛智慧主編，《心理空間理論和概念合成理論研究》（上海：上海外語教育出版社，2011 年 11 月），頁 281。

〔註 94〕　轉引自王勤玲，〈概念隱喻理論與概念整合理論的對比研究〉，收在王文斌、毛智慧主編，《心理空間理論和概念合成理論研究》（上海：上海外語教育出版社，2011 年 11 月），頁 317。

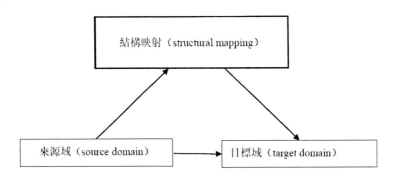

**圖 2-5-2　概念譬喻理論中概念譬喻的映射與運作模式**

　　概念整合理論主張概念整合是一種人類進行思維和活動，特別是進行那種具有開創性思維和活動的基本心理認知機制（psychological cognitive mechanism）。這種機制的運作可以有效地解釋包括譬喻在內的一切人類認知活動。概念整合的運作包括三個基本過程：「組合」（composition）、「完善」（completion）以及「擴展」（elaboration）。組合是指由兩個輸入空間分別向整合空間映射的階段，也就是將每個輸入空間的成分投射到整合空間中去，有時候這一個過程包括來自輸入空間的各個成分之間的「融合」。這些由組合過程所產生的表徵可能是也可能不是真實的。完善過程是指被兩個輸入空間映射而來的結構與人們的長期記憶互相結合匹配時，會在整合空間中激發出特定的場景和內容。也就是把輸入空間投射而來的結構與長期記憶中的信息模式、背景知識相互選擇匹配。完善過程通常是整合空間中新穎概念的來源。到了擴展階段，則是人們在整合空間中對事件進行的一種模擬心理活動。輸入空間的結構只要跟長期記憶中的信息模式建立聯繫，就有可能朝向不同的方向無限的發展下去。在上述三個階段中的任何一個階段都有可能會出現新的內容，而這些新的內容是輸入空間所沒有的。

　　綜合來說，根據概念整合理論的觀點，要建構概念整合網絡，必須先經過建立心理空間、跨空間匹配、向整合空間的選擇性映射、確

立共享結構以及重新再映射回原來的輸入空間等步驟，其間並需要歷經組合、完善和擴展的基本過程以將輸入空間的原始概念在整合空間中重新融合出新義。

　　概念整合理論詳細的映射以及運作模式如下圖所示〔註95〕：

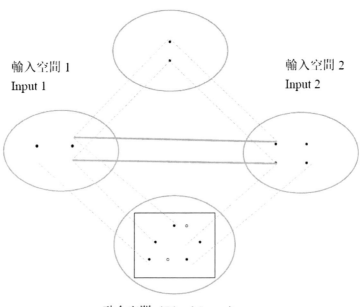

圖 2-5-3　概念整合理論中四空間的映射與運作模式

　　舉例來說，本章第一節所舉的王國維詮釋晏殊〈鵲踏枝〉詞的例子，此詞一般詮釋爲閨中女子對於遠方心上人的思念與懷想，其中「昨夜西風凋碧樹，獨上高樓，望盡天涯路」三句，王國維在《人間詞話》中曾三度援引，第一次說它「最得風人深致」，意頗「悲壯」；

---

〔註95〕　此圖爲撰者據孫毅、陳朗，〈概念整合理論與概念隱喻觀的系統性對比研究〉〔圖 2 概念整合理論中四個空間的映射模式〕加入中文說明，收在王文斌、毛智慧主編，《心理空間理論和概念合成理論研究》，頁 284。

第二次說這三句近似「詩人之憂生也」；第三次更將之與柳永、辛棄疾的詞並列，比喻爲所謂的「古今之成大事業、大學問者」所必經的「三種境界」之「第一境」，王國維如此解說詞意的根據何在呢？他如此詮釋這闋詞背後的理念又是什麼呢？我們先將原詞抄錄如下：

**鵲踏枝**　晏殊〔註96〕

檻菊愁烟蘭泣露，羅幕輕寒，燕子雙飛去。明月不諳離恨苦，斜光到曉穿朱戶。　昨夜西風凋碧樹，獨上高樓，望盡天涯路。欲寄彩箋兼尺素，山長水闊知何處。

**表 2-5-1　晏殊〈鵲踏枝〉詞中概念譬喻的二域映射**

| 來源域 | 概念譬喻 | 角度攝取 | 語言表達式 | 目標域 | 譬喻類型 |
|---|---|---|---|---|---|
| 人 | 植物是人 | 植物具有人的情感＞愁 | 檻菊愁烟 | 菊花 | 擬人譬喻 |
| 人 | 植物是人 | 植物有人的行爲＞哭泣 | 蘭泣露 | 蘭花 | 擬人譬喻 |
| 人 | 月是人 | 月有人的行爲＞不諳 | 明月不諳離恨苦 | 月 | 擬人譬喻 |
| 穿越的動作 | 形態即動態 | 照射現象即穿越行爲 | 斜光到曉穿朱戶 | 月光照射 | 轉喻 |

　　先由二域映射的概念譬喻理論來看，詞的上片寫景，詞人運用擬人手法來渲染景況的孤獨與淒冷。欄杆旁的菊花籠罩著濛濛的輕烟，似乎有著淡淡的愁怨；露珠掛在蘭花上，好似蘭花哭泣的淚珠；燕子成雙成對飛去，相對之下，孤單的自己在羅幕之內倍覺淒冷。因離愁而徹夜不眠的人，卻埋怨起月光不識離恨之苦，光輝透過窗戶照到屋內直到破曉。下片雖不直接述說離愁，卻通過人物的動作與環境顯示愁懷，最後才揭露愁緒的由來：滿腔的思念情懷，就算寫滿了彩箋與

---

〔註96〕　見葉嘉瑩主編、劉揚忠編著，《晏殊詞新釋輯評》（北京：中國書店出版，2003 年），頁 36。

尺素，也是山高水長、無處可寄。重要的是下片的前三句「昨夜西風
凋碧樹，獨上高樓，望盡天涯路」意象高遠，給人廣闊的聯想空間，
我們運用多空間融合分析模式來比較晏殊與王國維對這幾句詞的譬
喻概念融合過程有何不同。

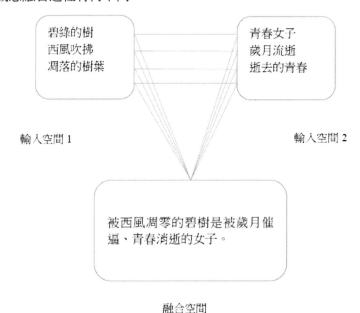

圖2-5-4　晏殊〈鵲踏枝〉下片前三句的概念融合網絡

　　由圖2-5-4晏殊這幾句詞的概念融合網絡分析可知，承接著上片
孤獨淒冷的景況描寫，「西風凋碧樹」所述寫的可能只是秋風中草木
的凋零，若加上古典詩歌中常見的「人是植物」、「女子是花」的概念
譬喻，詞中的閨怨女子也可能在西風中嘆息自己年華的老去與青春的
凋零。「獨上高樓」明顯可見古典詩歌中「登高懷遠」的譬喻蘊涵，
所表達的仍是孤單淒涼的基調。接著一句「望盡天涯路」，引頸企盼、
望穿天涯，訴不盡的是對遠人的思念與懷想，也透露出長久以來對遠
人歸來的殷切期盼與無數次等待落空的失望。

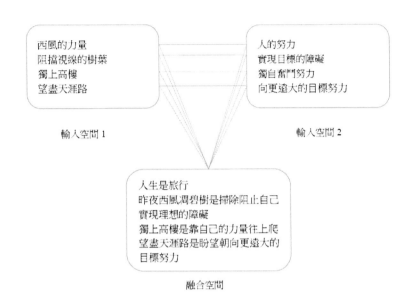

輸入空間 1　　　　　　　　　　　　　　輸入空間 2

融合空間

**圖 2-5-5　王國維詮釋晏殊〈鵲踏枝〉下片前三句的概念融合網絡**

　　相對於圖 2-5-4 所示一般人對晏殊這幾句詞的字面上的聯想，王國維對這幾句詞的體會顯然要深刻得多。「昨夜西風凋碧樹」從表面一層的意思來看，所描寫的應該只是秋風中草木的凋零，頂多也只是隱喻女子青春的消逝，但它底下連結了「獨上高樓」與「望盡天涯路」兩句，這就給了王國維不一樣的聯想方向。從圖 2-5-5 的概念融合網絡來看，於王國維的聯想中「昨夜西風凋碧樹」所表達的是，終於掃除一直以來阻礙自己實現理想的障礙，（按：西風即秋天的季節性風，從楚辭宋玉開始，中國文人作品中即常見悲秋之感傷，此處西風對王國維而言，或即兼有年華老去與多年奮鬥到老之聯想）接著「獨上高樓」一句，「高樓」的形象表現了一種崇高感，「獨上」又表現一種孤獨的努力；靠自己的力量一步一步掃除障礙之後，「望盡天涯路」就是對遠大目標的懷思期待之情。這可以讓我們了解，為什麼王國維會以「古今之成大事業、大學問者」所必經的「三種境界」之「第一境」，來解釋這幾句詞的可能概念融合過程。

## 2、兩種理論不同的基本構建單元：概念域（domain）和心理空間

概念譬喻理論認為譬喻涉及兩個心理表象，這兩個心理表象就是「概念域」。Lakoff（1980）論述譬喻是以一個完全不同的範疇經驗去理解另外一個範疇的經驗。當我們運用譬喻時，涉及到的是兩個概念範疇，也就是來源域與目標域。因此譬喻可以被定義為跨越兩個概念域的系統映射（Lakoff 1993）〔註 97〕。

概念整合理論奠基在心理空間理論之上，心理空間理論是一種概念複合模式，建立在類比、遞歸、心理模式化、概念類聚、知識框架等心理活動基礎上的一般認知操作過程（Fauconnier 1994）〔註 98〕。心理空間理論是一種以虛擬的心理空間（mental space）來解釋詞與詞、句與句之間語義關係的認知語言理論。所謂虛擬的心理空間，並不是語言形式結構本身或語義結構本身的一部分，而是語言結構中相關信息的「臨時性容器」（temporary container）（Coulson & Fauconnier 1999）〔註 99〕。心理空間是認知活動中的一種普遍形式，能夠有效地解釋動態的、隨機的、模糊的思維認知活動。心理空間理論是語言使用者分派和處理指稱關係的概念框架理論（Saeed 1997）〔註 100〕。

概念整合就是把這樣的心理空間作為輸入空間，並對該心理空間進行認知操作。也就是輸入空間的部分結構和成分會投射到一個新的整合空間。要建立概念整合網絡必須經過以下的步驟：建立心理空間、跨空間匹配、有選擇性地投射到整合空間、確立共享結構、再投射回各輸入空間等。一般來說概念整合包括了四個心理空間，即輸入

---

〔註 97〕　引自黃華，〈試比較概念隱喻理論和概念整合理論〉，收在王文斌、毛智慧主編，《心理空間理論和概念合成理論研究》，頁 176。
〔註 98〕　引自陳家旭、魏在江，〈從心理空間理論看語用預設的理據性〉，收在王文斌、毛智慧主編，《心理空間理論和概念合成理論研究》，頁 141。
〔註 99〕　所引同上文，頁 142。
〔註 100〕　所引同上文，頁 142。

空間1、輸入空間2、類屬空間以及整合空間。Fauconnier（1998：12）
〔註101〕認為兩個輸入空間進行整合時，必須滿足下列條件：

（1）跨空間映射，也就是說兩個輸入空間之間存在著部份映射。

（2）類屬空間：這個類屬空間可映射回每個輸入空間。該類屬
空間反映出兩個輸入空間共同的、通常是較為抽象的角
色、結構和圖式，並且制約了輸入空間之間的核心跨空間
映射。

（3）融合：輸入空間1和輸入空間2都被部份地投射到融合空
間中。

（4）新顯結構：融合空間具備了輸入空間所沒有的新顯結構。

### 3、兩種理論的映射方式：多空間投射與二域映射

概念譬喻分析牽涉到兩個概念結構或者說兩個心理表徵之間的
精確映射過程。因此概念譬喻理論認為譬喻可以被理解為是一種映
射。所謂映射是一整套知識系統中，固定的本體與喻體之間的實體對
應。映射把常規情景、相關框架和具體情形聯繫成一個整體。至於概
念整合理論，Fauconnier & Turner 則提出了「結構之間的投射是中
心」的認知科學思想。投射可以將框定和具體情況、相關框定和常規
情景連接起來。換句話說，投射連接了相關的語言建構，它將一種觀
點與另一種觀點連結起來，建立了新的反事實概念。

### 4、兩種理論的映射方向：單向性的映射與間接、非單向式
### 的投射

概念譬喻理論的重要主張之一，是認為譬喻意義的產生具有單
向性，由來源域向目標域、或者說由喻體朝向本體映射。這顯示著
譬喻是由來源域向目標域的單方向、不可逆的映射過程，如圖2-5-6
所示。

---

〔註101〕 引自董桂榮、馮奇，〈從概念整合的角度看翻譯創造的合理性〉，收
在王文斌、毛智慧主編，《心理空間理論和概念合成理論研究》，頁
165。

來源域　　　　　　　　　　　　　目標域

圖 2-5-6　概念譬喻來源域向目標域的單向性映射

以撰者（2008）曾析論過的「官場即商場」、「背叛即出賣」的概念譬喻爲例。商場是進行交易、買賣的地方，圍繞著這個主要目的，不管商場的規模大小，它總有賣方、貨品與買主以及買賣的手段。官場則泛指政界，主要成員當然是各種位階的官員。官員們往往爲了政治目的與利益互相結盟或排擠，甚至將人看成可任意買賣的貨品，不惜設下各種計謀來打擊對手。官場上這種明爭暗鬥的情形與商場貨品交易買賣的情況具有某些共同的特徵，把商場上買賣的過程映射至官場便蘊涵「官場即商場」的概念譬喻。〔註 102〕在這樣的譬喻映射底下，我們可以把官場視爲商場、把人視爲被出賣的商品，但並不能反過來說所有商業活動都是官場、也不能說所買賣的商品是人。其來源域至目標域的單向譬喻映射如下表所示。

表 2-5-2　「官場即商場」、「背叛即出賣」、「人是貨物」的單向譬喻映射

| 來源域：商場 | 譬喻映射 | 目標域：官場 |
|---|---|---|
| 出賣者 | | 陷害者 |
| 被出賣的貨物 | | 被陷害者 |
| 議價 | | 商議過程 |
| 出售的條件 | | 商定的條件 |

〔註 102〕詳見拙著《從當代譬喻理論解讀李清照》第四章，在李清照詩〈浯溪中興頌詩和張文潛（二首）〉的譬喻性表述及其意涵的論述中對「官場即商場」、「背叛即出賣」、「人是貨物」等概念譬喻的解析，（台北：文津出版社，2008 年 11 月），頁 87～88。

| 利潤 | 得到的利益或好處 |
|---|---|
| 買受者 | 共謀者 |

　　概念整合理論中作為認知科學思想中心的投射，相對來說不是直接的、單向的以及絕對的（Fauconnier ＆ Turner 1998）〔註103〕。概念整合理論跨空間的投射運作如下：

> 在概念整合網中，輸入空間 1 的元素有選擇性地投射到合成空間，再由此向輸入空間 2 投射，輸入空間 2 的元素有選擇性地投射向合成空間，再由此投射向輸入空間 1；合成空間是一個平台，來自兩個輸入空間的元素在此組織整合而產生新的結構；兩個輸入空間的元素向普遍空間（按：即類屬空間）投射並在此形成抽象結構，再投射回輸入空間；兩個輸入空間之間存在部分的對應連接。這樣形成概念整合網絡（Turner 1996）。〔註104〕

　　如下圖 2-5-7 所示，可看出心理空間的投射關係，與概念譬喻理論二域映射的最大不同點，即在於其跨空間的投射運作並非單向式的。在表 2-5-2 二域映射中將來源域商場上的買賣過程直接映射至目標域官場上，使其顯現「官場即商場」的譬喻蘊涵是一種單向的對應關係；在圖 2-5-7 概念整合網路中，輸入空間 1 官場與輸入空間 2 商場之間互有部分概念元素投射，也存在部分的對應連接，它們與類屬空間、融合空間也都出現多元投射關係。

---

〔註103〕　引自黃華〈試比較概念隱喻理論和概念整合理論〉，收在王文斌、毛智慧主編《心理空間理論和概念合成理論研究》（上海：上海外語教育出版社，2011 年 11 月），頁 180。
〔註104〕　所引同上文，頁 180。

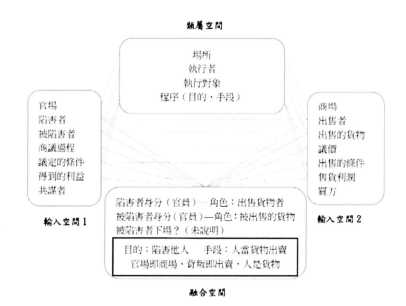

**圖 2-5-7　概念融合網路：「官場即商場」、「背叛即出賣」、「人是貨物」**

　　由圖 2-5-7 可知，相對於概念譬喻理論從來源域向目標域的二域間的單向性的映射，概念整合理論是四個空間之間的間接、非單向性的投射。

　　概念整合理論所謂四個空間之間的間接、非單向性的投射最重要的部份就在於投射到融合空間之後所產生的新顯結構（湧現結構）。周師世箴曾對「這個外科醫生是個屠夫」（This surgeon is a butcher）的譬喻有詳細的剖析，以說明四空間中「湧現型結構」（即新顯結構 Emergent structure）在概念整合理論中的重要性：

> BT 提案人認為，BT 的主要動機之一是，四空間模式能解釋二域模式機制未能精確說明的現象。以下面這個譬喻為例：
>
> 例二：This surgeon is a butcher（這個外科醫生是個屠夫）
> 這是指責不能勝任其職者。初看，似乎是從屠宰來源域向外科手術目標域的二域映射，由一系列固定對應的映射引導：「屠夫」映射至「外科醫生」；「動物」映射至「人類」，

「日用必需品/商品」映射至「病人」，「切肉刀」映射至「手術刀」，諸如此類。但是，單靠這種跨域關係的分析並不能解釋此一陳述的關鍵所在：外科醫生不能勝任其職。即使其技能十倍優勝於屠夫也仍然是個不稱職的醫生；屠夫雖不如外科醫生地位崇高，卻因勝任其屠宰之職而獲得尊崇。由此可知，「不能勝任」這個觀念並非由來源域投射至目標域的。

其實，CMT 傳統已經觸及此處提及的某些相關點，Lakoff & Turner（1989：79）討論死亡擬人化時就曾質疑：「爲什麼收割者是無慈悲心的？」，而眞的收割者卻不見得如此。答案是：「我們對擬人化的外型及特性的感覺必須對應於我們對事件的感覺。」，這是對收割者無慈悲心的一個直覺上令人滿意的解答，正如 Lakoff & Turner 所指出的，有理由說明爲什麼死亡是收割者，包括一個人類生命週期如植物生命週期的譬喻概念化過程。同樣的邏輯不適用於屠夫案例：爲什麼選擇屠夫作爲外科醫生的來源域意象，此一選擇如何可以傳達不能勝任的觀念？CMT 機制對此無能爲力。

依 BT 模式的推論：首先，融合空間承襲了輸入空間的某些結構。從外科醫生域的目標輸入空間，融合空間承襲了一個接受手術的病人身分，以及手術場地可能有的細節。從屠宰域的來源輸入空間，融合空間承襲了角色「屠夫」以及相關聯的活動。兩個輸入空間共享這些結構，在概括空間（generic space）呈現，一個人運用銳利工具對另一人進行手術。

融合空間承襲了輸入空間的局部結構，並因兩種輸入成分的並置形成其本身的「湧現」（emergent）結構（見圖 2-5-7 融合空間中的小方框）。特別是，屠宰空間所投射的手段——目的關係（means–end relationship），與手術空間的手段——目的關係不相容。屠宰目標是殺死動物並將肉骨分離；而外科手術的目標則是治癒病人。在融合空間，屠

> 宰手段已經與外科手術空間的目的、個體以及情境合一，但卻與外科醫生的目的不合，於是引出醫生不能勝任其職這樣一個中心推論。CMT 分析聚焦於來源域與目標域之間的對應與投射，無法將融合運作的湧現特質解析得如此精準。〔註105〕

除此之外，因爲新顯結構容許產生與原先輸入空間不同的嶄新意義。即以「這個外科醫生是個屠夫」（This surgeon is a butcher）的譬喻來說，就能有許多不同的解釋與聯想。比如在同一個譬喻底下，「這個外科醫生是個屠夫」也可以表達一位沒有醫德的醫生，將需要手術的病人當作是被屠宰的動物一般，絲毫不具憐憫之心、殘忍地將病人加以「屠宰」。其概念融合的運作仍然有兩個輸入空間，而且兩個輸入空間的角色以及場地的活動細節並無改變。也就是說，從外科醫生域的目標輸入空間，融合空間承襲了一個接受手術的病人身分，以及手術場地可能有的細節。從屠宰域的來源輸入空間，融合空間承襲了角色「屠夫」以及相關聯的活動。兩個輸入空間共享這些結構，在概括空間（generic space）呈現，一個人運用銳利工具對另一人進行手術。此處融合空間承襲了輸入空間的局部結構後，因兩種輸入成分的互相投射所形成的「湧現」（emergent）結構，不再強調「手段──目的不相容」的關係，而是湧現「操作過程」的不適當。原本外科醫生應該是戰戰兢兢、小心謹愼的對病人下刀來進行手術；屠夫對於所屠宰的動物卻可能是大塊大塊的橫切直剁，這兩個過程投射到湧現空間後便湧現出「外科醫生沒有醫德，以殘忍的手段對待病人」的不同推論。這樣的例子說明了概念融合理論的特性，那就是在融合空間中允許產生新的概念，也就因爲這種特性概念融合理論才具有強大的解釋力。

---

〔註105〕 見 George Lakoff & Mark Johnson：Metaphor We Live By,（Chicago, The University of Chicago Press, 1980）本文依據周師世箴譯注《我們賴以生存的譬喻》〈中譯導讀〉1-5-3-3（台北：聯經出版公司，2006 年 3 月），頁 92～94。

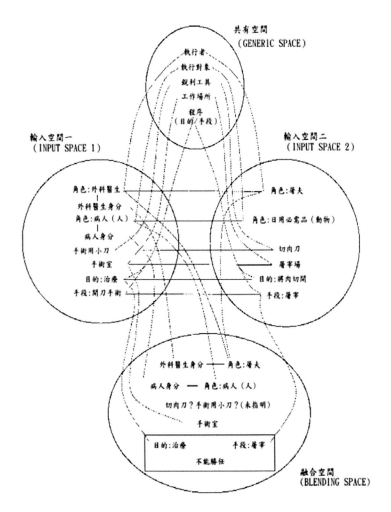

**圖 2-5-8 概念整合網路：外科醫生如屠夫**

此圖爲周師世箴譯自 "Conceptual Integration Network: Surgeon as Butcher"（Grady, Oakley & Coulson 1997:105）

對於概念融合理論四空間彼此間之間接、非單向性的投射，我們另舉一個例子說明。例如《中國時報》2002 年 4 月 5 日所刊載的一篇短篇——〈心是一座城堡〉，原文如下：〈心是一座城堡〉（中國時報，2002.4.5.）

一個人的內心，
就像是一座城堡，
共有三層樓。
一樓是客廳，
只要是稱的上是你朋友的都有資格進入；
二樓是書房和主臥房，
只准許與自己較爲深入的朋友進入；
三樓是秘密書房和倉庫，
是自我的隱私，
沒有任何人可以進入，
除了自己以外。
當然城外有護城河，
河前有花園，
而花園裡設有地雷。
當你要交一個新朋友時，
便是給你的朋友一張正確的地圖，
指引他避過你心中的地雷。
倘若你給錯了地圖，
受傷的可能不只是你的朋友，
或許會造成兩敗俱傷；
即使你給對了地圖，
你也得放下護城河的橋，
讓他能夠平安地通過，
順利進入你的客廳與你談天說地。
你是否放下過你的心橋？
或許吧！
因爲太多的人不曾放下過自己的心橋。
你是否給過錯誤的地圖而傷害了你的朋友，
也傷害了自己？
也許吧！
因爲沒有人不曾與自己的朋友起過衝突。

　　在你的客廳裡是否充斥著各式各樣的朋友，

　　這便得問問你自個兒～～

這短篇的標題是〈心是一座城堡〉，篇中強調朋友相知的歷程或許會
有困難和障礙，唯有真心溝通並接納對方才能獲得摯友。從概念譬
喻理論的角度來分析，來源域是城堡；而目標域是人心。由來源域
「城堡」中有樓層、各個房間與空間，可以映射至目標域「人心」
得到「心是容器」以及「朋友是容器內容物」的概念譬喻。再由來
源域的概念：前往城堡需要通道與地圖，要進入城堡並且須通過護
城河等關卡映射至目標域，可以獲致「交友是一段旅程」的概念譬
喻。「Lakoff 的隱喻理論是經驗論的，他認為我們總是用具體的可
感知的經驗去理解抽象的不可感知的概念範圍」〔註106〕，因此我們
可以藉由進入城堡的具體歷程來理解交朋友的抽象行程。

　　從概念合成理論的觀點來解釋，城堡和人心之間存在著跨空間
投射的對應連接。框定中的角色連結：入堡者和交友者；轉換連接：
城堡和人心；譬喻性連接：進入城堡的旅程和交朋友的歷程。通過
跨空間融合運作，最後我們在新顯（湧現）空間得到：真心開啟心
門結交朋友才能遇到各式各樣的好朋友。詳細的概念合成運作情形
如下圖。

---

〔註106〕　見黃華〈試比較概念隱喻理論和概念整合理論〉，收在王文斌、毛
　　　　　智慧主編《心理空間理論和概念合成理論研究》（上海：上海外語
　　　　　教育出版社，2011 年 11 月），頁 180。

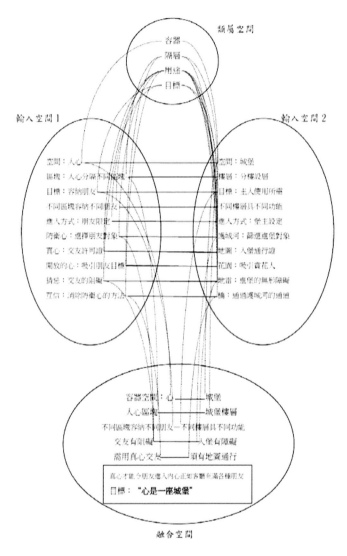

圖 2-5-9　〈心是一座城堡〉的概念融合網絡

## 5、固定意涵與實時（在線）過程

　　概念譬喻理論所關注的焦點一開始就與概念融合理論有所不同。「傳統的概念隱喻框架系統是靜態的，而人們的語言應用則是靈活多

變的」（孫毅 2007）〔註107〕。每個概念譬喻映射都對應了我們日常生活中的一套固定的語言表達式。「映射是傳統的，也是我們概念系統的固定部分」（Lakoff 1993）〔註108〕，這是因為概念譬喻理論的原始目標，即在追尋日常語言背後的概念譬喻系統。概念融合理論與較為簡單的概念隱喻模型不同，概念融合理論強調概念融合是一個在線（on line）的處理過程。它既可以解釋約定俗成的固定概念譬喻，也能夠整合即時與新穎的概念。

　　不過，即使概念融合理論的湧現結構可以融合出嶄新的概念，我們還是得常常利用概念譬喻的固定映射來當作基礎，幫助我們進行在線的概念投射。「在線的投射和固定的投射並不是兩種不同的投射；固定的投射變成了固定投射的在線投射」（Fauconnier & Turner 1998）〔註109〕。

　　以上述「這個外科醫生是個屠夫」的例子來說，由概念譬喻理論從屠宰來源域向外科手術目標域的二域映射，是由一系列固定對應的映射引導：「屠夫」映射至「外科醫生」；「動物」映射至「人類」，「日用必需品/商品」映射至「病人」，「切肉刀」映射至「手術刀」等等，這些固定映射並不能獲致「外科醫生不能勝任其職」這樣的譬喻意涵，因為在外科醫生與屠夫的職業對比下，屠夫即使在社經地位與職業名聲等各方面都不如外科醫生，屠夫嫻熟的專業技術與敬業精神仍然可以獲得別人的尊敬；若從概念融合理論的四空間投射過程，則我們不僅在湧現空間可以得到「外科醫生不能勝任其職」這樣的譬喻意

---

〔註107〕　引自孫毅、陳朗，〈概念整合理論與概念隱喻觀的系統性對比研究〉〔圖2概念整合理論中四個空間的映射模式〕加入中文說明，收在王文斌、毛智慧主編，《心理空間理論和概念合成理論研究》，頁287。

〔註108〕　引自黃華〈試比較概念隱喻理論和概念整合理論〉，收在王文斌、毛智慧主編《心理空間理論和概念合成理論研究》（上海：上海外語教育出版社，2011年11月），頁182。

〔註109〕　同上註，頁182。

涵，更可以有「這個外科醫生沒有醫德（醫者之心）」等等不同的寓意。對於同樣的語言表達，卻可以同時生發出不同的譬喻寓意，說明了概念融合是一個實時（在線）的運作過程，這個過程透過熟悉語料的並置，在湧現空間創造出新的意涵。

## 6、研究焦點與本質的區別

如同前文所述，概念譬喻理論研究的焦點旨在追尋日常語言背後的概念譬喻系統，因此將研究的重點放在來源域與目標域兩個心理表徵之間的概念關係上面，通常探究的是規約概念之間的關係（entrenched conceptual relationships），主要關注的重點是存在於長時間記憶系統中那些普遍、穩定而且具有規約性的譬喻其概念化的過程，並嘗試解釋這種規約結構概念的拓展依據；另一方面，概念融合理論關注的是跨越四空間，也就是多重心理表徵之間的關係，重視的是新穎觀點的概念化過程（novel conceptualizations），演示會話參與者的即時表徵的動態演化，致力於觀察並解釋非規約性跨語域關係的新穎個案。

換句話說，概念譬喻理論所探討的譬喻是一種從來源域向目標域，嚴格意義上有方向性的概念，而概念融合理論則強調融合是一種實時（在線）處理的過程，不但可以將譬喻當作約定俗成的概念關係，也可以將它視爲即時和新鮮的概念。概念譬喻理論假設心理表徵總是在兩個心理表象之間進行，概念融合理論則允許「一對多」以及「多對一」等多重心理空間的映射模式。最重要的當然還是概念融合理論在融合空間中所「湧現」出來的「新顯結構」，孫毅和陳朗認爲這是概念融合理論在闡釋認知現象上對比概念譬喻理論時的一大優勢。

> 概念整合的理論優勢在於四個空間的模型操作，使我們能夠將兩個心理空間融合爲一處，創造出第三個非前兩個空間簡單疊加的、具有自身特色的層創結構，使得原本在孤立的輸入空間中並不存在的關係在整合空間中成爲可能，

從而能夠充分地闡釋雙語域模型中無法明晰剖析的認知現
象。〔註110〕

### 7、概念譬喻理論的守恆原則與概念融合理論的優化原則

黃華認為守恆原則（invariance principle）最早是由 Turner 所提
出，Lakoff 分析之後則提出了譬喻理論的守恆原則。〔註111〕也就是：
目標域範圍的內部與來源域範圍的內部互相對應；目標域範圍的外部
與來源域範圍的外部互相對應。對應的結果不能違反來源域範圍的意
象圖式結構。如果譬喻理論的守恆原則成立，將有一個重要的結果：
抽象推理是基於意象推理的特殊情況。基於意象的推理是基礎
（Lakoff 1993）〔註112〕。周師世箴在《我們賴以生存的譬喻》一書
的中譯導讀 1-5-2-4 對於守恆原則也有詳盡的說明：

> 譬喻跨域映射過程並不違反目標域本身意象基模結構，而
> 且保留來源域與目標域的認知基模結構之間的固定對應
> （fixed correspondences）。此一固定對應稱為「守恆原則」。
> 概念譬喻的結構是由來源域和目標域之間的對應集合所組
> 成，這個對應還可以分成「實體對應」（ontological
> correspondences）和「認識對應」（epistemic correspondences）
> 兩種類型。實體對應是來源域中的實體與目標域中的相應
> 實體之間的各種對應；認識對應是有關來源域的知識與有
> 關目標域的相應知識之間的各種對應。〔註113〕

另一方面，在**概念融合理論**中，要獲得合理運作的概念網絡系統則必

---

〔註110〕 見孫毅、陳朗〈概念整合理論與概念隱喻觀的系統對比研究〉，收
在王文斌、毛智慧主編《心理空間理論和概念合成理論研究》（上
海：上海外語教育出版社，2011 年 11 月），頁 285。

〔註111〕 見黃華〈試比較概念隱喻理論和概念整合理論〉，收在王文斌、毛
智慧主編《心理空間理論和概念合成理論研究》（上海：上海外語
教育出版社，2011 年 11 月），頁 182。

〔註112〕 引自黃華〈試比較概念隱喻理論和概念整合理論〉，收在王文斌、
毛智慧主編《心理空間理論和概念合成理論研究》，頁 182～183。

〔註113〕 見周師世箴譯注《我們賴以生存的譬喻》中譯導讀 1-5-2-4（台北：
聯經出版公司，2006 年 3 月），頁 79。

須要遵從五項優化原則：（1）積體化（integration）：融合空間中需要一個能緊密結合其他概念要素、可以作爲一個單元來運作的環境。（2）拓樸結構（topology）：輸入空間裡的成分以及從輸入空間投射到融合空間裡的成分應該具有最好的匹配聯結關係。（3）網狀結構（web）：要將融合空間化作一個單元來運行的話，必須保持融合空間與輸入空間之間緊密且適當的網狀結構。（4）解包（unpacking）：接受者或理解者必須能對融合空間進行解包處理，重建輸入空間、跨空間映射、類屬空間以及所有空間之間的連接網絡。（5）充分理由（good reason）：出現在融合空間裡的任何元素，必須得到合理的闡釋，也就是它的出現必須要有其意義。

守恆原則是對譬喻理論成對範疇間跨域映射的限制，優化原則中的拓樸以及網絡結構則約束制約了各個空間之間的關係，兩者具有相似的功能。黃華對這兩項原則進行比較後得到的結論是：

> 恆定原則主要是關於隱喻兩個範圍模式的原則，以概念整合理論的觀點看，常規的隱喻映射實際上也涉及到概念整合。優化原則中的拓樸約束和網絡約束規定各空間之間的關係，與恆定原則有相似的意義。拓樸約束是關於合成空間裡諸元素之間的關係，網絡約束是關於各空間之間的關係。〔註114〕

### 8、概念融合理論的解釋力

劉正光指出 Lakoff 建立認知譬喻理論的目的，是爲了解決「隱喻不是語言問題而是思維問題這一根本性的理論問題」，所以概念譬喻理論主要「研究隱喻概念化中一般的常規模式（Oakly & Coulson 1999），從而揭示人類的一般認識規律。」〔註115〕因此，常規譬喻是

---

〔註114〕 見黃華〈試比較概念隱喻理論和概念整合理論〉，收在王文斌、毛智慧主編《心理空間理論和概念合成理論研究》（上海：上海外語教育出版社，2011 年 11 月），頁 183。

〔註115〕 見劉正光〈Fauconnier 的概念合成理論：闡釋與質疑〉，收在王文斌、毛智慧主編《心理空間理論和概念合成理論研究》，頁 223。

概念譬喻理論的主要研究對象，以便釐清「表徵在長時記憶中穩定的知識結構」（Grady et al 1999）。Fauconnier 以及 Tuner 等認爲 Lakoff 的二域映射理論在解釋新創譬喻、漫畫和新造詞語等非常規性譬喻方面顯得不夠充分，因此在西元 1993 年著手將二領域映射模式改良爲四空間投射模式，使概念譬喻理論更具解釋力。

　　詩歌是富有創造力和想像力的語言，概念融合理論的四空間投射模式對於詩歌是否仍然具有強大的解釋力呢？

　　　　汪少華（2002b）認爲，在詩歌的意義構建與解讀過程中，與主體有關的心理空間大多表現爲視角空間。視角空間與視角空間之間的合成在詩歌中極爲普遍。汪少華指出，詩歌意義的實時構建與解讀就是不斷創建一個又一個新的心理空間，然後對其進行組合、整合、解拆、概念化等一系列的認知過程。他通過分析並探究詩歌中視角空間多樣化的複雜整合網絡的結構及其整合過程來認識並發掘視角空間的美學功能，從而領悟詩歌中的美感。

　　　　張東升（2003）則借用 Turner & Fauconnier 的虛擬空間理論（counterfactual space）來探討詩歌中虛擬空間的認知作用及其語用功能。虛擬空間是指幻想的、非眞實的情景或故事。Turner & Fauconnier（引自張東升 2003）認爲，虛擬空間也是複合空間。虛擬空間的派生結構是多個不同的輸入空間的概念結構在複合空間中的組合。張東升經研究發現，詩歌中的虛擬空間是一種間接語言。詩人通過對感知對象進行重新加工，利用幻想改寫記憶中的表象，將多個心理空間的信息加以重新組合，並將之投射到虛擬空間和複合空間之中，然後將其整合爲新的派生結構。這樣有助於詩人和讀者消除煩惱、解除悲傷，同時也有助於作者頌揚美與善，鞭笞醜與惡，抒發自由人格和浪漫情感等認知和語用功能。

　　　　在「語言・認知・詩學──《認知詩學實踐》評介」（劉立華、劉世生 2006）一文中，劉立華和劉世生介紹了該書中所

> 論及的認知詩學與心理空間之間的關係。人們對語篇的理
> 解，通常是藉助頭腦構建心理影像，這種心理呈現過程就稱
> 爲心理空間。心理空間理論涉及語篇對事件或狀態的投射，
> 同時其建構基礎也與閱讀者的背景知識有關。〔註116〕

由上述引文可知，不管從視角空間、虛擬空間或哪一個角度來探討詩
歌，概念融合理論的四空間投射模式都能夠勝任有餘。事實上，經過
筆者的碩論以概念譬喻理論對於李清照詩詞作品的探析，已能證明了
Lakoff & Johnson 的概念譬喻理論對於詩歌而言，亦頗具解釋力。概
念融合理論所提供給我們的幫助，正是補足概念譬喻理論在角度攝取
方面所無法呈現的完整概念化過程。

## 第七節　認知譬喻觀點下的評詞標準

　　本論文試圖從認知的角度比較柳永與蘇軾的詞作特色，因此牽涉
到判準的問題。一首詞的好壞該如何判定？又該以什麼標準判定？王
國維提出了一個詞的衡量準則：「詞以境界爲最上。有境界則自成高
格，自有名句。」〔註117〕葉嘉瑩說：

> 如果説小詞不用它裡面有無托喻來衡量它的意義和價值，
> 那麼這些寫美女和愛情的詞篇，其意義和價值在哪裡呢？
> 哪一首是好詞，哪一首是壞詞？其衡量的標準何在？所以
> 王國維就提出來「詞以境界爲最上」，認爲不管你的詞表面
> 是美女還是愛情，只要它裡面有一個境界，自然其品格就
> 是高的，其句子自然就是美好的，「有境界則自成高格、自
> 有名句」。〔註118〕

---

〔註116〕　見王文斌、毛智慧主編《心理空間理論和概念合成理論研究》前言
　　　　　3.4.6〈心理空間理論和概念合成理論與詩學研究〉（上海：上海外
　　　　　語教育出版社，2011年11月），頁ⅩⅩⅨ～ⅩⅩⅤ。

〔註117〕　見王國維著；馬自毅譯注、高桂惠校閱，《新譯人間詞話》（台北市：
　　　　　三民書局股份有限公司，2000年5月再版），卷一，頁3。

〔註118〕　見葉嘉瑩著，《迦陵説詞講稿》（北京：北京大學出版社，2007年3
　　　　　月），頁181～182。

這樣一來，衡量詞好壞的標準是有了，但問題是什麼叫有「境界」？尤其「王國維雖然提出『境界』這一個衡量標準，但他對於『境界』兩個字內涵的使用，卻非常雜亂。」〔註119〕為了釐清王國維所謂「境界」的義界，葉嘉瑩作了以下的說明：

> 《人間詞話》中所標舉的「境界」，其含義應該乃是說凡作者能把自己所感知之「境界」，在作品中作鮮明真切的表現，使讀者也可得到同樣鮮明真切的感受者，如此才是「有境界」的作品。所以欲求作品之「有境界」，則作者自己必須先對其所寫的對象有鮮明真切之感受。至於此一對象則既可以為外在之景物，也可以為內在之感情；既可為耳目所聞見之真實之境界，亦可以為浮現於意識中之虛構之境界。但無論如何卻都必須作者自己對之有真切之感受，始得稱之為「有境界」。〔註120〕

對於所謂「真切之感受」，葉嘉瑩另以「感發作用」作較為詳細之解釋：

> ……「境界」雖然比較實在一些，但王國維還是沒有對它作出理論性的解說，所以我就在《王國維及其文學批評》一書中嘗試要給中國的詩歌探求一個真正理論性的衡量標準，於是我就提出了詩歌的好處在於它能傳達出一種感發的力量，詩歌的意義和價值就在於它有一個感發的生命，它生命的強與弱就在於這種感發力量的大與小。王國維在解釋自己的「境界」時說：「能寫真景物、真感情者謂之有境界。」(《人間詞話》) 他說這個真景物不是外在景物的真，而是你內心有一份被外在景物喚起的真感動。……關於這種真感情，我把它分為三個層次。第一是感受，是感官，如耳目口鼻這些感覺器官上的感觸；第二是感動，是外界的情事景物作用於你的感官的程度不斷深刻，以致使得你

〔註119〕　見葉嘉瑩著，《迦陵說詞講稿》，頁182。
〔註120〕　見葉嘉瑩著，《詞學新詮》（北京：北京大學出版社，2008年4月1版1刷），頁164。

> 不禁為之動情了，這就是感動；第三個層次就是感發，是
> 耳目的見聞引起你內心的感動，而你除了這種感動之外，
> 忽然之間好像精神上獲得了一種超出你所為之感動的情事
> 之外的啟發和覺悟，這就叫做感發。〔註121〕

王國維在《人間詞話》曾舉過幾段詞，謂之「古今之成大事業大學問者，必經過三種境界」〔註122〕，但葉嘉瑩認為「這些詞句與所謂成大事業大學問者，其相去之遠真如一處北海一處南海，大有風馬牛不相及之勢」〔註123〕，這些看起來不相干的詞句，「而王國維先生竟比並而立說，其牽連縐合之一線只是由於聯想而已」〔註124〕。葉嘉瑩更以為「聯想」是詩歌創作與欣賞的一種普遍作用。「就創作而言，所謂『比』，所謂『興』，所謂『托喻』，所謂『象徵』，其實無一不是源於聯想，所以《螽斯》可以喻子孫之盛，《關雎》可以興淑女之思，美人香草，無一不可用為寄托的象喻，大抵聯想愈豐富的，境界也愈深廣，創作如此，欣賞亦然。」〔註125〕不過，雖然創作與欣賞都離不開聯想，欣賞者的聯想與創作者的聯想卻有些微不同：「創作者所致力的乃是如何將自己抽象之感覺、感情、思想，由聯想而化成為具體之意象；欣賞者所致力的乃是如何將作品中所表現的具體的意象，由聯想而化成為自己抽象之感覺、感情與思想。」〔註126〕

如此，藉一首詞所傳達出來創作者之聯想感發力與作品所能引起欣賞者之聯想感發力的大小，便差可成為評詞的標準。雖然葉嘉瑩另在談論詩歌中形象與情意的關係時，認為：

---

〔註121〕 見葉嘉瑩著，《葉嘉瑩說漢魏六朝詩》（北京：中華書局，2007 年 3 月），頁 308。

〔註122〕 見王國維著；馬自毅譯注、高桂惠校閱，《新譯人間詞話》，卷一，頁 39。

〔註123〕 見葉嘉瑩著，《王國維及其文學批評》（石家莊：河北教育出版社，1998 年 6 月），頁 398。

〔註124〕 同上註，頁 398。

〔註125〕 見葉嘉瑩著，《王國維及其文學批評》，頁 398。

〔註126〕 同上註，頁 399。

在西方理論的這麼多有關形象的術語中，不管明喻、隱喻、
轉喻、象徵，還是擬人、舉隅、寓托、外應物象，全是先
有了心中的情意，然後選擇一種技巧，尋找一種形象來傳
達這種情意。也就是說，全都有心為之的。如果探討其中
形象與情意的關係就會發現：它們所代表的全都是由心及
物的那一種關係，即「比」的關係。要知道，「興」有時候
是一種直覺的聯想；而「比」則都是有心為之的。當然，
在西方詩歌中並不是沒有近於中國「賦」或「興」一類的
作品，但在西方詩歌批評的術語中，卻沒有相當於中國「賦」
或「興」一類的名目，甚至根本就找不到一個合適的詞來
翻譯中國的這個「興」字，以致有的學者在寫論文時，對
「興」字只能用音譯。同樣，英文中的「敘述」一詞也僅
僅是與「議論」、「描寫」、「說明」並列的一種散文寫作方
法，不同於中國詩六義中的「賦」，是專指詩歌中帶有感發
作用的一種寫作方式而言的。〔註127〕

事實上，從認知的觀點來看，不管是「比」還是「興」，似皆可涵蓋
在認知「隱喻」的範圍之內。如果說聯想的感發力量是評詞的一種標
準，那麼創作者同樣經由聯想而生、在詞中所蘊含的概念譬喻，其感
發之力量以及引起欣賞者感發之力，當也可作為認知觀點下的評詞標
準。

　　舉例來說，就創作者在詞中被索隱出的概念譬喻而言，柳永的這
首〈瑞鷓鴣〉：「天將奇豔與寒梅。乍驚繁杏臘前開。暗想花神、巧作
江南信，解染燕脂細剪裁。　壽陽妝罷無端飲，凌晨酒入春腮。恨聽
煙隄深中，誰恁吹羌管逐風來。絳雪紛紛落翠苔。」與蘇軾的〈定風
波〉：「好睡慵開莫厭遲，自憐冰臉不時宜。偶作小紅桃杏色，閑雅，
尚餘孤瘦雪霜姿。　休把閑心隨物態，何事？酒生微暈沁瑤肌。詩老
不知梅格在，吟詠，更看綠葉與青枝。」同樣以「植物是人」、「紅梅
是人」的概念譬喻吟詠紅梅。柳永詞中以來源域之美女映射至目標域

---

〔註127〕見葉嘉瑩著，《葉嘉瑩說漢魏六朝詩》，頁30～31。

之紅梅，其譬喻攝取角度爲外形比擬，即以壽陽公主之梅花妝與酒後之紅腮映射至紅梅之紅豔。而蘇軾詞中雖亦以人爲來源域映射至目標域之紅梅，然而其譬喻攝取角度除外形比擬外還兼有「閒雅」、堅毅個性（孤瘦霜雪姿）等人格的映射，從映射的內涵而言，包含性格的映射比單以外形映射，其聯想要來得豐富些，故蘇軾詞中概念譬喻之感發生命似較上述柳永詞略勝一籌。

再就詞中概念譬喻所能引起欣賞者聯想之感發力量舉例。宋代詞人晏幾道的〈蝶戀花〉有這樣的句子：「紅燭自憐無好計，夜寒空替人垂淚。」其父晏殊的〈撼庭秋〉也有：「念蘭堂紅燭，心長焰短，向人垂淚」之句。晏殊和晏幾道這兩首詞都將蠟燭比喻爲人，從認知的角度來說兩人的詞句中都蘊含「蠟燭是人」的概念譬喻，亦即都是由「來源域：人」映射至「目標域：蠟燭」的擬人譬喻。晏幾道詞中概念譬喻「蠟燭是人」的攝取角度，所取擇者乃人類悲傷時會流淚的特徵，以之映射至蠟燭燃燒時固態蠟受熱融化成液態，因地球引力而往下滴落的特性，此詞讀來所引人產生之聯想爲：蠟燭亦如人類一般有情，因見人離別不捨而垂淚。至於晏殊的詞句，雖亦含前述晏幾道詞句中之攝取角度，即以人類悲傷時會流淚的特徵，映射至蠟燭燃燒時液態蠟滴落的特性，然其「心長焰短」一句更予人豐富的聯想，令人想起自己的人生不就與蠟燭燃燒的過程一樣嗎？也就是說此「心長焰短」一句，反令欣賞者產生「人是蠟燭」的聯想。其概念譬喻蘊含爲「人的一生是蠟燭燃燒的過程」，其攝取角度爲「人的心是蠟燭的心」、「人短暫的一生是蠟燭火焰燃燒的短暫時間」。因此葉嘉瑩說：

> 它可以使人想到，你果真是一支蠟燭，你有一顆多麼長的
> 心，可你點燃的火光，也只這樣短小的一點點而已。那麼，
> 作爲一個人，你有多麼美好而高遠的理想，你有多麼美好
> 而深厚的感情，而你的生命年華是那樣短暫，你在有限的
> 人生中所能成就的事業有只有這樣少的一點點，不是很可
> 悲哀、很值得垂淚嗎？所以，晏殊的蠟燭實際就是人，就

是整個人生的象喻。〔註128〕

　　基此，就認知譬喻的角度而言，同樣描寫蠟燭垂淚、同樣運用「蠟燭是人」的概念譬喻，晏殊詞句所給予欣賞者的聯想感發力量就比晏幾道的詞句要強大得多，也證明藉由作者在詞中所蘊含的概念譬喻，其感發之力量以及引起欣賞者感發之力的大與小，的確可作為認知觀點下的評詞標準。

## 第八節　小　結

　　本章以美學、文藝心理學理論與認知譬喻理論相互證成的方式，來印證我們日常概念基本上是譬喻性的，並且這些概念譬喻是以我們的身體經驗來建構的。另外，我們也論證文學詮釋是具有認知基礎的、以認知譬喻理論所從事的文學詮釋是適當而且合理的。我們發現文學詮釋與接受美學的內涵其實可以用美學家朱光潛所謂的 A 為 B 或概念譬喻理論 X IS（A）Y 來概括。這也意味著，文學詮釋的背後是可以由概念譬喻的理論系統來找到其認知基礎的。

　　本章也從譬喻認知的觀點結合作者、文本與讀者三方面來探討文學詮釋的限制問題。若將概念譬喻理論 X IS（A）Y 代換成「我是他」的譬喻理解便可用來彰顯文學詮釋的認知歷程，但畢竟「我不是他」、對於「他」的理解實在是因人而異的，也因此藝術的欣賞以及文學的詮釋仍然要受到個別經驗的影響，就因為受限於每個人經驗的不同，不同的欣賞者與詮釋者對於同一文本和作品出現不同的感受與詮釋是可以理解的。不過，我們也說明儘管受限於文化背景以及個人經驗的差異，不同的讀者對於相同的譬喻容或有不同的解讀或詮釋，但這些概念譬喻並非憑空而得，仍須藉由文本中來求索。因此我們以為文學詮釋理應尊重一些不同的詮釋，但卻不宜漫無節制與限制。也正因

---

〔註128〕　見葉嘉瑩著，《北宋名家詞選講》（北京：北京大學出版社，2007
　　　　　年1月1版1刷），頁19。

爲概念譬喻必須從文本中追尋，因此文學詮釋不能脫離文本的主張還是合理的。

在本章第六節，我們分別以概念譬喻理論的二域映射分析，以及概念融合理論的多空間融合運作模式，探討王國維對晏殊〈鵲踏枝〉詞形成不同詮釋其背後的概念融合過程，藉以論證利用文本中作者所使用的譬喻作爲線索，透過作者的譬喻概念融合過程以及其譬喻攝取角度，索隱出其創作時有意無意間流露出的譬喻蘊涵及思維，這種詮釋方式對於貼近作者的創作原意來說不僅可能，而且在理解文本上更將有莫大的助益，甚至對於理解其他詮釋者的詮釋理念來說也大有幫助。

本章亦分由詩隱喻、概念譬喻的文學詮釋、總體性隱喻閱讀原則以及概念融合理論等理論層面，探討概念譬喻理論與文學詮釋相關的各類論題，論證概念譬喻理論適用於詩歌詮釋，並確立理論運作的析論原則，以期在之後作品實踐時運用。

本章第七節藉由王國維的境界說及葉嘉瑩的感發作用說，論證適用於認知譬喻觀點的評詞標準。並以實際詞句爲例，證明作者在詞中所蘊含的概念譬喻，其感發之力量以及引起欣賞者感發之力的大與小，的確可作爲認知觀點下的評詞標準。

# 第三章　概念譬喻理論在蘇軾詞作上的實踐

　　本章除首節介紹蘇軾生平外，主要是以蘇軾詞作爲概念譬喻理論的具體詩歌實踐之例。先以蘇軾〈西江月〉詞進行單一詞作的詩隱喻實踐，再以蘇軾〈定風波〉詞探討概念譬喻理論的全篇詩歌詮釋，其後以蘇軾貶居黃州時與夢有關的詞作，論證多篇作品的整體性隱喻閱讀。這些實踐以筆者發表過的三篇論文作爲基底，分別是〈常規與變異—論蘇軾〈西江月〉詞的詩隱喻〉與〈概念譬喻理論的詩歌詮釋 —— 以蘇軾〈定風波〉詞爲例〉以及〈紅塵客夢 —— 由總體性隱喻閱讀解析蘇軾詞中的黃州夢〉等三篇論文〔註1〕。

　　蘇軾現存詞作共約三百多首〔註2〕，按其內容主題約略可分爲酬

---

〔註1〕　該三篇論文分別發表如下：（1）〈概念譬喻理論的詩歌詮釋 —— 以蘇軾〈定風波〉詞爲例〉：台北，有鳳初鳴 —— 漢學多元化領域之探索學術研討會第 6 期電子論文集，2010 年 6 月，P.219～P.237。（2）〈紅塵客夢 —— 由總體性隱喻閱讀解析蘇軾詞中的黃州夢〉：台中，《東海中文學報》第 23 期，2011 年 7 月，P.197～P.230。（3）〈常規與變異 —— 論蘇軾〈西江月〉詞的詩隱喻〉：台北，有鳳初鳴 —— 漢學多元化領域之探索學術研討會第 8 期電子論文集，2012 年 7 月，P.263～P.275。

〔註2〕　查唐圭璋編纂、王仲聞參訂、孔凡禮補輯之《全宋詞》（北京：中華書局，2005 年 1 月新 1 版 2 刷），內收蘇軾詞 122 首，存目詞 58 首；張淑瓊主編的《唐宋詞新賞》第六輯〔蘇軾〕（台北：地球

唱寄贈詞、家庭情愛詞、詠贊佳人詞、反映人生詞與詠事詠物詞等五
類〔註3〕。雖然他於宋仁宗嘉祐二年（1057 年）即考中進士、名揚天
下，然而當時他還未開始寫詞，他的詞作直到被貶到杭州擔任通判時
才出現，東坡的詞有進一步的成就則要等到他經歷九死一生來到黃州
之後。葉嘉瑩說：

> 蘇東坡和他的弟弟在嘉祐二年（1057）同時考中進士，一
> 時之間，四川的大蘇小蘇名揚天下。可是那時候他並沒有
> 寫詞。我們知道，汴京當時是歌舞繁華，柳永就整天耽溺
> 在聽歌看舞之中，爲歌伎酒女們寫了不少歌詞。但你翻開
> 蘇東坡的全集看一看，蘇東坡那時候寫的是什麼？寫的都
> 是策論，都是他的政治理想。現在所傳錄下來的蘇東坡最
> 早的詞，是他被貶到杭州做通判時寫的，他早期的小詞都
> 是山水遣興的作品。他的詞什麼時候有了進一步的成就
> 呢？那是在他經歷了九死一生來到黃州之後。……蘇東坡
> 雖然是以他的餘力寫小詞，但是患難把他的意境提高了。

〔註4〕

因此本章即以蘇軾被貶至黃州時期那些被認爲意境有所提升的詞
作，優先選爲實踐詞例，其餘作品則將在第五章再按主題內容分類取
擇，以進行與柳永詞的比較分析。

## 第一節　蘇軾的生平簡介

關於蘇軾的祖望，根據其父蘇洵〈蘇氏族譜〉的記載：「蘇氏出

---

出版社）則說：「朱孝臧編校的《東坡樂府》則收集蘇詞近三百五
十首（王鵬運《四印齋所刻詞》本不到三百首）」；薛瑞生箋證《東
坡詞編年箋證》（西安：三秦出版社，2006 年 1 月 1 版 2 刷）則收
有東坡詞 360 首，各家所收雖多寡不一，去除存疑與誤收之詞，
蘇軾詞確認者約三百首左右。

〔註3〕見陳怡蘭，〈柳永與蘇軾詞之比較研究〉（逢甲大學中國文學系碩士
論文，2009 年 6 月），頁 45。

〔註4〕見葉嘉瑩著，《北宋名家詞選講》（北京：北京大學出版社，2007
年），頁 151。

自高陽，而蔓延天下。唐神龍初，長史味道刺眉州，卒於官，一子留於眉，眉之有蘇氏自是始。〔註5〕」也就是說蘇氏先祖源出高陽，唐武后之時，蘇味道初爲鳳閣侍郎，後貶爲眉州刺史，再遷爲益州長史，未到任而卒。其子有一人滯留眉州未歸，是爲眉州蘇氏之始。蘇洵說：「蘇氏自遷於眉而家於眉山，至高祖涇則已不詳，自曾祖釿而後稍可記。〔註6〕」蘇軾的高祖蘇釿素以俠義名聞鄉里，有子五人，其中少子蘇祐最賢。蘇祐才幹精敏，蘇氏的經濟基礎殆建立於蘇祐之時。蘇祐生子五人，其中蘇杲即蘇洵之祖父（蘇軾之曾祖），善事父母，篤愛兄弟，待人仁義又樂善好施，娶妻宋氏，亦有孝名。

蘇轍〈伯父墓表〉云：「蘇氏自唐始家於眉，越五季皆不出仕，蓋非獨蘇氏也，凡眉之士大夫，修身於家，爲政於鄉，皆莫肯仕者。〔註7〕」蘇洵之父亦即蘇軾祖父蘇序，字仲先，生於宋太祖開寶六年，卒於宋仁宗慶曆七年。爲人疏達自信、謙恭待人，輕財仗義，淡泊而與世無爭。蘇序有三子，其幼子蘇洵即爲蘇軾之父。蘇洵字明允，生於宋眞宗祥符二年（1009年）。生性內向，沉默寡言。少富遊俠精神而不知向學。至二十五歲始閉門讀書，後鄉試落第，盡焚舊稿，發憤苦讀。二十七歲起閉門苦讀六年，至三十二歲終於治學有成。其妻爲大里寺丞程文應之女，秀外慧中，知書達禮。惜早生兩女皆夭亡，二十六歲時生長男景先，亦夭殤不存。二十七歲時生女八娘，後嫁與程之才爲妻。二十八歲時生次子蘇軾，三十一歲時生幼子蘇徹。蘇洵於宋仁宗嘉祐年間率二子赴京科考，名震京師，時號三蘇。後宰相韓琦推薦，召試舍人院，疾辭不至。除祕書省校書郎，會太常修纂建隆以來禮書，授霸州文安縣主簿。與陳州項城令姚闢同著《太常因革禮》

〔註5〕　見宋·蘇洵，《嘉祐集》卷十三〈蘇氏族譜〉（四部叢刊初編）本，冊51，頁48。

〔註6〕　見宋·蘇洵，《嘉祐集》卷十三〈族譜後錄下篇〉（四部叢刊初編）本，冊51，頁51。

〔註7〕　見宋·蘇轍，〈伯父墓表〉，《欒城集》卷25（四部叢刊初編）本，頁254。

一百卷。宋英宗治平三年（1066 年），書成，方奏未報，卒，享年五十八歲。贈光祿寺丞，後贈太子太師。有文集二十卷，《諡法》三卷。《宋史》卷四百四十三，列傳二百二，文苑（五）有〈蘇洵傳〉。

　　蘇軾字子瞻，自號東坡居士，是蘇洵二十八歲時所生之次子。生於宋仁宗景佑三年（1036 年）十二月十九日，卒於宋徽宗建中靖國元年（1101 年），享壽六十六歲。《宋史》卷三百三十八，列傳第九十七有〈蘇軾傳〉。蘇軾八歲入鄉校讀書，聰慧好學，加上父親蘇洵與母親程氏良好家庭教育的薰陶，很早就學通經史、學問日進。《宋史・蘇軾傳》就記載他：「比冠，學通經史，屬文日數千言，好賈誼、陸贄書。〔註8〕」

　　宋仁宗至和元年（1054 年）蘇軾十九歲時，娶眉山臨邑青神縣鄉貢進士王方之女王弗爲妻。宋仁宗嘉祐元年（1056 年）蘇軾二十一歲時與其弟蘇轍一起在開封府景德寺參加舉人考試，結果蘇軾與蘇轍同時中舉。嘉祐二年（1057 年），蘇軾參加禮部考試，以〈刑賞忠厚論〉得到主考官歐陽修的賞識，原欲定爲進士第一，但歐陽修疑心該文爲自己的門生曾鞏所作，便將蘇軾置爲進士第二名。隨後蘇軾又以《春秋》經義策問獲得第一，殿試中乙科。歐陽修還曾對梅聖俞說：「吾當避此人出一頭地。」〔註9〕一時之間，京城內外，都盛傳三蘇文章。

　　宋仁宗嘉祐二年（1057 年）四月，蘇軾母親程氏病逝於眉山家中，父子三人回蜀治喪。嘉祐四年（1059 年）母喪除服，蘇軾於十月與父、弟攜眷赴京。嘉祐五年（1060 年）回朝，蘇軾授河南府福昌縣主簿，蘇洵試祕書省校書郎。嘉祐六年（1061 年），蘇軾二十六歲與弟蘇轍同舉「賢良方正能直言極諫」科制策，蘇軾入三等，蘇轍

〔註8〕　見元・脫脫、阿魯圖等著，《宋史》卷三百三十八〈蘇軾傳〉，集於許嘉璐主編，《二十四史全譯》第十二冊（上海：漢語大詞典出版社，2004 年 1 月 1 版 1 刷），頁 7545。
〔註9〕　同上註。

亦入四等，從宋初以來，制策被列入三等的，只有吳育和蘇軾而已。
蘇軾因除大理評事鳳翔府簽判，十二月赴任，蘇轍送至鄭州西門。蘇
洵授霸州文安縣主簿，在京編撰禮書。蘇轍則除商州軍事推官，但辭
官不赴，居家侍父。嘉祐八年（1063 年）三月，仁宗皇帝崩，英宗
即位。時蘇軾二十八歲，在鳳翔任，轉官大理寺丞。同年秋，考試永
興軍。值王安石喪母，蘇洵不赴弔，作〈辨奸論〉刺之。宋英宗治平
二年（1065 年），蘇軾三十歲，鳳翔簽判任滿代還，轉殿中丞判登聞
鼓院。英宗未登基前即聞蘇軾之名，欲仿唐朝舊例召蘇軾進翰林院，
任知制誥。當時宰相韓琦認為不可，曰：「軾之才，遠大器也，他日
自當為天下用。要在朝廷培養之，使天下之士莫不畏慕降伏，皆欲朝
廷進用，然後取而用之，則人人無復異辭矣。今驟用之，則天下之士
未必以為然，適足以累之也。」〔註10〕英宗又欲以蘇軾修起居注，韓
琦仍不同意，最後召試館職，「及試二論，復入三等，得直史館。」
〔註11〕蘇軾妻王弗此年病逝。宋英宗治平三年（1066 年）蘇洵卒於
京師，蘇軾、蘇轍兄弟扶柩返蜀。治平四年（1067 年），宋英宗崩，
神宗即位。蘇軾時在家鄉眉山居父喪。

　　宋神宗熙寧元年（1068 年）蘇軾、蘇轍兄弟除父喪，離蜀赴京。
熙寧二年（1069 年）二月，王安石參知政事，設立「制置三司條例
司」，主持變法。蘇軾至京，除判官告院。蘇轍除條例司檢詳文字。
四月，詔議改貢舉法。五月，蘇軾上〈議學校貢舉狀〉，認為不應輕
改，得神宗召對。同年秋，蘇軾為國子監考試官，策題諷刺王安石。
神宗數次欲用蘇軾，被王安石阻止。冬，蘇軾權開封府推官，作〈上
神宗皇帝書〉，全面駁斥「新法」。宋神宗熙寧三年（1070 年），判大
名府韓琦言青苗法害民，蘇軾〈再上皇帝書〉，要求罷免王安石。神
宗貶黜群官，扶持安石。蘇轍在條例司議事不合，出為河南府判官。

---

〔註10〕　見元・脫脫、阿魯圖等著，《宋史》卷三百三十八〈蘇軾傳〉，集於
　　　　　許嘉璐主編，《二十四史全譯》第十二冊，頁 7546。
〔註11〕　同上註。

御史謝景溫誣奏蘇軾，但窮治無得，查無實據。王安石拜相，蘇軾遂請外任。神宗熙寧四年（1071 年）六月，蘇軾得通判杭州差遣，離京赴任。蘇軾在杭州三年，先後完成監試鄉舉、考察堤岸工程、組織捕蝗、賑濟饑民與疏浚錢塘六井等工作。神宗熙寧七年（1074 年），納侍妾朝雲。同年九月，差遣知密州。離杭赴任，十一月至密州。此年大旱，流民多入京，鄭俠上〈流民圖〉，坐編管。王安石罷相知江寧府，呂惠卿參知政事，繼續施行「新法」。熙寧八年（1075 年），王安石復相，呂惠卿罷。「新法」仍舊，頒行《三經新義》。熙寧九年（1076 年），蘇軾四十一歲，九月移知河中府，十一月離密赴任。此年王安石再度罷相知江寧府，神宗親自主持續行「新法」。熙寧十年（1077 年）二月，蘇軾於道中改知徐州。至京師，有旨不許入國門。五月至徐州。七月，黃河決堤，大水匯至徐州城下，蘇軾親率軍民築堤抗災。神宗元豐元年（1078 年），蘇軾在徐州知州任，築黃樓。元豐二年（1079 年）二月，蘇軾移知湖州。同年七月，因御史中丞李定、御史舒亶、何正臣等彈劾蘇軾詩語譏諷朝廷，自湖州任上被拘捕入京。八月至京，繫於御史臺獄，十二月結案出獄，詔貶檢校水部員外郎黃州團練副使，本州安置，不得簽署公事。史稱「烏臺詩案」。蘇轍受此案牽連，責監筠州鹽酒稅。司馬光等則被罰金。蘇軾任地方官數年，相繼與晁補之、秦觀、黃庭堅、張耒結識，人稱四人爲「蘇門四學士」。元豐三年（1080 年）二月，蘇軾抵達黃州，寓居定惠院，撰作《易傳》、《論語解》。五月，蘇轍送蘇軾家眷至黃州，留伴十日後別去，赴筠州任。黃州士人多與蘇軾交往。元豐四年（1081 年），蘇軾四十六歲，在黃州貶所開始經營東坡。元豐五年（1082 年），築成東坡雪堂，居之，自號東坡居士。並於秋、冬兩次遊赤壁，作前、後〈赤壁賦〉。元豐七年（1084 年）正月，神宗出御扎，蘇軾量移汝州團練副使，本州安置。四月離開黃州，從九江至筠州，訪蘇轍。遊廬山。七月，回舟當塗，過金陵，見王安石，相談甚歡，留一個月後別去。歲晚在泗州，上表請求常州居住。元豐八年（1085 年），蘇軾

五十歲。正月離開泗州至南京（商丘），得請常州居住。三月，宋神宗崩，哲宗繼位，太皇太后高氏垂簾聽政，起用司馬光、呂公著。蘇軾在南京聞訊，赴常州。五月過揚州，遊竹西寺。有旨復朝奉郎知登州，又除尚書禮部郎中。十一月至登州任，隨即被召進京，十二月除起居舍人。蘇轍亦被召爲右司諫。

　　宋哲宗元祐元年（1086 年），蘇軾在京師，三月除中書舍人，四月差同詳定役法。時司馬光主持政事，盡廢「新法」，史稱「元祐更化」。蘇軾以爲免役法不當廢，遂與司馬光議論不合，但深受太皇太后高氏器重。九月除翰林學士，時值司馬光去世，御史孫升恐蘇軾入相，開始上章論之。蘇軾與崇政殿說書程頤因戲笑失和，蘇軾於十二月策試館職，程頤門人御史朱光庭指摘策題中文字，以爲譏諷，蘇軾乃抗章自辯。此年蘇轍遷中書舍人，王安石卒。元祐二年（1087 年），蘇軾在翰林學士任，八月兼侍讀。元祐三年（1088 年），蘇軾以翰林學士差知貢舉。因臺諫攻擊，上章乞郡。元祐四年（1089 年）三月，蘇軾除龍圖閣學士知杭州，四月出京，七月至杭。十一月，以浙西七州旱災，乞賑濟。元祐五年（1090 年），蘇軾在杭州知州任上，疏浚西湖，築長堤，杭州人稱之爲「蘇堤」。因浙西災傷，連章請求賑濟。元祐六年（1091 年）正月，自杭州內調爲吏部尚書。二月，因蘇轍爲尚書右丞執政，避親嫌改翰林學士承旨。三月離開杭州，沿途具辭免狀，至京後仍上章乞郡。五月，兼侍讀。程頤門人賈易等彈奏不已，朝廷兩罷之，八月以龍圖閣學士知潁州，閏八月到任。元祐七年（1092 年）正月自潁州移知鄆州，尋改揚州，三月到任。七月，內調爲兵部尚書，充南郊鹵簿使。八月兼侍讀。九月至京。十一月除端明殿學士、翰林侍讀學士，充禮部尚書。元祐八年（1093 年），御史黃慶基、董敦逸等連奏川黨太盛，蘇軾自請外任。六月，除知定州。八月繼室王閏之卒。九月，太皇太后高氏崩，宋哲宗親政。蘇軾將赴定州，請面辭，不允。十月至定州。宋哲宗紹聖元年（1094 年），宋哲宗親政

後行「紹述」之政，恢復神宗「新法」，罷免呂大防、蘇轍、范純仁等，召回章惇、曾布等新黨人物。蘇軾於四月落二學士，以本官知和州，又改英州，旋降左承議郎。閏四月離開定州，六月責授寧遠軍節度副使，惠州安置。十月，至惠州，初居合江樓，不久遷嘉祐寺。紹聖二年（1095 年），蘇軾六十歲，表兄程之才任廣東提刑，巡行至惠州，蘇軾得以再住合江樓。遊羅浮、白水山等地。紹聖三年（1096年）二月，開始營建白鶴新居。再度遷居嘉祐寺。惠州造東、西二新橋，蘇軾出資贊助。七月，侍妾朝雲過世。紹聖四年（1097 年）二月，白鶴新居建成，自嘉祐寺遷入。此時朝廷重貶「元祐黨人」，蘇轍貶雷州。閏二月，蘇軾再貶瓊州別駕、昌化軍安置。四月離惠州，至藤州，與蘇轍相遇，同行至雷州。六月，別弟渡海。七月至昌化軍，軍使張中以官舍令蘇軾居住。宋哲宗元符元年（1098 年），朝廷遣董必察訪兩廣，將蘇軾逐出官舍。蘇軾只得於城南買地，築室五間，當地人士多助之。元符二年（1099 年），蘇軾貶居海南已二年，與當地書生、黎民游。瓊州人姜唐佐來從蘇軾學。元符三年（1100 年）正月，宋哲宗崩，其弟徽宗即位，向太后同聽政。二月，詔蘇軾移廉州安置，蘇轍移永州。四月，蘇軾授舒州團練副使、永州居住，蘇轍岳州居住。六月，蘇軾離海南，渡海，與秦觀別於海康，秦觀尋卒。十一月，詔蘇軾復朝奉郎提舉成都府玉局觀，在外州軍任便居住；蘇轍授太中大夫提舉鳳翔府上清宮，外州軍任便居住。蘇轍即往穎昌府，居焉。蘇軾猶在北歸途中。

　　宋徽宗建中靖國元年（1101 年），蘇軾已經六十六歲。正月，蘇軾度南嶺，北上，五月至當塗、金陵、眞州，病作。六月至常州，上表乞致仕。七月二十八日卒於常州，次年葬汝洲郟城縣小峨嵋山，蘇轍作墓誌銘。〔註12〕

---

〔註12〕 以上參考王水照、朱剛著，《蘇軾評傳》附錄一〔蘇軾年表〕（南京：南京大學出版社，2008 年 11 月），頁 596～604。

## 第二節 蘇軾〈西江月〉詞的詩隱喻

　　Lakoff-Johnson 的概念譬喻理論一再重申譬喻是人類的思維方式，譬喻並不只是文學修辭的專屬技巧，而是我們瞭解環境、探索世界以及與他人溝通的重要認知思維方式。

　　文學上使用的譬喻，尤其那些被認爲是文學家獨創的、偉大作品中的譬喻，究竟與我們生活中不斷使用的常規譬喻有何區別？文學家們如何能化腐朽爲神奇，將陳舊的、習見的常規譬喻轉化成有創意、新奇的詩隱喻？本節嘗試從蘇軾於宋神宗元豐三年（西元 1080 年）被貶到黃州後的詞作〈西江月〉，觀察大文學家如何將常規譬喻幻化成詩隱喻的過程。

### 一、蘇軾〈西江月〉詞的寫作背景與詞意解析

〈西江月〉　黃州中秋

世事一場大夢，人生幾度秋涼。夜來風葉已鳴廊。看取眉頭鬢上。

酒賤常愁客少，月明多被雲妨。中秋誰與共孤光。把盞淒然北望。

蘇軾這首詞作於宋神宗元豐三年（西元 1080 年）八月十五，45 歲之時。〔註13〕元豐二年（1079 年）八月十八日，蘇軾因烏臺詩案入獄，經歷九死一生。事後責授檢校水部員外郎黃州團練副使，本州安置，不得簽書公事。於元豐三年二月被貶至黃州，過著近似流放的生活。該年五月底，蘇轍送嫂嫂王閏之來黃州後，於六月九日轉赴筠州監稅任。相聚數日別離，離情依依。中秋節至，距蘇軾入獄已近一整年，

---

〔註13〕 關於此詞寫作時間及地點，說法頗多歧異。清・王文誥《蘇文忠公詩編注集成總案》、朱祖謀《彊村叢書》所收《東坡樂府》、曹樹銘《蘇東坡詞》、石聲淮・唐玲玲《東坡樂府編年箋注》都認爲是元豐三年（1080 年）作於黃州。但孔凡禮《蘇軾年譜》和鄒同慶・王宗堂《蘇軾詞編年校注》卻認爲是紹聖四年（1097 年）作於儋州，此從薛瑞生，《東坡詞編年箋證》（西安：三秦出版社，2006 年）之繫年。

也是他被貶後的第一個中秋。皓月之下，回首往事，瞻念前程，免不了百感交集。即月生情，懷念其弟子由而作此詞。宋・楊湜《古今詞話》云：「東坡在黃州，中秋夜對月獨酌，作〈西江月〉詞曰：『略』。」〔註14〕

　　詞的上片寫感傷，觸景傷情，詠唱人生之短促，感傷事業之無成。下片寫慨歎，藉景抒懷，感世道之險惡，悲人生之寥落。上片首句便呈現一種沉重低緩的悲涼情調。「世事一場大夢，人生幾度秋涼」，從自己的經歷中，感嘆人生的短暫與虛幻，起頭便以悲劇氣氛籠罩全詞。人生如夢，本是中國文人常有的慨歎。以夢比喻世事，不僅包括因烏臺詩案被繫御史臺獄、以及獄中種種不堪的辛酸，還包含對過去一切努力奮鬥，隨著時光流逝、終歸破滅的遺憾。日本研究者保剎佳昭認為：「『世間之事好像一場大夢，人的一生能夠遇到幾次初秋呢？』蘇軾把『世事』視為『一場大夢』。假如覺悟到『世事一場大夢』，那，現在他面臨的處境也就是『夢』，也就不用悲嘆。但是蘇軾在這首詞後闋悲嘆自我不幸的身世。」〔註15〕也就是說蘇軾詞中不但有對人生旅程的回顧，也有從恨念前塵到想要擺脫人生煩惱的矛盾與掙扎。接著「人生幾度秋涼」一句，顯露出對人生苦短的無限惋惜和悲嘆。「秋涼」二字呼應寫作時間「中秋」。而「幾度秋涼」既可當作數量詞也可另解為疑問詞，使得此詞低迴悵嘆，更顯出人世的無常。

　　三、四句「夜來風葉已鳴廊，看取眉頭鬢上」，緊承起句，進一步寫出由外在的時令風物所引發的人生惆悵。詞人以少總多，對千萬種秋色秋景，只選取其中的西風和落葉做為代表。秋涼天氣，西風颯颯、葉落蕭蕭，夜闌人靜，唯有風聲、落葉聲鳴動長廊。西風蕭瑟近歲暮、草木搖落而變衰。在孤單的中秋，這悲悽的秋聲最能撼動旅外

---

〔註14〕　見唐圭璋編，《詞話叢編》第一冊（北京：中華書局，2005年），頁30。

〔註15〕　見保苅佳昭著，《新興與傳統──蘇軾詞論述》（上海：上海古籍出版社，2005年），頁80～81。

遊子的心弦。情觸景而生、愁緣境而起。感歲暮、傷自身，看看自己的眉頭鬢髮已斑白，中秋佳節卻只能對月獨酌，遲暮孤獨之感充滿內心。下片開頭兩句「酒賤常愁客少，月明多被雲妨」寫的是當時眼前實景，但也融入了詞人心中隱藏的真情。因政治立場不同遭對手羅織罪名構陷而獲罪貶逐，詞人孤單而委曲的心情，最需要親友與昔日同志於此時伸出友誼之手與慰藉，奈何許多人都怕受到牽連而刻意躲避他。這使得他在貶官黃州期間嚐盡世態炎涼的滋味。蘇軾在〈送沈逵赴廣南〉詩中就曾寫道：「我謫黃岡四五年，孤舟出沒煙波裏。故人不復通問訊，疾病飢寒疑死矣。」〔註16〕另在〈東坡八首之七〉中也寫：「我窮交舊絕，三子獨見存。從我于東坡，勞饗同一餐。」〔註17〕無怪乎中秋有酒少客，門庭冷落。在酒賤與客少的雙重感傷中，多少可以看出詞人對人情冷暖的激憤和無奈。月明，既可能是描寫當時中秋夜的實景，也可以是詞人美好理想和高潔人格的象徵，更或者作者根本是有意藉景一抒心中憂悶，吳惠娟就說：

> 詞人當時含冤貶謫，有無數壓抑亟待訴說，但身為罪人，憂讒畏譏，豈敢直抒胸臆？於是通過吟詠節序，含蓄地抒發心底之情。故詞中筆筆應時，不離中秋，無論是新涼、風葉，還是賤酒、明月，均與節序有關。然詞人由中秋思及人生，人生與中秋俱化。觸類以感，慷慨悲歌，情深意長。詞中運用比興手法，將常見之景「酒賤常愁客少，月明多被雲妨」來概括人生矛盾，言近旨遠，辭淺意深，富於哲理，令人咀嚼回味。〔註18〕

蘇軾是一個關心百姓和國家的人，「有筆頭千字，胸中萬卷」〔註19〕

---

〔註16〕　見宋・蘇軾著、傅成・穆儔標點，《蘇軾全集》詩集卷二十四（上海：上海古籍出版社，2000年），頁298。

〔註17〕　見宋・蘇軾著、傅成・穆儔標點，《蘇軾全集》詩集卷二十一，頁254。

〔註18〕　見張淑瓊主編，《中國文學總欣賞》唐宋詞6蘇軾，〈西江月〉【賞析】（臺北：地球出版社），頁62。

〔註19〕　蘇軾〈沁園春〉（孤館燈青）詞。

的高才；也有「致君堯舜，此事何難」〔註20〕的理想與抱負。但月明
雲來遮、才高人見妒，忠而見謗、因讒入獄。在月明與雲遮的矛盾之
中，當然也可能藉景抒發對小人當道和朝廷受到蒙蔽的憤懣。何況「浮
雲蔽白日」〔註21〕、「總爲浮雲能蔽日，長安不見使人愁」〔註22〕，
古來藉浮雲喻姦小、以白日喻君王朝廷，早已成傳統上詩人抒情的特
定模式了。

　　結拍兩句「中秋誰與共孤光，把盞淒然北望」，是詞人撫今追昔
下自然流露出的感慨。他至愛的兄弟親友，長時間與他分離；他忠君
愛國，卻屢遭排斥。在別人全家團聚、宴饗以歡度中秋的時刻，唯獨
他淪落異鄉。每逢佳節倍思親，在強烈的孤寂感與對弟弟子由的思念
下，於是發出這樣的吶喊：中秋有誰與我共賞這孤單的明月呢？想來
也只有子由握著酒盞，在筠州難過地思念在北方黃州的我吧！這種由
對面設想，藉弟弟蘇轍思念（北望）自己，來抒發自己對弟弟的思念
之情，正是杜甫在〈月夜〉：「今夜鄜州月，閨中祇獨看」所用過的方
式。這種眞情的呼喚正體現出他們兄弟間的手足情深，也激起千百年
來讀者的強烈感應和共鳴。（按：此處「北望」的含義，宋・胡仔《苕
溪漁隱叢話後集》卷三九：「《古今詞話》云：『東坡在黃州，中秋夜
對月獨酌作《西江月》詞。坡以讒言謫居黃州，鬱鬱不得志，凡賦詩
綴詞必寫其所懷，然一日不負朝廷，其懷君之心，末句可見矣。』苕
溪漁隱曰：《聚蘭集》載此詞，注曰：『寄子由。』故後句云：『中秋
誰與共孤光，把酒淒涼北望。』則兄弟之情，見於句意之間矣。疑是
在錢塘作，時子由爲睢陽幕客，若《詞話》所云，則非也。」）

## 二、〈西江月〉詞中的詩隱喻

　　本文第二章曾提起，常規隱喻是詩隱喻創生的力量。其過程是透

---

〔註20〕　蘇軾〈沁園春〉（孤館燈青）詞。
〔註21〕　古詩十九首〈行行重行行〉。
〔註22〕　李白〈登金陵鳳凰台〉詩。

過「映射」。也就是經由映射把來源域和目標域的基模結構點、結構點間的關聯和概念的知識特性對應起來。蘇軾〈西江月〉詞中所出現的常規譬喻如表 3-2-1 所示。我們且看詞中如何運用創意延伸、創意表述、創意質疑以及創意拼合等方法來將這些常規譬喻轉化成詩隱喻。

表 3-2-1　蘇軾〈西江月〉詞中出現的常規譬喻

| 來源域 | 常規譬喻 | 角度攝取 | 目標域 | 譬喻類型 |
|---|---|---|---|---|
| 夢 | 人生如夢 | 人生＞夢＞虛幻、短暫 | 人生 | 結構譬喻 |
| 一年 | 一生是一年 | 人接近晚年＞一年的秋天 | 一生 | 結構譬喻 |
| 一日 | 一生是一日 | 人生的晚年＞夜晚 | 一生 | 結構譬喻 |
| 移動物 | 夜是移動物 | 夜＞來去 | 夜 | 實體譬喻 |
| 風聲、落葉聲 | 顯著特徵代整體 | 風聲、落葉聲＞秋天到來 | 秋天 | 轉喻 |
| 髮色 | 顯著特徵代整體 | 眉頭斑白的鬢髮＞人老化 | 年齡 | 轉喻 |
| 物 | 所有物代所有人 | 酒賤＞主人的地位低下 | 人 | 轉喻 |
| 月 | 人是月 | 月是君王或月明是才高的人 | 人 | 實體譬喻 |
| 浮雲 | 雲是人、雲是小人 | 遮住明月的浮雲＞蒙蔽君王的佞臣 | 人 | 實體譬喻 |
| 光 | 顯著特徵代整體 | 孤光＞中秋月 | 月 | 轉喻 |
| 北方 | 方向代所在地和人 | 蘇轍從筠州向北望＞黃州的蘇軾 | 黃州的蘇軾 | 轉喻 |

　　首先，詞的上片先運用「人生是夢」的常規隱喻。東坡以「世事是一場大夢」作為此「人生是夢」常規譬喻的創意延伸。人生如夢，本是中國文人常有的慨歎。蘇軾延伸以夢比喻世事，則不僅包括因烏

臺詩案被繫御史臺獄、以及獄中種種不堪的辛酸，還包含對過去一切努力奮鬥，隨著時光流逝、終歸破滅的遺憾。如果世事只是夢一場，那人生在世所作的一切事功更是虛幻泡影，想望愈大，失望愈大，即便未來能成就理想，終究是大夢一場。

接著是化用「一生是一年」的常規譬喻。因爲人們早已習慣於「一生是一年」的常規譬喻，這從日常生活中我們常說「早年」、「中年」與「晚年」便可理解。因此一年若到了中秋，便已接近於一年的終點，恰如人之接近晚年矣。而「人生幾度秋涼」便是詞人對「一生是一年」這短暫人生的高度質疑。

再來「夜來風葉已鳴廊」與「看取眉頭鬢上」兩句，先以擬人的手法（也可說是「時間是移動物」的常規譬喻）表明夜晚的到來。既呼應中秋夜的寫作時間，更可藉「一生是一日」的常規譬喻，暗示人生的「夜晚」來臨。作者或許也更有以蕭瑟的秋風摧殘落葉來隱喻生存環境的肅殺之氣對自身摧殘之意。另外，以「物象變化即時間變化」（或「顯著特徵代整體」）的概念譬喻，選擇「風葉鳴廊」、「眉頭鬢上」等轉喻來顯現秋景、白髮，在西風蕭瑟近歲暮、草木搖落而變衰的氛圍下，感歲暮、傷自身，看看自己的眉頭鬢髮已斑白，中秋佳節卻只能對月獨酌，遲暮孤獨之感充滿內心，更加深化人生的虛幻與短促。

下片開頭兩句「酒賤常愁客少，月明多被雲妨」寫的應是當時眼前實景，詞人利用「所有物代所有人」的轉喻，以「酒賤」描述自己地位低下的貶謫身分，並且以之和下面的「客少」對立起來。中秋佳節有酒卻少客，門庭冷落。在酒賤與客少的雙重感傷中，間接透露出詞人對人情冷暖的激憤和無奈。「月明」，既可能是描寫當時中秋夜的實景，也可以是詞人藉「月是人」的常規譬喻，延伸爲「月明」來表達自己美好理想和高潔人格。當然也可能藉「月是君王」的常規譬喻〔註23〕，延伸爲「月光是君王的視線」來抒發對小人當道和朝廷受到

---

〔註23〕 按薛瑞生，《東坡詞編年箋證》對本詞的考證：「……《詞林紀事》

小人蒙蔽的憤懣。而這兩種解釋都以「雲是人」的常規譬喻延伸爲「浮雲是小人」的詩隱喻，以「浮雲遮蔽明月之光」的現象來暗示姦邪小人嫉妒別人才能而加以構陷讒害以及姦佞蒙蔽君王視線的事實。

　　結拍兩句「中秋誰與共孤光，把盞淒然北望」，詞人將「月光代月」的常規轉喻用法，以「孤光代中秋月」的創意表述來表現，「孤光」既可表達明月爲當時天空中最明亮發光體的事實，更可表現出詞人中秋獨酌的孤單與寂寞。進一步更可將整句看作是「中秋節是團聚日」常規譬喻的創意質疑。誰說中秋節一定是家人團圓的日子呢？現在這個中秋有誰與我共賞這孤單的明月呢？最後以對面設想的方式，藉「方向代所在地和人」的轉喻，轉化爲上下兩句的創意拼合詩隱喻，自行回答了上句的質疑：想來也只有子由握著酒盞，在筠州難過地思念在北方黃州的我吧！

## 三、詩隱喻的實踐成果

　　由上述分析可知，在蘇軾〈西江月〉這首小詞中，詞人先延伸「人生如夢」的常規譬喻來比喻世事，在「世事一場大夢」的詩隱喻中，人生在世所作的一切事功，無論過去、現在還是未來，都是虛幻泡影，大大擴大了譬喻蘊涵。再以「人生幾度秋涼」對「一生是一年」這隱喻短暫人生的常規譬喻提出高度質疑；而「夜來」則是以「擬人」或

---

卷五引樓敬思語曰：『情景兩合，語煞可思。』又云：『此詞本集注「黃州中秋作」，與《古今詞話》同。苕溪漁隱引《聚蘭集》注「寄子由」，疑是倅錢塘時作。按杭爲東南名勝，遊士所萃。公仕杭時，倡和甚多，非『酒賤客少』地也。而且御史誣告，亦未知烏臺詩案之患難也，何至有『一場大夢』等語？『明月』、『雲妨』即『浮雲蔽白日』之意，『孤光』、『誰共』即『瓊樓玉宇不勝寒』之意，的是黃州中秋作無疑。所謂『蘇軾終是愛君』者，此亦可以想見。……」（西安：三秦出版社，2006 年），頁 253。從前引樓敬思的話來看，雖然「月是君王」並非傳統中國文人習用的譬喻修辭，但月光遭浮雲遮蔽與「浮雲蔽白日」從發光體光線被遮斷的角度言，與上位者遭蒙蔽的文化思維相合，是以從概念的角度而言是常規譬喻。

「時間是移動物」的常規譬喻，表明夜晚的到來〔註24〕；既呼應中秋夜的寫作時間，更可藉「一生是一日」的常規譬喻，創意表述爲人生的「夜晚」來臨。面對千萬種秋色秋景，詞人只選取其中的西風和落葉來創意表述做爲秋天的代表，在孤單的中秋，這種悲悽的秋聲最能撼動旅外遊子的心弦。

在下片，詞人以「酒賤」延伸描述自己地位低下的貶謫身分，並且以之和下面的「客少」對立起來；然後以「月明」來延伸「月是人」的常規譬喻，以表達自己美好的理想和高潔的人格；並藉「月是君王」的常規譬喻，延伸爲「月光是君王的視線」來抒發對小人當道和朝廷受到小人蒙蔽的憤懣；其中也以「雲是人」的常規譬喻延伸爲「浮雲是小人」的詩隱喻，以「浮雲遮蔽月光」的現象來暗示姦邪小人嫉妒別人才能加以構陷讒害，以及姦佞蒙蔽君王視線的事實。接著詞人轉化「月光代月」的常規轉喻用法，以「孤光代中秋月」的創意表述來表現，「孤光」既可表達明月爲當時天空中最明亮發光體的事實，更可表現出詞人中秋獨酌的孤單與寂寞。最後將「中秋誰與共孤光」看作是對「中秋節是團聚日」常規譬喻的創意質疑；以對面設想的方式，藉「方向代所在地和人」的轉喻，轉化爲上下兩句的創意拼合詩隱喻，也自行回答了上句的質疑：想來也只有子由握著酒盞，在筠州難過地思念在北方黃州的我吧！

此外，筆者認爲詞人除運用了上述的詩隱喻外，整闋詞的上、下片的概念譬喻也都具有整體相合的現象。也就是在「時間是移動物」＞變化、快速消逝下，上片的「人生是夢」、「一生是一年」、「物象變化即時間變化」與「夜晚是移動物」等概念譬喻皆整體相合。而在對「中秋節是團聚日」常規譬喻的創意質疑下，因「浮雲」遮蔽「月明」

---

〔註24〕 此處「夜來」之「來」亦可能係語詞，指「夜裡」，無「來」之動作義；另由語言變遷之過程來看，亦可能原先「來」具動作義，其後逐漸虛化爲無義。本文藉文本「來」之語言符碼推論，作者既以夜晚表述人生晚年，則作者或有將時間視爲移動物，強調晚年竟已來臨之愁懷，故推論具「擬人」或「時間是移動物」之譬喻蘊涵。

而「酒賤」和「客少」的中秋節，又有誰與我共賞這孤單的明月呢？想來也只有子由握著酒盞，在筠州難過地思念在北方黃州的我吧！這就是說下片中「所有物代所有人」、「月是人」、「雲是人」、「月光代月」、「方向代所在地和人」與「孤光代中秋月」等孤單、寂寥的譬喻蘊涵也具整體相合性。詳如表 3-2-2 所示。

　　總之，詞人藉創意延伸、創意表述、創意質疑以及創意拼合等方法，可以將日常生活中那毫不引起注意的深藏在概念中的常規譬喻，脫胎換骨幻化為神奇的詩隱喻。不過必須釐清的是，是不是所有的文學作品、所有的文本一定都需要 Lakoff-Turner 所歸納出的這四種方法，才能將常規譬喻幻化為詩隱喻呢？筆者認為答案不必然是肯定的。也就是說不是每個文本中的作者都必然會運用這四種方法來創造詩隱喻。而且也並不是只有這四種方法才能將常規譬喻幻化為詩隱喻，套用一句俗話來說：「技法人人會玩，只是巧妙各有不同」。

　　因此，我們不妨再重複之前所強調過的話：嚴格來說，每一個偉大作家的每一部作品都會出現將常規譬喻幻化為詩隱喻的不同手法，應不只上述 Lakoff-Turner 所歸納出的那四個方法而已。本文之所以以之作為析論的方法，是因為這是探討詩隱喻基礎的一步，也是很重要的一步。因為不管詩人幻化的方式為何，譬喻的結構和映射運作機制總是促成詩隱喻誕生的原動力。

## 表 3-2-2　蘇軾〈西江月〉詞中由常規譬喻幻化出的詩隱喻

| 常規譬喻 | 轉化的方法 | 語言表達式 | 詩隱喻的效果 |
|---|---|---|---|
| 人生如夢 | 創意延伸 | 世事一場大夢 | 延伸「人生如夢」的常規譬喻來比喻世事，在「世事一場大夢」的詩隱喻中，人生在世所作的一切事功，無論過去、現在還是未來，都是虛幻泡影，大大擴大了譬喻蘊涵 |

| 一生是一年 | 創意質疑 | 人生幾度秋涼 | 對「一生是一年」這短暫人生的高度質疑 |
|---|---|---|---|
| 顯著特徵代整體 | 創意表述 | 夜來風葉已鳴廊 | 「夜來」是以「擬人」或「時間是移動物」的常規譬喻，表明夜晚的到來。既呼應中秋夜的寫作時間，更可藉「一生是一日」的常規譬喻，暗示人生的「夜晚」來臨 |
| 顯著特徵代整體 | 創意表述 | 夜來風葉已鳴廊 | 對千萬種秋色秋景，只選取其中的西風和落葉做爲代表，在孤單的中秋，這種悲悽的秋聲最能撼動旅外遊子的心弦 |
| 所有物代所有人 | 創意延伸 | 酒賤常愁客少 | 以「酒賤」延伸描述自己地位低下的貶謫身分，並且以之和下面的「客少」對立起來 |
| 月是人 | 創意延伸 | 月明多被雲妨 | 以「月明」來延伸「月是人」的常規譬喻，以表達自己美好理想和高潔人格 |
| 月是人 | 創意延伸 | 月明多被雲妨 | 藉「月是君王」的常規譬喻，延伸爲「月光是君王的視線」來抒發對小人當道和朝廷受到小人蒙蔽的憤懣 |
| 雲是人 | 創意延伸 | 月明多被雲妨 | 以「雲是人」的常規譬喻延伸爲「浮雲是小人」的詩隱喻，以「浮雲遮蔽月光」的現象來暗示姦邪小人嫉妒別人才能加以構陷讒害，以及姦佞蒙蔽君王視線的事實 |
| 月光代月 | 創意表述 | 中秋誰與共孤光 | 將「月光代月」的常規轉喻用法，以「孤光代中秋月」的創意表述來表現，「孤光」既可表達明月爲當時天空中最明亮發光體的事實，更可表現出詞人中秋獨酌的孤單與寂寞 |

| | | | |
|---|---|---|---|
| 中秋節是團聚日 | 創意質疑 | 中秋誰與共孤光 | 將「中秋誰與共孤光」看作是對「中秋節是團聚日」常規譬喻的創意質疑 |
| 方向代所在地和人 | 創意拼合 | 中秋誰與共孤光<br>把盞淒然北望 | 以對面設想的方式，藉「方向代所在地和人」的轉喻，轉化爲上下兩句的創意拼合詩隱喻，自行回答了上句的質疑：想來也只有子由握著酒盞，在筠州難過地思念在北方黃州的我吧！ |
| 「人生是夢」、「一生是一年」、「物象變化即時間變化」與「夜晚是移動物」 | 創意拼合 | 世事一場大夢<br>人生幾度秋涼<br>夜來風葉已鳴廊<br>看取眉頭鬢上 | 在「時間是移動物」＞變化、快速消逝下，「人生是夢」、「一生是一年」、「物象變化即時間變化」與「夜晚是移動物」等概念譬喻皆整體相合 |
| 「所有物代所有人」、「月是人」、「雲是人」、「月光代月」、「中秋節是團聚日」與「方向代所在地和人」 | 創意拼合 | 酒賤常愁客少<br>月明多被雲妨<br>中秋誰與共孤光<br>把盞淒然北望 | 在對「中秋節是團聚日」常規譬喻的創意質疑下，因「浮雲」遮蔽「月明」而「酒賤」和「客少」的中秋節，自然與「孤光代中秋月」與「方向代所在地和人」的轉喻等孤單、寂寥的譬喻蘊涵整體相合 |

## 第三節　概念譬喻理論之詩歌詮釋──<br>以蘇軾〈定風波〉詞爲例

　　一首詩或一闋詞到底如何能將作者幽微深隱的心境傳達給讀者大眾知道？因爲「詩無達詁」，各種文學詮釋，特別是對於詩性語言的詮釋，可以是人言言殊，同時也很難有絕對的標準可供依循。但爲何有些人（有時是多數人）對同一首詩或詞的感受卻是大同小異，解

讀上有相合之處？是不是詩詞中釋放出甚麼訊息給我們？換句話說，從詩詞作品中，尤其是富含比、興的作品，我們如何探求作者內心相對幽隱的感情，並由此產生相當一致的判讀？這是頗令人好奇的，也是筆者時常思索的問題。

　　隨著語言學與文學之間由互不相容而難分難解，它們之間的共同要素——語言，正扮演著關鍵的角色。本節即嘗試由詩中的語言作爲切入點，探求蘇軾〈定風波〉詞中的譬喻蘊涵以及譬喻運作模式，藉以了解作者與讀者溝通的思維奧秘。

　　相對於言志的詩來說，從遊戲的小詞中更容易看出作家的眞性情：「昔人有云：『觀人於揖讓，不若觀人於遊戲。』正因爲揖讓之際尙不免有心爲之，而『遊戲』之際，才更可以見到一個人眞情的流露。」〔註25〕因此，在詞這種文體剛興起未久的北宋，一代名臣大儒不乏以遊戲筆墨寫作小詞者，「其心靈性格最深微的一面，便自然流露於其中」〔註26〕。

　　蘇軾在傳統文學中幾乎是人盡皆知、且享有極高聲譽。我們欽佩他主要是（一）他是史上少有的全能型作家，詩詞文賦書畫幾乎無不精通。（二）欽佩他處於逆境卻不爲之牽掛縈懷，擁有通脫曠達的人生態度。

　　〈定風波〉是蘇軾膾炙人口的一闋詞。人們喜愛這闋詞是因爲它很能代表蘇軾磊落的胸懷和曠達的態度。但這首詞到底如何能將作者幽微深隱的心境傳達給讀者大眾知道？如前所言，「詩無達詁」，對於詩性語言的解釋，幾乎是人言言殊，也並無一定的標準可供依循。但爲何大多數人對這首詞的感受卻是大同小異，解讀上幾乎沒有差異？是不是詞中釋放出甚麼訊息給我們？換句話說，從〈定風波〉這首詞中，我們如何探求蘇軾內心相對眞實的感情，並由此產生相當一致的

---

〔註25〕　葉嘉瑩，《唐宋詞名家論集》〈論歐陽修詞〉（台北：桂冠圖書公司，2000年），頁91。

〔註26〕　葉嘉瑩，《唐宋詞名家論集》〈論歐陽修詞〉，頁92。

判讀？這是頗令人好奇，也是本節嘗試尋求解答的動機所在。

　　語言學與文學間的關係如何？是勢不兩立抑或相輔相成？冰冷的語言學理論可以作為文學分析之用嗎？這些問題我們在第二章已經有詳細的論證。關鍵即在我們一再申明的：隨著語言學與文學之間由互不相容而難分難解，它們之間的共同要素──語言，正扮演著關鍵的角色。本節即嘗試由詩中的語言作為切入點，探求蘇軾〈定風波〉詞中的譬喻蘊涵以及譬喻運作模式，藉以了解作者與讀者溝通的思維奧秘，俾更能掌握詞中的要旨。

　　本節藉由詞彙類聚，從內心與外在來探討蘇軾詞作〈定風波〉的詞意。並藉著詞中的譬喻蘊涵，從詞中的譬喻運作來推求作者蘊含的譬喻思維。也就是希望由詞中的譬喻思維來解讀蘇軾寫作的情感內涵，以此作為判讀本詞的基礎，並藉以分析大眾看法一致的原因，以及大眾的看法是否與蘇軾的譬喻思維相合等論題。

# 一、〈定風波〉的寫作背景及詞意解析

## （一）〈定風波〉的寫作背景

### 蘇軾〈定風波〉〔註27〕

公舊序云：三月七日沙湖道中遇雨。雨具先去，同行皆狼狽，余獨不覺。已而遂晴，故作此詞。

> 莫聽穿林打葉聲。何妨吟嘯且徐行。竹杖芒鞋輕勝馬。誰怕。一蓑煙雨任平生。　　料峭春風吹酒醒。微冷。山頭斜照卻相迎。回首向來蕭瑟處。歸去。也無風雨也無晴。

這闋詞作於宋神宗元豐五年（西元 1082 年）三月，也就是作於蘇軾47 歲，因「烏臺詩案」〔註28〕被貶為黃州團練副使後的第三年。

---

〔註27〕　依據薛瑞生箋證，《東坡詞編年箋證》（西安：三秦出版社，2006 年1 月一版 2 刷）

〔註28〕　烏台詩案：蘇軾因反對新法，在元豐二年被人從他的詩中尋章摘句，硬說成是「謗訕朝政及中外臣僚」，於知湖州任上遭逮捕送御史臺獄。拘押四月餘，得免一死，謫任黃州團練副使，本州安置。

《東坡志林》卷一【記遊】（遊沙湖）記載：「黃州東南三十里爲沙湖，亦曰螺師店，予買田其間，因往相田得疾。」〔註29〕，對照詞前的小序來看，這闋詞所描寫的應該是作者前往沙湖相田，途中遇雨的一件極其平常的生活小事。但這樣的小事有什麼值得我們注意的地方呢？底下我們分內心與外在兩個部分來探討。

### （二）從詞彙類聚解析蘇軾〈定風波〉

從詞彙類聚的角度來看蘇軾這首〈定風波〉，發現外在的強大自然力與艱苦環境，對照內心的自在與從容，恰好形成強烈的對比（如表 3-3-1、表 3-3-2 所呈現）。

當詞人在相田途中的沙湖道上遇到突如其來的大雨，本來帶著的雨具已先被人拿走了，這一陣當頭的急雨令同行的人都顯現出狼狽的樣子。蘇東坡卻「余獨不覺」，一派輕鬆、毫不在意。從這小序就表現出蘇軾過人的定力與持守。

穿林跟打葉都是很強烈的字眼。雨點穿過樹林、打在樹葉上發出了巨大的聲響，使得人不禁以爲雨很快就要打到自己身上來了，不免東遮西躲地現出狼狽的模樣。可是蘇東坡用「莫聽」把整個外力的影響否定了，這就是一種定力和持守。

既然「莫聽穿林打葉聲」，難道就站著讓雨淋麼？蘇東坡接著說「何妨吟嘯且徐行」。

> 「何妨」寫得多麼瀟灑，他說，我選的路我仍然要走下去，而且我過去怎麼走現在還怎麼走。既然你已經不能避開這一場雨，那麼你何必自己先在精神上製造緊張呢？……所謂「莫聽穿林打葉聲」不是說捂起耳朵不聽，因爲耳朵捂上心還在緊張，那一點兒都不算數的。「莫聽」，是說在精神心理上首先就不能被挫敗。〔註30〕

---

〔註29〕 見王松齡點校，《東坡志林》卷一【記遊】（遊沙湖）（北京：中華書局，1981 年 9 月一版、2006 年 3 月 4 刷）
〔註30〕 見葉嘉瑩，《北宋名家詞選講》（北京：北京大學出版社，2007 年），頁 210。

「吟嘯」、「徐行」表現一種從容不迫，是將自身抽離、置身事外的一種玩賞、餘裕的心。

「竹杖芒鞋輕勝馬，誰怕？一蓑煙雨任平生」，表現的是蘇東坡的「知足與勵前」。「所謂的『知足』，不是那種顢頇的、庸碌的、不思進取的知足；而是要你在知足之中，更加努力向前。」〔註31〕蘇東坡說：我雖然沒有馬，但是我有竹杖、還有芒鞋。它們很輕便，比騎馬還舒適。這就是知足。儘管全身籠罩在煙雨之中，他依然吟嘯、依然要向前行，這就是勵前。

「料峭春風吹酒醒，微冷，山頭斜照卻相迎」，當人經過風雨，感到寒冷的時候，忽然一抬頭，看到山頭太陽的斜照，心中立刻升起一種親切和溫暖的感覺。

「回首向來瀟灑處，歸去，也無風雨也無晴」，是說回頭看看過去，自己在風雨中一路走來的地方。他現在悠然自在地走自己的路，走向自己所追求的目的地。在他的心中，既沒有風雨，也沒有晴天。也就是說，蘇東坡現在已經超越在風雨陰晴之上了。

### 表 3-3-1　蘇軾〈定風波〉外在詞彙意象聚合層解析

| 詞的詞彙類聚 | 義素共性 | 類聚感知 |
| --- | --- | --- |
| 穿林、打葉 | 自然力 | 很強的外在自然力 |
| 竹杖、芒鞋、蓑 | 物件 | 平（窮）民之物 |
| 煙雨、瀟灑 | 自然現象 | 降雨的多與大 |
| 料峭、微冷 | 觸感（冷） | 外在的身體感知 |
| 斜照、晴 | 自然現象 | 溫暖 |

### 表 3-3-2　蘇軾〈定風波〉內心詞彙意象聚合層解析

| 詞的詞彙類聚 | 義素共性 | 類聚感知 |
| --- | --- | --- |
| 不覺、莫聽 | 否定詞 | 具內在主體性、無視外在環境影響 |

〔註31〕　同上註，頁 211。

| 何妨、誰怕、輕勝馬、任平生 | 內在感受 | 知足與勵前 |
|---|---|---|
| 吟嘯、徐行 | 行爲 | 從容自在 |
| 無風雨、無晴 | 內在感受 | 了無罣礙的曠達 |

## 二、〈定風波〉的譬喻來源域

　　大家是怎樣看這首小詞的呢？是否也都把它當作是平常生活上的小事來理解呢？且先看看詞評家們怎麼說。

表 3-3-3　歷來詞評家對蘇軾〈定風波〉之評語（據葉嘉瑩主編；朱靖華、饒學剛、王文龍、饒曉明編著 2007《蘇軾詞新釋輯評》資料製表）

| 朝代 | 人物 | 出處 | 評　　語 |
|---|---|---|---|
| 清 | 鄭文焯 | 《手批東坡樂府》（詞話叢編本） | 此足徵是翁坦蕩之懷，任天而動。琢句亦瘦逸，能道眼前景。以曲筆直寫胸臆，倚聲能事盡矣。 |
| 現代 | 王水照 | 《蘇軾》（上海古籍出版社 1981 年版） | 在一種曠達態度的背後，堅持對人生、對美好事物的執著和追求。例如：莫聽穿林打葉聲。何妨吟嘯且徐行。竹杖芒鞋輕勝馬，誰怕！一蓑煙雨任平生。這個在風雨中「吟嘯徐行」的形象，表達了作者處困境而安之若素、把失意置之度外的精神風貌。 |
| 現代 | 劉乃昌 | 《蘇軾選集》（齊魯書社 1981 年版） | 這首詞雖是寫途中遇雨這一件極平常的生活小事，卻反映了作者坦蕩的心胸和泰然自處的生活態度。顯然，這裡也隱隱透露了詩人看破憂患的襟懷：他準備要以不避坎坷、任其自然的態度，來對付瞬息即變的政治風雨。 |
| 現代 | 顏中其 | 《蘇東坡》（黑龍江人民出版社 1981 年版） | 蘇東坡從大自然中尋求美的享受，領略人生的哲理，他的浪漫主義的個性也更爲突出鮮明。他在詞中道出自己不怕困難的倔強：莫聽穿林 |

| | | | 打葉聲。何妨吟嘯且徐行。竹杖芒鞋輕勝馬，誰怕！一蓑煙雨任平生！ |
|---|---|---|---|
| 現代 | 叢鑒、柯大課 | 《蘇軾及其作品》（吉林人民出版社1984年版） | 上片寫不爲憂患所動，用自然風雨喻政治風雨，表現出「一蓑風雨任平生」的鎮定態度。下片進一步寫出對人生的體會，雨過會有天晴，表現出憂樂兩忘得失無爭的達觀態度。 |
| 現代 | 梁福根 | 《從蘇東坡的三首詞看蘇東坡對人生奧秘探求的三個境界》（《河池師專學報》1987年第三期） | 把審視人生的視覺基點，再提到時空和全部人生歷程之上的制高點，去進一步靜觀人生。蘇東坡在這裡尋找到了人生的自由。 |
| 現代 | 石聲淮、唐玲玲 | 《東坡樂府編年箋注》（華中師範大學出版社1991年版） | 這首詞反映了蘇軾在黃州貶逐生活中的「坦蕩之懷」。……在他看來，「也無風雨也無晴」，在山村密林中總保持著「一蓑煙雨任平生」的政治上的平靜；在景物描寫中染上了主觀的情感色彩。 |
| 現代 | 吳帆 | 《「出新意於法度之中，寄妙理於豪放之外」》（《論東坡詞的反思人生》，《全國第八次蘇軾研討會論文集》，四川大學出版社1996年版） | 下片之「回首向來蕭瑟處，歸去，也無風雨也無晴」，很富有哲理味道，這是詩人走過人生風雨坎坷旅程後的反思與徹悟。誠如劉乃昌先生所說：「這是他回味人生昨夢前塵而獲得人生覺醒的哲言。」 |
| 現代 | 陶文鵬 | 《論東坡的哲理詞》（《中國第十二屆蘇軾學術研討會議文集》中央文獻出版社2003年版） | 蘇軾詞中突出表達了一種擺脫困苦、化解悲愁、對抗挫折、迎戰命運的積極向上精神。《定風波》描繪了他在風雨中「吟嘯徐行」的自我形象，並以「一蓑煙雨任平生」、「也無風雨也無晴」這兩個樂觀曠達的警句，表達出他對困境安之若素，精神昇華到履險如夷、寵辱不驚的境界。 |

　　由上表可知，歷來許多詞評家（尤其是現代的詞評家）常將這闋〈定風波〉與蘇軾的曠達態度聯繫在一起（從清代鄭文焯一直到現代的陶文鵬大抵都如此），也就是將這首描寫相田途中遇雨的即景作品提升到處理人生困境、具有人生哲理的地位。更有詞評家認爲蘇軾這首小詞是以生活中的風雨比喻自己所遭受的政治風暴（如劉乃昌、叢鑒、柯大課、石聲淮、唐玲玲等）。只是，這樣的聯結是在甚麼背景下所產生？而這樣的聯結是否有道理呢？我們嘗試由以下的分析來尋找答案。

　　從〈定風波〉的譬喻來源域來考察，發現這首小詞中除了運用許多轉喻技巧來加強對讀者的提示以產生來源與目標間的聯結（如表3-3-5 所示）之外，也蘊含許多概念譬喻。諸如「聲音是物件」、「春風是人」、「山是人」、「太陽是人」以及「心是容器」、「風雨和晴是容器內容物」等（請參見表3-3-4）。但其中最重要的則是「人生是旅行」或「作官是旅行」這兩個概念譬喻。幾乎整首詞都是以這兩個結構譬喻的其中之一做爲主軸，再結合其他概念譬喻來分合作用，才產生令人有趣的、不一樣的體會。

表 3-3-4　蘇軾〈定風波〉譬喻的來源域

| 來源域 | 概念譬喻 | 角度攝取 | 語言表達式 | 目標域 | 譬喻類型 |
|---|---|---|---|---|---|
| 物件 | 聲音是物件 | 可穿林打葉 | 莫聽穿林打葉聲 | 雨聲 | 實體譬喻 |
| 人 | 春風是人 | 人的主動性 | 料峭春風吹酒醒 | 春風 | 擬人譬喻 |
| 物件 | 責任是物件 | 責任＞物件＞有輕重 | 竹杖芒鞋輕勝馬 | 責任 | 實體譬喻 |
| 責任 | 抽象化具體 | 抽象的責任以具體的輕重衡量 | 竹杖芒鞋輕勝馬 | 輕重 | 實體譬喻 |
| 人 | 山是人 | 外表比擬 | 山頭斜照卻相迎 | 山 | 擬人譬喻 |

| 人 | 太陽是人 | 有人的行為＞相迎 | 山頭斜照卻相迎 | 太陽 | 擬人譬喻 |
|---|---|---|---|---|---|
| 物件 | 抽象化具體 | 晴是具體存在的物件 | 也無風雨也無晴 | 晴 | 實體譬喻 |
| 容器內容物 | 風雨與晴是容器內容物 | 心是容器；風雨和晴是容器的內容物 | 也無風雨也無晴 | 風雨、晴 | 實體譬喻 |

### 表 3-3-5　蘇軾〈定風波〉中的轉喻

| 來源域 | 概念譬喻 | 角度攝取 | 語言表達式 | 目標域 | 譬喻類型 |
|---|---|---|---|---|---|
| 雨聲 | 雨聲代雨 | 顯著部分代全體 | 莫聽穿林打葉聲 | 雨 | 轉喻 |
| 騎馬 | 使用物代使用者身分 | 騎馬＞騎馬的人＞做官 | 竹杖芒鞋輕勝馬 | 做官 | 轉喻 |
| 竹杖、芒鞋 | 使用物代使用者身分 | 竹杖、芒鞋＞平民行走的工具＞平民 | 竹杖芒鞋輕勝馬 | 平民 | 轉喻 |
| 蓑衣 | 穿著物代穿著者 | 蓑衣＞平民的雨具＞平民 | 一蓑煙雨任平生 | 平民 | 轉喻 |
| 酒 | 飲用物代飲用狀態 | 酒代飲酒狀態 | 料峭春風吹酒醒 | 酒醉 | 轉喻 |
| 斜照 | 部分代全體 | 光照狀態代太陽本體 | 山頭斜照卻相迎 | 太陽 | 轉喻 |
| 首 | 全體代部分 | 回首＞回眸或回首＞回想 | 回首向來蕭瑟處 | 眼 | 轉喻 |
| 雨聲 | 部分代全體 | 蕭瑟＞雨聲＞下雨 | 回首向來蕭瑟處 | 下雨 | 轉喻 |

接著先談談「人生是旅行」與「作官是旅行」這兩個概念譬喻。

人生與旅行之間的有趣對應，可以由下面所引的這段文字來說明：
〔註32〕

　　想像我們正從事一趟旅行。揹起行囊、帶著必要物品跟隨導遊或領隊，從出發點往目的地。途中或許順利，或許遇到些障礙、困難，靠著自己準備的旅行物資與導遊、領隊（或他人）的幫忙，逐步前進、最後到達終點。若把這樣的旅行特質與人生比較，可以發現其中有些有趣的對應。人生有起點有終點正如旅人有出發點有目的地；人生的歷程一如旅人的旅程，人生的苦難像是旅程中的障礙；當人徬徨於人生路不知如何取捨，正如迷失在岔路口的旅者不知哪條路才是正確的往終點的路。源於人們旅行的切身經驗加上以上的對應投射至人生，便出現「人生是旅行」與「一生是一次旅程」的概念譬喻。

　　於是，在日常對話中，我們常說童年有如生命的「開端」，老年則是走到「人生的盡頭」。我們也形容人在「謀求生活之道」，擔憂著「人生的歸屬」，並希望每個人的「人生有目標」。我們常勉勵人要把握「人生的方向」。作抉擇時，我們或許會說「我不知選哪條路走」。凡此種種，皆導源於「人生是旅行」與「一生是一次旅程」的譬喻性映射，人生與旅行兩概念間之詳細映射關係如【表3-3-6】所示。

表3-3-6　「人生是旅行」的譬喻映射

| 來源域：旅程 | 譬喻映射 | 目標域：人生 |
|---|---|---|
| 旅行者 | | 謀生者 |
| 旅行的目的地 | | 人生的目標 |
| 旅行所經的途徑 | ⟹ | 實現目標的手段 |
| 旅程中的障礙 | | 生命中的磨難 |
| 旅行的嚮導 | | 顧問或老師 |
| 旅行距離的進步 | | 進展 |

---

〔註32〕　見拙著，《從當代譬喻理論解讀李清照》，第三章（台北：文津出版社，2008年），頁62～63。

| 地標 | 用來判斷進展的標準 |
| --- | --- |
| 十字路口、岔路 | 人生的選擇 |
| 旅行的糧食、物品 | 物質資源與天賦 |

　　蘇軾的這首〈定風波〉從「人生是旅行」的概念譬喻之下延伸出來「作官是旅行」、「仕途即旅途」兩個次類。作官和旅行之間正如人生與旅行一樣，有著有趣的對應。試想一旦踏上為官之途，多數人總是朝向那最後的目標→最高官職奮力邁進，期間也總有官運亨通、順暢好走的陽光大道和風雨飄搖、寸步難行的坎坷挫折。若遇上賞識者與不吝提攜的貴人，自然是步步高升、一路暢通；否則在乏人提攜照顧的情況下，若再無財力、人脈等其他資源作為後盾的話，這宦途走來必然不會太輕鬆，甚至是步步艱難了。作官與旅行（或仕途與旅途）兩個概念之間的詳細映射關係如【表 3-3-7】：

表 3-3-7　「做官是旅行」、「仕途即旅途」的譬喻映射

| 來源域：旅程 | 譬喻映射 | 目標域：人生 |
| --- | --- | --- |
| 旅行者 |  | 任官者 |
| 旅行的目的地 |  | 最高官職 |
| 旅行所經的途徑 |  | 仕宦之途 |
| 旅程中的障礙 | ⇨ | 不能升職、貶謫或降職 |
| 旅行的嚮導 |  | 提攜者、賞識者 |
| 旅行距離的進步 |  | 升職的速度 |
| 地標 |  | 職稱 |
| 十字路口、岔路 |  | 官職的選擇或去留 |
| 旅行的糧食、物品 |  | 人脈資源與財力、才能等 |

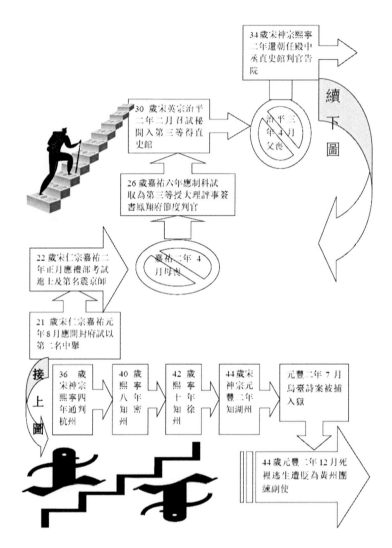

**圖 3-3-1　蘇軾 45 歲（宋神宗元豐三年）貶官黃州團練副使前的**
**　　　　　宦途旅程**

　　從「作官是旅行」、「仕途即旅途」的譬喻角度來看蘇軾的政治旅程，則他 45 歲前的仕途旅程可以對應如【圖 3-3-1】所示。從圖中很明顯可以看出蘇軾在 45 歲前的仕途一波三折，非常不順利。先

是在 22 歲時，也就是在宋仁宗嘉祐二年正月，當他應禮部考試與弟蘇轍同科高中進士、名震京師，正應有一番作為、嶄露頭角之際，蘇母程氏忽於該年 4 月過世，蘇軾兄弟趕回奔喪，一切中斷、宦途首遇挫折。這一中斷，直到蘇軾 26 歲守喪期滿才得以返京。

　　蘇軾返京之後，立刻展現才華。在同年（嘉祐六年）應制科考試，破天荒被錄取為第三等，授大理評事簽書鳳翔府節度判官。並在三年任滿後，也就是在他 30 歲，宋英宗治平二年二月被召試秘閣，再入第三等得直史館。這時他應該是可以直上青雲，官途一片看好的當而，卻又在次年（宋英宗治平三年）4 月遭逢父喪。蘇軾兄弟扶柩返鄉，仕途再次中斷。

　　這次中斷直至 34 歲守喪期滿。在宋神宗熙寧二年，蘇軾還朝任殿中丞直史館判官告院。這下本該苦盡甘來了，只是沒多久就因反對王安石新政的一些措施，與新政的執行者看法不合而遭到排擠。到宋神宗熙寧四年，蘇軾 36 歲時被外放為杭州通判。

　　40 歲杭州通判任滿後，接著歷任密州、徐州和湖州知州，看似仕途較為順遂了，誰知到了宋神宗元豐二年 7 月，他竟因烏臺詩案被捕入御史臺獄，折騰了四個多月後，於宋神宗元豐二年 12 月被貶為黃州團練副使，並於 45 歲、元豐三年年初到任。

　　從以上蘇軾的仕途旅程可知，他在 45 歲前的官路真是佈滿了荊棘和挫折，無怪乎在貶為黃州團練副使任內的一次相田路上，因途中遇雨，有感而發地寫下這闋〈定風波〉。葉嘉瑩教授論到這首詞時也說：「我想，通過這件事情，他是想起了他自己的遭遇，於是就寫了這一首詞。」〔註33〕。

　　其他概念譬喻在詞中的實際運作情形，將在下個單元分析。

## 三、〈定風波〉的譬喻蘊涵與譬喻運作解析

　　如前所述，我們對這首〈定風波〉的理解主要是從「人生是旅行」

〔註33〕　見葉嘉瑩，《北宋名家詞選講》，頁 208。

或「作官是旅行」作爲譬喻主軸來進行的，「人生」以及「作官」與「旅行」之間的概念對應及譬喻映射關係已在上一單元的【表3-3-6】與【表3-3-7】分別展示與說明。其他相關的譬喻映射以及這些譬喻在「人生是旅行」、「作官是旅行」兩個譬喻主軸下的實際運作模式將在底下呈現。

詞的頭兩句「莫聽穿林打葉聲。何妨吟嘯且徐行」，先就以狂烈的雨聲加上鎮定的吟嘯聲，與氣定神閒行進的氣度形成強烈的對比，並塑造出一個冷靜堅毅的勇者形象。這短短的句子裏也有非常豐富的譬喻意涵，尤其首句作者藉「顯著特徵代整體」的轉喻，以雨聲代雨；再以「聲音是物件」的實體譬喻，用穿林打葉來顯現出雨勢的強勁。句中並以「莫聽」表達拒絕外在風雨進入內心容器的強烈意願，間接蘊含「心是容器」、「眼、耳是心的門戶」的實體譬喻，加上「聽覺是傳遞」的管道譬喻，表露出儘管外在雨勢又急又大，作者卻有著保持內在主控性的堅持與自信。並實際付諸下句「吟嘯徐行」的具體行爲。如同葉嘉瑩教授所說：「在這第一句裏，『穿』和『打』兩個字把打擊的力量寫得那麼強，但是『莫聽』兩個字把它們全部否定了，這就是一種定力和持守。」〔註34〕「所謂『莫聽穿林打葉聲』不是說摀起耳朵不聽，因爲耳朵摀上心還在緊張，那一點兒都不算數的。『莫聽』，是說在精神心理上首先就不能被挫敗。」〔註35〕不只是這樣，「……而蘇東坡所說的則是馬上就要加到你身上來的強烈的打擊。這裏面有象徵含義，象徵他一生經歷的那麼多的迫害。」〔註36〕「所以，這兩句表面上寫的是途中遇雨，實際上是寫他面對人生中的打擊與摧傷時所表現的一種境界。」〔註37〕

接著「竹杖芒鞋輕勝馬。誰怕。」兩句，作者把竹杖和芒鞋拿來

---

〔註34〕 見葉嘉瑩，《北宋名家詞選講》，頁209。
〔註35〕 同上註，頁210。
〔註36〕 同上註，頁209。
〔註37〕 同上註，頁210。

與馬做對比。竹杖、芒鞋與馬均是幫助行走的工具。在天氣狀況許可的某些條件下，竹杖與芒鞋或許有時在行走上比騎馬有輕巧、輕便的特點，可是在滂沱大雨、泥濘濕滑的情況下行路，竹杖芒鞋反而拖泥帶水，顯然不如騎馬便捷。那東坡爲甚麼在此會說「竹杖芒鞋輕勝馬」呢？葉嘉瑩教授認爲那是一種「知足的勵前」：

> 蘇東坡說：「我雖然沒有馬，但是我有竹杖，還有芒鞋。我覺得它們很輕快，比騎著馬還舒適。」這就是所謂「知足」。而他後邊說：「誰怕？」就是勵前，是在知足之中的勵前。就是說，不需要欲望的滿足，不必等待條件，你也依然能夠向前。蘇東坡現在沒有馬，也沒有雨具，但是他在風吹雨打之中依然吟嘯徐行，走自己的路。〔註38〕

陳長明先生則認爲他是有了歸隱的念頭：

> 「竹杖芒鞋輕勝馬」，先說竹杖芒鞋與馬。前者是步行所用，屬於閒人的。作者在兩年後離開黃州量移汝州，途經廬山，有《初入廬山》詩云：「芒鞋青竹杖，自掛百錢遊；可怪深山裡，人人識故侯。」用到竹杖芒鞋，即他所謂「我是世間閒客此閒行」（《南歌子》）者。而馬，則是官員或忙人的坐騎，即俗所謂「行人路上馬蹄忙」者。兩者都從「行」字引出，因而具有可比性。前者勝過後者在何處？其中道理，用一個「輕」字點明，耐人咀嚼。竹杖芒鞋誠然是輕的，輕巧，輕便，然而在雨中行路用它，拖泥帶水的，比起騎馬的便捷來又差遠了。那麼，這「輕」字必然另有含義，分明是有「無官一身輕」的意思。〔註39〕

葉、陳兩位所言都說得通，但陳先生所言似乎更能聯繫下句。〔註40〕

---

〔註38〕　見葉嘉瑩，《北宋名家詞選講》，頁212。

〔註39〕　張淑瓊主編，《中國文學總欣賞》唐宋詞6蘇軾，〈定風波〉【賞析】（台北：地球出版社，1990年8月），頁93。

〔註40〕　葉嘉瑩教授對於下句「一蓑煙雨任平生」的解釋是：『『蓑』是漁夫穿的那種蓑衣。漁夫常常在風雨之中駕著船到江上去捕魚，身上只穿一件蓑衣。『一蓑煙雨』是說整個蓑衣都在煙雨之中了，實際上也就是說他（蘇軾）的全身都在風吹雨打之中了。他說，我就像那漁

若把做官（騎馬）與一介平民（穿著竹杖芒鞋行走）所要扛負的責任
做對比的話，當官的必須肩負百姓存亡榮枯的重責大任，的確不像平
凡百姓一樣無官一身輕。因此，從句中所出現的「輕」字來判斷，陳
長明先生的看法確實是有道理的。也就是說，句中先用「使用物代使
用者」、「被操縱物代操縱者」的轉喻，分別以「竹杖芒鞋」代「平民」、
「騎馬」代「做官者」，再以「抽象化具體」的實體譬喻，將責任具
體化為可用輕重衡量的物件。兩相比較之下，作者心中的價值判斷便
有所依憑：竹杖芒鞋既「輕」勝馬，無官一身輕的平民生活自是較心
中常吊著一塊大石頭的官場生活愜意輕快的多了。心中有了定奪，外
頭的風風雨雨再也無法影響內心的寧靜。風雨！「誰怕」呢？

　　上片結拍「一蓑煙雨任平生」，承續前兩句的詞意。因為有了無
官一身輕的想法，這蓑衣也就具有代指平民的轉喻意涵。而「一蓑」
和「煙雨」對舉，就是「少」和「多」的對比。關於「煙雨」的意涵，
陳長明這麼認為：

> 關於「一蓑煙雨任平生」，流行有這樣一種解釋：「披著蓑
> 衣在風雨裡過一輩子，也處之泰然。（這表示能夠頂得住辛
> 苦的生活。）」（胡雲翼《宋詞選》）從積極處體會詞意，但
> 似乎沒有真正觸及蘇軾思想的實際。這裡的「一蓑煙雨」，
> 我以為不是寫眼前景，而是說的心中事。試想此時「雨具
> 先去，同行皆狼狽」了，哪還有蓑衣可披？「煙雨」也不
> 是寫的沙湖道中雨，乃是江湖上煙波浩渺、風片雨絲的景
> 象。蘇軾是想著退隱於江湖！……〔註41〕

也就是說，陳長明先生以為蘇軾表明是要退隱於江湖，比一般人所認
為的退隱，其目標更為縮小也更明確。不過，既然蘇軾所說的是心中
事，那「一蓑」和「煙雨」的少多對比，除了反映作者的勇氣與鎮定，

---

夫一樣，在風吹雨打之中也要出去，任憑我的一生遇到多少風吹雨
打，我都不怕。寫到這裡，他寫的已經是人生的風雨了。」與上句
的聯繫上需要較多轉折。

〔註41〕　見葉嘉瑩，《北宋名家詞選講》，頁94。

並呼應上句的「誰怕」之外。主要只是在表達有「一」件蓑衣在身（在野），即使有像「煙雨」那麼多的毀謗和是非（人生挫折），也不再需要掛懷在意。至於說退隱後生活的所在，似乎也就沒有迫切分辨的必要性了。

下片起拍兩句「料峭春風吹酒醒。微冷」，原意是實寫：春寒料峭，遭雨淋濕後，一陣風迎身而來，自然感覺寒冷而酒意全消。但這闋詞既是放在「人生是旅行」、「做官是旅行」的架構下來理解，在「春風是人」具有人為主動性的譬喻運作下，「料峭春風」也可以是針對自己而來的毀謗讒言或挫折。這些冷酷無情的讒言挫折，令人感悟到人心的冷漠、世態炎涼與宦途多舛。因此，在「微冷」下的「酒醒」，既可看作是酒意已消，也可解作是對人生或仕途的醒悟，並以此作為結拍「歸去。也無風雨也無晴」的伏筆。

接著「山頭斜照卻相迎」一句，除承續前兩句的詞意之外也做為轉折。在料峭的春風吹拂下感到沁人的寒意，這時對於多舛的仕途，方幡然醒悟。而同樣以「太陽是人」的實體譬喻和以「光照狀態代太陽本體」的轉喻，來表達溫暖的陽光已在遠遠的地方（斜照處），主動伸出手來迎接自己。這種溫暖的想望，正是對冷漠仕途醒悟後，對歸隱後不再受政治干擾的一種希望與補償性想法。因此，本句既可作為實際景況的實寫，也可象徵未來光明、溫暖的坦途。

再來「回首向來瀟灑處」一句，現存多數版本為「回首向來蕭瑟處」，亦即出現「瀟灑」與「蕭瑟」兩種異文。關於異文出現的原因，日後或可另以專文探討，本文暫不做深究。

不過，從認知的觀點來看，「回首向來蕭瑟處」與「回首向來瀟灑處」的譬喻蘊涵略有不同。作「瀟灑」時，是以瀟灑雨聲代下雨事件的「部分代全體」以及以回首代回眸的「全體代部分」兩個轉喻來提示我們：回頭看看剛剛經過風雨的地方，也回想這一路走來的點點滴滴；作「蕭瑟」時，除描寫外在風雨摧逼下所造成實際環境的蕭索冷清外，更兼有以外界淒冷比擬內心寒冷的譬喻蘊涵。自己的仕途不

正像是這次的相田路程，無情的政治風暴不就像大自然的風雨（如圖 3-3-2 所示）。整個艱辛的過程，真是不堪回首！在這樣的回想中，很自然地就再次對自己提出呼籲：「歸去。也無風雨也無晴」。這最後歇拍的一句，正是大多數人最爲激賞，除了「一蓑煙雨任平生」，認爲是最能代表蘇軾曠達胸懷的絕妙佳句（請參見表 3-3-1）。此句的妙處在於呼應上片「心是容器」的實體譬喻。運用「抽象化具體」的譬喻蘊涵，將晴與風雨化作實體物件。藉著內心容器中，不含「晴」與「風雨」兩種象徵性的內容物。表達不論是順境或逆境；也不管是升遷或政治風雨，這一切都不再掛懷於心。因爲，他已決意要「歸去」！這裡的歸去，既是從沙湖相田路途歸去，也是由人生的宦途歸去！

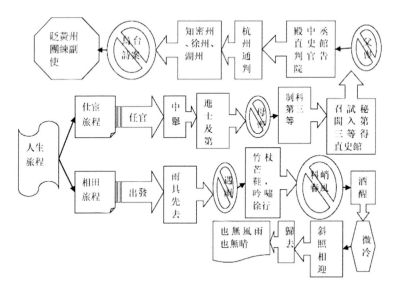

圖 3-3-2　蘇軾 45 歲前仕宦旅程與相田旅程的對比

## 四、概念譬喻理論的詩歌詮釋實踐成果

　　文學詮釋的理論與方法很多，但不管採用哪一種理論與方法，總會面臨別人甚至自己的質疑：這樣的詮釋真的符合文本或作者的原意嗎？詮釋的過程中沒有加入詮釋者自己的主觀意見嗎？類似這樣的

問題，常常遇到而且也不容易回答。在這種情況下，概念譬喻理論能夠發揮什麼作用？筆者認為詮釋本來就難以完全排除詮釋者本身的主觀因素，對詩性作品（尤其是主題隱晦的作品）的詮釋，更難謂是完全客觀的闡釋，只要不過度詮釋，也就難說是誰對誰錯。畢竟感性作用下的詩性作品，感情和聯想本來就不易捉摸。概念譬喻理論在這種情況下仍能有所作用，是因為它著重的不是主觀的詮釋，而是探索深藏作品之中的認知思維概念。藉著這些幽隱的認知思維概念，我們得以貼近作品和作家展開溝通和對話。這樣也較能避免直觀式的解讀所造成的差異和錯誤。

概念譬喻理論既是認知語言學的理論之一，自然也要以此自勉：「對文學語言現象進行由表及裡的分析，層層深入地揭開只可意會不能言傳的神秘面紗，正是講求系統與知性分析的語言學理論可以貢獻所長之處。」〔註42〕

由上文的分析中，我們可以知道大多數的人對於蘇軾這首詞的看法，幾乎沒有太大的區別。除認為蘇軾這首小詞具有政治意涵外，大家多將這首描寫相田途中遇雨的即景作品提升到具有人生哲理的地位（如表 3-3-3 中所列的各家評語）。

為甚麼大家喜愛東坡的這首詞呢？我們今日欣賞東坡這闋〈定風波〉，除詩歌本身就具有的音韻藝術之美外，更多是欽仰蘇軾他那磊落以及超然豁達的胸襟，這由表 3-3-3 中各家的評語中也可看出。那為甚麼由這首詞中大家可以得出這樣的體會呢？因為我們是從「人生是旅行」或「作官是旅行」這樣的譬喻思維來理解這首詞。也就是在「人生是旅行」與「作官是旅行」這樣的譬喻思維下，我們將東坡前往沙湖買田、相田的行程，和他的人生旅程以及仕宦旅程結合在一起。儘管蘇軾不一定有意做這樣的連結，但因為詞中創造出這樣的聯想空間，因此大多數的讀者把沙湖相田的行程看作是蘇東坡 45 歲前

---

〔註42〕　見周師世箴，《語言學與詩歌詮釋》（台中：晨星出版有限公司，2003年 3 月），頁 1。

的人生旅程，也就是他從政之路的仕宦旅程。相田路途上所遭遇的風雨，也就是他在人生和仕途上所遭受的挫敗與打擊。

我們藉著這樣的譬喻來想像在人生或作官的旅途中所發生的種種事件。當在相田的路上，陡然遭逢「穿林打葉」的風雨聲，卻猶能安步當車、「吟嘯徐行」，這種鎮定與自我持守的精神投射到人生時，就反映出作者人生的修養以及曠達的胸懷。具有這樣的修爲自然是難得並且是夠令人折服的，加上他「回首向來瀟灑處，也無風雨也無晴」的那種超然豁達、了無掛礙的觀照，心中無得無失，問天下更有幾人能夠做到？從這闋詞中正可看出蘇軾的人生修養，也很能代表他曠達的精神。葉嘉瑩教授說得好：

> 「也無風雨也無晴」的意思是，無論是打擊和不幸也好，無論是溫暖和幸福也好，對我的心都沒有干擾，都不能轉移和改變我。風雨是外來的，我還是我；晴朗也是外來的，我也還是我。現在，他已經不只是通觀，而且有了一種超然的曠觀。唯其如此，蘇東坡在晚年才能夠達到一種很高的修養，寫出「雲散月明誰點綴，天容海色本澄清」這樣的句子來。《定風波》雖然只是一首小詞，但是他寫出了很豐富的對人生的體會。

因此王國維評東坡與稼軒詞云：「東坡之詞曠，稼軒之詞豪」〔註43〕顯然極有見地，而曠觀也正是東坡本闋詞中眞正的精神所在。


## 第四節　由總體性隱喻閱讀解析蘇軾詞中的黃州夢

如第二章所論，Lakoff-Johnson 譬喻理論主張譬喻是人類的思維方式，而譬喻存在的目的就是以一個概念範疇去說明另一個概念範疇。只是，語言表述是複雜的，一句話或一個句子中往往含有不只一個概念譬喻。這些不同的概念譬喻卻可能爲相同的目的服務。相同

---

〔註43〕 見馬自毅注釋，《新譯人間詞話》卷一四四則，（台北：三民書局，2000 年 5 月），頁 69。

的，Lakoff & Turner 1989 提出的「總體性隱喻閱讀」之原則，相信文學作品中出現的不只一個的概念譬喻，也多朝向同一個目標，也就是爲了說明或解釋相同的目標域。

　　不同的概念譬喻如何在同一個文本中爲相同的目標作出貢獻呢？Lakoff 與 Mark Turner（馬克・透納）1989 爲我們解決了這個問題。除逐步詳論如何藉由慣用隱喻構建詩隱喻外，並提出「總體性隱喻閱讀」（a global metaphorical reading）（L&T 1989：146）的原則。所謂「總體性隱喻閱讀」就是將全詩視爲一個來源域，其所映射的目標域具有較大範圍的關照。〔註44〕

　　雖然 Lakoff-Turner 是以「總體性隱喻閱讀」原則來探討單一首詩中不同隱喻的整合，但其價值遠不只如此而已。因爲此原則除可應用於單一文本的分析外，也可以作爲研究同一位作家的不同作品，或多位作家作品的基礎。本節即嘗試以此「總體性隱喻閱讀」原則來綜觀蘇軾歷經烏台詩案，被貶至黃州後與「夢」有關的詞作〔註45〕，藉由個別詞作中主要概念譬喻的索隱，尋繹詞中是否具有共有的、最主要的概念譬喻，除希望貼近作者在該時期的創作思惟外，並能探討不同作品間相同以及不同隱喻的整合。

## 一、蘇軾詞中的黃州夢

　　對於文學作品的研究與分析，最理想的狀況自然是能夠探得作者創作的原意〔註46〕。而「詮釋學本是想要對作品原意加以深入探尋的

---

〔註44〕　見原文（But they are all attributing to）the poem a global metaphorical structure, that is, they are assuming that the poem presents a source domain which we are to map onto some target domain of larger concerns（L&T 1989：146）.

〔註45〕　近來的研究者公認蘇軾被貶到黃州時期的詞作題材廣闊、數量較多（佔現存東坡詞數量的四分之一），本文將此蘇軾被貶黃州時期所作詞作統稱爲「黃州詞」，並稱其在黃州時期所作有「夢」字出現的詞作爲「黃州夢」詞，以下皆同。

〔註46〕　按：這是根據作者中心說的「最理想的狀況」。而文本中心說與讀者中心說則各有其「最理想的狀況」。

一門學問，但結果卻發現詮釋者之所得往往都只是沾有自己之時空色彩的『衍義』，而並非原意。」〔註47〕這種情形，當然頗令人無奈。「但在 1950 年代末期，德國的一位女教授凱特·漢柏格（Kate Hamburger）在其《文學的邏輯》（The Logic of Literature）一書中，卻提出了一種看法，認為一些抒情詩裏所寫的內容即使並非詩人真實生活中的體驗，但其所表現的情感之真實性與感情之濃度則仍是詩人真實自我之流露。」〔註48〕因此葉嘉瑩教授認為漢柏格女士的這種看法，與中國小詞中所寫的內容，雖不必為詩人顯意識中的「言志」的情感，卻於無意中流露出了詩人潛意識中之心靈及感情所深蘊的本質的這一點上，似乎頗有暗合之處：

> 而在寫相思離別的小詞中，則作者雖然沒有「言志」的顯意識的用心，卻往往於無意中流露了自己隱意識之活動。……作者除在作品中所寫的外表情事以外，更可能還於不自覺中流露有自己的某種心靈感情的本質。因此一位優秀的說詞人，在賞析評說一首小詞時，就不僅要明白作品中所寫的外表情事方面的主題，更貴在能掌握作品中所流露的作者隱意識中的某種心靈和感情的本質，從而自其中得到一種感發。〔註49〕

她更認為「由此推論則詮釋者所追尋的，自然也不應該只以作品中外表所寫的情事為滿足，而更該以追尋得作者真正的心靈及感情之本質為主要之目的了。」〔註50〕

相對於言志的詩來說，被文人看作不登大雅之堂、只作為筆墨遊戲的小詞則更容易看出作家的真性情：「昔人有云：『觀人於揖讓，不若觀人於遊戲。』正因為揖讓之際尚不免有心為之，而『遊戲』之際，

---

〔註47〕 見葉嘉瑩，《詞學新詮》（北京：北京大學出版社，2008），頁 14。
〔註48〕 同上註，頁 14。
〔註49〕 同上註，頁 41。
〔註50〕 同上註，頁 14。

才更可以見到一個人眞情的流露。」〔註51〕因此，在詞這種文體剛興起未久的北宋，一代名臣大儒不乏以遊戲筆墨寫作小詞者，「其心靈性格最深微的一面，便自然流露於其中」〔註52〕。「而値得注意的是，就因爲詞既具有這種『要眇宜修』之特點，而作者在寫作時卻又不必具有嚴肅的『言志』之用心，於是遂在此種小詞之寫作中，於無意間反而流露了作者內心所潛蘊的一種幽隱深微的本質。」〔註53〕此一特色正好提供了我們窺探作者認知思維運作的切入點。

近來的研究者公認蘇軾黃州詞題材廣闊，數量較多，占東坡詞數量的四分之一。〔註54〕蘇軾在黃州期間，爲什麼多選詞體來宣洩他的人生苦悶？學者王兆鵬認爲「這與當時東坡的創作心態、詞體觀念有關。『烏臺詩案』後，東坡心有餘悸，故不敢輕易寫詩；而詞屬遊戲文字，作『小詞無礙』，故作詞較多。」〔註55〕

至於夢，夢是什麼？字典的解釋是：夢是一種「睡眠時因受刺激，而引起的幻覺、幻像」。〔註56〕更專門的解釋，夢則「是睡眠時局部大腦皮質還沒有完全停止活動而引起的表象活動」或「睡眠時局部大腦皮質進行表象活動所形成的幻象」。〔註57〕可知夢是人在睡眠過程中的一種正常生理現象。但由於夢具有虛幻、不明而且似眞又假的迷人特性，因此自古以來一直是文人雅士偏愛的創作素材。不惟如此，消極來說夢又可看作是人們平常欲望不能滿足時的補償作用；積

---

〔註51〕　見葉嘉瑩，《唐宋詞名家論集・論歐陽修詞》（台北：桂冠圖書公司，2003），頁91。
〔註52〕　同上註，頁92。
〔註53〕　見葉嘉瑩，《詞學新詮》，頁13。
〔註54〕　該項統計見饒曉明，〈東坡詞題材內容研究現狀述略〉，收於《中國蘇軾研究第二輯》（北京：學苑出版社，2005年7月），頁442。
〔註55〕　見王兆鵬，〈蘇軾貶居黃州期間詞多詩少探因〉，《湖北大學學報》（1996年），頁45。
〔註56〕　見【教育部重編國語辭典修訂本網路版】，對於「夢」的解釋。網址：http：//dict.revised.moe.edu.tw/，（2016.1.7）。
〔註57〕　見國科會數位博物館先導計畫──搜文解字──數位博物館，對於「夢」的解釋。網址：http://words.sinica.edu.tw/，（2016.1.7）。

極來看，夢也可以是人的夢想與理想的外化。

據學者吳帆、李海帆的統計，從文人詞產生的唐、五代開始，就不斷有帶「夢」字的詞作出現。其中溫庭筠 71 首詞中，「夢」字出現 13 次；韋莊 54 首詞中，「夢」字出現 18 次；馮延巳 110 首詞中，「夢」字出現 32 次；李煜 45 首詞中，「夢」字出現 15 次。北宋晏幾道更是以寫夢幻著稱的詞人，在他 240 首《小山詞》中，「夢」字出現 60 多次。至南宋陸游、姜夔、吳文英等可說都是夢幻詞的大家，尤其吳文英「更是敞開他夢幻的窗口，在約 740 首詞中，使用『夢』字達到 175 處」〔註58〕，可以說夢幻詞到南宋時已經進入了鼎盛時期。

吳帆、李海帆並且認爲蘇軾雖不以夢幻詞著稱，但他與辛棄疾在夢幻詞的發展中卻佔有不容忽視的地位，無論在題材的開拓，或是抒情體式的創作上，都頗有建樹。尤其蘇軾對夢幻詞最突出的貢獻在於「他承襲自《莊子》、《楚辭》、李白以來的浪漫主義傳統，開創了夢幻詞浪漫範式。」〔註59〕另外，生活在北宋的蘇軾，正陷於政爭之中，仕途的坎坷與不如意，使他處於極度的壓抑之中。「詞人急需一種精神上的解脫，加之老莊思想對他的影響，尤其他的夢幻詞多爲日夢，主觀性也就更強些，詞人按照自己的理想去編織，因此他的夢幻詞的境界就更爲瑰麗幽美」。〔註60〕

總之，我們既以在作品中尋得作者眞正的心靈及感情之本質爲主要之目的，而蘇軾在黃州期間，多選詞體來宣洩他的人生苦悶。小詞中既也蘊含作者內心所潛蘊的一種幽隱深微的本質，加上蘇軾夢幻詞的主觀性與抒情性之特質，正宜從概念譬喻的角度探尋其詞中的黃州夢，以尋繹詞中是否具有共有的、最主要的概念譬喻。正如吳帆、李海帆所言：「蘇、辛的夢幻詞，沒有夢的雜沓無序，它眞

---

〔註58〕 請參閱吳帆、李海帆，〈幻的浪漫夢的眞實 —— 論蘇、辛的夢幻詞〉，收於《中國蘇軾研究第二輯》（北京：學苑出版社，2005 年 7 月），頁 341～342。
〔註59〕 同上註，頁 342。
〔註60〕 同上註，頁 349。

實地展現了二位詞人的情感世界。」〔註61〕

## 二、黃州夢詞的概念譬喻索隱與譬喻運作

據（日）保苅佳昭的統計，蘇軾詞裡所用的「夢」字，一共有77個。其中比喻人世間、人生的有16個。〔註62〕筆者檢索《全宋詞》後也發現，蘇軾具有「夢」字的詞中，有13首作於他被貶黃州之時。

下文按這 13 首詞的寫作時間先後〔註63〕，依序由詞彙類聚入手、從文本分析始，求索詞人之生平志意與詞之創作背景，再參考前人說解，來索隱詞中的主要概念譬喻。並掌握概念譬喻在詞中的整合與可能的運作情形。

### 元豐三年

菩薩蠻　七夕

風迴仙馭雲開扇。更闌月墜星河轉。枕上夢魂驚。曉檐疏雨零。　相逢雖草草。長共天難老。終不羨人間。人間日似年。

這首詞作於宋神宗元豐三年（1080 年）七月。上片主要寫「更闌月墜星河轉」拂曉時分的天上七夕，牛郎織女面臨分離時刻，從夢魂中驚醒而傷別的情景。下片則描寫牛郎織女離別後雖感傷相聚的短暫，但因「天難老」而有「終不羨人間，人間日似年」的感觸。

綜觀整首詞中關於夢的主要譬喻是「好夢是短暫的」。其詞彙現象，也多圍著「時間」這個主題來變化。如上片「更闌」是以古代人為報時、五更打完來表示天將亮；而「月墜星河轉」是以「自然變化即時間改變」的概念譬喻，表現出牛郎織女分離時刻 —— 拂曉的到

〔註61〕 同上註，頁 350。
〔註62〕 見保苅佳昭著，《新興與傳統 —— 蘇軾詞論述》（上海：上海古籍出版社，2005 年），頁 77。
〔註63〕 關於東坡詞的編年與文字各版本若有異同，除另有註明者外，本文概依葉嘉瑩主編；朱靖華、饒學剛、王文龍、饒曉明編著，《蘇軾詞新釋輯評》（北京：中國書店，2007 年）。

來；再以「枕上夢魂驚」的「相聚是夢」、「好夢易醒」的概念譬喻，
亟言相聚時間之短暫。下片首句「草草」即說明相逢時間短促，所謂
草草結束是也；第二句卻用「長共」與「難老」描述天界時間的恆常
與青春的永駐。最後以「人間日似年」的心理時間顯露人間的矛盾——
——從中國傳說中天界的永恆來看，人間短得可憐的一日卻難過得如同
一年。

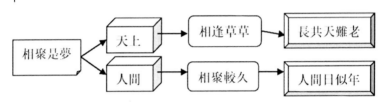

圖 3-4-1　蘇軾心中牛郎織女對天上、人間的抉擇

　　至於蘇軾爲什麼寫這闋詞，除了七夕爲應景而作外，有沒有另
有寄託的可能呢？這點我們沒有確切的答案。但如前所述，小詞無
意間或有可能蘊含作者潛意識所潛蘊的一種幽隱深微的本質。對於
遭逢巨變、幾近於死亡之後被貶到黃州的蘇軾而言，面對在黃州的
第一個七夕，詞中有所感發或意在言外，自也不能排除其可能性。
因此于培杰、孫言誠認爲：「本詞通過對天界的嚮往，表達了作者對
人間生活的不滿。」〔註64〕在十載寒窗苦讀，好不容易一朝及第且
名動京師的蘇軾來說，如果過往的一切如同是在天上那般短暫的歡
樂；對比之下，因烏臺詩案被貶黃州就是在人間度日如年的慘況了
（如圖 3-4-2 所示）。

〔註64〕　見于培杰、孫言誠，《蘇東坡詞選》（石家莊：花山文藝出版社，1984
　　　　年）。

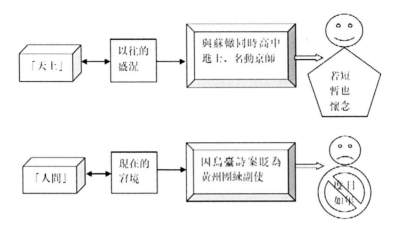

**圖 3-4-2　蘇軾〈菩薩蠻〉詞中蘊含的天上與人間的對比一**

　　蘇軾詞中表達出雖然在天上的相聚好夢易醒、相逢草草,卻終究不羨慕人間,因為人間煩惱太多、艱辛難熬而度日如年。除了可能隱含上述「以往的盛況」與「現在的窘境」之「天上」與「人間」的對比隱喻外,從總體譬喻閱讀的角度來看,也還有另外一種可能的譬喻映射。就是非但不以眼下的景況為窘,反而表達出對當前處境的珍惜之意。也就是把整首詞中牛郎織女的情況與蘇軾的景況相對比。牛郎織女在天上的相聚好夢易醒、相逢草草,卻終究不羨慕人間,因為人間煩惱太多、艱辛難熬而度日如年;恰如蘇軾的仕途,雖然遭遇橫禍被貶到黃州,卻安於現狀毫不羨慕端坐朝中的大臣。蓋朝中勾心鬥角、處境艱難度日如年,自然不如遠貶於野、常伴山林來得安逸長久(如圖 3-4-3 所示)。若從後來黃州時期的其他詞作中所透露出的安於躬耕的(如元豐五年的〈江什子‧夢中了了醉中醒〉)想法來說,也許這樣的解讀更貼近於東坡的原意。或者也可以說,蘇軾提早歸老田園的想法在初到黃州時即已埋下。

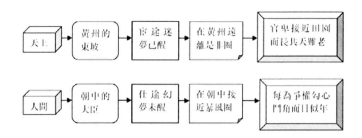

**圖 3-4-3　蘇軾〈菩薩蠻〉詞中蘊含的天上與人間的對比二**

**西江月**　黃州中秋

世事一場大夢，人生幾度新涼。夜來風葉已鳴廊。看取眉頭鬢上。　酒賤常愁客少，月明多被雲妨。中秋誰與共孤光。把盞淒然北望。

此詞的寫作背景在本章第二節論及詩隱喻的誕生時曾有介紹，此處再作簡要說明。蘇軾這首詞作於宋神宗元豐三年（西元 1080 年）八月十五，時東坡 45 歲。〔註65〕元豐二年（1079 年）八月十八日，蘇軾因烏臺詩案入獄，經歷九死一生。事後責授檢校水部員外郎黃州團練副使，本州安置，不得簽書公事。於元豐三年二月至黃州貶所，過著近似流放的生活。元豐三年五月底，蘇轍送嫂嫂王閏之來黃州後，於六月九日轉赴筠州任監稅。相聚數日即別離，離情依依。此時中秋節至，距蘇軾入獄已近一整年，也是他被貶黃州之後的第一個中秋。皓月之下，回首往事，瞻念前程，不免百感交集。望月而情生，懷念其弟子由而作此詞。宋·楊湜《古今詞話》云：「東坡在黃州，中秋夜對月獨酌，作〈西江月〉詞曰：『略』。」〔註66〕

---

〔註65〕　關於此詞寫作時間及地點，說法頗多歧異。清·王文誥《蘇文忠公詩編注集成總案》、朱祖謀《彊村叢書》所收《東坡樂府》、曹樹銘《蘇東坡詞》、石聲淮·唐玲玲《東坡樂府編年箋注》都認爲是元豐三年（1080 年）作於黃州。但孔凡禮《蘇軾年譜》和鄒同慶·王宗堂《蘇軾詞編年校注》卻認爲是紹聖四年（1097 年）作於儋州，本文從詞意判斷，認爲應是作於黃州。因此從薛瑞生，《東坡詞編年箋證》（2006 年）之繫年。

〔註66〕　見唐圭璋編，《詞話叢編》第一冊（北京：中華書局，2006 年），頁

　　在蘇軾〈西江月〉這首小詞中，根據詞前的小序（黃州中秋）以及詞意，我們可以索隱出「中秋節是團聚日」的主要概念譬喻。整首詞的詩隱喻（如本章第二節所論）可說都圍著這個主題展開（如圖3-4-4）。上片，詞人先延伸「人生如夢」的常規譬喻來比喻世事，在「世事一場大夢」的詩隱喻中，人生在世所作的一切事功，無論過去、現在還是未來，都是虛幻泡影，除了大大擴大了譬喻蘊涵，也連結到下句的質疑。亦即以「人生幾度秋涼」對「一生是一年」這隱喻短暫人生的常規譬喻提出高度質疑；而「夜來」則是以「擬人」或「時間是移動物」的常規譬喻，表明夜晚的到來〔註67〕；既呼應中秋夜的寫作時間，更可藉「一生是一日」的常規譬喻，創意表述爲人生的「夜晚」來臨。面對千萬種秋色秋景，詞人只選取其中的西風和落葉來創意表述做爲秋天的代表，在孤單的中秋，這種悲悽的秋聲最能撼動旅外遊子的心弦。強化「中秋節是團聚日」，詞人卻無法返鄉與家人團聚的無奈與傷感。

　　在下片，詞人以「酒賤」延伸描述自己地位低下的貶謫身分，並且以之和下面的「客少」對立起來；然後以「月明」來延伸「月是人」的常規譬喻，以表達自己美好的理想和高潔的人格；並藉「月是君王」的常規譬喻，延伸爲「月光是君王的視線」來抒發對小人當道和朝廷受到小人蒙蔽的憤懣；其中也以「雲是人」的常規譬喻延伸爲「浮雲是小人」的詩隱喻，以「浮雲遮蔽月光」的現象來暗示姦邪小人嫉妒別人才能加以構陷讒害，以及姦佞蒙蔽君王視線的事實。接著詞人轉化「月光代月」的常規轉喻用法，以「孤光代中秋月」的創意表述來表現，「孤光」既可表達明月爲當時天空中最明亮發光體的事實，更可表現出詞人中秋獨酌的孤單與寂寞。最後將「中秋誰與共孤光」看

30。

〔註67〕本文藉文本「來」之語言符碼推論作者既以夜晚表述人生晚年，則作者或有將時間視爲移動物，強調晚年竟已來臨之愁懷，故推論具「擬人」或「時間是移動物」之譬喻蘊涵。

作是對主要概念譬喻「中秋節是團聚日」的創意質疑；以對面設想的方式，藉「方向代所在地和人」的轉喻，轉化為上下兩句的創意拼合詩隱喻，也自行回答了上句的質疑：想來也只有自己的兄弟握著酒盞，在筠州難過地思念在北方黃州的我啊！

整首詞在認知詩學詩隱喻理論的運作下，將詞中所有個別的認知譬喻視為來源域時，發現它們都朝向更大的目標域也就是主要的概念譬喻「中秋節是團聚日」映射，符合「總體性隱喻閱讀」的原則。

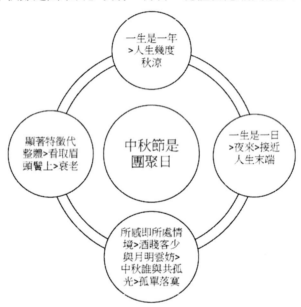

**圖 3-4-4 蘇軾〈西江月〉詞的主要概念譬喻**

總之，蘇軾在這首詞中的「人生如夢」譬喻，主要譬喻蘊涵是「虛幻、短暫」。是在孤單的中秋夜有感而發的，可以說是緬懷過往並感嘆當前境況的「人生如夢」的感傷。

**南鄉子** 重九涵輝樓呈徐君猷

霜降水痕收。淺碧鱗鱗露遠洲。酒力漸消風力軟，颼颼。
破帽多情卻戀頭。　佳節若為酬。但把清樽斷送秋。萬事

　　　　到頭都是夢，休休。明日黃花蝶也愁。

蘇軾這首〈南鄉子〉作於元豐三年（1080 年）九月。貶謫黃州的第一年，心情處於調適的階段，所幸遇到知州徐君猷與通判孟享之都待他甚好，多少減輕了他精神上的苦悶。此詞即作於該年重陽日與徐等聚會的涵輝樓席上。

　　詞中關於夢的主要譬喻是「萬事到頭都是夢」，譬喻蘊涵仍是「虛幻、短暫」。詞的上片一個重要的概念譬喻是「帽是人、破帽是多情的人」，也就是用擬人的方式說明帽與頭的關係。當然，這句反用典故的詞〔註68〕，可以是描述當時的實際情景，說明舊帽未被風吹落的實況。饒學剛說：「……儘管風仍舊發出『颼颼』的聲音，但風『戀頭』，那頂陳舊的帽子就是吹不落地。」〔註69〕他以為是因為「風戀頭」，才未將破帽吹落。只是從這句的結構來看，主語是「破帽」後接表語「多情」再接述語「戀頭」，故較好的解釋應是「多情的破帽卻戀頭而不被風吹落」。此外也不能排除另有托喻的可能。陳長明說：

　　……晉時孟嘉落帽於龍山，是唐宋詩詞常用的典故。樓中
　　不比山上，又「風力軟」，故帽不落，只是寫實耳。尋常小
　　事，甚至於不成其為一件事，原本不值一提，而鄭重提出，
　　至於翻用故典以表述之，則只為要說出「破帽戀頭」四個

〔註68〕　杜甫〈九日藍田崔氏莊〉：「羞將短髮還吹帽，笑倩傍人為正冠。」
　　　　　宋・陳鵠《耆舊續聞》卷二引《三山老人語錄》云：「從來九日用落
　　　　　帽事，東坡獨云『破帽多情卻戀頭』，尤為奇特，不知東坡用杜子美
　　　　　詩：『羞將短髮還吹帽，笑倩傍人為正冠』。」落帽：典出《晉書・
　　　　　孟嘉傳》：「（嘉）後為征西桓溫參軍，溫甚重之。九月九日，溫燕龍
　　　　　山，寮佐畢集。時佐吏並著戎服，有風至，吹嘉帽墮落，嘉不之覺。
　　　　　溫使左右勿言，欲觀其舉止。嘉良久如廁，溫令取還之，命孫盛作
　　　　　文嘲嘉，著嘉坐處。嘉還見，即答之，其文甚美，四坐嗟歎。」後
　　　　　因以「落帽」作為重九登高的典故。唐・韓鄂〈歲時紀麗・重陽〉：
　　　　　「授衣之月，落帽之辰。」唐・錢起〈九日閑居寄登高數子〉詩：
　　　　　「今朝落帽客，幾處管弦留。」明・何景明〈九日獨酌簡何太僕〉
　　　　　詩：「愁來轉覺登臺懶，病裏誰傳落帽狂。」
〔註69〕　見葉嘉瑩主編；朱靖華、饒學剛、王文龍、饒曉明編著，《蘇軾詞新
　　　　　釋輯評》，頁 576。

字罷了。破帽戀頭，寓意此身還不至被故人所棄，又加上「多情」二字以禮讚「破帽」，更是感人至深。至於「風」象徵什麼，看他元豐三年到黃州後《次韻答子由》詩「平生弱羽寄沖風，此去歸飛識所從」之句，可以體會得到。這種深曲的寓意，也只是即興藉題發揮一下，點到即止，不宜太著痕跡。這是詞體的要求，也是東坡此時的處境所規定，他只能這樣寫。〔註70〕

他認為「破帽戀頭」寄寓有「此身不至被故人所棄」的意涵。這樣的托喻是有可能，不過，筆者以為將故人喻為「破帽」似乎不合禮貌，而且不像是蘇軾的用法。私意覺得比較可能的是作者將自己喻為遭受風雨波折後的「破帽」，而「頭」則可以是家人故舊甚至是朝廷、神宗的代表。這樣的解釋一方面比較通順，另外也可呼應陳長明所謂的「風」的意象。也就是說將「風」隱喻為小人或阻礙。如此一來，全句的解釋便是：跟被捕送御史臺時相比，此時的自己已較為清醒，而小人的讒害似乎也沒那麼嚴重了（酒力漸消風力軟），但造成自己遠貶黃州的力量仍在（颸颸）；雖然如此，受災後的自己（破帽）依然留戀關懷著遠方的家人親友或神宗皇帝與朝廷的安危（卻戀頭）。

下片則呈現出這首詞的主題：面對著重九佳節〔註71〕，手握酒杯好好歡送秋天。也由此引出主要譬喻，也就是目標域：既然萬事到頭都是夢，那麼「相逢不用忙歸去」，應當把握當下、及時行樂，賞當下之花、飲當下之酒。否則節後對著「明日黃花」〔註72〕將空留遺憾也。

---

〔註70〕 見張淑瓊主編，《中國文學總欣賞》唐宋詞6蘇軾（台北：地球出版社，1990年8月），頁109。

〔註71〕 此詞「佳節」三句係化用唐·杜牧〈九日齊安登高〉詩意：「但將酩酊酬佳節，不用登臨恨落暉。」

〔註72〕 唐·鄭谷《十日菊》詩曰：「節去蜂愁蝶不知，曉庭還繞折殘枝。自緣今日人心別，未必秋香一夜衰。」蘇軾此詞反其意而用之，謂明日黃花將衰，蝶也知愁。蘇軾〈九日次韻王鞏〉詩亦曾用此句：「相逢不用忙歸去，明日黃花蝶也愁。」可見此為東坡自鳴得意之句。

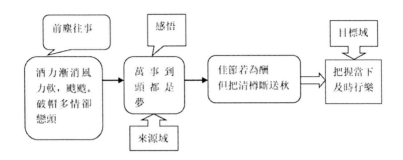

圖 3-4-5　蘇軾〈南鄉子〉詞的來源域與目標域映射解析

## 元豐四年

　　水龍吟　次韻章質夫楊花詞

似花還似非花，也無人惜從教墜。拋家傍路，思量卻是，
無情有思。縈損柔腸，困酣嬌眼，欲開還閉。夢隨風萬里，
尋郎去處，又還被、鶯呼起。　　不恨此花飛盡，恨西園、
落紅難綴。曉來雨過，遺蹤何在，一池萍碎。春色三分，
二分塵土，一分流水。細看來，不是楊花點點，是離人淚。

這首詞作於宋神宗元豐四年（1081 年），是蘇軾次韻友人章楶所寫的
〈水龍吟〉楊花詞而成的作品。

　　此詞主要是藉「花是人、楊花是女子」的概念譬喻來歌詠楊花。
雖是首詠物的作品，但中國古時多有將君臣關係喻為男女或夫婦關係
的傳統，因此詞中楊花楚楚可憐的思婦形象是否另有所指便極有想像
的空間。朱靖華即云：「真正的藝術作品，總是藉物言情的，東坡這
首〈水龍吟〉就是一篇於詠物中寫人的傑作，他運用神妙之思，以擬
人化的手法緊緊扣住楊花之飄落無著和孤寂無依的特徵下筆，在惜花
憐花中抒發了一位思婦形象的幽怨纏綿的淒苦情思，並寄托了東坡自
己遭貶外地、飄忽不定而痛感光陰虛度的身世之嘆。」〔註73〕

　　果如朱靖華所言，則本詞的主要概念譬喻就是「花是人、楊花是

〔註73〕見葉嘉瑩主編；朱靖華、饒學剛、王文龍、饒曉明編著，《蘇軾詞新
　　　　釋輯評》，頁 599。

女子」與「蘇軾是思婦」的疊加。那詞中「夢隨風萬里。尋郎去處，又還被、鶯呼起」的「夢」的譬喻映射，除了是將楊花化爲人後，思婦的尋郎相會之夢外，也可以是「蘇軾化爲思婦」後的「回朝面君」之夢，那被「鶯呼起」的「好夢易醒」的遺憾就更顯露無遺了。而結句的「細看來，不是楊花點點，是離人淚」的離人悲感也就更加能夠體會出來。

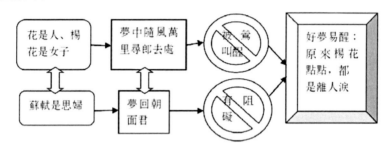

圖 3-4-6　蘇軾〈水龍吟〉詞中「夢」的譬喻運作解析

## 元豐五年

### 水龍吟

公舊序云：閭丘大夫孝直公顯嘗守黃州，作棲霞樓，爲郡中勝絕。元豐五年，予謫居于黃。正月十七日，夢扁舟渡江，中流回望，樓中歌樂雜作。舟中人言：公顯方會客也。覺而異之，乃作此詞。公顯時已致仕在蘇州。

> 小舟橫截春江，臥看翠壁紅樓起。雲間笑語，使君高會，佳人半醉。危柱哀弦，豔歌餘響，繞雲縈水。念故人老大，風流未減，獨回首、煙波裏。　　推枕惘然不見，但空江、月明千里。五湖聞道，扁舟歸去，仍攜西子。雲夢南州，武昌南岸，昔游應記。料多情夢裏，端來見我，也參差是。

這首〈水龍吟〉作於宋神宗元豐五年（1082 年）正月，蘇軾 47 歲之時。宋神宗熙寧七年（1074 年）五月時，蘇軾曾在友人閭丘孝直大夫家中宴飲。貶至黃州後，回憶起閭丘孝直曾守黃州的舊事，作詞懷念之。

　　由詞的小序以及內容來索隱，此詞的主要概念譬喻是：「宴會是

夢境」，亦即整個夢境可說是一場宴會。由「臥看翠碧紅樓起」進入
宴會地點開始，「雲間笑語，使君高會，佳人半醉。危柱哀弦，豔歌
餘響，繞雲縈水」是宴會高潮的熱鬧景況，至「念故人老大，風流未
減，獨回首、煙波裏」宴會結束，簡單呈現出宴會的歷程。這也許是
往日宴飲真實景況的追憶，也許是作者想像的虛幻情境，但整個夢的
宴會可說是作者藉以追懷過往的真情流露。

　　下片寫夢醒之後的感懷，不但因追念過去而抒發面對空江明月的
感傷，也想像舊友亦將在夢中來尋訪自己，再一次表現蘇軾常見的由
對面設想的懷人方式。值得注意的是，東坡以越相范蠡攜西施遊五湖
的典故來想像閭丘太守歸隱生活的美好，除了顯示對故人真誠的祝福
外，或許從詞中主要概念譬喻「宴會是夢」追索出其上位譬喻概念「人
生是夢」，也就是說此詞中的「宴會是夢」其實也是蘇軾的人生歷程，
這樣更可窺見他對歸隱生活的期盼與嚮往。

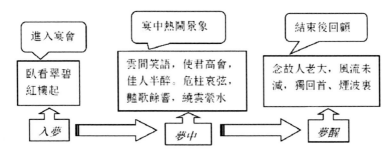

**圖 3-4-7　蘇軾〈水龍吟〉詞中「宴會是夢」的譬喻運作解析**

### 江城子

公舊注云：陶淵明以正月五日游斜川，臨流班坐，顧瞻南阜，愛曾城之獨秀，乃
作斜川詩，至今使人想見其處。元豐壬戌之春，余躬耕于東坡，築雪堂居之。南
挹四望亭之後丘，西控北山之微泉，慨然而歎，此亦斜川之游也

　　夢中了了醉中醒。只淵明。是前生。走遍人間，依舊卻躬
　　耕。昨夜東坡春雨足，烏鵲喜，報新晴。　　　雪堂西畔暗
　　泉鳴。北山傾。小溪橫。南望亭丘，孤秀聳曾城。都是斜

川當日境，吾老矣，寄餘齡。

蘇軾這首〈江城子〉作於宋神宗元豐五年（1082 年）的二月。序中除表明此詞的寫作時間、內容外，也說明寫作動機是為東坡豐收、雪堂落成而慶賀。

從詞前的長序以及內容來看，這首詞主要的概念譬喻是：「雪堂是斜川、蘇軾是陶淵明」（斜川搭配陶淵明、雪堂搭配蘇軾，一一對應）。蘇軾以雪堂周圍的風景與陶淵明〈游斜川〉詩中所描寫的斜川景觀近似，因此發出：「此亦斜川之游也」的讚嘆，也令他覺得「只淵明，是前生」。

（日）保苅佳昭認為一般人都是夢中糊塗，醉中昏迷，蘇軾卻說只有他和陶淵明能作到夢中清楚，醉中清醒。而「走遍人間，依舊卻躬耕」，就是蘇軾和陶淵明「了了」和「醒」的內容。保苅佳昭還說：

> 但正是在這裏，表現出他與陶淵明的不同，陶是自己棄官歸耕，蘇軾卻是被貶而「躬耕」，區別就在於自願與被迫。這裏的「夢」，基本上也與上面考察的《永遇樂》和兩首《西江月》裏的「夢」相同，但是在含義上有點不同。「夢中了了醉中醒」的最後三字「醉中醒」，典出《楚辭·漁父》的「舉世皆濁我獨清，眾人皆醉我獨醒。是以見放」。蘇軾用這一典故，表明自己的「見放」也與屈原一樣，未隨「舉世皆濁」而濁，未隨「眾人皆醉」而醉，抒發了他對迫害他的新黨的不滿。〔註74〕

保苅佳昭的看法很有道理，但筆者以為蘇軾在詞中所說的「夢中了了醉中醒」，是指對於以往走過的「仕宦之夢」，只有淵明與他身處其中，獨能了了而不迷失，此所謂「走遍人間」卻依舊能躬耕也。

---

〔註74〕 見保苅佳昭著，《新興與傳統──蘇軾詞論述》，頁83。

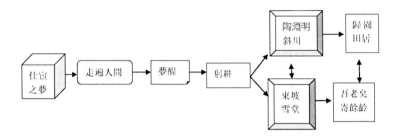

**圖 3-4-8　蘇軾〈江城子〉詞中「雪堂是斜川、蘇軾是陶淵明」的譬喻運作解析**

滿江紅

楊元素《本事曲集》：董毅夫名鉞，自梓漕得罪歸鄱陽，遇東坡于齊安。怪其豐暇自得。曰：「吾再娶柳氏，三日而去官。吾固不戚戚，而憂柳氏不能忘懷于進退也。已而欣然同憂患，如處富貴，吾是以益安焉。」乃令家僮歌其所作〈滿江紅〉，東坡嗟嘆之，次其韻。

> 憂喜相尋，風雨過、一江春綠。烏峽夢、至今空有，亂山屏簇。何似伯鸞攜德耀，單瓢未足清歡足。漸粲然、光彩照階庭，生蘭玉。　　幽夢裏，傳心曲。腸斷處，凭他續。文君婿知否，笑君卑辱。君不見〈周南〉歌〈漢廣〉，天教夫子休喬木。便相將、左手抱琴書，雲間宿。

這首〈滿江紅〉作於宋神宗元豐五年（1082 年）的三月。詞序點出寫作此詞的原因，董毅夫「梓漕得罪歸鄱陽，遇東坡于齊安」，蘇軾驚訝董無畏於罷官仍能「豐暇自得」，並且再娶的柳氏亦能忘懷進退、憂患與共，嗟嘆之餘乃次韻董所作〈滿江紅〉。

　　從詞序與內容考察，這首詞主要是讚頌董毅夫與其繼室柳氏的忘懷於進退。據此索隱出此詞的主要概念譬喻是「董毅夫與柳氏是伯鸞與德耀」以及「董毅夫是〈周南・漢廣〉中的守禮男子」。對於詞中的「巫峽夢」，饒學剛以為是誇讚董毅夫之詞：

> 他們經過了一番「風雨」的打擊之後，心情如「一江春綠」，清澈明亮；留下了楚襄王「巫峽夢」醒，身心皆空，過著巫山神女般的仙境生活。接著五句，以東漢伯鸞與德耀同

> 甘共苦、堅貞不渝的情愛和顏回簞食瓢飲不改志的史事，
> 進一步讚頌董毅夫與柳氏過著「清歡」、「粲然」、「光彩」
> 而帶著「蘭玉」般孩子的恬淡家庭生活。〔註75〕

不過筆者認爲這裏的「巫峽夢」是從反面立論，也就是以楚襄王與巫山神女的傳說作爲負面事例，映襯出董氏夫婦忘懷進退的難能可貴。因爲楚襄王雖貴爲一國之君，與巫山神女的相會也不過是短暫、虛幻的一場夢，夢醒了一切都消失，只留下亂山屛簇。如此解釋也可適切接合下句，「何似伯鸞攜德耀，單瓢未足清歡足。漸粲然、光彩照階庭，生蘭玉」。即不如東漢梁鴻（伯鸞）與孟光（德耀），縱然生活像顏回一樣清苦不足，卻滿心清歡、愉快滿足。再看下片，分別以文君婿（司馬相如）貪取卓家財物資助的卑辱行徑與〈周南·漢廣〉中守禮的男子，雖不強求女子，上天卻讓他休於喬木、求得賢女的兩個事例，作一反一正的對比，嘉許董毅夫不汲汲於富貴以及娶得賢女歸的事實。結句再以白居易〈廬山草堂記〉所云：「左手引妻子，右手抱琴書，終老於斯，以成就平生之志。清泉白石，實聞斯言。」來襯托董毅夫與柳氏閒雲野鶴、清高的志節。全詞上下貫串、結構井然。

　　值得一提的是，此詞雖是稱頌朋友的次韻之詞，然由他詞中津津樂道「忘懷於進退」是高尚情操，顯見東坡心中亦以此爲然；而且他屢屢於黃州所寫的夢詞中讚頌歸隱生活的美好（如〈水龍吟·小舟橫截春江〉），除了顯示對故人眞誠的祝福外，再一次顯現他在黃州時期對歸隱生活的期盼與嚮往。

---

〔註75〕　見葉嘉瑩主編；朱靖華、饒學剛、王文龍、饒曉明編著，《蘇軾詞新
　　　　　釋輯評》，頁695。

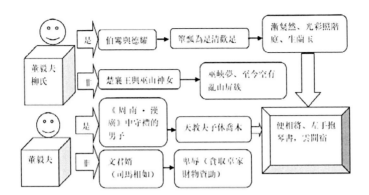

**圖 3-4-9　蘇軾〈滿江紅〉詞中對比式的譬喻運作解析**

### 念奴嬌　赤壁懷古

大江東去，浪淘盡、千古風流人物。故壘西邊人道是，三
國周郎赤壁。亂石穿空，驚濤拍岸，卷起千堆雪。江山如
畫，一時多少豪傑。　遙想公瑾當年，小喬初嫁了，雄姿
英發。羽扇綸巾談笑間，強虜灰飛煙滅。故國神游，多情
應笑，我早生華髮〔註76〕。人間如夢，一樽還酹江月。

蘇軾這首〈念奴嬌〉可說是千古絕唱，作於宋神宗元豐五年（1082
年）八月東坡遊覽黃州赤壁之時。

---

〔註76〕關於此處斷句，本論文從葉嘉瑩之斷句：「一般的版本都是把標點點
在『多情應笑我』這裡，然後才是『早生華髮』。那麼，『多情應笑我』
講成『應笑我多情』就是非常可能的。但如果你仔細地看一看《念奴
嬌》這個牌調的格律，這裡的句讀不應是這樣點的，而應是『故國神
遊，多情應笑，我早生華髮』。這個停頓不是在『我』字的後邊，而
是在『笑』字的後邊。」她進一步解釋：「我個人以為，『故國神遊，
多情應笑我，早生華髮』這個講法並不是很好。我以為蘇東坡還是承
接著周瑜說下來的，是周瑜故國神遊，是『他』多情應笑，是『我』
早生華髮。『多情』這個詞在這裡對蘇東坡來說並不是很切合的。因
此我以為『多情』應是指周瑜，據說周瑜對音樂的感受十分敏銳，別
人彈起曲子，如果有一個音節彈得不對，周瑜就會看他一眼，所以人
們傳說：『曲有誤，周郎顧。』那麼，以周瑜這麼敏銳善感的人如果
死而有知，必也仍然是多情的，他大概不會把蘇東坡看成一個陌生
人。所以他『多情應笑』，笑什麼？──『我早生華髮』。當然，這
只是我個人的看法。」（見葉嘉瑩著，《北宋名家詞選講》，頁 185）

　　整首詞將個人情懷投入到歷史洪流中，在思古幽情中，伴隨著對人生的思索。然而，蘇軾寫赤壁懷古，歌詠周公瑾當年建立的這一番功業，真的只是為了要寫周瑜嗎？答案很明顯。

　　葉嘉瑩教授將蘇東坡寫作時的心情解析得非常透徹：

> 以蘇東坡的才氣和志意，二十歲就考中了進士的第二名，他給朝廷上了很多篇策略，提了很多建議，那真是有非常遠大的抱負和理想。可是，他經過了好幾次挫折，在九死一生之後被貶官來到了黃州。人家周瑜娶到美麗的妻子，建立了這麼一番功業，人生美好的事情已經莫過於此。可他蘇東坡呢？已經快要五十歲了，「百年強半，來日苦無多」，大半輩子都消磨了，他完成了什麼事業呢？〔註77〕

就是在這樣的悲慨中，蘇軾寫下了這首冠絕古今的名作。基此，我們可以索隱出此詞的主要概念譬喻是：「蘇東坡不是周公瑾」。東坡將他半生來不如意的悲慨，藉著詞中周公瑾的年少風發一股腦的都發洩了出來。但值得注意的，東坡的詞總是把超曠和悲慨結合在一起：

> 「我早生華髮」這五個字之中有很深的悲慨。但蘇東坡的詞總是把超曠和悲慨結合在一起的，所以他在說了「我早生華髮」之後馬上就從悲慨中跳出來說：「人間如夢——」這就是蘇東坡！他說我現在已經看破了，人生的得失成敗和榮辱算得了什麼？當年的周公瑾現在不是也「浪淘盡、千古風流人物」了嗎？這一句「人間如夢」表現了蘇東坡的曠觀和史觀，並且打回到這首詞的開端：「大江東去，浪淘盡、千古風流人物。」不是嗎，當年的赤壁之戰，不也像一場夢一樣地過去了嗎？所以「人間如夢，一樽還酹江月」……我就把一杯酒灑在那波心的明月之中。寫到這裡，悲慨和超曠就完全都結合到一起了。〔註78〕

---

〔註77〕　見葉嘉瑩，《北宋名家詞選講》（北京：北京大學出版社，2007年），頁184。

〔註78〕　見葉嘉瑩，《北宋名家詞選講》，頁185、187。

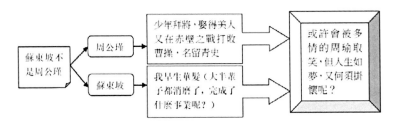

圖 3-4-10　蘇軾〈念奴嬌〉詞中「蘇東坡不是周公瑾」
　　　　　的譬喻運作解析

醉蓬萊　重九上君猷

笑勞生一夢，羈旅三年，又還重九。華髮蕭蕭，對荒園搔
首。賴有多情，好飲無事，似古人賢守。歲歲登高，年年
落帽，物華依舊。　　此會應須爛醉，仍把紫菊茱萸，細
看重嗅。搖落霜風，有手栽雙柳。來歲今朝，為我西顧，
醉羽觴江口。會與州人，飲公遺愛，一江醇酎。

　　蘇軾這首詞作於宋神宗元豐五年（1082 年）九月。由傳本詞序：「余
謫居黃，三見重九，每歲與太守徐君猷會於棲霞。今年公將去，乞郡
湖南。念此惘然，故作此詞。」可知東坡貶謫黃州三年，每年重九都
與太守徐君猷會飲於棲霞樓。只是此次宴會不同往年，乃為徐君猷即
將離任赴湘前的歡送會，東坡作此詞以贈別。

　　雖然是為徐君猷太守離任而作的贈別詞，詞中除了充滿感激與
依依不捨的真情之外，還有東坡的悲慨以及超曠精神的展現。其主要
概念譬喻是「勞生是一夢」〔註79〕。在這個譬喻「短暫、虛幻」的蘊
涵底下，他先抒發勞生一夢、年華易逝的悲慨，並藉以感激徐守君猷
的知遇之恩；過片則再度以把握當下、及時行樂的曠達來祝福徐守免
災除禍，最後以追懷徐守遺惠州民如江水源遠流長作結。換句話說，
從總體性譬喻閱讀的原則來看，這些悲慨、感激、超曠與追懷皆可視

〔註79〕　「勞生一夢」，典出《莊子·大宗師》：「夫大塊載我以形，勞我以生，
　　　　　佚我以老，息我以死。」李白《春日醉起言志》詩：「處世若大夢，
　　　　　胡為勞其生。」

爲來源域而共同指向贈別徐君猷太守的目標域。

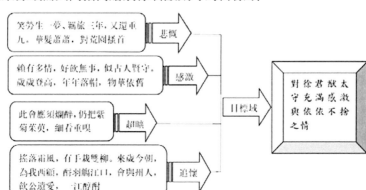

**圖 3-4-11　蘇軾〈醉蓬萊〉詞中「勞生是一夢」的主要譬喻運作解析**

## 元豐六年

### 滿庭芳

公舊序云：有王長官者，棄官三十三年，黃人謂之王先生。因送陳慥來過余，因賦此。

> 三十三年，今誰存者，算只君與長江。凜然蒼檜，霜幹苦難雙。聞道司州古縣，雲溪上、竹塢松窗。江南岸，不因送子，寧肯過吾邦。　　擬擬。疏雨過，風林舞破，煙蓋雲幢。願持此邀君，一飲空缸。居士先生老矣，眞夢裏、相對殘釭。歌舞斷，行人未起，船鼓已逢逢。

這首〈滿庭芳〉作於宋神宗元豐六年（1083 年）的五月。陳慥因江南岸莊田之事，在王長官的陪同下，順道來黃州探訪蘇軾，東坡作此詞以贈。

　　既是贈友惜別之作，上片以概念譬喻「人是植物、王長官是飽經風霜的蒼檜」來讚揚王長官棄官歸隱三十三年的高潔人品以及卓爾不群的耿介個性。下片則抒發相見恨晚、眞誠結交之情；並以「人生如夢、人生如燈」的「短暫、虛幻」的譬喻蘊涵對應上片「三十三年，今誰存者，算只君與長江」的恆久，並流露出「居士先生老矣」的悲

慨以及對匆匆分離的惜別之意。

　　值得再次留意的是東坡藉著對棄官三十三年、陶淵明式的王長官那高潔、清廉、剛正以及卓爾不群的形象的歌詠，正反映出自己類似的人格特徵與潛意識中對歸隱田園的嚮往。

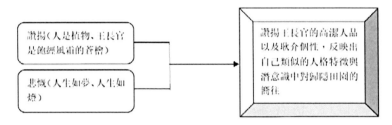

**圖 3-4-12　蘇軾〈滿庭芳〉詞中主要的譬喻運作解析**

**十拍子**　暮秋

> 白酒新開九醞，黃花已過重陽。身外儻來都似夢，醉裏無何即是鄉。東坡日月長。　玉粉旋烹茶乳，金虀新搗橙香。強染霜髭扶翠袖。莫道狂夫不解狂。狂夫老更狂。

蘇軾這首〈十拍子〉作於宋神宗元豐六年（1083 年）九月。此詞是一首秋思詞，副題「暮秋」，不僅點出詞作的時間，或許也隱含「一生是一年、晚年是暮秋」的譬喻蘊涵。

　　「白酒新開九醞，黃花已過重陽」兩句可以是實寫飲品與時序，但也可由「人是花、老人是過了重陽的菊花」的概念譬喻來理解。須注意的是「身外儻來都似夢，醉裏無何〔註80〕即是鄉」，意指「身外偶然得到的東西，都像夢一般虛幻。酒醉時的空無所有之處就是故鄉」，含有「人生如夢」以及「人生如醉」的概念譬喻，但這不表示東坡的人生是消極的，（日）保苅佳昭說得對：「這表明他將『外物』

---

〔註80〕　「無何」，「無何有之鄉」之省稱。唐・白居易〈讀莊子〉詩：「爲尋《莊子》知歸處，認得無何是本鄉。」宋・蘇軾〈次韻王定國南遷回見寄〉：「廣陵陽羨何足較，只有無何真我里。」元・耶律楚材〈醉義歌〉：「遙望無何風色好，飄飄漸遠塵寰中。」

視爲空虛，而在自我精神中看到人生價值的思想」〔註81〕。對於下片東坡所形容自己的狂態，保苅佳昭認爲蘇東坡心中所認知的「狂」和當時人們所認識的「狂」並不一樣。東坡的「狂」指的是精神上的自由，也就是「身外儻來都似夢，醉裏無何即是鄉」的境地：

> 「身外儻來都似夢」，是說身外之物，包括昔日的莅官和今日以帶罪之身謫居黃州都如夢幻，換而言之，只有他一個人覺醒。如上述的那樣，蘇軾在《江神子》詞裏說自己是在人間唯一的覺醒者。從這《十拍子》詞也可以看出相同的思想。人們懷有的「狂」的形象，就蘇軾來說，也是「儻來」的事情，也都是「夢」。他將世間上的名聲、高位、甚至對「狂」的定見都看作「夢」。由此可見他想要徹底地超脫如夢的人生態度。〔註82〕

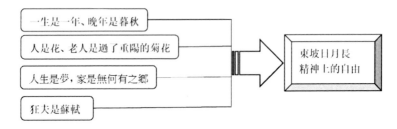

圖 3-4-13　蘇軾〈十拍子〉詞中主要的譬喻運作解析

臨江仙　贈送

詩句端來磨我鈍，鈍錐不解生鉈。歡顏爲我解冰霜。酒闌清夢覺，春草滿池塘。　應念雪堂坡下老，昔年共采芸香。功成名遂早還鄉。回車來過我，喬木擁千章。

這首〈臨江仙〉作於宋神宗元豐六年（1083 年）十二月。因滕元發自安陸解印回朝，打算經黃州去看望蘇軾，東坡乃贈之此詞。〔註83〕

---

〔註81〕 見保苅佳昭著，《新興與傳統──蘇軾詞論述》，頁 72。
〔註82〕 見保苅佳昭著，《新興與傳統──蘇軾詞論述》，頁 86。
〔註83〕 見鄒同慶、王宗堂著，《蘇軾詞編年校註》（北京：中華書局，2007年）。（中冊）頁 491【編年】：元豐六年癸亥（1083 年）年末，作於

　　詞的上片先以「滕元發的詩句是磨；蘇軾是鈍錐」的概念譬喻云自己頑鈍，須滕元發的詩句相磨勵，卻又怕自己已成鈍錐，縱然磨勵也不能再生鋒芒。次以「滕元發歡顏是春風；蘇軾是冰霜」的概念譬喻謂滕元發歡顏有如江漢之春風，使我冰霜渙然而解。又以「謝惠連是滕元發；謝靈運是蘇軾」以及「夢是創作」的概念譬喻將謝惠連比喻為滕元發，自比謝靈運，每有篇章，對惠連輒有佳句。詩思不就，夢見惠連即得「池塘生春草」警句。

　　下片言滕元發念及兩人曾於治平初年同在祕書省供職，此番解印回朝，打算經黃州來看望蘇軾。最後以「植物是人、千章古木是滕元發」的概念譬喻，比喻滕元發有大才，令人仰慕；此句或許也運用「部分代全體」的外形象似來暗寓滕元發身軀之偉岸高大。

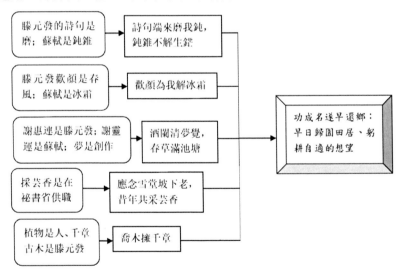

**圖 3-4-14　蘇軾〈臨江仙〉詞中主要的譬喻運作解析**

黃州。案：此詞朱本、龍本俱未編年，曹本及今人多編元豐六年，然對題云「贈送」所贈之人有異說。茲據劉崇德所說，訂為元豐六年末贈滕元發所作。

### 元豐七年

**浣溪沙**　自適

傾蓋相逢勝白頭。故山空復夢松楸。此心安處是菟裘〔註84〕。　賣劍買牛吾欲老，乞漿得酒更何求。願為同社宴春秋。

蘇軾這首〈浣溪沙〉作於宋神宗元豐七年（1084 年）三月。是時，宋神宗下詔授蘇軾為檢校尚書水部員外郎，汝州團練副使，東坡上《謝量移汝州表》謝恩。由副題「自適」來看，也許在烏臺詩案被貶黃州四年之後，東坡的心情已是恬淡自適，不起波瀾了。

　　由詞意推敲，詞人對萍水相逢卻勝過白首相交的至友與當前的處境，表示知足與滿意，雖然「故山空復夢松楸」未能返鄉是一個遺憾，但有這許多至交好友相伴，很願意「此心安處是菟裘」並「願為同社宴春秋」。此詞的主要概念譬喻是「夢是容器、返鄉之夢是空容器」。

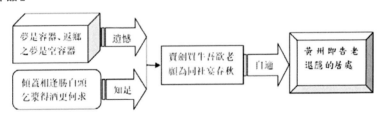

圖 3-4-15　蘇軾〈浣溪沙〉詞中主要的譬喻運作解析

## 三、總體性隱喻閱讀原則實踐成果

　　蘇東坡從小就有一種忠義奮發的志意，二十一歲考中進士、名滿

---

〔註84〕「菟裘」，地名。在今山東省泗水縣。《左傳·隱公十一年》：「羽父請殺桓公，以求大宰。公曰：『為其少故也，吾將授之矣。』使營菟裘，吾將老焉。」後因以稱告老退隱的居處。宋·陸游〈暮秋遣興〉詩：「買屋數間聊作戲，豈知真用作菟裘。」元·耶律楚材〈過燕京和陳秀玉韻〉之四：「自料荒疏成棄物，菟裘歸計乞封留。」清·唐孫華〈閒居寫懷〉詩之九：「諒無都嘉賓，為我謀菟裘。」

京師，正期望能一展抱負報效國家人民時，卻接連遭逢母喪、父喪以及其他種種意外的挫折，甚至因烏臺詩案下御史臺獄幾近於死亡的地步，最後雖逃過一死卻被貶到黃州。

　　東坡很多有名的作品都是在經過九死一生貶官到黃州之後所作。原因之前已討論過，在此不再重複。由蘇軾居黃期間所作的有關「夢」的詞作分類，大致有節慶詞、詠物、懷友、贈送、次韻、懷古、秋思和自適等，其中索隱出的概念譬喻、譬喻蘊涵與作用詳如表 3-4-1 所示。

　　由這些詞作來分析，蘇軾的黃州「夢」除〈水龍吟〉（小舟橫截春江）中的「夢是宴會」、〈臨江仙〉（詩句端來磨我鈍）中的「夢是創作」以及〈浣溪沙〉（傾蓋相逢勝白頭）中的「夢是容器、返鄉之夢是空容器」外，其他大都是「人生如夢」、「世事如夢」等的詠嘆，其譬喻含有「短暫、虛幻」的譬喻蘊涵。前文曾經提到，所謂「總體性隱喻閱讀」就是將全詩視為一個來源域，則其所映射的目標域便具有較大範圍的關照。因此，蘇軾黃州夢詞中所詠嘆的「短暫、虛幻」的夢若是來源域，那他所映射的目標域是什麼？根據前文的分析，筆者以為這些「夢」指的是貶謫黃州之前的仕宦之夢，如〈菩薩蠻〉中的「相逢雖草草。長共天難老。終不羨人間。人間日似年」，表面上是寫牛郎織女在天上的相聚好夢易醒、相逢草草，卻終究不羨慕人間，因為人間煩惱太多、艱辛難熬而度日如年，實際上可能以之映射蘇軾的仕途，雖然遭遇橫禍被貶到黃州，卻安於現狀毫不羨慕端坐朝中的大臣。蓋朝中勾心鬥角、處境艱難度日如年，自然不如遠貶於野、常伴山林來得安逸長久。再如〈西江月〉因為中秋懷念手足而生「世事一場大夢」的喟嘆，人生苦短，何故為官而長久奔波，失去與家人親友的相聚機會？諸此種種，不管是節慶、詠物、懷友、贈送、次韻、懷古、秋思和自適等詞，無不是對居黃州前的仕宦生活的反思與超越（詳如前第四段所論）。由此，其所投射出的目標域該即是他居黃或日後生活的「實際、長久」的理想。也就是與親人、至友歡聚以及對

不在朝、躬耕的想望。

　　只是要再次強調的是，東坡對「人生如夢」、「世事如夢」的詠嘆雖也含有悲慨的意味，更大一部分是對世事榮辱的超越與看破。不過也有人問，你既然把一切都看開了，把得失榮辱都超越了，你的作品中怎麼還有這麼強烈的自我意識？葉嘉瑩教授說得很有道理：

> 其實，這二者正好是相反相成的。歷史上那些能夠超然於世俗的得失榮辱、成敗利害之外的人物，他們必然對自己生命的意義和價值有一種真切的認識。陶淵明如此，蘇東坡也如此。〔註85〕

這也就是為什麼東坡常在作品中表達出強烈不想在朝的意願，可是當他面對另一項職務或任命時，卻又總是毫不保留的戮力以赴，無論在什麼地方，總是想為當地的百姓做些事，連他被貶到海南島時也不例外。（日）保苅佳昭在論到東坡和淵明的不同時說：

> 其實，陶淵明和蘇軾有很大不同，在這方面陶淵明比蘇軾清醒得多。正如後來蘇轍在《子瞻和陶淵明詩集引》裏所說：「淵明不肯為五斗米，一束帶見鄉里小人，而子瞻出仕三十餘年，為獄吏所折困，終不能悛，以陷於大難。乃欲以桑榆之末景，自託於淵明，其誰肯信之？」（《欒城後集》卷21）〔註86〕

換句話說，（日）保苅佳昭認為是嚴酷的現實才使蘇軾想學陶淵明歸隱田園，但因他是仕途中人，故總是學不到。但筆者以為，蘇軾不是學不到陶淵明，更不是戀棧仕宦，而是他有著一份忠義奮發的志意使然。葉嘉瑩教授也認為「蘇軾不只是因為他自己曾經親自種田從而想到陶淵明種田的生活」才喜歡陶淵明的，「而且還因為他在經過很多挫折患難之後，體會到陶淵明在躬耕歸隱後內心之中那一份不得志的悲哀和感慨」，更重要的是「他還能體會到陶淵明在失意和不得志之中而能有一份自得之意」〔註87〕。所以，

---

〔註85〕　見葉嘉瑩，《北宋名家詞選講》，頁 175。
〔註86〕　見保苅佳昭著，《新興與傳統──蘇軾詞論述》，頁 83。
〔註87〕　見葉嘉瑩，《北宋名家詞選講》，頁 160。

> （蘇軾）他有他的悲感，他有他的解脫，他有他的排遣，
> 他有他的多情。認識蘇東坡就要這樣全面地來認識，他把
> 儒家的忠義奮發和不變的操守與佛老達觀的思想懷抱結合
> 起來了。〔註88〕

總之，東坡的超曠並非黑白不分、痛癢不關、麻木不仁的什麼都無動
於衷，他了不起的地方正是他把他的達觀和他的忠義奮發的不變的操
守結合起來了。

最後，藉由 Lakoff & Turner 1989 提出的「總體性隱喻閱讀」原
則，我們得以掌握蘇軾黃州夢詞多元的背後，不論贈友、次韻甚至是
詠物，那些原來我們認為不同類型，不同作用的作品，原來都可以映
射到相同的更大範圍的目標域（見圖 3-4-16）。也許結果與前人論者
並非殊異，但透過這種方法，使得我們可以更進一步貼近東坡的創作
本意，也得以較全面地來了解作品。但正如前文所言，我們在運用「總
體性隱喻閱讀」原則時，除了從文本入手，另需求索詞人之生平志意
與詞之創作背景，再參考前人說解，以求儘量周延不偏失。

### 表 3-4-1　蘇軾黃州夢詞中的概念譬喻

| 寫作時間 | 詞牌 | 類型 | 語言表達式 | 概念譬喻 | 譬喻蘊涵 | 作用 |
|---|---|---|---|---|---|---|
| 元豐三年 | 〈菩薩蠻〉 | 七夕詞 | 枕上夢魂驚 | 「相聚是夢」「好夢易醒」 | 短暫、虛幻 | 把握當下 |
| | 〈西江月〉 | 中秋詞 | 世事一場大夢 | 「人生是夢」、「世事是夢」 | 短暫、虛幻 | 悲慨當下 |
| | 〈南鄉子〉 | 重九贈徐君猷 | 萬事到頭都是夢 | 「萬事是夢」 | 短暫、虛幻 | 把握當下及時行樂 |
| 元豐四年 | 〈水龍吟〉 | 詠楊花 | 夢隨風萬里，尋郎去處，又還被、鶯呼起 | 「好夢易醒」 | 短暫、虛幻 | 回朝之夢 |

---

〔註88〕 見葉嘉瑩，《北宋名家詞選講》，頁 163。

| | | | | | | |
|---|---|---|---|---|---|---|
| 元豐五年 | 〈水龍吟〉 | 懷友 | 夢扁舟渡江，中流回望，樓中歌樂雜作 | 「宴會是夢」 | 過程像似 | 緬懷過往 |
| | 〈江城子〉 | 和陶詞 | 夢中了了醉中醒，只淵明、是前生。走遍人間，依舊卻躬耕 | 「仕宦是夢」 | 短暫、虛幻 | 把握當下躬耕東坡 |
| | 〈滿江紅〉 | 和董毅夫詞 | 烏峽夢、至今空有，亂山屏簇 | 「虛空是巫峽夢」 | 短暫、虛幻 | 忘懷進退 |
| | 〈念奴嬌〉 | 赤壁懷古 | 人間如夢 | 「人生是夢」 | 短暫、虛幻 | 忘懷得失 |
| | 〈醉蓬萊〉 | 重九上徐君猷 | 笑勞生一夢 | 「勞生是一夢」 | 短暫、虛幻 | 悲慨過往 |
| 元豐六年 | 〈滿庭芳〉 | 贈王長官惜別 | 居士先生老矣，真夢裏、相對殘釭 | 「人生是夢、人生如燈」 | 短暫、虛幻 | 悲慨當下 |
| | 〈十拍子〉 | 秋思詞 | 身外儻來都似夢 | 「人生是夢」「人生如醉」 | 短暫、虛幻 | 忘懷得失 |
| | 〈臨江仙〉 | 贈滕元發 | 酒闌清夢覺，春草滿池塘 | 「夢是創作」 | 神奇的力量 | 誇讚對方 |
| 元豐七年 | 〈浣溪沙〉 | 自適 | 故山空復夢松楸 | 「夢是容器、返鄉之夢是空容器」 | 虛幻、不存在 | 悲慨當下 |

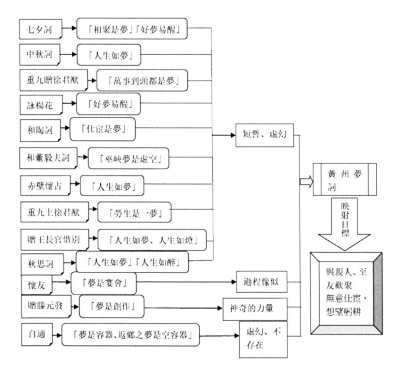

圖 3-4-16　「總體性隱喻閱讀」下蘇軾黃州夢詞中主要的
　　　　　　譬喻運作解析

## 第五節　小　結

　　經由本章各節的具體實踐，從單一詞作範圍較集中的詩隱喻，
或是整首詞全篇性的詩歌隱喻，一直到蘇軾黃州時期許多首詞作的
整體性隱喻閱讀，我們了解在古典文學的詮釋上，概念譬喻理論對
於詩歌的譬喻運用以及在整體譬喻運作的闡釋上有著許多重大的貢
獻，許多相關的論著也已經證明了這一點。

　　在第二節對蘇軾〈西江月〉（世事一場大夢）詞的詩隱喻探討中，
我們了解詞人藉創意延伸、創意表述、創意質疑以及創意拼合等方
法，可以將日常生活中那毫不引起注意、深藏在概念中的常規譬喻，
脫胎換骨幻化為神奇的詩隱喻。雖然不是每個文本中的作者都必然會

運用這四種方法來創造詩隱喻。而且也並不是只有這四種方法才能將常規譬喻幻化為詩隱喻，但 Lakoff-Turner 所歸納出的這四種方法仍然具有重要的價值，因為這是探討詩隱喻基礎的一步，也是很重要的一步。畢竟不管詩人幻化的方式為何，譬喻的結構和映射運作機制總是促成詩隱喻誕生的原動力。

由第三節的分析中，我們可以知道大多數的人對於蘇軾〈定風波〉（莫聽穿林打葉聲）這闋詞的看法，幾乎沒有太大的區別。除認為蘇軾這首小詞具有政治意涵外，大家多將這闋詞提升到具有人生哲理的地位。何以我們會將這首描寫相田途中遇雨的即景作品提升到處理人生困境、具有人生哲理的地位呢？因為我們是從「人生是旅行」或「作官是旅行」這樣的譬喻思維來理解這首詞。也就是在「人生是旅行」與「作官是旅行」這樣的譬喻思維下，我們將東坡前往沙湖買田、相田的行程，和他的人生旅程以及仕宦旅程結合在一起。當在相田的路上，陡然遭逢「穿林打葉」的風雨聲，卻猶能安步當車、「吟嘯徐行」，這種鎮定與自我持守的精神投射到人生時，就反映出作者人生的修養以及曠達的胸懷。具有這樣的修為自然是難得，並且是夠令人折服的，加上他「回首向來瀟灑處，也無風雨也無晴」的那種超然豁達、了無掛礙、心中無得無失的境界，天下更有幾人能夠做到？從這闋詞的概念譬喻詮釋正可看出蘇軾的人生修養，也很能代表他曠達的精神。

在第四節，藉由 Lakoff & Turner 1989 提出的「總體性隱喻閱讀」原則，我們得以掌握蘇軾黃州夢詞多元的背後，不論贈友、次韻甚至是詠物，那些原來我們認為不同類型，不同作用的作品，原來都可以映射到相同的更大範圍的目標域。透過「總體性隱喻閱讀」原則，使得我們可以更進一步貼近東坡的創作本意，也得以較全面地來了解作品。

在本章的實踐中我們更發現，概念譬喻理論所能呈現的不僅僅是詩歌中索隱出來的那些概念譬喻，也不僅僅是譬喻運作背後作者

的譬喻角度攝取而已。更重要的是經由這些譬喻,作者到底要表達的是什麼?經由本章的論證,我們更堅信每篇作品中的概念譬喻,其運作上都有作者有意無意間所流露出的某些意圖。

例如在蘇軾〈西江月〉這首詞中,單以「世事一場大夢」一句來說,我們分析出作者運用的是「人生是夢」的常規隱喻,並以「世事是一場大夢」作為此「人生是夢」常規譬喻的創意延伸。蘇軾延伸以夢比喻世事,則不僅包括因烏臺詩案被繫御史臺獄、以及獄中種種不堪的辛酸,還包含對過去一切努力奮鬥,隨著時光流逝、終歸破滅的遺憾。如果世事只是夢一場,那人生在世所作的一切事功更是虛幻泡影,想望愈大,失望愈大,即便未來能成就理想,終究是大夢一場。也就是說,在〈西江月〉這首詞中,蘇軾的「夢」看似是對過去一切奮鬥,終將歸於虛幻的否定之下所萌生的遺憾。但如把這首詞放在被貶至黃州後的這段時期來看,則整體性隱喻閱讀下〈西江月〉因為中秋懷念手足而生「世事一場大夢」的喟嘆,背後真正的原因是作者體認到人生苦短,何苦為了仕宦而長久奔波,失去與家人親友相聚的機會呢?也就是說,在整體性隱喻閱讀下,蘇軾的黃州夢都指引向歸隱、「與親友歡聚;歸隱躬耕的想望」這一個更大的目標域。

如果我們把蘇東坡的「夢」再放大到更大的目標域來看會如何呢?我們將發現,蘇軾在出仕之後,歸隱的夢是一直都存在的。這樣的夢在他的作品中總不斷地出現著,尤其是當仕途不如意的時候,這樣的念頭更是經常出現。然而,我們結合他整個的人生和仕途來看,每當他一回到崗位之上,總是黽力從公、竭心盡力地為朝廷、百姓服務。這就是蘇東坡,能夠融合道家的避世與儒家的志意於一身,失意時也總能夠有更曠達、超越的思想來提升自己。而這些,都由本章概念譬喻理論的實踐中獲得。

# 第四章　概念譬喻理論在柳永詞作上的實踐

　　相對於蘇軾詩詞文賦的全能表現，柳永是北宋首位致力於寫詞的文人。但他以詞名家，卻也因詞而獲罪。自宋代以來，各種詞論與詞評，對柳詞的評價多是毀譽參半，甚至是毀過於譽。不過柳詞確曾於北宋當時風行一時，足徵柳詞在宋代的確有著重要地位，近年來學者對柳詞之評價亦能從較多面向著眼而有更公允之看法。陳怡蘭在《柳永與蘇軾詞之比較研究》中說：

> 從宋到今將柳永和蘇軾放在一起比較的，大多還是以柳詞為陪襯，以映襯蘇軾詞作的特色和風格，但其實柳永詞作也有他獨特的魅力，他在詞史上的地位肯定有所貢獻才會被屢次提及。像是由宋至今對於柳永詞的看法，從纖豔、淫媟等斥責的評論，轉變為情意之真、敘述之細膩等讚美語，批評的態度也從一味排斥到瑕瑜兼容，到現在文學史上一定要提到柳詞的重要和影響，都顯示柳永詞的重要性。〔註1〕

陳怡蘭所言甚是，柳永詞作不論在古今之文學史上皆有其重要性。為求能對柳永詞作的譬喻思維有初步了解，本章先以柳永歷代以來的成

---

〔註 1〕 見陳怡蘭，《柳永與蘇軾詞之比較研究》（逢甲大學中國文學系，碩士論文，2009 年 6 月），頁 3。

名作品〔註2〕作爲優先探析之文本，探求其詞中的概念譬喻思維以及映射過程，除藉以索隱其主要概念譬喻，並希望能在整體性隱喻閱讀原則的運作下，歸納出其較大範圍的譬喻觀照之所在，同時作爲第五章與蘇軾詞進行分類譬喻特色比較時之基礎。

　　惟柳永詞作目前並無編年，薛瑞生於《柳永別傳》中云：「十餘年前，不佞在撰《樂章集校注》伊始，即投簡敬叩羅忼烈先生，蒙先生不棄，曾垂教曰：『柳詞無法編年，亦無須編年。』柳永之仕履行實又何嘗不如此？」〔註3〕因此本章對於柳永詞作之選析或有別於第三章對蘇軾詞之解析係以寫作時間作爲區分者。而是將較多選本選錄之約三十首柳永詞作按其主題內容概分爲「都會承平詞」、「歌妓豔情詞」、「羈旅行役詞」等類別〔註4〕後再從中舉例，分由本章第二節至第四節依序進行析論，以期能掌握其譬喻運作之特色。

## 第一節　柳永生平

　　柳永是北宋著名詞人，在他所生活的當代就已經以詞聞名，宋人筆記小說中多有記載。如葉夢得《避暑錄話》云：「教坊樂工每得新

---

〔註2〕　本章優先選擇之柳永成名作品係以宋代至明代具有代表性的柳永詞選錄之選本，如《唐宋諸賢絕妙詞選》、《陽春白雪》、《增修箋註妙選群英草堂詩餘》、《類選箋釋草堂詩餘》、《詞林萬選》、《花草粹編》、《古今詞統》等選本，加上清代柳永詞選錄的選本，如《詞綜》、《詞潔》、《御選歷代詩餘》、《清綺軒詞選》、《白香詞譜》、《宋四家詞選》以及《宋六十一家詞選》等選本中，其被超過三家（含）以上選錄的柳永詞作（約三十首）爲主。各選本所選柳永詞的詳細細目，見林佳欣撰，《柳永詞評價及其相關詞學問題》（國立東華大學中國語文學系，碩士論文，2006年7月），附錄一、附錄二，頁115～129。

〔註3〕　見薛瑞生著，《柳永別傳》（西安：三秦出版社，2008年12月），引論，頁五。

〔註4〕　這些類別蓋爲對柳永詞作最通常之分法，其類名或有不同，其實際內容則相當。如姚守梅云：「柳永的詞作一般可以分爲三大類：羈旅行役詞與抒懷詞，歌詠太平的詞，歌妓詞。」（語見葉嘉瑩主編，《柳永詞新釋集評》前言，頁13）。

腔，必求永爲辭，始行於世，於是傳聲一時」〔註5〕、「凡有井水飲處，即能歌柳詞」〔註6〕以及南宋‧胡仔《苕溪漁隱叢話》引《後山詩話》云：「柳三變⋯⋯作新樂府，天下詠之」〔註7〕，由這些紀錄，略可窺見柳永的詞在北宋當代流行的程度。只是《宋史》並未爲柳永立傳，使得我們對這位風靡一時的大詞人所知極爲有限，頂多只能由野史筆記中來拼湊他的生平樣貌，很難對他有全面而確切的了解。幸好近代研究柳永的一些學者先進，在柳永的身世以及生平考證上下足了工夫，稍稍彌補了這方面的缺憾，讓我們藉由這些考證的成果對柳永增加了更多認識與了解。

　　從現有的資料來看，柳永出身於書香門第。他的祖父「柳崇字子高，崇安人，以儒學著名亂世，終身御布衣，自稱處士。王言政據建州，聞其名，召補沙縣丞，力謝不仕。後諸子仕宋，當推恩，崇戒之曰：『不可奏請奪吾志。』既沒，累贈工部侍郎。子宜、宣、宏、宗、密、察，俱顯仕。孫三變、三復、三接，俱有文名。」〔註8〕

　　柳永的父親柳宜與柳永的五個叔叔共同承續了柳崇家門的儒學傳統。柳永的父親柳宜在南唐時曾「褐衣上疏，言時政得失，李國主器之」〔註9〕，個性耿直仗義、不懼權貴，在南唐累官至監察御史，在任上「多所彈射，不避權貴，故秉政者尤忌之。」〔註10〕隨著李後主歸宋後以江南僞官身分被降爲縣令，先後出任雷澤（治所當今山東鄄城縣東南，宋屬京東西路濮州）、費縣（今山東費縣，宋屬京東東路沂州）以及任城（今山東濟寧市，宋屬京東西路濟州）令。直至宋

〔註5〕　見葉夢得，《避暑錄話》卷下（《景印四庫》本），頁2。
〔註6〕　見葉夢得，《避暑錄話》卷下（《景印四庫》本），頁2。
〔註7〕　見胡仔，《苕溪漁隱叢話》（《歷代詞話》本），頁74。
〔註8〕　見《建寧府志》卷十六《封贈》，轉引自薛瑞生，《柳永別傳》（西安：三秦出版社，2008年11月），頁8。
〔註9〕　見王禹偁，《小畜集》卷二十〈送柳宜通判全州序〉（《四部初編》本），頁140。
〔註10〕　見王禹偁，《小畜集》卷二十〈送柳宜通判全州序〉（《四部初編》本），頁140。

太宗於淳化元年正月初一下敕文，撤銷對江南偽官服色之限制與蔑視
之後，柳宜方得以任城宰攜文三十卷至京城「叩閽上書」，獲得任命
為著作佐郎、改官「芸閣」（亦稱芸香閣，祕書省的別稱。因祕書省
司典圖籍，故亦以指省中藏書、校書處，此指書職）、差遣為全州通
判的殊榮。其後據薛瑞生考證，柳宜於宋太宗淳化四年（西元 993 年）
至咸平三年（西元 1000 年）在京先後歷遷贊善大夫、殿中丞、國子
博士等職，並可能在景德四年（西元 1007 年）七十歲之時以駕部員
外郎或司封員外郎致仕〔註11〕。

　　在這樣的書香世家之中，柳永約生於宋太宗雍熙四年（西元 987
年），約卒於宋仁宗嘉祐三年（西元 1058 年）以後。柳永九至十一
歲左右，因父親柳宜在湖南全州任官，宋制不許官員攜家眷赴任，
故柳永與其母曾回福建崇安故里，寄養在繼祖母家中，之後則久居
汴京。據薛瑞生考證，柳永大約在十六七歲左右成婚，婚後不久即
與妻子感情失和而遠遊錢塘與湖南、湖北，返回汴京後一二年間，
其妻即去世。柳永詞作之中固然有許多妓女詞，但混雜其中的愛情
詞應該也不少，理當有所區別。柳永並未被冷落蹉跎於宋仁宗朝，
他蹉跎於宋真宗朝，並非如傳說中的是因為寫浮豔之詞。薛瑞生認
為，柳永在宋真宗與章獻劉皇后執政的三十二年間屢試不中，到了
宋仁宗執政之初即一試而中，原因恐在於他觸犯了宋真宗當時的政
治禁忌。也就是柳永當時雖為白衣，卻在作品中對宋真宗的佞道表
達了不滿之故。他並提出柳永的兩首〈玉樓春〉（昭華夜醮連清曙、
鳳樓鬱鬱呈嘉瑞）〔註12〕說明詞中所寫的那些排場，全都是真宗迎

〔註11〕　以上見薛瑞生著，《柳永別傳》（西安：三秦出版社，2008 年 11 月），
頁 12～19。

〔註12〕　這二首〈玉樓春〉的原詞為（其一）昭華夜醮連清曙。金殿霓旌籠
瑞霧。九枝擎燭燦繁星，百和焚春抽翠縷。　香羅薦地延真馭。萬
乘凝旒聽祕語。卜年無用考靈龜，從此乾坤齊曆數。
　　（其二）鳳樓鬱鬱呈嘉瑞。降聖覃恩延四裔。醮臺清夜洞天嚴，公
讌凌晨簫鼓沸。　保生酒勸椒香膩。延壽帶垂金縷細。幾行鵷鷺望

所謂「降聖」時用的。柳永的詞明爲歌頌，實暗寓反諷之意。〔註13〕
這種說法可以解釋柳永爲何遲至幾乎半百之年才考中進士的原因。
但在考取進士之後，薛瑞生認爲宋仁宗並未虧待柳永，反而多次拔
擢，甚至超越六年改官之常制：「……中進士後爲選人只有四年即改
官，且改官甚高，『既至闕下，召見仁廟，寵進於庭，授西京陵臺令』
〔註14〕，可謂士人之殊榮……」、「……改官亦越常制，越過京官五
階而直至朝官之第二階；差遣亦越常制，由吏部左選改爲堂除，授
西京陵臺令。依照宋代官制，必須一任近一任遠，柳永卻並未受此
限制，自西京陵臺令遷太常博士後又回京差遣。」〔註15〕。仁宗對
柳永的提拔，直到柳永進獻〈醉蓬萊〉（漸亭皋葉下）〔註16〕詞才有
了改變。宋・葉夢得《避暑錄話》曰：「永初爲上元詞，有『樂府兩
籍神仙，梨園四部管弦』之句，傳入禁中，多稱之。後因晚秋張樂，
有使作〈醉蓬萊〉詞以獻，語不稱旨，仁宗亦疑有欲爲之地者，因
置不問。」〔註17〕柳永這首〈醉蓬萊〉爲何會得罪宋仁宗？宋・王

---

堯雲，齊共南山呼萬歲。

〔註13〕　見薛瑞生著，《柳永別傳》（西安：三秦出版社，2008 年 11 月），頁
135～140。

〔註14〕　柳淇爲其叔父柳永所寫之《墓誌銘》，見明・王應麟、王樵修《萬曆
鎮江府志》：「……及搜訪摹本，銘乃其任所作，篆額曰『宋故郎中
柳公墓誌銘』，文皆磨滅，止百餘字可讀。云：『叔父諱永，博學善
屬文，尤精於音律。爲泗州判官，改著作郎。既至闕下，召見仁廟，
寵進於庭，授西京靈臺令，後爲太常博士。』又云：『歸殯不復有日
矣，叔父之卒，迨二十餘年』云云。」

〔註15〕　見薛瑞生著，《柳永別傳》（西安：三秦出版社，2008 年 11 月），頁
294。

〔註16〕　柳永〈醉蓬萊〉詞：「漸亭皋葉下，隴首雲飛，素秋新霽。華闕中天，
鎖葱葱佳氣。嫩菊黃深，拒霜紅淺，近寶階香砌。玉宇無塵，金莖
有露，碧天如水。　正值昇平，萬幾多暇，夜色澄鮮，漏聲迢遞。
南極星中，有老人呈瑞。此際宸游，鳳輦何處，度管絃清脆。太液
波翻，披香簾捲，月明風細。」

〔註17〕　宋・葉夢得，《避暑錄話》（北京市：中華書局叢書集成初編，1985
年版）。

關之《澠水燕談錄》卷八曰：「柳三變，景祐末登進士第。少有俊才，尤精樂章。後以疾，更名永，字耆卿。皇祐中，久困調選，入內都知史某愛其才而憐其潦倒。會教坊進新曲《醉蓬萊》，時司天臺奏老人星見，史乘仁宗之悅，以耆卿應制。耆卿方冀進用，欣然走筆，甚自得意，詞名《醉蓬萊慢》。比進呈，上見首有『漸』字，色若不悅。讀至『宸游鳳輦何處』，乃與御制眞宗挽詞暗合，上慘然。又讀至『太液波翻』，曰：『何不言「波澄」？乃擲之地，永自此不復進用。」〔註18〕可憐入內都知史某愛之適足以害之，而柳永弄巧成拙，大約仁宗慶曆二年正月寫的上元詞傳入禁中，同年秋天寫了〈醉蓬萊〉，慶曆三年正月即被貶出京赴蘇州，薛瑞生雖認爲柳永「恐非獨因《醉蓬萊》與『御制眞宗挽詞暗合』耳。」〔註19〕而是因仁宗勵精圖治，一方面寬於對士大夫之責罰懲處，卻也嚴於對士大夫之鑽營投機，因此對柳永「仁宗亦疑有欲爲之地者」，當亦爲「自此不復進用」〔註20〕的原因之一。不管如何，柳永此後不再獲得仁宗青睞總是不爭的事實。

　　儘管柳永的確可能因觸犯政治禁忌而致仕途不順，但他毫不避諱的寫些當時文人眼中「有鄙俗語」〔註21〕與「閨門淫媟之語」〔註22〕的俗曲艷詞，遭到自詡風雅的文人排擠只怕也是事實。在他以四十八歲高齡高中進士之後，雖曾受到仁宗賞識而有過一段順利的官運，但這種艱困的狀況基本上並未獲得改善。宋・張舜民《畫墁錄》中曾有這麼一則故事：「柳三變既以詞忤仁宗，吏部不敢改官。三變不能堪，

---

〔註18〕　宋・王闢之，《澠水燕談錄》卷八（台北市：台灣商務印書館，景印文淵閣四庫全書，1986 年）。

〔註19〕　見薛瑞生著，《柳永別傳》，頁 297。

〔註20〕　見宋・王闢之，《澠水燕談錄》卷八。

〔註21〕　語出宋・沈義父《樂府指迷》：「康伯可、柳耆卿音律甚協，句法亦多有好處。然未免有鄙俗語。」

〔註22〕　語見宋・胡仔《苕溪漁隱叢話》卷二〈藝苑雌黃〉：「……柳之《樂章》，人多稱之。然大概非羈旅窮愁之詞，則閨門淫媟之語。……」

詣政府。晏公曰：『賢俊作曲子麼？』三變曰：『只如相公亦作曲子。』
公曰：『殊雖作曲子，不曾道『綠線慵拈伴伊坐』』。柳遂退。」〔註23〕
由這則故事可以看出當時文人對柳永鄙薄的態度，只是柳永並無自
覺，總以為自己所作與其他人並無分別，晏殊的一席話，可謂一言驚
醒夢中人，可惜的是他已無法改變當時社會對他的看法了。葉嘉瑩認
為造成柳永悲劇人生的主要原因，是他的音樂才華與儒家志意互相
牴觸而無法兩全：「柳永自己卻是一個具有浪漫性格和音樂天才的
人。每個人天生的才能不同，凡具有特殊才能的人，往往都會不惜
犧牲一切來從事他自己才能所專注的技藝，使他非這樣做不可，這
是沒有辦法的。柳永喜歡音樂，因此就常為流行歌曲作詞，這影響
了他的一生。」〔註24〕

　　總之，柳永出仕之後的仕履生涯大概如下：柳永約在宋仁宗景祐
元年（西元 1034 年）四十八歲時高中進士，曾經擔任睦州團練推官、
餘杭令與泗州判官。宋仁宗寶元元年（西元 1038 年），柳永由選人改
官，特授著作郎，除西京陵臺令（祠官，非今甘肅之靈臺縣令）。先
後曾任官於汴京、蘇州、益州、道州、華州、蘇州與杭州。在汴京任
官太常博士時，柳永大約在仁宗慶曆二年（西元 1042 年）秋天因寫
〈醉蓬萊〉（漸亭皋葉下）一詞而忤宋仁宗，在慶曆三年元月遭貶出
京赴蘇州或杭州，後終官郎中。

## 第二節　柳永的都會承平詞

　　唐宋時代，都市繁榮。以唐代的都城長安來說，佔地面積達 84
平方公里，人口超過100萬，〔註25〕是當時世界上最大也最繁華的城

〔註23〕　見丁傳靖輯，《宋人軼事彙編》上冊卷十（北京：中華書局，2006
　　　　　年重印），頁465。
〔註24〕　見葉嘉瑩，《北宋名家詞選講》（北京：北京大學出版社，2007 年 1
　　　　　月），頁57。
〔註25〕　此統計資料摘自蔡鎮楚、龍宿莽著，《唐宋詩詞文化解讀》（北京：
　　　　　北京圖書館出版社，2004 年 9 月），頁316。

市。宋代的都市，如星羅棋布，其數量以及城市的規模，都遠遠超過了唐代。

> 以人口論，北宋時期 1 萬以下的城鎮大約有 3,000 個，1 萬到 10 萬人口者大約有 100 個，而工商業小集鎮依《元豐九域志》統計共有 1884 個，南宋的集市估計在 4000 個以上。其中作爲東京的開封與南宋都城臨安，人口均超過 100 萬，是當時世界上的兩個超級大都市。開封汴京的商業繁華，有宋代張擇端的《清明上河圖》與孟元老的《東京夢華錄》爲證，簡直是「集四海之珍奇，皆歸市易；會寰區之異味，悉在庖廚」(《東京夢華錄·序》)。〔註 26〕

柳永就生活在這經濟繁榮、大城市興起的北宋太平時代。他的作品中除了描述京城的繁華之外，因爲是親身經歷，對於足跡所至的南方大城也有很生動寫實的描繪。黃文吉說：

> 柳永由於具有豐富的都市生活經驗，而且又深入鄉間，在寫都市繁華、人民歡樂的同時，他對風土民情也有敏銳的觀察力，尤其各地的歲時佳節，他都有很詳實的描繪，道出人民官府歡渡節慶的情況，將太平景象推到最高點。〔註 27〕

就因爲柳永具有這樣敏銳的觀察力，並能夠將所見所聞詳實地描繪出來，宋·黃裳〈書樂章集後〉云：「予觀柳氏樂章，喜其能道嘉祐中太平氣象，如觀杜甫詩。曲雅文華，無所不有。……太平氣象，柳能一寫于樂章，所謂詞人盛世之餬藻，豈可廢耶？」(《演山集》卷三十五) 〔註 28〕，張端義《貴耳集》卷上也這樣記載：「項平齋 (項安世) 自號江陵病叟。余侍先君往荊南，所訓：學詩當學杜詩，學詞當學柳詞。叩其所以，云：『杜詩、柳詞皆無表德，只是實說。』」〔註 29〕雖然「杜甫、柳永反映時代治亂固然有所不同，但兩者『皆無表

---

〔註 26〕 見蔡鎮楚、龍宿莽著，《唐宋詩詞文化解讀》，頁 317。

〔註 27〕 見黃文吉著，《北宋十大詞家研究》(台北：文史哲出版社，1996 年 3 月)，頁 132～133。

〔註 28〕 轉引自黃文吉著，《北宋十大詞家研究》，頁 132。

〔註 29〕 轉引自黃文吉著，《北宋十大詞家研究》，頁 132。

德』(不是有意爲政治宣傳)，只是據實說出來，其價值是值得肯定的，黃裳、項安世將柳永與杜甫並稱，可謂獨具慧眼。」〔註30〕也就是說，柳永這類描寫太平氣象的「都會承平詞」仍然有其重要的價值。以下舉例探討柳永都會承平詞中的部分成名作品。

## 一、望海潮

> 東南形勝，三吳都會，錢塘自古繁華。煙柳畫橋，風簾翠幕，參差十萬人家。雲樹繞堤沙。怒濤卷霜雪，天塹無涯。市列珠璣，户盈羅綺競豪奢。　　重湖疊巘清嘉。有三秋桂子，十里荷花。羌管弄晴，菱歌泛夜，嬉嬉釣叟蓮娃。千騎擁高牙。乘醉聽簫鼓，吟賞煙霞。異日圖將好景，歸去鳳池誇。

這首〈望海潮〉是柳永「都會承平詞」中最著名的一首。關於此詞的創作背景，據宋・楊湜《古今詞話》記載：

> 柳耆卿與孫相何爲布衣交。孫知杭州，門禁甚嚴。耆卿欲見之不得，作《望海潮》詞，往謁名妓楚楚曰：「欲見孫相，恨無門路，若因府會，願借朱唇歌于孫相公之前。若問誰爲此詞，但説柳七。」中秋府會，楚楚婉轉歌之，孫即日迎耆卿預坐。〔註31〕

但薛瑞生考證後發現此詞雖確爲投獻杭州太守無誤，但所投獻者並非孫何，而是孫沔。薛瑞生云：

> 然觀此詞，確係爲投獻杭州太守者，而這位太守，曾有武職仕履，否則柳永不會説他「千騎擁高牙」。愚以爲這位有武職仕履的太守不是別人，乃是孫沔。
>
> 孫沔生於宋太宗至道二年（996 年），時柳永十歲；眞宗天禧三年（1019 年）進士，時柳永三十三歲，孫二十四歲，有可能成爲布衣交。且孫沔其人能于吏而敗于德，史有明文……喜女色，故柳借楚楚以進詞之説或可憑信。且《早

---

〔註30〕　見黃文吉著，《北宋十大詞家研究》，頁 132。
〔註31〕　見唐圭璋編，《詞話叢編》第一卷，頁 26。

梅芳・海霞紅》闋為投獻孫何無疑，則此詞同一命意，當
亦同時作而贈孫沔者，即寫於皇祐五年（1053 年）。〔註32〕
關於這首詞，還更有一則傳說，宋・羅大經《鶴林玉露》卷一載：「孫
何帥錢塘，柳耆卿作《望海潮》詞贈之。此詞流播，金主亮聞歌，欣
然有慕于三秋桂子，十里荷花，遂起投鞭渡江之志。」〔註33〕因為柳
永的一首詞竟然引來外患金主的覬覦，這樣的傳說當然有點令人匪夷
所思。先不論此傳說的真假，柳永這首詞詠唱杭州的形勝與繁華引人
入勝，在當時傳唱流行、膾炙人口則殆無可疑。

這首慢詞分為上下兩片，上片從形勝和繁華總寫杭州自古以來即
為重要之都會。從認知的觀點來看，上片主要的概念譬喻是「杭州是
繁華都會」，由來源域——繁華都會向目標域——杭州映射，其譬
喻映射方向如下表所示。

表 4-2-1　柳永〈望海潮〉詞上片「繁華都會是杭州」的
　　　　　譬喻映射

| 來源域：繁華都會 | 譬喻映射 | 目標域：杭州 |
|---|---|---|
| 東南形勝、天塹無涯 | | 地勢 |
| 三吳都會、自古繁華 | | 歷史地位 |
| 十萬人家、市列珠璣、戶盈羅綺 | | 繁華 |
| 煙柳畫橋、雲樹繞堤沙、怒濤卷霜雪 | | 景色 |

開篇三句「東南形勝，三吳都會，錢塘自古繁華」揭露了杭州位
置的重要以及歷史的悠久，表明杭州是東南一帶、三吳地區的重要都
市。其中「三吳」舊指吳興、吳郡、會稽，是「省稱代全名」的轉喻。
「錢塘」則是「舊地名代新地名」〔註34〕、「錢塘即杭州」的轉喻。

---

〔註32〕　宋・柳永著；薛瑞生校註，《樂章集校注》（北京：中華書局，2002
　　　　年 10 月），頁 175。
〔註33〕　宋・羅大經，《鶴林玉露》（上海：商務印書館，1926 年），卷一。
〔註34〕　清・顧祖禹，《讀史方輿紀要》云：「陳置錢塘郡，隋平陳，廢郡置

接著「煙柳畫橋，風簾翠幕」兩句描寫杭州街巷河橋的美麗和居民住宅的雅緻，是「景觀代地點」的轉喻。「參差十萬人家」強調杭州戶口的眾多，是「居民代居住地」的轉喻，也含有「多是好」、「居民多是繁榮」的概念譬喻蘊涵。接著「雲樹繞堤沙。怒濤卷霜雪，天塹無涯」三句寫城內到城外的美景，城內圍繞著錢塘江的堤岸，兩旁的樹木高聳入雲；城外寫錢塘江天然形勢的險要與浩蕩澎湃的錢塘江潮，運用的仍是「景觀代地點」的轉喻，但另含「趨勢是行為」的譬喻蘊涵。上片的最後兩句：「市列珠璣，戶盈羅綺競豪奢」，以華麗的「珠璣」和「羅綺」展現杭州百姓生活的富足和奢華，運用的則是「物件代所有者」的轉喻。這首詞上片的詳細譬喻來源域考察如下表所示：

表 4-2-2　柳永〈望海潮〉詞上片的譬喻來源域考察

| 來源域 | 概念譬喻 | 角度攝取 | 語言表達式 | 目標域 | 譬喻類型 |
|---|---|---|---|---|---|
| 三吳 | 省稱代全名 | 名稱簡化 | 三吳都會 | 吳興、吳郡、會稽 | 轉喻 |
| 錢塘 | 舊地名代新地名 | 錢塘＝杭州 | 錢塘自古繁華 | 杭州 | 轉喻 |
| 杭州的景觀 | 景觀代地點 | 著名景觀＞地點 | 煙柳畫橋，風簾翠幕 | 杭州 | 轉喻 |
| 居民 | 居民代居住地 | 十萬人家＞杭州 | 參差十萬人家 | 居住地 | 轉喻 |
| 居民多 | 好是多 | 人家多＞繁榮 | 參差十萬人家 | 繁榮 | 結構譬喻 |
| 杭州的景觀 | 景觀代地點 | 著名景觀＞地點 | 雲樹繞堤沙。怒濤卷霜雪，天塹無涯 | 杭州 | 轉喻 |
| 動作 | 狀態是行為 | 四周有樹＞繞；波濤高湧＞捲 | 雲樹繞堤沙。怒濤卷霜雪 | 狀態 | 結構譬喻 |
| 物件 | 物件代所有者 | 貴重飾物＞高貴擁有者 | 市列珠璣，戶盈羅綺競豪奢 | 富有人家 | 轉喻 |

杭州。」轉引自張淑瓊主編，《中國文學總欣賞》，唐宋詞 4 柳永，《望海潮》賞析，頁 121。

　　下半闋分別從湖山清嘉、四季風物、日夜水陸笙歌以及釣客蓮娃之樂等四個面向詠唱杭州的著名勝景——西湖。下片的主要概念譬喻是「西湖是美麗勝地」，由來源域——美麗勝地向目標域——西湖映射，其譬喻映射方向如下表所示。

表 4-2-3　柳永〈望海潮〉詞下片「西湖是美麗勝地」的譬喻映射

| 來源域：美麗勝地 | 譬喻映射 | 目標域：西湖 |
|---|---|---|
| 重湖疊巘清嘉 | | 景致 |
| 羌管弄晴、菱歌泛夜 | ⟹ | 熱鬧氣氛 |
| 三秋桂子、十里荷花 | | 四季風物、美不勝收 |
| 嬉嬉釣叟蓮娃 | | 遊人歡愉 |

　　下片開頭一句「重湖疊巘清嘉」描寫白堤將西湖分割成裏湖與外湖以及層層疊疊的靈隱山、南屏山、慧日峰等西湖景觀，是「景觀代地點」的轉喻。次兩句「有三秋桂子，十里荷花」寫西湖的兩種名物：秋天的桂子與湖中的荷花，乃是「名物代產地」的轉喻。接著「羌管弄晴，菱歌泛夜」兩句以「樂器代吹奏者」（羌管代吹奏的漁翁）和「歌曲代歌唱者」（菱歌代採蓮姑娘）等轉喻，描述不論白天或夜晚，西湖都洋溢著優美的笛音與採菱歌聲。後接「嬉嬉釣叟蓮娃」一句則是對上兩句的補充，原來歡樂吹羌笛與唱菱歌的人是釣叟和蓮娃。此句仍可見「釣叟代漁人」、「蓮娃代採蓮女」等「部分代整體」轉喻的運用。這首詞下片的詳細譬喻來源域考察如下表所示：

表 4-2-4　柳永〈望海潮〉詞下片的譬喻來源域考察

| 來源域 | 概念譬喻 | 角度攝取 | 語言表達式 | 目標域 | 譬喻類型 |
|---|---|---|---|---|---|
| 西湖的湖與山 | 景觀代地點 | 著名的湖光山色＞西湖 | 重湖疊巘清嘉 | 西湖 | 轉喻 |
| 西湖名物 | 名物代產地 | 秋桂、荷花＞西湖 | 有三秋桂子，十里荷花 | 西湖 | 轉喻 |

| 羌管 | 樂器代吹奏者 | 羌管＞吹奏的漁翁 | 羌管弄晴 | 吹奏者 | 轉喻 |
|---|---|---|---|---|---|
| 菱歌 | 歌曲代歌唱者 | 菱歌＞唱歌的採蓮姑娘 | 菱歌泛夜 | 歌唱者 | 轉喻 |
| 釣叟 | 部分代整體 | 釣叟＞全體漁人 | 嬉嬉釣叟蓮娃 | 漁人 | 轉喻 |
| 蓮娃 | 部分代整體 | 蓮娃＞採蓮女 | 嬉嬉釣叟蓮娃 | 採蓮女 | 轉喻 |

　　這首《望海潮》既是投獻給杭州郡守的詞，下半闋的後半部自然得導入正題才行，其主要的概念譬喻是：「杭州太守是威武風流的地方長官」，其譬喻映射方向如下表所示。

表 4-2-5　柳永〈望海潮〉詞下闋後段「杭州太守是威武風流的地方長官」的譬喻映射

| 來源域：威武風流的地方長官 | 譬喻映射 | 目標域：杭州太守 |
|---|---|---|
| 千騎擁高牙 | | 儀仗 |
| 乘醉聽簫鼓、吟賞煙霞 | | 風流 |
| 異日圖將好景 | | 治績 |
| 歸去鳳池誇 | | 榮升 |

　　「千騎擁高牙」即運用「量多是好」（千騎隨從是壯盛）的概念譬喻與「工具代使用者」（馬代騎馬的隨從）、「飾物代物件」（象牙代以象牙為飾的大旗）等轉喻，極言杭州郡守儀仗之壯盛威武。接著「乘醉聽簫鼓，吟賞煙霞」兩句描述郡守品酒賞音、吟嘯山水的風流雅致，用的是「樂器代音樂」（簫鼓代音樂）、「煙霞代美景」等「部分代整體」的轉喻。最後「異日圖將好景，歸去鳳池誇」兩句，意謂當郡守奉召回朝，應將守杭時的治績好景畫成圖本，獻給朝廷。此處「好景」有「良好治績」的意涵，並以「鳳池」代指「朝廷」，是「辦公地點代機關」的轉喻，藉以吹捧當時的杭州太守應「入朝執政」才是其應

去之處。隱含「仕途是旅行」、「執政是返家」的概念譬喻蘊涵，此段
之詳細譬喻來源域考察如下表所示：

表 4-2-6　柳永〈望海潮〉詞下闋下半段的譬喻來源域
　　　　　考察

| 來源域 | 概念譬喻 | 角度攝取 | 語言表達式 | 目標域 | 譬喻類型 |
|---|---|---|---|---|---|
| 千騎 | 好即量多 | 千騎隨從＞儀仗壯盛 | 千騎擁高牙 | 隨從眾多 | 結構譬喻 |
| 千騎 | 工具代使用者 | 馬＞騎馬的隨從 | 千騎 | 騎馬的隨從 | 轉喻 |
| 簫鼓 | 樂器代音樂 | 簫鼓＞吹奏出的音樂 | 乘醉聽簫鼓 | 音樂 | 轉喻 |
| 煙霞 | 部分代整體 | 煙霞＞山水美景 | 吟賞煙霞 | 山水美景 | 轉喻 |
| 鳳凰池 | 辦公地點代機關 | 鳳池＞中書省 | 歸去鳳池誇 | 朝廷（中書省） | 轉喻 |
| 旅行 | 仕途是旅行 | 離朝外任＞外出旅行 | 歸去鳳池誇 | 仕途 | 結構譬喻 |
| 返家 | 回朝是返家 | 回朝高升＞回家 | 歸去鳳池誇 | 回朝 | 結構譬喻 |

　　綜上所述，這首投獻詞由上闋以及下闋的上下兩段共有三個主
要的概念譬喻，依序是「杭州是繁華都會」、「西湖是美麗勝地」以
及「杭州太守是威武風流的地方長官」等。但依 Lakoff& Turner 1989
提出之「總體性隱喻閱讀」原則，將整首詞視爲一個來源域，其所
映射的目標域將具有較大範圍的關照。準此，這首詞更大範圍的關
照是什麼呢？柳永詠唱杭州的繁華、西湖的美麗，無非是要歸美於
郡守，達到他投獻求取功名的目的。因此，在總體性隱喻閱讀下，
這闋詞的所有來源域皆朝向歸美「太守政績」的更大目標域映射，
其譬喻映射方向如下表所示。

表 4-2-7 柳永〈望海潮〉詞「太守政績是美好杭州」的
譬喻映射

| 來源域：美好杭州 | 譬喻映射 | 目標域：太守政績 |
|---|---|---|
| 繁華都會、西湖勝景 | | 地靈 |
| 釣叟蓮娃、羌管菱歌 | ➡ | 民樂 |
| 威武清雅、吟賞煙霞 | | 官安 |

## 二、二郎神

> 炎光謝。過暮雨、芳塵輕灑。乍露冷風清庭戶，爽天如水，
> 玉鉤遙挂。應是星娥嗟久阻，敘舊約、飆輪欲駕。極目處、
> 亂雲暗度，耿耿銀河高瀉。　　　閒雅。須知此景，古今無
> 價。運巧思、穿針樓上女，擡粉面、雲鬟相亞。鈿合金釵
> 私語處，算誰在、回廊影下。願天上人間，占得歡娛，年
> 年今夜。

這是一首描寫七夕的詞。據《荊楚歲時記》記載：「七月七日爲牽牛
織女聚會之夜。是夕，人家婦女結彩縷，穿七孔針，或以金銀石爲針，
陳瓜果於庭中乞巧。」〔註35〕可見古時人們對七夕乞巧節的重視。

　　詞人這首詞結合傳統民俗、神話傳說以及歷史故事，以牛郎織
女、婦女穿針乞巧、唐明皇與楊貴妃三個動人的面向來敘寫七夕。由
「整體性隱喻閱讀」來看，整闋詞的三個敘寫面向都是來源域，向目
標域——「願天上人間，歡欣快樂，年年有今夜」映射。

---

〔註35〕 轉引自宋・柳永著；謝桃坊導讀；查明昊、盧淨注，《柳永詞注評》
（上海：上海古籍出版社，2012 年 3 月），〈二郎神〉詞註釋〔5〕，
頁 66。

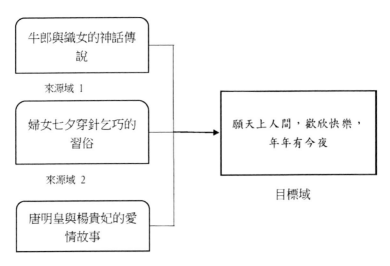

**圖 4-2-1　柳永〈二郎神〉詞「總體性隱喻閱讀」下的來源域與目標域**

　　詞的上片透過織女星與牽牛星在七夕相聚的神話傳說，凸顯七夕的浪漫情愫。其主要的概念譬喻是「織女星與牽牛星七夕相聚是旅行」。

**表 4-2-8　柳永〈二郎神〉詞上片「織女星與牽牛星七夕相聚是旅行」的譬喻映射**

| 來源域：旅行 | 譬喻映射 | 目標域：織女星與牽牛星七夕相聚 |
|---|---|---|
| 旅行者 | | 織女星 |
| 起點 | | 銀河的一邊（織女星所在） |
| 終點 | | 銀河的另一邊（牽牛星所在） |
| 旅行工具 | | 飆輪 |
| 旅行障礙 | | 阻止織女、牛郎相見之外力、銀河 |

　　詞人先從七夕所在的初秋點明其時令特性：首句「炎光謝」說明炎熱的驕陽辭謝退去、暑熱漸消，此句以「炎光代驕陽」與「炎陽代酷暑」都是「顯著特徵代整體」的轉喻運用，後加一個「謝」字則是辭謝、辭去之意，含有「炎光（驕陽）是人」的概念譬喻蘊涵。次兩句「過暮雨、芳塵輕灑」描述黃昏的一陣小雨，驅散了暑氣、也洗淨空氣中的塵埃。領首一個「過」字，含有「一天是一段旅程」的概念譬喻蘊涵：一天是一段旅程，早晨是旅途的起點，暮晚則是經過的中途點、下雨是路途中所見的風景。接下「乍露冷風清庭戶，爽天如水，玉鉤遙挂」三句，既表達七夕的時令特性，也描述了當時的眼前即景。以「露冷」、「風清」代表整個秋涼的節候特徵，是「顯著局部代整體」的轉喻運用，以「庭戶」代表家家戶戶的庭院，也是「部分代整體」的轉喻運作。「爽天如水」則寓含「夜空是水」的譬喻蘊涵（明亮無雲的夜空＞水清澈透明）。「玉鉤遙挂」則以外形比擬「月是玉鉤」的概念譬喻（玉鉤＞彎月）描述彎月高掛在遙遠天空的景況，「遙挂」兩字也具有把彎月垂掛天邊的動態意象，是「狀態即行為」的譬喻蘊涵。在這美好的七夕夜晚，傳說中的女主角 —— 織女星想必急切地想要與牽牛星相聚。由此自然帶出「應是星娥嗟久阻，敘舊約、飆輪欲駕」三句，這也是這首詞上片主要的敘寫重心所在，寓含著上片主要的概念譬喻：「織女星與牽牛星七夕相聚是旅行」。在這個主要的概念譬喻底下，以「織女星是女人」的擬人譬喻將織女星化成「星娥」，使之具有人的行為 ——「嗟」相聚之願已受阻良久，為「敘」舊約，等不及要駕著「飆輪」（御風而行的車子）踏上相聚的旅途。此處「飆輪」另有以輪代車的「部分代整體」之轉喻運用。接著「極目處」三字寫張眼眺望遠空，是「以眼代視覺」的「器官代器官功能」之轉喻運作，也蘊含「眼睛是容器」的概念譬喻。接下來的「微雲暗度」以「雲是人」的擬人譬喻，描寫一抹微雲偷偷渡過銀河，暗示織女星急於赴約之情；「耿耿銀河高瀉」則藉「形態即動態」的概念譬喻，使明亮的銀

河高懸若瀉、具有流洩而下的動態感，並以此表達牛郎織女了卻整年相思，終於重聚的欣喜之情。

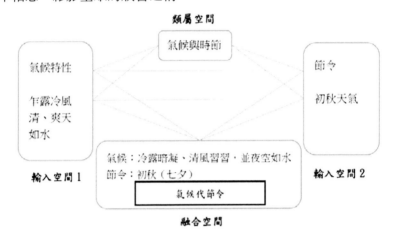

圖 4-2-2　柳永〈二郎神〉中「氣候代節令」的概念融合網路

表 4-2-9　柳永〈二郎神〉詞上闋的譬喻來源域考察

| 來源域 | 概念譬喻 | 角度攝取 | 語言表達式 | 目標域 | 譬喻類型 |
|---|---|---|---|---|---|
| 炎光 | 顯著特徵代整體 | 炎光＞驕陽；炎陽＞酷暑 | 炎光謝 | 驕陽 | 轉喻 |
| 人 | 炎光（驕陽）是人 | 炎光（驕陽）有人的行為＞辭謝 | 炎光謝 | 炎光（驕陽） | 結構譬喻 |
| 旅行 | 一天是一段旅程 | 早晨＞旅途的起點，暮晚＞經過的中途點；下雨＞路途中所見的風景 | 過暮雨、芳塵輕灑 | 過暮雨 | 結構譬喻 |
| 露冷、風清 | 顯著局部代整體 | 露冷、風清＞秋天的時令特徵 | 乍露冷風清庭戶 | 秋涼 | 轉喻 |

| 庭戶 | 部分代整體 | 庭戶＞（所有）庭院 | 乍露冷風清庭戶 | 每家庭院 | 轉喻 |
|---|---|---|---|---|---|
| 水 | 夜空是水 | 明亮無雲的夜空＞如水清澈透明 | 爽天如水 | 夜空 | 結構譬喻 |
| 玉鉤 | 月是玉鉤 | 外形比擬、玉鉤＞彎月 | 玉鉤遙挂 | 月 | 實體譬喻 |
| 遙挂 | 狀態即行為 | 遙挂＞遙挂的行為 | 玉鉤遙挂 | 高挂的狀態 | 結構譬喻 |
| 人 | 織女星是女人 | 星娥＞「嗟」久阻 | 應是星娥嗟久阻 | 織女星 | 結構譬喻 |
| 人 | 織女星是人 | 織女星＞「敘」舊約 | 敘舊約、飆輪欲駕 | 織女星 | 結構譬喻 |
| 旅行 | 牛郎織女七夕相會是旅行 | 旅行工具＞飆輪 | 敘舊約、飆輪欲駕 | 牛郎織女七夕相會 | 結構譬喻 |
| 車輪 | 部分代整體 | 飆輪＞飆車 | 敘舊約、飆輪欲駕 | 車 | 轉喻 |
| 目 | 器官代器官功能 | 目＞以眼看 | 極目處、亂雲暗度 | 看 | 轉喻 |
| 容器 | 眼睛是容器 | 極目處＞視線所容納的範圍 | 極目處、亂雲暗度 | 眼睛 | 實體譬喻 |
| 人 | 雲是人 | 雲＞暗渡銀河 | 極目處、亂雲暗度 | 雲 | 結構譬喻 |
| 高瀉 | 形態即動態 | 高瀉＞高瀉狀態 | 耿耿銀河高瀉 | 流瀉狀態 | 結構譬喻 |

　　詞人以空中景來馳騁想像，虛實相生、神遊景外。經過了上片牛郎織女克服艱難的重會旅程，對於牽牛與織女星這種堅毅不移的愛情誓約，長久離別後的短暫相聚仍舊是如此的嫻靜優雅，換頭之後詞人不由得讚賞：「閒雅。須知此景，古今無價」。「此景」即牽牛織女的

相會時刻，這令人感動的一刻，透過「相會時間是有限資源」的概念譬喻來表達，當眞是「古今無價」啊！

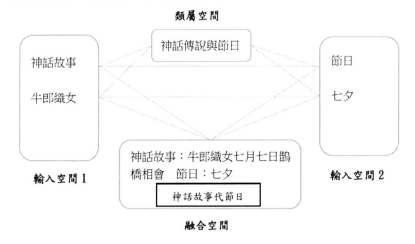

圖 4-2-3　柳永〈二郎神〉中「神話故事代節日」的概念融合網路

接著詞人便將視角由空中的神話轉回到傳統民俗與人間的愛情故事上。其主要的概念譬喻是「祈求幸福是女子乞巧」以及「有情人是唐明皇與楊貴妃」，透過這兩個概念譬喻，詞人希望所有婦女都能在七夕祈求到幸福，並祝福有情人都能像唐明皇與楊貴妃一樣在七夕尋得愛情。以下爲其來源域向目標域映射的譬喻映射方向：

表 4-2-10　柳永〈二郎神〉詞下片「祈求幸福是女子乞巧」
　　　　　　的譬喻映射

| 來源域：女子乞巧 | 譬喻映射 | 目標域：祈求幸福 |
|---|---|---|
| 乞巧 | | 做針黹、女紅的巧手 |
| 乞技 | | 具有農事家務的技能 |
| 乞智 | | 有持家、待人接物的智慧 |

## 表 4-2-11　柳永〈二郎神〉詞下片「有情人是唐明皇與楊貴妃」的譬喻映射

| 來源域：唐明皇與楊貴妃 | 譬喻映射 | 目標域：有情人 |
| --- | --- | --- |
| 七月七日夜半 | ⟹ | 七夕 |
| 長生殿私語處 | | 迴廊月影下 |
| 世世代代爲夫妻的盟誓 | | 青年男女愛情之約 |

　　下片詞人描寫民間婦女在七夕夜晚穿七孔針乞巧的風俗活動。「運巧思、穿針樓上女」兩句介紹乞巧的婦女，其中「運巧思」是將抽象的「巧思」化作具體可運用的物件，運用的是「抽象化具體」的概念譬喻；「穿針樓上女」則以「穿針」的單一行爲代替乞巧的全部儀式，屬於「部分代整體」的轉喻運作。接著「擡粉面、雲鬟相亞」兩句描寫乞巧婦女抬起頭朝天空向織女乞巧時的虔誠態度，「擡粉面」是以臉代頭的「部分代整體」之轉喻運用；「雲鬟相亞」則是以「狀態即行爲」的概念譬喻，表現乞巧婦女在抬起頭時，頭髮下垂的模樣。接下來「鈿合金釵私語處，算誰在、回廊影下」幾句，是詞人將唐明皇與楊貴妃的愛情故事疊加在男女七夕定情、夜半私語並交換信物的民俗活動上，此處蘊含的是「有情人是唐明皇與楊貴妃」的概念譬喻運作：

> 這個富於浪漫情趣和神祕意味的晚上，在唐宋時似乎又爲青年男女選作定情的好時候。「鈿合金釵私語處，算誰在、回廊影下」，寫七夕的另一項重要活動，既是詞人浪漫的想像，也是民間的眞實。自唐明皇與楊貴妃初次相見，「定情之夕，授金釵鈿合以固之」（《長恨歌傳》），他們「七月七日長生殿，夜半無人私語時」也就傳爲情史佳話。唐宋時男女選擇七夕定情，交換信物，夜半私語，可能也是民俗之一。〔註36〕

〔註36〕　見張淑瓊主編，《中國文學總新賞》唐宋詞4柳永（台北：地球出版

最後詞人以「願天上人間，占得歡娛，年年今夜」的眞誠祝願來收束全篇，其中「天上人間」蘊含「天上人間是容器」的概念譬喻，天上的織女、牽牛星與人間的人則同爲容器之內容物；「占得歡娛」一句，把抽象之「歡娛」具體化做可佔有之有形物件，含有「抽象化具體」之譬喻蘊涵；結句之「年年今夜」乃是以「今夜」之時間取代「今夜所發生之事件」之「時間代事件」的轉喻運作。

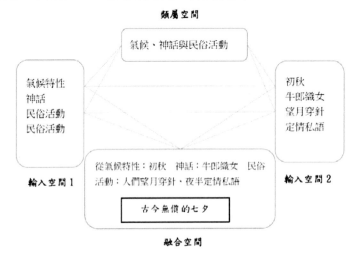

圖 4-2-4　柳永〈二郎神〉中「三面向描寫」的概念融合網路

其詳細譬喻來源域考察如下表所示：

表 4-2-12　柳永〈二郎神〉詞下闋的譬喻來源域考察

| 來源域 | 概念譬喻 | 角度攝取 | 語言表達式 | 目標域 | 譬喻類型 |
|---|---|---|---|---|---|
| 有限資源 | 時間是有限資源 | 織女、牽牛星相會時刻＞古今無價 | 須知此景，古今無價 | 相會時間 | 結構譬喻 |
| 具體物件 | 抽象化具體 | 巧思＞可運用之具體物 | 運巧思、穿針樓上女 | 抽象之巧思 | 實體譬喻 |

社），頁 82～83。

| 穿針 | 部分代整體 | 穿針＞乞巧的全部儀式 | 運巧思、穿針樓上女 | 乞巧 | 轉喻 |
|---|---|---|---|---|---|
| 粉面 | 部分代整體 | 擡粉面＞抬頭 | 擡粉面、雲鬟相亞 | 頭 | 轉喻 |
| 行為 | 狀態即行為 | 雲鬟相亞＞頭髮下垂的模樣 | 擡粉面、雲鬟相亞 | 狀態 | 結構譬喻 |
| 唐明皇與楊貴妃 | 有情人是唐明皇與楊貴妃 | 有情人七夕定情＞唐明皇與楊貴妃七月七日在長生殿盟誓 | 鈿合金釵私語處，算誰在、回廊影下 | 有情人 | 結構譬喻 |
| 容器 | 天上人間是容器 | 天上人間＞容器；天上的織女、牽牛星與人間的人＞容器之內容物 | 願天上人間，占得歡娛，年年今夜 | 天上人間 | 實體譬喻 |
| 具體物件 | 抽象化具體 | 歡娛＞可佔有之具體物件 | 願天上人間，占得歡娛，年年今夜 | 抽象之歡娛 | 實體譬喻 |
| 今夜 | 時間代事件 | 今夜＞今夜所發生之事件 | 願天上人間，占得歡娛，年年今夜 | 今夜所發生之事件 | 轉喻 |

## 三、醉蓬萊

　　漸亭皋葉下，隴首雲飛，素秋新霽。華闕中天，鎖葱葱佳氣。嫩菊黃深，拒霜紅淺，近寶階香砌。玉宇無塵，金莖有露，碧天如水。　　正值昇平，萬幾多暇，夜色澄鮮，漏聲迢遞。南極星中，有老人呈瑞。此際宸游，鳳輦何處，度管絃清脆。太液波翻，披香簾捲，月明風細。

這闋〈醉蓬萊〉是柳永詞作中非常著名的一首頌聖應制詞，許多宋人筆記中皆有關於此詞的記載。特別的是，柳永這首對宋仁宗歌功頌德的作品，不但沒有為他的仕途帶來任何幫助，反倒因此得罪了宋仁宗，使他的仕途蒙上了陰影。據宋・王闢之《澠水燕談錄》卷八云：

> 柳三變，景祐末登進士第。少有俊才，尤精樂章。後以疾，更名永，字耆卿。皇祐中，久困調選，入内都知史某愛其才而憐其潦倒。會教坊進新曲《醉蓬萊》，時司天臺奏老人星見，史乘仁宗之悦，以耆卿應制。耆卿方冀進用，欣然走筆，甚自得意，詞名《醉蓬萊慢》。比進呈，上見首有「漸」字，色若不悦。讀至「宸游鳳輦何處」，乃與御制眞宗挽詞暗合，上慘然。又讀至「太液波翻」，曰：「何不言『波澄』？」乃擲之地，永自此不復進用。〔註37〕

另宋‧葉夢得《避暑錄話》曰：

> 永初爲上元詞，有「樂府兩籍神仙，梨園四部管絃」之句，傳入禁中，多稱之。後因晚秋張樂，有使作《醉蓬萊》詞以獻，語不稱旨，仁宗亦疑有欲爲之地者，因置不問。永亦善爲他文辭，而偶先以是得名，始悔爲己累。後改名三變，而終不能救，擇術不可不愼。〔註38〕

宋‧楊湜《古今詞話》則記載：

> 柳耆卿祝仁宗壽，作《醉蓬萊》一曲。此詞一傳，天下皆稱絕妙。蓋中間誤使「宸游鳳輦」挽章句。耆卿作此詞，惟務鈎摘好語，卻不參考出處，仁宗皇帝覽而惡之。及御注差遣至耆卿，抹其名曰：「此人不可仕宦，盡從他花下『淺斟低唱』。」由是淪落貧窘，終老無子。〔註39〕

宋‧陳師道《後山詩話》則云：

> 柳三變游東都南北二巷，作新樂府，骩骳從俗，天下詠之，遂傳禁中。仁宗頗好其詞，每對酒，必使侍從歌之再三。三變聞之，作宮詞號《醉蓬萊》，因内官達後宮，且求其助。仁宗聞而覺之，自是不復歌其詞矣。會改京官，乃以無行黜之。後改名永，仕至屯田員外郎。〔註40〕

〔註37〕 見丁傳靖輯，《宋人軼事彙編》（北京：中華書局，2006 年 4 月）上冊卷十，頁 465。
〔註38〕 見宋‧葉夢得，《避暑錄話》（四庫全書本），卷下。
〔註39〕 見唐圭璋編，《詞話叢編》第一卷，頁 25。
〔註40〕 見清‧何文煥輯，《歷代詩話‧後山詩話》（北京：中華書局，1982

宋・魏慶之《魏慶之詞話》也有記載：

> 皇祐中，老人星現，永應制撰詞，意望厚恩，無何，始用
> 「漸」字，終篇有「太液波翻」之語，其間「宸游鳳輦何
> 處」與仁廟挽詞暗合，遂致忤旨。士大夫惜之。余謂柳作
> 此詞，借使不忤旨，亦無佳處。如「嫩菊黃深，拒霜紅淺」
> 竹籬茅舍間，何處無此景物？方之李謫仙、夏英公等應制
> 詞，殆不啻天冠地屨也。〔註41〕

以上宋人筆記，各家所載雖不盡相同，卻都指出柳永因此闋應制詞而
得罪仁宗，致使仕途受挫。薛瑞生則針對各家的說法，提出自己的考
證結果：

> 前已考及，柳永雖「蹉跎」於真宗朝，但到了仁宗親政的
> 第一年就考中進士。雖然因到官未愈月，因呂蔚推薦而受
> 到侍御史知雜郭勸的彈劾，但並未因此而受到影響；且越
> 六年改官之常制，僅四年就改官；改官亦越常制，越過京
> 官五階而直至朝官之第二階；差遣亦越常制，由吏部左選
> 改為堂除，授西京陵臺令。〔註42〕

> 在此詞的寫作時間問題上，值得認真思索的倒是葉說。葉
> 夢得以為「永初為上元詞，有『樂府兩籍神仙，梨園四部
> 管絃』之句，傳入禁中，多稱之。後因晚秋張樂，有使作
> 《醉蓬萊》詞以獻，語不稱旨，仁宗亦疑有欲為之地者，
> 因置不問。」雖然沒有明確提出具體時間，卻提供了思考
> 的線索。上元詞即《傾杯樂・禁漏花深》闋，「樂府兩籍神
> 仙，梨園四部管絃」即出自此詞。前已考知，此詞寫於慶
> 曆二年（1042）春柳永在京官太常博士並在京差遣時。葉
> 說提供的這個時間，不惟與詞中所寫完全相符，亦與王說
> 「永自此不復進用」完全相符。大約慶曆二年正月寫的上

---

　　年8月），頁311。

〔註41〕見唐圭璋編，《詞話叢編》第一卷，頁208。

〔註42〕見薛瑞生著，《柳永別傳》（西安：三秦出版社，2008年12月），頁
　　　　294。

> 元詞傳入禁中，同年秋寫了《醉蓬萊》，三年正月即被貶出
> 京赴蘇州了。〔註43〕

薛瑞生的意思是，柳永雖落魄於宋真宗朝，屢次參加科舉考試都落榜，直至 48 歲宋仁宗親政後才考中進士。但他早期的仕宦生涯，並非如一般所認為的失意潦倒，反而是飛黃騰達極受仁宗重用。只可惜在寫了這闋〈醉蓬萊〉之後得罪了仁宗，柳永的仕途因此遭受重大挫折，空有郎中甚至前行郎中之不低的官位，卻未再獲派任何重要的職務，從此一蹶不振。

這首應制詞分為上下兩片，上片寫皇宮秋景與祥瑞氣象，主要的概念譬喻是「皇宮是祥瑞之地」。來源域是可以「容納」祥瑞之氣的地點，因此該地點具有「封閉容器」的性質，映射至來源域便是「皇宮是容器」的譬喻蘊涵。以下為其來源域向目標域映射的譬喻映射方向：

表 4-2-13　柳永〈醉蓬萊〉詞上片「皇宮是容器」的譬喻
　　　　　映射

| 來源域：容器 | 譬喻映射 | 目標域：皇宮 |
|---|---|---|
| 具有邊界 |  | 有禁中與禁外之分 |
| 容器內容物 | ⟹ | 蔥蔥佳氣（祥瑞之氣） |
| 封閉 |  | 鎖住蔥蔥佳氣 |

前三句「漸亭皋葉下，隴首雲飛，素秋新霽」分別以沼澤邊平地的木葉逐漸凋落、山頭白雲飄飛與雨過天晴等秋天景觀特徵，運用「顯著特徵代整體」的轉喻描寫容器（皇宮）內外的秋景。「漸亭皋葉下」用「漸」字領句，更運用「狀態即動態」的概念譬喻表現秋天木葉逐漸飄落與山頭白雲飛過的動態畫面。「隴首」也可見「山是人」的常規譬喻運作軌跡。接著「華闕中天，鎖蔥蔥佳氣」兩句

---

〔註43〕　見薛瑞生著，《柳永別傳》，頁 294。

意謂皇宮建築宏偉壯麗、壟罩著濃厚的祥瑞佳氣。其中「華闕」以華麗的樓觀代指整體皇宮建築，是「部分代整體」的轉喻運作。「鎖葱葱佳氣」則具「皇宮是容器」的譬喻蘊涵，以容器封閉的特性描述葱葱佳氣（容器內容物）被留存在皇宮之中，使皇宮中充滿祥瑞氣氛。接下來「嫩菊黃深，拒霜紅淺，近寶階香砌」幾句，形容皇宮內種在靠近台階處鮮豔的黃菊和紅色的芙蓉花，「黃深」、「紅淺」具有「顏色是容器」的概念譬喻蘊涵，「拒霜」代「芙蓉花」則是「生長特性代植物」的轉喻運作；「寶階香砌」透過「皇宮階梯是珍寶」的譬喻蘊涵形容皇宮內階梯的珍貴。末尾「玉宇無塵，金莖有露，碧天如水」幾句，描寫碧空清澈如水、皇居內外祥和潔淨，其中「玉宇」代指宮殿，除蘊含以屋簷代建物之「部分代整體」的轉喻外，也含有「宮殿是珍寶」（玉宇）以及「宮殿是容器」（無塵＞沒有容器內容物）的譬喻蘊涵。「金莖」指仙人承露盤之銅柱〔註44〕，蘊含「金銅仙人是植物」〔註45〕（銅柱＞植物的莖幹）以及「銅柱是容器」（有露＞露是容器內容物）的概念譬喻蘊涵。「碧天如水」則蘊含「天空是水」的譬喻運作，以形容天空的明亮澄淨。其詳細譬喻來源域考察如下表所示：

表 4-2-14　柳永〈醉蓬萊〉詞上片的譬喻來源域考察

| 來源域 | 概念譬喻 | 角度攝取 | 語言表達式 | 目標域 | 譬喻類型 |
|---|---|---|---|---|---|
| 樹葉凋落 | 顯著特徵代整體 | 木葉凋落＞秋天 | 漸亭皋葉下 | 秋天 | 轉喻 |
| 葉下、雲飛的 | 狀態即動態 | 葉下＞葉下的動態雲飛 | 漸亭皋葉下，隴首雲飛 | 葉下、雲飛的狀態 | 結構譬喻 |

〔註44〕《文選》班固《西都賦》：「抗仙掌以承露，擢雙立之金莖。」李善注：「金莖，即銅柱也。」見薛瑞生著，《柳永別傳》，頁 288。
〔註45〕據《三輔黃圖》載：「漢武帝在建章宮建神明臺，臺上有金銅仙人，舒掌捧銅盤以盛雲表之露。」見薛瑞生著，《柳永別傳》，頁 288。

| 動態 | | ＞雲飛的動態 | | | |
|---|---|---|---|---|---|
| 人 | 山是人 | 隴首＞人的頭部 | 隴首雲飛 | 山 | 實體譬喻 |
| 樓觀 | 部分代整體 | 樓觀＞整體皇宮建築 | 華闕中天 | 整體皇宮建築 | 轉喻 |
| 容器 | 皇宮是容器 | 封閉＞鎖住佳氣 | 鎖葱葱佳氣 | 皇宮 | 實體譬喻 |
| 容器 | 顏色是容器 | 顏色＞深淺 | 嫩菊黃深，拒霜紅淺 | 顏色 | 實體譬喻 |
| 拒霜 | 生長特性代植物 | 芙蓉花＞仲秋始開、能拒霜冷 | 拒霜紅淺 | 芙蓉花 | 轉喻 |
| 寶階 | 皇宮階梯是珍寶 | 寶階＞皇宮階梯 | 寶階香砌 | 皇宮階梯 | 結構譬喻 |
| 玉宇 | 部分代整體 | 屋簷＞房屋 | 玉宇無塵 | 宮殿 | 轉喻 |
| 玉宇 | 宮殿是珍寶 | 玉宇＞宮殿 | 玉宇無塵 | 宮殿 | 結構譬喻 |
| 容器 | 宮殿是容器 | 無塵＞無容器內容物 | 玉宇無塵 | 宮殿 | 實體譬喻 |
| 金莖 | 金銅仙人是植物 | 銅柱＞植物的莖幹 | 金莖有露 | 銅柱 | 實體譬喻 |
| 容器 | 銅柱是容器 | 有露＞露是容器內容物 | 金莖有露 | 銅柱 | 實體譬喻 |
| 水 | 天空是水 | 天空清澈＞水澄淨透明 | 碧天如水 | 天空 | 實體譬喻 |

　　詞的下片讚頌皇帝出遊之吉象，主要的概念譬喻是「皇帝出遊是旅行」。由來源域：旅行向目標域：皇帝出遊映射。以下爲其來源域向目標域映射的譬喻映射方向：

表 4-2-15　柳永〈醉蓬萊〉詞下片「國運旅行是皇帝出遊」
　　　　　的譬喻映射

| 來源域：皇帝出遊 | 譬喻映射 | 目標域：國運旅行 |
|---|---|---|
| 皇帝 | | 旅行者 |
| 出遊目的地 | | 國運昌隆 |
| 所經的途徑 | | 實現國運的方法 |
| 地標 | | 國運進展的標準 |
| 出遊的障礙 | | 國運的衰頹 |

　　在「國運旅行是皇帝出遊」的主要概念譬喻下，下片開頭寫出遊
的良好時機。「正值昇平，萬幾多暇」兩句是說面對當前的太平盛世，
皇帝垂拱而治，雖日理萬機，仍游刃有餘、頗多餘暇。其中「正值昇
平」以「昇平」形容太平盛世，寓含「抽象化具體」（太平盛世為具
體可面對之物）與「向上是好」的譬喻蘊涵；「萬幾多暇」則是以皇
帝所處理的紛雜政務代稱皇帝，是「事務代管理者」的轉喻，「多暇」
亦可見將抽象之閒暇化作具體可數物件之「抽象化具體」的譬喻運
作。接著「夜色澄鮮，漏聲迢遞」兩句形容夜色清朗明麗，並以計時
漏壺的滴水聲能夠傳達很遠的地方反襯夜晚的寧靜。此處寓含「夜晚
是有色物」（夜色＞澄鮮）以及「聲音是移動物」（漏聲＞迢遞）的譬
喻蘊涵。接下來「南極星中，有老人呈瑞」兩句透過「群星是容器」
（老人星是內容物）的譬喻蘊涵，表達在南方群星中，有象徵壽昌的
老人吉星出現的吉兆。「此際宸游」則意謂皇帝趁這美好寧靜又吉祥
的夜晚巡遊，「宸游」〔註46〕即皇帝出遊，寓含「住所代居住者」的
轉喻運作。接著「鳳輦何處，度管絃清脆」兩句，意指隨著皇帝車駕
所到之處，都有清脆悅耳的音樂聲。此處以「鳳輦」代指皇帝是「車

〔註46〕　見薛瑞生著，《柳永別傳》，頁288：「宸游」謂皇帝出遊。宸，北極
　　　　　星所在為宸，後借用為皇帝所居，又引申為王位帝王的代稱。

駕代乘坐者」的轉喻運作；以「管絃」代指所有樂器則是「部分代整
體」的轉喻運用。接著「太液波翻」指皇帝巡遊時所見禁苑池沼水波
蕩漾的美景，以漢代太液池代稱禁苑池沼，是「以古名代今名」的轉
喻運作。最後兩句「披香簾捲，月明風細」描寫皇帝結束巡遊，回到
禁苑宮殿並捲起玉簾，殿外風和月明一片祥和的太平景象，此處仍可
見以漢代披香殿代指禁苑宮殿的「以古名代今名」之轉喻運作軌跡。
其詳細譬喻來源域考察如下表所示：

### 表 4-2-16　柳永〈醉蓬萊〉詞下片的譬喻來源域考察

| 來源域 | 概念譬喻 | 角度攝取 | 語言表達式 | 目標域 | 譬喻類型 |
|---|---|---|---|---|---|
| 具體物件 | 抽象化具體 | 太平盛世＞具體可面對之物 | 正值昇平 | 太平盛世 | 實體譬喻 |
| 昇平之世 | 向上是好 | 昇平之世＞太平盛世 | 正值昇平 | 太平盛世 | 結構譬喻 |
| 萬幾 | 事務代管理者 | 萬幾＞皇帝 | 萬幾多暇 | 皇帝 | 轉喻 |
| 具體物件 | 抽象化具體 | 閒暇＞具體可數之物 | 萬幾多暇 | 閒暇 | 實體譬喻 |
| 有色物 | 夜晚是有色物 | 夜色＞澄鮮 | 夜色澄鮮 | 夜晚 | 實體譬喻 |
| 移動物 | 聲音是移動物 | 漏聲＞迢遞 | 漏聲迢遞 | 聲音 | 實體譬喻 |
| 容器 | 群星是容器 | 群星＞容器、老人星＞內容物 | 南極星中，有老人呈瑞 | 群星 | 結構譬喻 |
| 宸 | 住所代居住者 | 皇帝居所＞皇帝 | 此際宸游 | 皇帝 | 轉喻 |
| 鳳輦 | 車駕代乘坐者 | 皇帝車駕＞皇帝 | 鳳輦何處 | 皇帝 | 轉喻 |
| 管絃 | 部分代整體 | 管絃樂器＞所有樂器 | 度管絃清脆 | 樂器 | 轉喻 |

| 太液 | 以古名代今名 | 漢代太液池＞禁苑池沼 | 太液波翻 | 禁苑池沼 | 轉喻 |
|------|------------|------------------|--------|--------|------|
| 披香 | 以古名代今名 | 漢代披香殿＞禁苑宮殿 | 披香簾捲 | 禁苑宮殿 | 轉喻 |

## 第三節　柳永的歌妓豔情詞

　　柳永《樂章集》中描寫與歌妓相關的詞作佔了一半以上,「一部《樂章集》,贈妓、詠妓、狎妓之詞俯拾即是,直接寫男女交媾始末之詞亦不止一見。」〔註47〕這一方面因為柳永科場不順,48 歲未中進士之前大多混跡在妓院紅樓,以替歌妓寫詞討潤筆謀生。宋・陳師道《後山詩話》即云:「柳三變游東都南北二巷,作新樂府,骫骳從俗,天下詠之」〔註48〕。「所謂『南北二巷』,即北里南曲、北曲,為名妓聚居之地,柳詞中提到的名妓即有師師、秀香、瑤卿、安安、蟲蟲、香香、冬冬、楚楚、寶寶、心娘、佳娘、酥娘等多至十八個。」〔註49〕另一方面則是北宋民間經濟發達,妓館酒樓林立,加上統治者的喜好與提倡,朝廷又重文輕武特別優寵文臣,宴會酒席請名妓陪坐佐酒儼然成為一種流行時尚。大勢所趨,「不僅有營妓(亦稱官妓)、私妓(亦稱露臺妓),還有家妓。不要說大官,即使是如知縣之類的小官,養家妓者亦不在少數。」〔註50〕而詞這種文體初始亦不過就是「遞葉葉之花箋,文抽麗錦」〔註51〕以交給歌女們「舉纖纖之玉手,拍按香檀」〔註52〕表演歌唱之用的,因此文人與詞與歌妓便有了相互間的關聯。就如一些名臣名相像晏殊、歐陽修、蘇東坡等也都有與妓

〔註47〕 見薛瑞生著,《柳永別傳》,頁 94。
〔註48〕 見清・何文煥輯,《歷代詩話・後山詩話》(北京:中華書局,1982年 8 月),頁 311。
〔註49〕 見薛瑞生著,《柳永別傳》,頁 94。
〔註50〕 見薛瑞生著,《柳永別傳》,頁 94。
〔註51〕 見唐・歐陽炯《花間集序》,集於清・董誥等編,《全唐文》(北京:中華書局,1983 年 11 月),卷 891,頁 9305～9306。
〔註52〕 見唐・歐陽炯《花間集序》。

女相關的詞作流傳。薛瑞生認爲同樣都寫妓情詞，別人寫沒事，柳永卻因此留下罵名，原因在於：

> 所不同者蓋有三：一爲別人寫得雅而蘊，柳永寫得俗而顯；二爲別人寫後即「自掃其跡，曰譴浪遊戲而已也」，柳永卻不「自掃其跡」或不能掃其跡，因其詞「骫骳從俗，天下詠之」，又經妓女傳唱，國人皆知，所謂「凡有井水飲處，即能歌柳詞」，即欲「自掃其跡」而不能；三爲別人寫得少，柳永寫得多。如此而已。〔註53〕

柳永既與歌妓關係密切，其妓情詞創作量多，傳播又快速廣遠，自然難以完全「自掃其跡」以防杜別人悠悠之口，最終只能落得「詞語塵下」之譏評而無力扭轉當時文人對他這種負面的刻板印象。事實上，柳永眾多妓情詞中，其內容大多爲讚妓、狎妓、妓戀與戀妓之詞〔註54〕，其中或許還混雜了一些他與妻妾或情人的戀愛作品，眞正寫得露骨的淫媟之詞並不算太多，頂多是十餘首而已，但這類詞數量雖少卻影響深遠，柳永的妓情詞也因此而遭受低俗的負面評價。正如薛瑞生所言，「即使對柳永之妓女詞，亦當作具體分析，不能一概否定」〔註55〕，以下即將柳永之妓情詞概分爲讚妓詞、狎妓詞、妓戀詞與戀妓詞等類，並試將柳永與妻妾或情人的愛情詞從妓情詞中抽離出來以分別論之。

## 一、柳永愛情詞〔註56〕之例

在柳永的詞作中豔情詞佔了很大一部份，後人也多對他這類詞作抱持較負面的評價。但不可否認的，柳永被歸入豔情詞的詞作之中，不可能全都是冶遊、狎妓的作品，其中有一部份應是他戀愛的眞實經

---

〔註53〕 見薛瑞生著，《柳永別傳》，頁94～95。
〔註54〕 對柳永妓情詞的分類大體如此，見薛瑞生著，《柳永別傳》，頁95。
〔註55〕 見薛瑞生著，《柳永別傳》，頁95。
〔註56〕 此處愛情詞所指爲柳永與其妻妾或情人之戀情，對象不限歌妓，惟此類詞多混入其妓情詞中，在更多證據出現之前，本論文仍於柳永妓情詞中別分一類以論之。

驗，甚至是與其妻子相關的作品，薛瑞生即云「在宋代詞人中，詠妓詞之多、之濫，恐以柳永爲著。正由於此，柳永之愛情詞，反而不爲人所留意，甚至將其愛情詞亦當作妓女詞」〔註57〕，之所以如此，「蓋在於柳永坦誠多而含蓄少，心中想之，言必由之。無論是愛情詞還是妓女詞，凡及床第之事，均好實事實寫，實話實說」〔註58〕，這也就難怪眾人會將之雜混在一起而不分了。據薛瑞生的考證，柳永似在十六歲左右即成婚：

> （柳永）約十六七歲成婚，婚後不久因與妻子感情破裂而遠遊錢塘與湖南、湖北，歸汴京後一二年間，其妻即去世。
> 柳詞中固多妓女詞，然愛情詞亦復不少。〔註59〕

因此本節所析論之妓情詞，雖以柳永與歌妓相關的戀情爲主，實際還包括他早期的戀愛經驗在內，應該分別以觀。此處先以「似可視爲（柳永）新婚後詠妻之作」〔註60〕的《玉女搖仙佩》爲例。

## （一）玉女搖仙佩（佳人）

> 飛瓊伴侶，偶別珠宮，未返神仙行綴。取次梳妝，尋常言語，有得幾多姝麗。擬把名花比。恐旁人笑我，談何容易。細思算，奇葩艷卉，惟是深紅淺白而已。爭如這多情，占得人間，千嬌百媚。　　須信畫堂繡閣，皓月清風，忍把光陰輕棄。自古及今，佳人才子，少得當年雙美。且恁相偎倚。未消得、憐我多才多藝。願嬭嬭、蘭心蕙性，枕前言下，表余心意。爲盟誓。今生斷不孤鴛被。

這首詞描寫的對象是一位美貌的佳人。這位佳人是指誰呢？有人認爲應該是一位風塵女子：「從敘寫的情事看，這首詞的女主人公很可能是一位風塵女子」〔註61〕，但薛瑞生認爲詞中的佳人應是柳永的妻子：

〔註57〕 見薛瑞生著，《柳永別傳》，頁55。
〔註58〕 見薛瑞生著，《柳永別傳》，頁55。
〔註59〕 見薛瑞生著，《柳永別傳》，頁5。
〔註60〕 見薛瑞生著，《柳永別傳》，頁55。
〔註61〕 見葉嘉瑩主編，顧之京、姚守梅、耿小博編著，《柳永詞新釋輯評》（北京：中國書店，2005年1月），頁5～6。

> 從全詞描寫來看，這位神仙品流的女子，顯然是柳永之妻，
> 若仍謂其爲妓女，則「取次梳妝，尋常言語」兩句難以索
> 解，哪有妓女不事濃妝豔抹呢？且妓女詞多色藝並及，而
> 此詞卻單寫色而已。但卻因下闋寫得露了些，通常被人誤
> 以爲妓女詞了。〔註62〕

姑不論這闋詞中的佳人是否確實爲柳永之妻，詞中所歌詠的對象必定
是一位美女無疑。我們且看柳永的描述，他先把這位佳人比擬成仙女
許飛瓊的伴侶，是一位「偶別珠宮、未返神仙行綴」、暫時流落在人
間的美麗仙女。即便是隨意的裝扮與尋常的言語，都令人覺得姝麗無
比，眞可說是麗質天生的天然佳麗。其概念融合網絡如圖 4-3-1 所示。

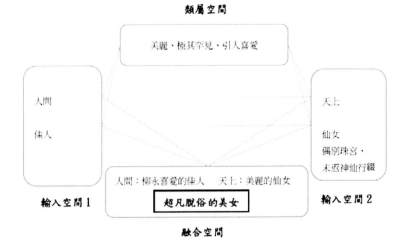

**圖 4-3-1　柳永〈玉女搖仙佩（佳人）〉的概念融合網絡 1**

從概念譬喻二域映射的角度來看，全詞的主要概念譬喻爲「佳人
是仙女」，從來源域「仙女」向目標域「佳人」映射。在這個主要的
常規譬喻底下，上片延伸出「佳人是到人間旅行的仙女」與「人間是
仙女的旅遊地」兩個概念譬喻。

---

〔註62〕　見薛瑞生著，《柳永別傳》，頁 56。

表 4-3-1　柳永〈玉女搖仙佩〉詞上片「佳人是仙女」的
　　　　　譬喻映射

| 來源域：仙女 | 譬喻映射 | 目標域：佳人 |
|---|---|---|
| 外表 | | 美貌 |
| 生活地（仙界珠宮） | | 人間不應有 |
| 氣質：凡人所無 | | 超凡脫俗 |
| 異能：青春不老 | | 青春年少 |

　　首先在「佳人是到人間旅行的仙女」的譬喻運作之下，詞人把詞中的佳人比擬成仙女許飛瓊的伴侶，是一位「偶別珠宮、未返神仙行綴」，也就是偶然離開仙界珠宮來到人間，並暫時滯留在人間的美麗仙女。在這「佳人是仙女」的譬喻蘊涵作用下，佳人的妍麗當然是可想而知的，即便是隨意的裝扮與尋常的言語，都令人覺得姝麗無雙，果然是麗質天生的仙界佳麗。

　　接著，「擬把名花比。恐旁人笑我，談何容易」幾句，是詞人想以名花來比擬這位美麗的佳人，卻又怕旁人笑話。再「細思算」，就算是妖豔非凡的「奇葩豔卉」，在詞人眼中也只是徒具「深紅淺白」的彩色物象而已，怎比得上這位佔得人間千嬌百媚而又多情的美女？在這裡，詞人不但活用了「美女是花」的譬喻，更將美女與花兩個輸入空間在融合空間合成為「花不如人」、「人比花嬌」的新穎概念，如圖 4-3-2 所示。

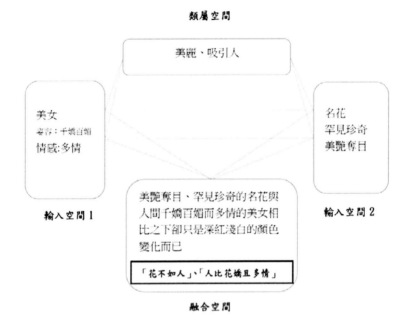

類屬空間

美麗、吸引人

美女
姿容：千嬌百媚
情感：多情

名花
罕見珍奇
美艷奪目

輸入空間 1

美艷奪目、罕見珍奇的名花與
人間千嬌百媚而多情的美女相
比之下卻只是深紅淺白的顏色
變化而已

「花不如人」、「人比花嬌且多情」

輸入空間 2

融合空間

圖 4-3-2　柳永〈玉女搖仙佩（佳人）〉的概念融合網絡 2

其詳細的譬喻來源域考察如表 4-3-2 所示。

表 4-3-2　柳永〈玉女搖仙佩〉詞上片的譬喻來源域考察

| 來源域 | 概念譬喻 | 角度攝取 | 語言表達式 | 目標域 | 譬喻類型 |
|---|---|---|---|---|---|
| 旅行 | 人生是旅行 | 佳人是到人間旅行的仙女 | 飛瓊伴侶，偶別珠宮，未返神仙行綴 | 人生 | 結構譬喻 |
| 仙女 | 佳人是仙女 | 佳人＞許飛瓊的女伴；居住在仙境 | 飛瓊伴侶，偶別珠宮，未返神仙行綴 | 佳人 | 實體譬喻 |
| 狀態 | 行爲即狀態 | 梳妝＞梳妝後的模樣 | 取次梳妝，尋常言語 | 行爲 | 結構譬喻 |
| 狀態 | 行爲即狀態 | 言語＞言語的儀態 | 取次梳妝，尋常言語 | 行爲 | 結構譬喻 |
| 具體物 | 抽象化具體 | 美麗＞可計算之具體物 | 有得幾多姝麗 | 美麗 | 實體譬喻 |

| 花 | 佳人是花 | 美貌＞花朵鮮麗 | 擬把名花比 | 佳人 | 實體譬喻 |
|---|---|---|---|---|---|
| 奇葩艷卉 | 部分代整體 | 葩（花）、卉（草）＞全體植物 | 奇葩艷卉 | 全體植物 | 轉喻 |
| 深紅淺白 | 部分代整體 | 深紅淺白＞花的顏色 | 惟是深紅淺白而已 | 色彩繽紛的物象 | 轉喻 |
| 容器 | 花色是容器 | 花色濃淡＞容器深淺 | 惟是深紅淺白而已 | 花色 | 實體譬喻 |
| 多情 | 特徵代人 | 多情＞多情的女子 | 爭如這多情 | 多情的女子 | 轉喻 |
| 戰爭 | 選美是戰爭 | 選美是戰爭；嬌媚＞佔領物 | 占得人間，千嬌百媚 | 選美 | 結構譬喻 |
| 具體物 | 抽象化具體 | 嬌媚＞可佔領之具體物 | 占得人間，千嬌百媚 | 嬌媚 | 實體譬喻 |

　　下片，描寫詞人與佳人在一起時的恩愛深情，主要的概念譬喻是「美好愛情是才子與佳人的結合」。由來源域：才子與佳人的結合向目標域：美好愛情映射。以下為其來源域向目標域映射的譬喻映射方向：

### 表4-3-3　柳永〈玉女搖仙佩〉詞下片「美好愛情是才子與佳人的結合」的譬喻映射

| 來源域：才子與佳人的結合 | 譬喻映射 | 目標域：美好愛情 |
|---|---|---|
| 才子（多才多藝） | | 郎才 |
| 佳人（蘭心蕙性） | | 資質聰慧格調高雅 |
| 當年雙美、相偎相依 | | 主角相遇並相愛 |
| 為盟誓，今生斷不孤鴛被 | | 白首偕老、永浴愛河 |

　　在「美好愛情是才子與佳人的結合」的譬喻蘊涵底下，下片先

寫「畫堂繡閣，皓月清風」這樣的良辰美景、怎忍把這樣的美好時光輕易拋棄呢？其中「忍把光陰輕棄」含有「時間是有價物」的概念譬喻蘊涵。詞人接著自詡從古到今，少有年紀相當的才子佳人，能夠相聚及相伴並「恁相偎倚」，其中「從古到今」一句，含有「時間是旅行」的譬喻蘊涵；更加難得的是佳人能夠欣賞並珍惜詞人的多才多藝。面對這樣難得的紅粉知己，詞人鄭重地許下諾言：「今生斷不孤鴛被」！值得一提的是，詞中所提到的「才子佳人」這樣的愛情觀，多受到現代學者的讚揚。如：張惠民：「柳永的理想和愛情是才子佳人式的雙美遇合，如〈玉蝴蝶〉：『美人才子，合是相知。』〈玉女搖仙佩〉：『自古及今，佳人才子，少得少年雙美。』這種世俗平民化的愛情理想和愛情模式，我們不能低估它對後世封建社會文人才子文化心態的巨大影響，從後世以佳人才子為內容的散曲、戲劇、小說中，都可以看到它們的精神聯繫。」〔註63〕、「柳永在這首詩中提出了一種進步的愛情觀，即『才子佳人』式的愛情模式。作為一種新興的、有進步色彩的社會意識，這種愛情模式衝破了封建的門第觀念，衝破了傳統的『父母之命，媒妁之言』婚姻制度，對後世產生了很大的影響。」〔註64〕、以及程千帆、吳新雷：「柳永的詞就是這樣替市民群眾唱出了共同的心聲。以郎才女貌的要求替代了門當戶對的標準，以熱烈而細膩的、少所顧忌的描寫替代了含蓄的作風，乃是這些作品的特色。」〔註65〕。

下圖為「才子佳人」在柳永這首詞中的概念融合網絡：

---

〔註63〕 見張惠民，《宋代詞學審美理想》（北京：人民文學出版社，1995 年）。

〔註64〕 見葉嘉瑩主編，顧之京、姚守梅、耿小博編著，《柳永詞新釋輯評》（北京：中國書店，2005 年 1 月），〈玉女搖仙佩〉（飛瓊伴侶）詞講解，頁 6。

〔註65〕 見程千帆、吳新雷，《兩宋文學史》（上海：上海古籍出版社，1998年）。

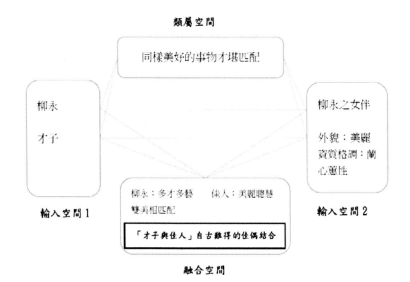

圖 4-3-3　柳永〈玉女搖仙佩（佳人）〉的概念融合網絡 3

這首詞下片詳細的譬喻來源域考察如表 4-3-4 所示。

表 4-3-4　柳永〈玉女搖仙佩〉詞下片的譬喻來源域考察

| 來源域 | 概念譬喻 | 角度攝取 | 語言表達式 | 目標域 | 譬喻類型 |
|---|---|---|---|---|---|
| 有價物 | 時間是有價物 | 光陰＞不能輕棄 | 忍把光陰輕棄 | 時間 | 實體譬喻 |
| 旅行 | 時間是旅行 | 自古到今＞從出發點到目的地 | 自古及今 | 時間 | 結構譬喻 |
| 美好愛情 | 才子與佳人的結合是美好愛情 | 佳人才子＞難得的當年雙美 | 佳人才子，少得當年雙美 | 才子與佳人的結合 | 結構譬喻 |
| 具體物 | 抽象化具體 | 才藝＞可以計數之具體物件 | 憐我多才多藝 | 才藝 | 實體譬喻 |
| 植物 | 女子是植物 | 好女子＞香花香草 | 願嬋嬋、蘭心蕙性 | 女子 | 實體譬喻 |

| 言下 | 部分代整體 | 說話＞說話的內容 | 枕前言下 | 說話的內容：心意 | 轉喻 |
|------|-----------|-----------------|---------|-----------------|------|
| 鴛被 | 物品代使用者 | 鴛被＞同睡在鴛被下的人 | 今生斷不孤鴛被 | 鴛被下的人 | 轉喻 |

## （二）駐馬聽

> 鳳枕鸞帷。二三載，如魚似水相知。良天好景，深憐多愛，
> 無非盡意依隨。奈何伊。恣性靈、忒煞些兒。無事孜煎，
> 萬回千度，怎忍分離。　　而今漸行漸遠，漸覺雖悔難追。
> 漫恁寄消息，終久奚爲。也擬重論繾綣，爭奈翻覆思維。
> 縱再會，只恐恩情，難似當時。

這闋詞很明顯敘寫的是柳永的愛情經驗，雖無法確指所描寫的對象究竟是柳永的妻妾或是情人，但可確定這首〈駐馬聽〉並非是與歌妓相關的妓情詞：

> 然此詞卻絕非在遠途中思念妓女，因妓女之與狎客，決不
> 會「恣性靈、忒煞些兒。無事孜煎」的。且妓女與狎客爲
> 露水夫妻，若寫妓女，首三句亦不應謂「鳳枕鸞帷。二三
> 載，如魚似水相知。」……〔註66〕

這首詞是詞人追念往日的一段愛情之作，起初雙方恩愛多憐、「盡意依隨」，令這段「如魚似水相知」般深厚的感情持續達三年之久，隨後因女方愛耍小性子、「恣性靈」得過分了些，使得雙方如膠似漆的感情生變，雖欲挽回，奈何嫌隙擴大，最終兩人「漸行漸遠」、「雖悔難追」。薛瑞生細審詞意認爲詞中所寫爲柳永新婚三年與其妻失和之事：

> 詞謂「鳳枕鸞帷。二三載，如魚似水相知」，點明柳永此次
> 遠遊，在其婚後「二三載」。復以國人用語習慣原之，謂「二
> 三載」者，則必爲「三載」而非「二載」；若爲二載者，則
> 必言「一二載」而不謂「二三載」。準此，則知柳永此次遠

---

〔註66〕 見薛瑞生著，《柳永別傳》，頁 59。

遊在其婚後三年。三年少年夫妻，其感情則「如魚似水相知」，可謂琴瑟和諧。但在這三年間，柳永對妻子是「盡意依隨」；而妻子對柳永則「恣性靈、忒煞些兒。無事孜煎」。「雖悔難追」，從上下文判斷，此當指其妻子而非柳永。「而今」四句，意謂既然你當初放縱性情，如今我已離開，即使追悔，又不斷寄信來，又有什麼用處呢？看來柳永與妻子確曾有過裂痕，至於這裂痕是否如此詞所說，乃純粹因妻子「恣性靈、忒煞些兒。無事孜煎」，抑或是柳永在妓女叢中廝混太甚而引起妻子不滿，未能確知。或此，或彼，或彼此兼之。從詞中考察，這次裂痕恐已非淺，因詞又謂「也擬重論繾綣，爭奈翻覆思維。縱再會，只恐恩情，難似當時。」據此詞可知，柳永南游錢塘，雖係「以文會友」，但亦與妻子感情不和有關。〔註67〕

總之，這首詞可能是寫柳永與其妻新婚後感情生變的實際感懷，詞中主要的概念譬喻是「婚姻是旅行」、「戀愛是旅行」。由來源域：旅行向目標域：婚姻或戀愛映射。以下為其來源域向目標域映射的譬喻映射方向：

表 4-3-5　柳永〈駐馬聽〉詞「婚姻是旅行」、「戀愛是旅行」的譬喻映射

| 來源域：旅行 | 譬喻映射 | 目標域：婚姻或戀愛 |
|---|---|---|
| 旅行者 | | 夫妻或戀人 |
| 旅行的目的地 | | 白首偕老 |
| 旅行所經的途徑 | | 經營愛情或婚姻的手段 |
| 旅程中的障礙 | | 感情、婚姻生變 |
| 旅行的嚮導 | | 愛情或婚姻顧問 |
| 旅行距離的進步 | | 感情的進展 |
| 地標 | | 判斷進展的標準 |

〔註67〕　見薛瑞生著，《柳永別傳》，頁 59～60。

| 十字路口、岔路 | 愛情或婚姻的抉擇 |
|---|---|
| 旅行的糧食、物品 | 經濟或物質基礎 |

在主要概念譬喻「婚姻是旅行」、「戀愛是旅行」的運作下，這闋詞的上片一開始充滿「愛情之旅」的歡樂——兩人「如魚似水相知」，旅途上「良天好景」的美麗風光，一路上「深憐多愛」、「盡意依隨」。奈何順利的情路遇上了意外的障礙，因為「伊」「恣性靈」放縱性情、耍小性子「忒煞些兒」，使得原本平順的旅程平地生波，「無事孜煎」又「萬回千度」，雖然兩人仍不願驟然放棄這段感情，但就算不忍分離，同行的情路走來已有些顛簸，不再平順了。這首〈駐馬聽〉上片詳細的譬喻來源域考察如表 4-3-6 所示。

### 表 4-3-6　柳永〈駐馬聽〉詞上片的譬喻來源域考察

| 來源域 | 概念譬喻 | 角度攝取 | 語言表達式 | 目標域 | 譬喻類型 |
|---|---|---|---|---|---|
| 房中物 | 物件代地點 | 鳳枕鴛帷＞洞房 | 鳳枕鴛帷 | 洞房 | 轉喻 |
| 鴛鳳 | 夫妻是鴛鳳 | 鳳鴛＞夫妻 | 鳳枕鴛帷 | 夫妻 | 實體譬喻 |
| 魚和水 | 夫妻、戀人是魚和水 | 夫妻、戀人＞像魚和水般互相依存 | 如魚似水相知 | 夫妻或戀人 | 結構譬喻 |
| 良天好景 | 相處的美好是環境的美好 | 良天好景＞相處的美好 | 良天好景 | 相處的美好 | 結構譬喻 |
| 具體物 | 抽象化具體 | 憐愛＞具體物件 | 深憐多愛 | 憐愛 | 實體譬喻 |
| 容器 | 情感是容器 | 憐＞容器；憐愛＞憐深 | 深憐多愛 | 情感 | 實體譬喻 |
| 旅行 | 婚姻或戀愛是兩人相伴的旅行 | 婚姻或戀愛＞相伴依存的旅行 | 無非盡意依隨 | 婚姻或戀愛 | 結構譬喻 |

　　下片詞人描寫兩人情路波折下，漸行漸遠，雖然懊悔卻有怕難以再回復往日感情之感傷。下片延續主要的概念譬喻「婚姻是旅行」、「戀愛是旅行」並由此進一步延伸出「分手是旅行」、「分手是方向相反的旅行」之譬喻蘊涵。其來源域向目標域映射的譬喻映射方向如下表所示：

表 4-3-7　柳永〈駐馬聽〉詞下片「分手是方向相反的旅行」的譬喻映射

| 來源域：旅行 | 譬喻映射 | 目標域：分手 |
|---|---|---|
| 旅行者 | | 夫妻或戀人 |
| 旅行的目的地 | | 分手 |
| 旅行所經的途徑 | ⟹ | 分手的手段 |
| 旅行距離的進步 | | 分手的進展 |
| 地標 | | 判斷進展的標準 |
| 十字路口、岔路 | | 分手的抉擇 |

　　在「分手是旅行」、「分手是方向相反的旅行」之譬喻運作下，詞人於下片開頭先表明兩人的感情之旅已經分途，如今各自朝完全相反的方向前進，而且「漸行漸遠」。接著在「愛情是賽跑」的概念譬喻底下，詞人透過賽跑的概念強調兩人的愛情長跑，間隔距離遠到可說是「漸覺雖悔難追」的地步了。只是，「難追」和追不回的除了是人之外，也有可能是指那段美好的感情，也就是說，「漸覺雖悔難追」一句，也可以是「情感是移動物」的概念譬喻運用。情路走到這步田地，就算對方不斷捎來訊息，作用終究有限。詞人自己呢？雖然也曾打算重修舊好，但經過反覆思量，縱使情路上還能再相會，恐怕感情也很難再回到當時。總之，這段分手之旅已經無法回頭了。下片詳細的譬喻來源域考察如表 4-3-8 所示。

表 4-3-8　柳永〈駐馬聽〉詞下片的譬喻來源域考察

| 來源域 | 概念譬喻 | 角度攝取 | 語言表達式 | 目標域 | 譬喻類型 |
|---|---|---|---|---|---|
| 旅行 | 分手是旅行 | 分手＞方向相反的旅行；兩人漸行漸遠 | 而今漸行漸遠 | 分手 | 結構譬喻 |
| 賽跑 | 愛情是賽跑 | 失去感情＞跑步競賽追不上對方 | 漸覺雖悔難追 | 愛情 | 結構譬喻 |
| 移動物 | 情感是移動物 | 失去的情感＞難以追回 | 漸覺雖悔難追 | 情感 | 實體譬喻 |
| 繾綣 | 相處狀態代相處時間 | 繾綣＞纏綿恩愛之時 | 也擬重論繾綣 | 恩愛之時 | 轉喻 |
| 物件 | 思想是平面物件 | 思維＞翻覆 | 爭奈翻覆思維 | 思想 | 實體譬喻 |

## （三）八六子

如花貌。當來便約，永結同心偕老。爲妙年、俊格聰明，凌厲多方憐愛，何期養成心性近，元來都不相表。漸作分飛計料。　　稍覺因情難供，恁殛惱。爭克罷同歡笑。已是斷絃尤續，覆水難收，常向人前誦談，空遣時傳音耗。漫悔懊。此事何時壞了。

「此詞詠懷一段失敗的感情經歷。也可以說是感情失敗後對這一段經歷的回想與反省，主人公很可能就是詞人自己。」〔註68〕也就是說，這首詞所描寫的應該就是柳永自己眞實的感情經驗。薛瑞生則認爲詞中所寫當是柳永與其妻感情破裂之事：

此闋應緊接前闋，爲出京不久所作。詞所反映之感情特別複雜；既怨妻，亦怨己；既責妻，又責己。看來柳永的妻子是位非凡的美女，柳永於詞中每每提及。然而與封建社

---

〔註68〕　見葉嘉瑩主編，顧之京、姚守梅、耿小博編著，《柳永詞新釋輯評》，〈八六子〉（如花貌）詞講解，頁 374。

> 會對女子所謂「賢」的要求似乎差了些，矛盾也似乎鬧得
> 不小，以至於「漸作分飛計料」，「已是斷絃尤續，覆水難
> 收」，幾乎不可收拾了。然而鬧過之後卻又「時傳音耗」，
> 柳永自己也「漫悔懊」，反問自己「此事何時壞了」。所謂
> 打不散的夫妻，於此可見一斑。〔註69〕

這首詞述及男女感情破裂的內容與前首〈駐馬聽〉（鳳枕鸞帷）感懷
雙方失和的詞意頗為類似，且所寫情狀也近似夫妻之情，薛瑞生之言
有其根據。惟我們若不指實詞中所言即為柳永之妻，只看作是詞人的
一段失敗但又難捨之戀愛經驗也並無不可。

　　從認知譬喻的角度來看，這首詞上片的主要概念譬喻是「夫妻是
雙飛鳥、分手是分飛」。從來源域：雙飛鳥向目標域：夫妻映射，其
譬喻映射過程如下表所示：

### 表 4-3-9　柳永〈八六子〉詞上片「夫妻是雙飛鳥、分手是分飛」的譬喻映射

| 來源域：雙飛鳥 | 譬喻映射 | 目標域：夫妻 |
|---|---|---|
| 共築愛巢 | ⟹ | 新婚 |
| 比翼雙飛、雙宿雙飛 | | 夫妻恩愛 |
| 各自單飛 | | 感情破裂 |
| 分飛、勞燕分飛 | | 分手、離散 |

　　詞一開頭，詞人以「人是植物、美女是花」的概念譬喻讚嘆他的
伴侶有著花朵般的美貌。接著「當來便約，永結同心偕老」兩句，意
謂在女伴來到後，兩人就約好要恩愛同心，一起終老。其中除以「心
代人」的轉喻，透過「永結同心」表達兩人永遠不分離之外，也寓含
「愛情是旅行」與「愛情是契約」的譬喻蘊涵。再來「為妙年、俊格
聰明，凌厲多方憐愛」幾句，其中「為妙年」意謂愛侶初來，正值青
春年華，是以「年齡代人」的轉喻；「俊格聰明」則是以「特徵代人」

---

〔註69〕　見薛瑞生著，《柳永別傳》，頁 60～61。

的轉喻，指出她既俊俏又聰明的特徵；「凌厲多方憐愛」則透過「能力代人」的轉喻形容她辦事利索，因此得到眾人（「多方」，以「方向代人」的轉喻）的憐愛。接下來「何期養成心性近，元來都不相表」兩句是一個轉折，意思是說原本俊俏聰明、處事明捷利索受人喜愛的愛侶，不知怎地養成了褊狹的小性兒，和原先的性格大不相同。其中「養成心性近」以「心性」代指人的行爲個性，屬於「部分代整體」的轉喻運作；而「心性」既是可以「養成」，寓含「人的心性是植物」的譬喻蘊涵。「元來都不相表」意指與原來的個性不相表裡，隱含「人是容器」（有表裡之別，個性爲容器內容物）的譬喻蘊涵。也因爲愛侶的心性改變，使得兩人的感情逐漸生變，不得不「漸作分飛計料」。末句的「分飛」正是上片主要的概念譬喻所在，也就是「夫妻是雙飛鳥、分手是分飛」的譬喻蘊涵。柳永〈八六子〉上片詳細的譬喻來源域考察如表 4-3-10 所示。

表 4-3-10　柳永〈八六子〉詞上片的譬喻來源域考察

| 來源域 | 概念譬喻 | 角度擷取 | 語言表達式 | 目標域 | 譬喻類型 |
|---|---|---|---|---|---|
| 植物 | 人是植物、美女是花 | 外表比擬；女子美貌＞花朵嬌豔 | 如花貌 | 人 | 結構譬喻 |
| 旅行 | 愛情是旅行 | 當來＞旅伴到來 | 當來便約，永結同心偕老 | 愛情 | 結構譬喻 |
| 契約 | 愛情是契約 | 堅定的愛情＞承諾約定 | 當來便約，永結同心偕老 | 愛情 | 結構譬喻 |
| 妙年 | 年齡代人 | 妙年＞青春年少的女子 | 爲妙年 | 青春年少 | 轉喻 |
| 俊格聰明 | 特徵代人 | 俊格聰明＞俊俏聰明的女子 | 俊格聰明 | 俊格聰明之人 | 轉喻 |
| 凌厲 | 能力代人 | 凌厲＞辦事利索的女子 | 凌厲多方憐愛 | 辦事利索之人 | 轉喻 |
| 多方 | 方向代人 | 多方＞各方的人 | 凌厲多方憐愛 | 多人 | 轉喻 |

| 心性 | 部分代整體 | 心性＞人的行為個性 | 何期養成心性近 | 人的行為個性 | 轉喻 |
|---|---|---|---|---|---|
| 植物 | 人的心性是植物 | 心性＞可以培養、養成 | 何期養成心性近 | 心性 | 結構譬喻 |
| 容器 | 人是容器 | 不相表＞內外個性不同 | 元來都不相表 | 人 | 實體譬喻 |
| 雙飛鳥 | 夫妻是雙飛鳥、分手是分飛 | 勞燕分飛＞夫妻（情人）分手 | 漸作分飛計料 | 夫妻 | 結構譬喻 |

　　下片的主要的概念譬喻是「夫妻是琴瑟、夫妻的感情是琴瑟的樂音」，在這概念譬喻底下，詞人感嘆「斷弦尤續」，夫妻的情感難以維持，雖不願割捨，卻有著難以為繼的無奈與懊惱。主要的概念譬喻：「夫妻是琴瑟、夫妻的感情是琴瑟的樂音」，從來源域：琴瑟向目標域：夫妻映射。其譬喻映射過程分別如下表所示：

### 表 4-3-11　柳永〈八六子〉詞下片「夫妻是琴瑟、夫妻的感情是琴瑟的樂音」的譬喻映射

| 來源域：琴瑟 | 譬喻映射 | 目標域：夫妻 |
|---|---|---|
| 琴瑟和鳴 | | 夫妻感情恩愛融洽 |
| 夫妻不和 | → | 琴瑟失調 |
| 斷弦、琴斷朱弦 | | 一般多指喪妻；此指夫妻感情斷絕 |
| 續弦 | | 喪妻後再娶 |

　　上片末句說漸漸有分手的打算，下片開頭兩句表示已稍稍覺得感情難以維持，此事令人極為懊惱。「因情難供」句運用「抽象化具體」將抽象的感情化作具體可維持之物件；「恁殛惱」句的「恁」字在此為代詞「這、這事」的作用，含「方位代事件」的轉喻功能。接著「爭克罷同歡笑」一句，意謂雖然感情難以維持、令人懊惱，卻怎能忘掉在一起的歡樂時光？以「同歡笑」的行為代指「同歡笑」的回憶，是

「行爲代事件」的轉喻運作；加上「同歡笑」的回憶成爲不可罷除的
負擔，也可見得「愛情是包袱」的譬喻蘊涵。接下來「已是斷絃尤續，
覆水難收，常向人前誦談，空遣時傳音耗」幾句，正是下片的主要譬
喻蘊涵所在。詞人藉由古人常用的常規譬喻「夫妻是琴瑟、夫妻的感
情是琴瑟的樂音」，反向操作爲夫妻（情人）的感情斷絕是「斷弦尤
續」；更以「妻子是盆中水、分手的妻子是潑出去的水」的常規譬喻
強調妻子（情人）就如同潑出去的水，已是「覆水難收」、復合無望。
就算常常向人談起、請人時時送來音訊，也已經於事無補。此處「常
向人前誦談」運用「談話代談話內容」的轉喻；而「空遣時傳音耗」
則是將音訊以管道傳輸的管道隱喻運作，前面一個「空」字更表示管
道所傳輸過來的音訊是空的，藉此表示「時傳音耗」是沒有作用的。
最後兩句「漫悔懊。此事何時壞了」，再藉由「愛情是建築物」（愛情
失敗＞建築物毀壞）的概念譬喻〔註70〕，表示自己的懊悔與自責，實
在不明白兩人的甜美愛情到底什麼時候變了質，竟毀於一旦。此詞下
片詳細的譬喻來源域考察如表 4-3-12 所示。

表4-3-12　柳永〈八六子〉詞下片的譬喻來源域考察

| 來源域 | 概念譬喻 | 角度攝取 | 語言表達式 | 目標域 | 譬喻類型 |
|---|---|---|---|---|---|
| 物件 | 抽象化具體 | 抽象感情＞可維持之具體物件 | 稍覺因情難供 | 感情 | 實體譬喻 |
| 恁（這） | 方位代事件 | 恁（這）＞感情失和之事 | 恁殢惱 | 感情失和之事 | 轉喻 |
| 同歡笑 | 行爲代事件 | 同歡笑＞往日共同歡笑的回憶 | 爭克罷同歡笑 | 同歡笑的回憶 | 轉喻 |

〔註70〕 「壞了」若當「餿壞」解，也有可能是「愛情是食物」、「愛情失敗
　　　　是食物變質或腐壞」的概念譬喻蘊涵。

| 包袱 | 愛情是包袱 | 同歡笑的回憶＞不可罷除的負擔 | 爭克罷同歡笑 | 愛情 | 結構譬喻 |
|---|---|---|---|---|---|
| 琴瑟 | 夫妻是琴瑟、夫妻的感情是琴瑟的樂音 | 斷弦尤續＞夫妻（情人）的感情斷絕 | 已是斷絃尤續 | 夫妻 | 結構譬喻 |
| 盆中水 | 妻子是盆中水、分手的妻子是潑出去的水 | 覆水難收＞分手的妻子無法復合 | 覆水難收 | 妻子 | 結構譬喻 |
| 誦談 | 談話代談話內容 | 誦談＞誦談之內容 | 常向人前誦談 | 談話內容 | 轉喻 |
| 傳遞 | 溝通是傳遞 | 音耗＞傳遞 | 空遣時傳音耗 | 溝通 | 管道隱喻 |
| 容器 | 訊息是容器 | 「空」傳音耗＞傳遞的訊息無作用 | 空遣時傳音耗 | 訊息 | 實體隱喻 |
| 建築物 | 愛情是建築物 | 愛情失敗＞建築物毀壞 | 此事何時壞了 | 愛情 | 結構譬喻 |
| 食物 | 愛情是食物 | 愛情失敗＞食物變質餿壞 | 此事何時壞了 | 愛情 | 結構譬喻 |

## （四）安公子

　　夢覺清宵半。悄然屈指聽銀箭。惟有床前殘淚燭，啼紅相伴。暗蔫起、雲愁雨恨情何限。從臥來、展轉千餘徧。恁數重駕被，怎向孤眠不暖。　　堪恨還堪歎。當初不合輕分散。及至厭厭獨自箇，卻眼穿腸斷。似恁地、深情密意如何拼。雖後約、的有于飛願。奈片時難過，怎得如今便見。

這是一首相思之詞，主要描寫詞人因細故便輕易與情人分手的悔恨。詞中是男子自述或為女子代言皆有可能。薛瑞生認為「此詞上闋從思

婦著筆，下闋從行人著筆，將夫妻思別之情，寫得還算深刻。只是顯露了些，此乃柳詞之弊，亦無須強求。詞用《詩經・小雅・鴻雁》典：『鴻雁於飛，肅肅其羽。』顯然是喻夫妻，若以爲此詞亦爲戀妓詞，恐未必妥當。」〔註71〕這首詞是不是寫柳永夫妻，容或需要更多的證據判定，但可以確定的是這首詞並非妓情詞，而是柳永常被忽視的愛情詞之一。

這首〈安公子〉分上下兩片，按前述薛瑞生的說法，上下片係分別寫思婦與行人；若將上下片統一起來，單以思婦甚或行人一人著眼、貫串前後，似也並無不可。這首詞的主要概念譬喻是「夫妻是比翼鳥、分飛是痛苦」。從來源域：比翼鳥向目標域：夫妻映射，其譬喻映射過程如下表所示：

表 4-3-13　柳永〈安公子〉詞「夫妻是比翼鳥、分飛是痛苦」的譬喻映射

| 來源域：比翼鳥 | 譬喻映射 | 目標域：夫妻 |
|---|---|---|
| 共築愛巢 | | 新婚 |
| 比翼雙飛、雙宿雙飛 | | 夫妻恩愛 |
| 分飛、勞燕分飛 | | 夫妻分離 |
| 鳳凰于飛 | | 夫妻和睦 |

在主要的概念譬喻「夫妻是比翼鳥、分飛是痛苦」的運作下，上片主要寫長夜漫漫、孤眠寂寞淒冷的痛苦。開頭首句「夢覺清宵半」，詞人以「夜是旅行」與「夢是昏迷、夢醒是知覺」的概念譬喻，形容在清冷的半夜由夢中醒轉，雖然長夜才過了一半，卻已無法再度入眠。只好「悄然屈指聽銀箭」，也就是在寂寥的靜夜中屈指暗數著滴漏計更的聲音，此處以「屈指」的動作代指「屈指計數」的行為，是「部分代整體」的轉喻運作；同時「聽銀箭」亦以「更漏的銀製指針」

〔註71〕　見薛瑞生著，《柳永別傳》，頁 63。

代指「更漏的聲音」，也是「部分代整體」的轉喻運用。接著「惟有床前殘淚燭，啼紅相伴」兩句，詞人以「蠟燭是人」、「燭淚是人的眼淚」的擬人譬喻，極為傳神地點出孤眠無伴、只有「殘淚燭」相伴的寂寞淒涼與傷感，即連紅燭也掛著淚、啼紅相憐。面對著這樣冷清淒涼的夜晚，不由得「暗惹起、雲愁雨恨情何限」，意即無端惹起像雲層般層層堆積的離愁以及似雨點般連綿不絕的別恨，分離的愁苦可真是無窮又無盡啊！這裡愁恨是可以被招引而來的，具有「愁恨是人」的概念譬喻蘊涵；而「雲愁雨恨」用以形容離愁別恨的層出不窮與連綿不絕，是「離愁是雲層」與「別恨是連綿的雨」的譬喻蘊涵；「情何限」則可見「情感是無限資源」的譬喻蘊涵。既有雲愁雨恨縈懷，如何能入眠？自然是「從臥來、展轉千餘徧」，也就是上了臥榻，卻百轉千迴、怎樣都無法入眠。「從臥來」寓含「睡眠是旅行」的譬喻蘊涵，「展轉千餘徧」則以「翻來覆去的行為」代指「難以入眠的狀態」，是「行為代狀態」的轉喻運作；「千餘徧」是誇飾輾轉千遍，仍久久無法入睡的狀況，是「時間長是行為多」的譬喻運作。末兩句詞人透過「強調是數量多」的譬喻運作，強調就算緊緊地裹住了數重鴛鴦被，但「恁數重鴛被」卻「怎向孤眠不暖」。原來在「分飛是痛苦」的主要譬喻下，孤單的冷寂令他身心俱冷，雖有「數重鴛被」，依然是孤枕無眠。此地以「孤眠」代指「孤眠的人」，是「狀態代人」的轉喻運作。

　　下片在「夫妻是比翼鳥、分飛是痛苦」的譬喻運作下，詞人一開始即以「行為代事件」（堪恨、堪歎＞堪恨、堪歎的事）的轉喻，表明分離是「堪恨還堪歎」的事。並且後悔當時不該輕易地就與愛侶分離，「當初不合輕分散」寓含「婚姻是旅行、分手是分散」的譬喻蘊涵。次兩句「及至厭厭獨自箇，卻眼穿腸斷」藉由「孤獨是疾病」以及「相思是痛苦」的譬喻運作，形容自己一個人病懨懨的，渴望重聚至「眼穿腸斷」的痛苦狀態。夫妻間「似恁地、深情蜜意」如何能夠割捨？「深情蜜意」寓含「感情是容器」與「愛情是甜蜜」的譬喻蘊

涵；「如何拚」意謂如何捨棄，含有「愛情是負擔」的譬喻蘊涵。接著想到「雖後約、的有于飛願」，兩人雖然有日後要鳳凰于飛的約定，卻怎「奈片時難過」，一分一秒都難捱，恨不得「如今便見」。其中「雖後約」寓含「婚姻是契約」的譬喻蘊涵；「于飛願」則是主要概念譬喻「夫妻是比翼鳥」的譬喻蘊涵；「片時難過」則可見「時間是片狀物」（片時＞短時間）的譬喻蘊涵，同時也含有「期待是痛苦」的譬喻蘊涵。這首〈安公子〉詳細的譬喻來源域考察如表 4-3-14 所示。

### 表 4-3-14 柳永〈安公子〉詞的譬喻來源域考察

| 來源域 | 概念譬喻 | 角度攝取 | 語言表達式 | 目標域 | 譬喻類型 |
|---|---|---|---|---|---|
| 昏迷 | 夢是昏迷 | 夢醒＞夢覺 | 夢覺清宵半 | 夢 | 結構譬喻 |
| 旅行 | 夜是旅行 | 清宵半＞半夜 | 夢覺清宵半 | 夜 | 結構譬喻 |
| 屈指 | 部分代整體 | 屈指＞屈指計數 | 悄然屈指聽銀箭 | 屈指計數 | 轉喻 |
| 銀箭 | 部分代整體 | 銀箭＞更漏聲 | 悄然屈指聽銀箭 | 更漏聲 | 轉喻 |
| 人 | 蠟燭是人 | 燭淚＞人的眼淚 | 惟有床前殘淚燭 | 蠟燭 | 實體譬喻 |
| 夥伴 | 物品是夥伴 | 蠟燭＞相伴 | 啼紅相伴 | 蠟燭 | 實體譬喻 |
| 人 | 愁恨是人 | 愁恨＞可招引而至 | 暗惹起、雲愁雨恨情何限 | 愁恨 | 實體譬喻 |
| 雲層 | 離愁是雲層 | 離愁＞層層堆疊的雲 | 暗惹起、雲愁雨恨情何限 | 離愁 | 結構譬喻 |
| 連綿雨 | 別恨是連綿雨 | 別恨＞連綿不絕的雨 | 暗惹起、雲愁雨恨情何限 | 別恨 | 結構譬喻 |
| 無限資源 | 情感是無限資源 | 情何限＞情感無法限量 | 暗惹起、雲愁雨恨情何限 | 情感 | 結構譬喻 |
| 旅行 | 睡眠是旅行 | 從臥來＞想睡以來 | 從臥來、展轉千餘徧 | 睡眠 | 結構譬喻 |

| 展轉千餘徧 | 行為代狀態 | 展轉千餘徧＞無法成眠 | 從臥來、展轉千餘徧 | 無法成眠 | 轉喻 |
|---|---|---|---|---|---|
| 千餘徧 | 時間長是行為多 | 千餘徧＞時間長 | 從臥來、展轉千餘徧 | 時間長 | 結構譬喻 |
| 數重鴛被 | 強調是數量多 | 數重鴛被＞強調被多卻不暖 | 恁數重鴛被 | 強調被多不暖 | 結構譬喻 |
| 孤眠 | 狀態代人 | 孤眠＞孤眠的人 | 怎向孤眠不暖 | 孤眠的人 | 轉喻 |
| 堪恨、堪歎 | 行為代事件 | 堪恨、堪歎＞堪恨、堪歎的事 | 堪恨還堪歎 | 堪恨、堪歎的事 | 轉喻 |
| 旅行 | 婚姻是旅行、分手是分散 | 夫妻分離＞旅行的旅伴分散 | 當初不合輕分散 | 婚姻 | 結構譬喻 |
| 疾病 | 孤獨是疾病 | 獨自箇＞厭厭 | 及至厭厭獨自箇 | 孤獨憂傷 | 結構譬喻 |
| 眼穿腸斷 | 相思是痛苦 | 相思＞眼穿腸斷 | 卻眼穿腸斷 | 相思的情感強度 | 結構譬喻 |
| 容器 | 感情是容器 | 情意多＞情深 | 似恁地、深情蜜意 | 感情 | 實體譬喻 |
| 甜蜜 | 愛情是甜蜜 | 深情蜜意＞愛情甜蜜 | 似恁地、深情蜜意 | 愛情 | 結構譬喻 |
| 負擔 | 愛情是負擔 | 如何拚＞如何捨棄 | 似恁地、深情蜜意，如何拚 | 愛情 | 結構譬喻 |
| 契約 | 婚姻是契約 | 後約＞對以後的約定 | 雖後約、的有于飛願 | 婚姻 | 結構譬喻 |
| 比翼鳥 | 夫妻是比翼鳥 | 夫妻恩愛＞鳳凰于飛 | 雖後約、的有于飛願 | 夫妻 | 結構譬喻 |
| 物件薄 | 時間是片狀物 | 片時＞短時間 | 奈片時難過 | 時間短 | 實體譬喻 |
| 片時難過 | 情感強度即時間快慢 | 時間慢＞心裡難過 | 奈片時難過 | 難過的程度 | 結構譬喻 |

## （五）燕歸梁

> 織錦裁編寫意深。字值千金。一回披玩一愁吟。腸成結、
> 淚盈襟。　　幽歡已散前期遠，無憀賴、是而今。密憑歸
> 雁寄芳音。恐冷落，舊時心。

雖然「此詞究竟是思家抑或戀妓，難以區分。但從用蘇慧織錦回文典看來，似乎以思家爲當，起碼是兩者兼而有之。」〔註72〕也就是說，這首詞所述說的應是詞人收到妻子錦書時的相思與追憶之情。

　　從認知的角度看，這首詞的主要概念譬喻是「妻子的錦書珍貴是藝術珍寶」。此譬喻由來源域 ── 藝術珍寶向目標域 ── 妻子的錦書珍貴映射。其譬喻映射過程如下表所示：

### 表 4-3-15　柳永〈燕歸梁〉詞「妻子的錦書珍貴是藝術珍寶」的譬喻映射

| 來源域：藝術珍寶 | 譬喻映射 | 目標域：妻子的錦書珍貴 |
|---|---|---|
| 藝術家嘔心瀝血的結晶 | | 織錦裁編 |
| 內含創作的意義與眞理 | | 寫意深 |
| 具有形與無形價值 | | 字值千金 |
| 反覆欣賞、令人感動 | | 一回披玩一愁吟 |

　　在主要的概念譬喻「妻子的錦書珍貴是藝術珍寶」運作下，閱讀妻子的錦書就是尋寶的歷程，也就是「閱讀是尋寶」的譬喻運作。上片首句藉由晉・蘇蕙織錦爲《回文璇璣圖》詩以贈其夫竇滔的典故，喻指妻子創作錦書的用心與深意。其中「織錦裁編」以蘇蕙的回文詩喻指妻子的錦書，具「妻子是蘇蕙、柳永是竇滔」的譬喻蘊涵；「裁編」兩字也含有「錦書是藝術創作品」的譬喻蘊涵；「寫意深」則是「信是容器、情意是內容物」的譬喻運作。經過妻子精心裁編而成的藝術珍品，當然是「字值千金」、價值不菲。收到這樣的錦書，就像

---

〔註72〕　見薛瑞生著，《柳永別傳》，頁74。

尋到寶一般，「一回披玩一愁吟」，欣賞之餘，自然是讚歎而又感動。既讚嘆妻子裁編錦書的用心，復感動於信中的深情，相思之下「腸成結、淚盈襟」，這樣的表達寓含「思念是病」與「衣服是容器」的譬喻蘊涵。

　　在思念的悲苦中，詞人透過「歡樂是宴會」的概念譬喻與「未來在前」的方位譬喻，感嘆「幽歡已散前期遠」，也就是說往日的歡樂已如結束的宴會般消散，未來的重聚之日卻遙遙無期。當前只剩下「無僽賴、是而今」了。詞人希望藉由「雁是人」的概念譬喻，請大雁能多多幫忙把書信帶給妻子。以免在「感情是熱」的譬喻蘊涵下，「冷落」並辜負了妻子往日的一片深情。這首〈燕歸梁〉詳細的譬喻來源域考察如表 4-3-16 所示。

### 表 4-3-16　柳永〈燕歸梁〉詞的譬喻來源域考察

| 來源域 | 概念譬喻 | 角度攝取 | 語言表達式 | 目標域 | 譬喻類型 |
|---|---|---|---|---|---|
| 蘇蕙 | 柳永妻子是蘇蕙 | 都用心創作了給丈夫的信 | 織錦裁編寫意深 | 柳永妻子 | 結構譬喻 |
| 藝術創作品 | 書信是藝術創作品 | 織錦裁編＞寫作書信 | 織錦裁編寫意深 | 書信 | 實體譬喻 |
| 容器 | 書信是容器 | 寫意深＞容器內容物多 | 織錦裁編寫意深 | 情意深厚 | 實體譬喻 |
| 珍寶 | 書信是珍寶 | 千金＞寶貴之物 | 字值千金 | 書信 | 實體譬喻 |
| 欣賞藝術品 | 讀信是欣賞藝術品 | 披玩、愁吟＞欣賞感動 | 一回披玩一愁吟 | 讀信 | 實體譬喻 |
| 疾病 | 思念是疾病 | 腸成結＞思念的病 | 腸成結、淚盈襟 | 思念的程度 | 結構譬喻 |
| 容器 | 衣服是容器 | 淚盈襟＞眼淚是容器內容物 | 腸成結、淚盈襟 | 衣服 | 實體譬喻 |

| 淚盈襟 | 情感強度即流淚程度 | 淚盈襟＞情感強烈 | 腸成結、淚盈襟 | 傷感的程度 | 結構譬喻 |
|---|---|---|---|---|---|
| 宴會 | 歡樂是宴會 | 幽歡已散＞宴會已結束、散場 | 幽歡已散前期遠 | 歡樂 | 結構譬喻 |
| 前方 | 未來在前 | 前期遠＞未來的重聚之期遙遠 | 幽歡已散前期遠 | 未來 | 方位譬喻 |
| 旅行 | 相聚是旅行 | 前期遠＞相聚之路遙遠 | 幽歡已散前期遠 | 相聚 | 結構譬喻 |
| 物件 | 抽象化具體 | 無憀賴＞感情沒有寄託 | 無憀賴、是而今 | 感情 | 實體譬喻 |
| 人 | 雁是人 | 雁＞送信者 | 密憑歸雁寄芳音 | 雁 | 實體譬喻 |
| 植物、花 | 人是植物、女子是花 | 芳音＞給妻子的信 | 密憑歸雁寄芳音 | 人、女子 | 實體譬喻 |
| 熱 | 感情是熱、感情差是冷 | 冷落＞感情冷淡 | 恐冷落，舊時心 | 感情 | 結構譬喻 |
| 心 | 整體代部份 | 心＞心中的感情 | 恐冷落，舊時心 | 心中情 | 轉喻 |

## 二、柳永讚妓詞之例

　　柳永寫作妓情詞數量之多可說是宋代詞人之冠，一部《樂章集》中描寫與妓女有關的內容就占了大半以上，這也是柳詞向來被視爲低俗的因素之一。只是，柳永混跡於妓女群中多年，殊無可能一開始即成老手，諒必歷經生澀、老練到歡場老手的階段歷程。這些歡場經歷與他妓情詞的發展過程似可互爲參考，比如單純讚賞妓女的歌技或舞藝而不涉及露骨之情色者，當爲涉足風月場所之初期作品。

　　這些讚妓詞的寫作時間「大約在柳永青少年時之早期，剛剛與妓

女接觸，還不習慣於妓女之倚門賣笑，心中尚無邪念，只為歌妓之色藝所傾倒。故此時之詞，盡管一味狀妓女之色藝，手法也顯得單調一些，卻以其無床笫之事糾纏筆端，讀來亦覺清新可愛。」〔註73〕

### （一）鳳棲梧

> 簾內清歌簾外宴。雖愛新聲，不見如花面。牙板數敲珠一串，梁塵暗落琉璃琖。　桐樹花深孤鳳怨。漸過遙天，不放行雲散。坐上少年聽不慣。玉山未倒腸先斷。

這闋讚妓詞當為柳永少年時期聽歌的經驗。所聽者，應是私人家妓之歌，因為「歌館聽歌，當不致隔簾，蓋為聽私人家妓之歌耳。宋代士人養家妓成風，然柳永應誰人之宴，莫考。」〔註74〕這位歌妓的歌聲十分美妙，令柳永讚嘆又感動。

　　這首詞的內容既然是稱讚歌妓之歌聲，其主要之概念譬喻為「歌聲是物理力」。此譬喻由來源域 —— 物理力向目標域 —— 歌聲映射。其譬喻映射過程如下表所示：

### 表 4-3-17　柳永〈鳳棲梧〉詞「歌聲是物理力」的譬喻映射

| 來源域：物理力 | 譬喻映射 | 目標域：歌聲 |
|---|---|---|
| 力能對物體產生作用（效果） | | 梁塵暗落琉璃琖 |
| 力能傳遞至遠處 | | 漸過遙天 |
| 力能使移動物停止（移動） | | 不放行雲散 |

　　上片首句點明詞人是在隔著簾帷的宴席上聽歌。詞人在簾外聽著由簾內傳來的清亮歌聲，此為以「簾是容器」的概念譬喻，將簾幕區分為內、外兩個區塊。簾幕內的是歌唱者，「清歌」乃是「歌聲

---

〔註73〕　見薛瑞生著，《柳永別傳》，頁95。
〔註74〕　見薛瑞生著，《柳永別傳》，頁95。

代歌唱者」的轉喻運作；「簾外宴」指的是簾幕外參與宴席的賓客，亦爲「地點代使用者」的轉喻運作。他只聞其聲，不見其人。「雖愛新聲」句藉新聲代指新曲，是「部分代整體」的轉喻手法；「不見如花面」除以臉代指歌者是「顯著特徵代整體」的轉喻外，尚可見藉「人是植物、美女是花」的譬喻蘊涵，以形容歌者應是美女的譬喻運作。「牙板數敲」以敲擊牙板的行爲代指聲音，也就是在牙板敲擊的伴奏聲中，歌者的歌聲像「珠一串」般流轉圓潤，以「珠一串」喻指歌聲，是「歌聲是一串珍珠」的譬喻運作。除了珠圓玉潤的美妙歌聲，歌者歌聲的高亢處更展現出驚人的力量。上片末句「梁塵暗落琉璃琖」詞人藉由主要的概念譬喻「歌聲是物理力」，以表現歌者歌聲力量的強大：簾內高亢的歌聲竟能震動簾外梁柱上的灰塵，使之掉落在琉璃製成的酒杯內。

　　下片繼續寫歌聲的力量，開頭「桐樹花深孤鳳怨」一句，意謂歌者哀婉的歌聲正如孤鳳因梧桐開滿花而找不到棲息地時的悲鳴聲一樣地撼動人心。此處歌聲不只是物理的力量，更是能打動人心的魔力，具有「歌聲是魔力」的譬喻蘊涵；「桐樹花深」則具有「花是容器」（花多＞花深）的譬喻蘊涵；「孤鳳怨」則是「歌妓是孤鳳」（歌妓的歌聲＞孤鳳的鳴叫聲）的譬喻運作。接著「漸遏遙天，不放行雲散」兩句，在主要概念譬喻「歌聲是物理力」的作用下，描寫高亢的歌聲像物理力一樣可作用到遙遠的天際，迫使行雲停止移動。這種清越、高亢又哀婉的多變歌聲使得「坐上少年聽不慣」，雖未喝醉，卻已先腸斷。「坐上少年」以少年代指詞人，是「年紀代人」（少年＞詞人）的轉喻運作；「玉山未倒」以玉山隱喻偉男，雖是用典〔註75〕亦含「山是人」的譬喻蘊涵；「腸先斷」則具有「情緒感動是身體受傷/

〔註75〕 見南朝宋・劉義慶編撰；劉孝標原注；蔡素禎、張翠蘭注譯，《世說新語》下卷一四〈容止〉：「……山公曰：『嵇叔夜之爲人也，巖巖若孤松之獨立；其醉也，傀俄若玉山之將崩。』」（台南：漢風出版社，1997 年 10 月），頁 363～364。

感動至極是腸斷」（使人斷腸）的譬喻蘊涵。其詳細的譬喻來源域考察如表 4-3-18 所示。

表 4-3-18　柳永〈鳳棲梧〉詞的譬喻來源域考察

| 來源域 | 概念譬喻 | 角度攝取 | 語言表達式 | 目標域 | 譬喻類型 |
|---|---|---|---|---|---|
| 容器 | 簾是容器 | 具內外分別 | 簾內清歌簾外宴 | 簾 | 實體譬喻 |
| 清歌 | 歌聲代歌唱者 | 清歌＞歌唱者 | 簾內清歌簾外宴 | 歌唱者 | 轉喻 |
| 簾外宴 | 地點代使用者 | 簾外宴＞簾外參與宴會者 | 簾內清歌簾外宴 | 與會者（詞人） | 轉喻 |
| 新聲 | 部分代整體 | 新聲＞新曲 | 雖愛新聲 | 新曲 | 轉喻 |
| 植物、花 | 人是植物、女人是花 | 如花面＞美貌之歌妓 | 不見如花面 | 美女 | 實體譬喻 |
| 臉面 | 顯著特徵代整體 | 面＞歌妓 | 不見如花面 | 人 | 轉喻 |
| 牙板數敲 | 動作代聲音 | 牙板數敲＞敲牙板的聲音 | 牙板數敲珠一串 | 敲牙板的聲音 | 轉喻 |
| 珍珠串 | 歌聲是一串圓潤的珍珠 | 珠一串＞流轉圓潤的歌聲 | 牙板數敲珠一串 | 歌聲婉轉動聽 | 實體譬喻 |
| 物理力 | 歌聲是物理力 | 高亢的歌聲＞震落灰塵之力 | 梁塵暗落琉璃琖 | 歌聲的震撼力 | 結構譬喻 |
| 魔力 | 歌聲是魔力 | 歌聲能使人快樂或難過 | 桐樹花深孤鳳怨 | 歌聲 | 結構譬喻 |
| 容器 | 花是容器 | 花多＞花深 | 桐樹花深孤鳳怨 | 花 | 實體譬喻 |

| 孤鳳怨 | 哀怨的歌聲是孤鳳的鳴聲 | 哀怨的歌聲＞孤鳳的鳴叫聲 | 桐樹花深孤鳳怨 | 哀怨的歌聲 | 實體譬喻 |
|---|---|---|---|---|---|
| 物理力 | 歌聲是物理力 | 歌聲像物理力一樣可作用到遙遠的天際 | 漸遏遙天，不放行雲散 | 歌聲 | 結構譬喻 |
| 物理力 | 歌聲是物理力 | 歌聲之力＞不放行雲散 | 漸遏遙天，不放行雲散 | 歌聲 | 結構譬喻 |
| 坐上少年 | 年紀代人 | 少年＞詞人 | 坐上少年聽不慣 | 詞人 | 轉喻 |
| 習性 | 聽歌是習性 | 聽歌＞聽不慣 | 坐上少年聽不慣 | 聽歌 | 結構譬喻 |
| 玉山 | 人是山、俊偉男子是玉山 | 玉山未倒＞人未醉 | 玉山未倒腸先斷 | 俊偉男子 | 實體譬喻 |
| 腸斷 | 情緒感動是身體受傷／感動至極是腸斷 | 哀婉的歌聲＞使人斷腸 | 玉山未倒腸先斷 | 感動至極 | 結構譬喻 |

## （二）浪淘沙令

有箇人人。飛燕精神。急鏘環佩上華裀。促拍盡隨紅袖舉，風柳腰身。　簌簌輕裙。妙盡尖新。曲終獨立斂香塵。應是西施嬌困也，眉黛雙顰。

這闋讚妓詞只讚頌舞者的舞藝與美貌，並未旁及狎妓等情事，應屬早期作品。

整首小詞都圍繞在舞者的美妙舞姿上著筆，其主要的概念譬喻是「舞者是趙飛燕」，在此譬喻映射下，舞者的舞蹈過程就是趙飛燕的舞蹈過程。譬喻由來源域：趙飛燕向目標域：舞者映射。其譬喻映射過程如下表所示：

### 表 4-3-19　柳永〈浪淘沙令〉詞「舞者是趙飛燕」的譬喻映射

| 來源域：趙飛燕 | 譬喻映射 | 目標域：舞者 |
|---|---|---|
| 美貌又善舞 | | 具有飛燕精神 |
| 體態輕盈 | ⟹ | 風柳腰身 |
| 舞技新奇、超群 | | 簌簌輕裙，妙盡尖新 |

　　開頭兩句即表明有舞者是個可人兒〔註76〕，具有漢代舞后趙飛燕的精與神（舞技神采與外貌），正是主要概念譬喻「舞者是趙飛燕」的譬喻運作。接著舞者在身上環佩鏗鏘急切作響聲中，站上華麗的地毯、預備起舞。此處以環佩的鏗鏘響聲代指舞者疾走出場的動作，是「聲音代動作」的轉喻運作。舞蹈開始，在急促的節拍中只見舞者的紅袖盡情舞動，她纖細的腰身彷彿是隨風擺動的細柳條般輕盈柔軟。這兒以「促拍」代指急促的曲調，是「部分代整體」的轉喻運作；此外，以「紅袖」代指舞者，亦為「服飾代舞者」的轉喻運作。「風柳腰身」則承續「舞者是趙飛燕」的譬喻蘊涵，言舞者有著如趙飛燕一般的細腰，跳起舞來就像在風中舞動的細柳，也寓含「人是柳」的譬喻蘊涵。

　　下片繼續描寫舞者的曼妙舞姿，只見她「簌簌輕裙，妙盡尖新」。在裙裾擺動聲中，呈現新穎奇妙的舞步。此以「簌簌輕裙」代指婆娑舞蹈，為「聲音代動作」的轉喻運作；「妙盡尖新」則以植物新生的尖新嫩芽比擬新奇的舞步，是「舞蹈是植物」的概念譬喻蘊涵。一曲舞罷，「曲終獨立斂香塵」意謂舞者仍獨立於舞台，靜待勁舞所帶起的塵土慢慢收束下來。句中以「曲終」代指舞蹈結束，是「部分代整

---

〔註76〕　人人，即口語之「人兒」，詞曲中常用作對所愛者的暱稱。張相著，《詩詞曲語辭匯釋》：「人人，對於所暱者之稱，多指彼美而言。」（北京：中華書局，1955 年 1 月第 3 版，2001 年 8 月 19 刷），頁 812。

體」（舞曲代舞蹈）的轉喻運作；「斂香塵」以塵土慢慢收凝的狀態代指舞者進行收斂的動作，是「狀態即行爲」的譬喻運作。儘管舞者在熱舞過後嬌喘不已、略顯疲憊，在詞人的眼中，她緊皺雙眉的表情，猶如西施一樣美麗。末尾兩句中，「應是西施嬌困也」是「舞者是西施」的譬喻運作；而「眉黛雙顰」除以畫眉之黛青代指眉，是「部分代整體」的轉喻運作外，並承繼上句「舞者是西施」的譬喻蘊涵，指出舞者雙眉緊皺的表情仍美如皺眉捧心的西施。詳細的譬喻來源域考察如表 4-3-20 所示。

表 4-3-20　柳永〈浪淘沙令〉詞的譬喻來源域考察

| 來源域 | 概念譬喻 | 角度攝取 | 語言表達式 | 目標域 | 譬喻類型 |
|---|---|---|---|---|---|
| 人人 | 暱稱代人 | 人人＞舞者 | 有箇人人 | 舞者 | 轉喻 |
| 趙飛燕 | 舞者是趙飛燕 | 舞者＞具有趙飛燕的舞技神采與外貌 | 飛燕精神 | 舞者 | 實體譬喻 |
| 聲音 | 聲音代動作 | 環佩的鏗鏘響聲＞舞者疾走出場的動作 | 急鏘環佩上華裀 | 動作 | 轉喻 |
| 促拍 | 節拍代樂曲 | 促拍＞急促的曲調 | 促拍盡隨紅袖舉 | 急促的曲調 | 轉喻 |
| 紅袖 | 服飾代舞者 | 紅袖＞舞者 | 促拍盡隨紅袖舉 | 舞者 | 轉喻 |
| 趙飛燕 | 舞者是趙飛燕 | 舞者＞趙飛燕的細腰＞風中舞動的細柳 | 風柳腰身 | 舞者 | 實體譬喻 |
| 柳 | 人是植物、舞者是柳 | 細腰的舞者＞風中舞動的柳枝 | 風柳腰身 | 舞者 | 實體譬喻 |

| 裙裾聲 | 聲音代動作 | 簌簌輕裙＞婆娑舞蹈 | 簌簌輕裙，妙盡尖新 | 跳舞 | 轉喻 |
|---|---|---|---|---|---|
| 植物 | 舞蹈是植物 | 新奇的舞步＞植物新生的尖新嫩芽 | 簌簌輕裙，妙盡尖新 | 舞蹈 | 實體譬喻 |
| 舞曲 | 舞曲代舞蹈 | 曲終＞舞罷 | 曲終獨立斂香塵 | 舞蹈 | 轉喻 |
| 行為 | 狀態即行為 | 塵土收凝的狀態＞舞者進行收斂的動作 | 曲終獨立斂香塵 | 狀態 | 結構譬喻 |
| 西施 | 舞者是西施 | 外貌比擬；嬌困的舞者仍美如西施 | 應是西施嬌困也 | 舞者 | 實體譬喻 |
| 眉黛 | 部分代整體 | 畫眉之黛青＞眉 | 眉黛雙顰 | 眉 | 轉喻 |
| 西施 | 舞者是西施 | 雙眉緊皺的舞者＞皺眉捧心的西施 | 眉黛雙顰 | 舞者 | 實體譬喻 |

## （三）柳腰輕

英英妙舞腰肢軟。章臺柳、昭陽燕。錦衣冠蓋，綺堂筵會，是處千金爭選。顧香砌、絲管初調，倚輕風、佩環微顫。　　乍入霓裳促徧。逞盈盈、漸催檀板。慢垂霞袖，急趨蓮步，進退奇容千變。算何止、傾國傾城，暫回眸、萬人斷腸。

這首詞寫的是一位舞妓英英高超曼妙的舞姿。整首詞都著眼在英英的美貌與舞蹈上。主要的概念譬喻是「英英是趙飛燕」，用來將趙飛燕的美貌與舞姿映射到舞妓英英的身上。譬喻由來源域：趙飛燕向目標域：英英映射。其譬喻映射過程如下表所示：

表 4-3-21　柳永〈柳腰輕〉詞「英英是趙飛燕」的譬喻
映射

| 來源域：趙飛燕 | 譬喻映射 | 目標域：英英 |
|---|---|---|
| 善舞 | | 英英妙舞 |
| 體態輕盈、柔軟 | | 腰肢軟、章台柳 |
| 舞技新奇、優雅 | | 慢垂霞袖，急趨蓮步，進退奇容千變 |
| 美貌動人 | | 算何止、傾國傾城，暫回眸、萬人斷腸 |

　　在主要的概念譬喻「英英是趙飛燕」的運作下，上片首句「英英妙舞腰肢軟」，詞人就直接揭露詠唱的對象——英英舞姿曼妙、腰肢柔軟。她的腰肢有多柔軟、舞技有多高超呢？「章臺柳、昭陽燕」兩句，先以「人是楊柳」的常規譬喻，透過形體對比——「人的腰肢是柳枝」，用古代章臺路兩旁隨風搖曳的柳樹，來比擬英英跳舞時腰肢的柔軟就如同可以在風中折腰的柳條；接著再以「英英是趙飛燕」的譬喻，透過歷史上對於一代舞后——漢成帝的皇后趙飛燕身輕善舞的認識，形容英英就如趙飛燕一樣具有高超的舞技。詞人接著以「錦衣冠蓋，綺堂筵會，是處千金爭選」幾句，說明英英受到王公大戶們的歡迎與喜愛，競相以重金邀請的盛況。因爲是鋪敘，此處運用了許多「部分代整體」的轉喻。例如以華麗的衣服（「錦衣」）代指穿著華麗衣服的貴族（「衣飾代穿著者」）、以官吏所戴的官帽和所乘坐的車蓋（「冠蓋」）代指王公大員（「物品代使用者」），以及以華麗的廳堂（「綺堂」）代指豪門大戶（「建築物代居住者」）等，都是「部分代整體」的轉喻運作。上片最後的這幾句「顧香砌、絲管初調，倚輕風、佩環微顫」，描寫英英出場的情況，仍然可見「部分代整體」的轉喻運作。只見主角英英出場時，音樂聲慢慢響起（「絲竹」代所有樂器），她回顧著腳下的階梯（「香砌」代階梯），身上的佩環隨著輕風微微顫動。

　　承接上片，下闋慢慢進入舞蹈的高潮。「乍入霓裳促徧」是以「舞曲是容器」的譬喻蘊涵以及「樂曲名代樂曲」的轉喻運作，描寫英英忽然進入《霓裳羽衣曲》中節奏急促的音樂段落。她「逞盈盈」施展柔美輕盈的舞步，手上並「漸催檀板〔註77〕」（「檀板」是以「製作材料代製品」運作下的「部分代整體」的轉喻，「漸催檀板」則是「檀板代樂曲節奏」的轉喻運作，以逐漸加快拍板的動作暗示樂曲的節奏愈來愈快）。這時候她「慢垂霞袖，急趨蓮步」、有急有慢，「進退奇容千變」，如此高超的舞藝，看得人如癡如醉，「算何止、傾國傾城〔註78〕」（「傾國傾城」含有「國與城是容器」、「人是容器內容物」的譬喻蘊涵）英英的曼妙舞姿不只堪比傾城傾國的絕代佳人，她「暫回眸、萬人斷腸〔註79〕」（「回眸」即回頭，是以眼代頭的「部分代整體」的轉喻運作），「萬人斷腸」則寓含「愛是痛苦」的譬喻概念，逼真地傳達出當舞蹈結束，英英突然回頭，畫面瞬間靜止，所有人卻意猶未盡、肝腸欲斷的不捨之情。詳細的譬喻來源域考察如表 4-3-22 所示。

表 4-3-22　柳永〈柳腰輕〉詞的譬喻來源域考察

| 來源域 | 概念譬喻 | 角度攝取 | 語言表達式 | 目標域 | 譬喻類型 |
|---|---|---|---|---|---|
| 腰肢 | 部分代整體 | 腰肢＞身段 | 英英妙舞腰肢軟 | 身段 | 轉喻 |
| 柳枝 | 人是植物 | 形體對比；腰肢＞柳枝 | 章臺柳、昭陽燕 | 人 | 實體譬喻 |
| 趙飛燕 | 英英是趙飛燕 | 皆貌美善舞 | 章臺柳、昭陽燕 | 英英 | 實體譬喻 |

〔註77〕　檀板：檀木製成的綽板，也稱為「拍板」，歌舞者用以擊節合拍。

〔註78〕　漢‧李延年歌詩：「北方有佳人，絕世而獨立。一顧傾人城，再顧傾人國。寧不知，傾城與傾國，佳人難再得。」

〔註79〕　斷腸：悲痛欲絕。劉義慶編撰、劉孝標原注，《世說新語》下卷二八黜免篇：「桓公入蜀，至三峽中，部伍中有得猿子者。其母緣岸哀號，行百餘里不去；遂跳上船，至便即絕。破視其腹中，腸皆寸寸斷。公聞之，怒，命黜其人。」（台南：漢風出版社，1997 年 10 月），頁 523。

| 昭陽宮 | 宮殿代居住者 | 昭陽宮＞漢代趙飛燕之宮 | 章臺柳、昭陽燕 | 趙飛燕 | 轉喻 |
|---|---|---|---|---|---|
| 錦衣 | 衣飾代穿著者 | 錦衣＞穿著華麗衣服的貴族 | 錦衣冠蓋 | 貴族 | 轉喻 |
| 物品 | 物品代使用者 | 冠蓋＞官帽、車蓋＞王公大員 | 錦衣冠蓋 | 使用者 | 轉喻 |
| 綺堂 | 建築物代居住者 | 綺堂＞豪門大戶 | 綺堂筵會 | 豪門大戶 | 轉喻 |
| 有價物 | 人是有價物 | 千金＞舞妓身價 | 是處千金爭選 | 英英 | 實體譬喻 |
| 香味 | 香味代人 | 「香」砌＞「舞妓」出場的階梯 | 顧香砌、絲管初調 | 舞妓 | 轉喻 |
| 絲竹 | 部分代整體 | 絲竹＞所有樂器 | 顧香砌、絲管初調 | 樂器 | 轉喻 |
| 人 | 風是人 | 輕風＞可以倚靠 | 倚輕風、佩環微顫 | 風 | 擬人譬喻 |
| 佩環微顫 | 狀態即行爲 | 佩環微顫＞佩環隨風而動的情形 | 倚輕風、佩環微顫 | 佩環隨風而動的情形 | 結構譬喻 |
| 容器 | 舞曲是容器 | 乍入霓裳＞進入舞曲 | 乍入霓裳促徧 | 舞曲 | 實體譬喻 |
| 樂曲名 | 樂曲名代樂曲 | 霓裳＞〈霓裳羽衣曲〉 | 乍入霓裳促徧 | 樂曲 | 轉喻 |
| 盈盈 | 行爲即狀態 | 盈盈＞施展輕盈的舞步 | 逞盈盈、漸催檀板 | 施展輕盈舞步 | 結構譬喻 |
| 檀板 | 製作材料代製品 | 檀板＞檀木製成的拍板 | 逞盈盈、漸催檀板 | 檀木製之拍板 | 轉喻 |
| 檀板 | 檀板代樂曲節奏 | 催檀板＞樂曲的節奏愈來愈快 | 逞盈盈、漸催檀板 | 樂曲節奏 | 轉喻 |
| 行爲 | 狀態即行爲 | 霞袖垂下的狀態＞垂下霞袖的行爲 | 慢垂霞袖，急趨蓮步 | 狀態 | 結構譬喻 |

| 蓮花 | 舞步是蓮花 | 蓮步＞美人的舞步 | 慢垂霞袖，急趨蓮步 | 舞步 | 實體譬喻 |
|---|---|---|---|---|---|
| 進退 | 部分代整體 | 進退＞舞步 | 進退奇容千變 | 舞步 | 轉喻 |
| 容器 | 國家與城池是容器 | 人是容器內容物；傾國傾城＞國中與城中之人盡皆受其感染 | 算何止、傾國傾城 | 國家與城池 | 實體譬喻 |
| 傾國傾城 | 迷人魅力的強度是容器內容物多寡 | 傾國傾城＞魅力極強、極迷人 | 算何止、傾國傾城 | 迷人魅力的強度 | 結構譬喻 |
| 回眸 | 器官代器官功能 | 回眸＞回頭看 | 暫回眸、萬人斷腸 | 回頭、眼神迴轉的魅力 | 轉喻 |
| 斷腸 | 情緒感動是身體受傷／感動至極是腸斷 | 斷腸＞感染力極強 | 萬人斷腸 | 感染力的強度 | 結構譬喻 |
| 萬人 | 感染力廣是影響範圍大 | 萬人＞受影響的範圍大 | 萬人斷腸 | 感染力的廣度 | 結構譬喻 |

## 三、柳永狎妓詞之例

在歌樓妓館打滾既久，也就漸漸熟悉了歡場的環境。比起之前生澀又略帶點羞澀的讚妓詞，柳永的狎妓詞已越來越無所顧忌。也因他實事實說的個性，他不再滿足於寫歌妓們的美貌與歌舞技藝，床笫之間不足爲外人道的旖旎風光竟被他毫不掩飾地填進了詞裡。

這些詞儘管數量極少，卻有很大的殺傷力。柳永遭後人誤解爲品行不佳的墮落文人，這些狎妓詞正是元凶。只是柳永當時並無自覺，或雖有自覺卻已無力改變世人的普遍看法了。

## （一）晝夜樂

> 秀香家住桃花徑。算神仙、纔堪並。層波細翦明眸，膩玉圓搓素頸。愛把歌喉當筵逞。過天邊，亂雲愁凝。言語似嬌鶯，一聲聲堪聽。　　客房飲散簾幃靜。擁香衾、歡心稱。金鑪麝嬝青煙，鳳帳燭搖紅影。無限狂心乘酒興。這歡娛、漸入嘉境。猶自怨鄰雞，道秋宵不永。

這應該是一首贈送給歌妓秀香的狎妓詞。詞的上片寫秀香的受人歡迎以及歌藝與美貌，下片則露骨地寫出與歌妓的床第之歡。

這首詞的上片雖然述及秀香的美貌與受人喜愛，也部分敘寫秀香的動人歌聲，但這些卻非詞人訴求的重點，美人的難得只是用以烘托詞人與這等美女共度春宵的歡欣之情。主要的概念譬喻是「陶醉是瘋狂」，譬喻由來源域：瘋狂向目標域：陶醉映射。其譬喻映射過程如下表所示：

表 4-3-23　柳永〈晝夜樂〉詞「陶醉是瘋狂」的譬喻映射

| 來源域：陶醉 | 譬喻映射 | 目標域：瘋狂 |
|---|---|---|
| 擁香衾、歡心稱 | → | 追求溫柔鄉的歡樂 |
| 無限狂心乘酒興 | | 藉酒助性 |
| 猶自怨鄰雞 | | 耽溺床第 |
| 道秋宵不永 | | 沉迷於溫柔鄉中 |

詞一開篇先以《史記》裏「桃李不言，下自成蹊」〔註80〕的典

---

〔註80〕 見漢・司馬遷《史記》卷一百九《李將軍列傳》：「太史公曰：『《傳》曰「其身正，不令而行；其身不正，雖令不從」』。其李將軍之謂也？余睹李將愍愍如鄙人，口不能道辭。及死之日，天下知與不知，皆為盡哀。彼其忠實心誠信於士大夫也。諺曰：『桃李不言，下自成蹊』。此言雖小，可以諭大也。」見於許嘉璐主編，《二十四史全譯》（上海：漢語大詞典出版社，2004 年 1 月 1 版 1 刷），頁 1318。

故來形容秀香受人喜愛的程度。首句「秀香家住桃花徑」以「秀香是桃李」、「秀香家是桃花徑」的概念譬喻，投射出秀香美若桃李，拜訪她的人絡繹不絕，以凸顯秀香的豔名遠播、慕名者眾多的盛況（按：此處「家住桃花徑」亦可能為轉喻秀香居住在桃花源似的仙境，由下接「算神仙、纔堪並」來論，亦極可能，茲並列為不同解讀參考）。接著「算神仙、纔堪並。層波細翦明眸，膩玉圓搓素頸」幾句，描寫秀香的美貌。此處先以「秀香是仙女」的譬喻，投射出秀香的美貌只有神仙才能與她相提並論。再以「眼波是水波」以及「美女是玉」、「素白的頸是細緻的圓玉」等譬喻，分別形容秀香的明亮眼波如水波層層流動，以及秀香的雪白圓頸就同白玉所製成的一樣。上片的最後幾句「愛把歌喉當筵逞。遏天邊，亂雲愁凝。言語似嬌鶯，一聲聲堪聽」，是以「歌聲是力」、「秀香是黃鶯」等常見譬喻延伸為「歌聲是遏止行雲飄動的力量」以及「秀香的歌聲如黃鶯的叫聲美妙」等譬喻蘊涵，來讚美秀香歌聲的高亢動聽。

下片描述洞房之樂。詞人大多以「部分代整體」的轉喻來進行鋪敘。如「飲散」代指「宴席已散」、「簾幃靜」代指「整個洞房安靜無聲」；「香衾」代指蓋著香被的「佳人」（即秀香）；「燭搖紅影」實際應指「床搖及人影」；「無限狂心」當然不只是心，指的是整個人，這也是主要概念譬喻「陶醉是瘋狂」的譬喻蘊涵所在；「乘酒興」則是將抽象的飲酒興致具體化作可利用之物件，為「抽象化具體」的譬喻運作。「這歡娛、漸入嘉境」則是將歡樂的境界看做容器，歡娛即為其容器內容物；最後以「雞代雞鳴」則是「整體代部分」的轉喻，再以「雞鳴代雞鳴的時間」（清晨）標示歡愛時間的短暫。總之，這整個下半闋全在鋪述洞房的歡樂以及秋宵的過於短暫，也就是最被詬病的所謂「閨門淫媟之語」，其他並無可說之處。詳細的譬喻來源域考察如表 4-3-24 所示。

表 4-3-24　柳永〈晝夜樂〉詞的譬喻來源域考察

| 來源域 | 概念譬喻 | 角度攝取 | 語言表達式 | 目標域 | 譬喻類型 |
|---|---|---|---|---|---|
| 桃花徑 | 秀香家是桃花徑 | 秀香美若桃李＞訪客絡繹不絕 | 秀香家住桃花徑 | 秀香家 | 結構譬喻 |
| 仙女 | 秀香是仙女 | 外貌比擬 | 算神仙、纔堪並 | 秀香 | 結構譬喻 |
| 水波 | 眼波是水波 | 明眸＞水波層層流動 | 層波細翦明眸 | 眼波明亮流轉 | 結構譬喻 |
| 玉 | 美女的肌膚是玉 | 素頸＞細緻的圓玉 | 膩玉圓搓素頸 | 美女 | 實體譬喻 |
| 逞歌喉 | 人體部位代功能 | 逞歌喉＞唱歌 | 愛把歌喉當筵逞 | 唱歌 | 轉喻 |
| 物理力 | 歌聲是物理力 | 歌聲是遏止行雲飄動的力量 | 遏天邊，亂雲愁凝 | 歌聲 | 結構譬喻 |
| 黃鶯 | 秀香是黃鶯 | 秀香的歌聲＞黃鶯的叫聲 | 言語似嬌鶯，一聲聲堪聽 | 秀香 | 實體譬喻 |
| 飲酒的人 | 部分代整體 | 飲散＞宴席已散 | 客房飲散簾幃靜 | 宴席上的賓客 | 轉喻 |
| 簾幃 | 物件代地點 | 簾幃靜＞整個洞房安靜無聲 | 客房飲散簾幃靜 | 洞房 | 轉喻 |
| 香衾 | 物品代使用者 | 香衾＞蓋著香衾的「佳人」 | 擁香衾、歡心稱 | 使用者 | 轉喻 |
| 瘋狂 | 淫慾是瘋狂 | 無限狂心＞淫慾之心 | 無限狂心乘酒興 | 淫慾 | 結構譬喻 |
| 具體物件 | 抽象化具體 | 酒興＞可利用之物件 | 無限狂心乘酒興 | 酒興 | 實體譬喻 |
| 容器 | 嘉境是容器 | 歡娛＞進入容器 | 這歡娛、漸入嘉境 | 嘉境 | 實體譬喻 |

| 雞 | 雞代雞鳴 | 怨雞＞怨雞鳴 | 猶自怨鄰雞 | 雞鳴 | 轉喻 |
|---|---|---|---|---|---|
| 雞鳴 | 雞鳴代雞鳴的時間 | 怨雞＞怨雞鳴＞怨清晨早到 | 猶自怨鄰雞，道秋宵不永 | 雞鳴的時間 | 轉喻 |

## （二）尉遲杯

寵佳麗。算九衢紅粉皆難比。天然嫩臉修蛾，不假施朱描
翠。盈盈秋水。恣雅態、欲語先嬌媚。每相逢、月夕花朝，
自有憐才深意。　　綢繆鳳枕鴛被。深深處、瓊枝玉樹相
倚。困極歡餘，芙蓉帳暖，別是惱人情味。風流事、難逢
雙美。況已斷、香雲為盟誓。且相將、共樂平生，未肯輕
分連理。

這闋狎妓詞除稱頌歌妓之美貌是京城無人可匹敵之外，亦觸及兩人床
笫間私密之事。與同為狎妓主題的〈晝夜樂〉（秀香家住桃花徑）相
比，描述的手法與內容大致相同。只不過這闋詞把詞人與歌妓形容為
風流事的雙美，進一步美化自己的狎妓生活是在歌妓「憐才」與美貌
的基礎之下發生，可說是風流事難得的雙美相逢奇緣。

　　這首詞的主要概念譬喻即是「詞人與歌妓是風流事的雙美」。譬
喻的來源域是：風流事的雙美，向目標域：詞人與歌妓映射。其譬喻
映射過程如下表所示：

表 4-3-25　柳永〈尉遲杯〉詞「詞人與歌妓是風流事的
　　　　　　雙美」的譬喻映射

| 來源域：風流事的雙美 | 譬喻映射 | 目標域：詞人與歌妓 |
|---|---|---|
| 男女相逢 | | 詞人與歌妓相遇 |
| 郎才、女貌 | | 詞人多才、歌妓雅態貌美 |
| 男貪色、女愛才 | | 詞人貪色、歌妓有憐才深意 |
| 一夜風流 | | 為盟誓，且相將、共樂平生 |

　　主要的概念譬喻「詞人與歌妓是風流事的雙美」之作用下，上片主要鋪陳歌妓之美。開篇以「君臣之情是男女之情」的譬喻運作，闡明此歌妓如君之寵臣般，爲詞人寵愛之佳麗。次句申明此妓之美在京城歡場無人能比。句中以「九衢」代指整個汴京城，乃「街道代範圍」之轉喻運作；又以「紅粉」代指美女，亦爲「化妝品代使用者」之轉喻運作。接著幾句藉「以臉代人」的「顯著局部代整體」之轉喻，透過對臉部特寫來仔細描述歌妓之美：「天然嫩臉修蛾」即強調其臉頰如初生之植物般柔嫩，寓含「人是植物」的譬喻蘊涵；修長的眉如蟬蛾的觸鬚般彎曲而細長。「不假施朱描翠」以朱代指口紅、以翠代指翠眉，藉「顏色代化妝品」的轉喻，意謂歌妓乃天生佳麗，不須借助化妝品即能展現美貌。「盈盈秋水」是眼睛之特寫，以「眼波是水波」的譬喻運作形容歌妓流盼的眼波像秋水般澄淨。臉部特寫完畢，再描繪歌妓的優雅姿態是「恣雅態、欲語先嬌媚」。也就是說，她盡情展現著優雅的姿態，還未開口說話就流露出千嬌百媚的萬般風情。此處「恣雅態」與「先嬌媚」都以狀態或姿態代指實際的動作與行爲，寓含「行爲即狀態」的譬喻蘊涵。最後「每相逢、月夕花朝，自有憐才深意」兩句，說明詞人與歌妓每次相會，朝夕總有花月相伴的浪漫情調，佳人也表露出憐才的深切情意。「月夕花朝」則以朝花與夕月代指相處時的美好氛圍；「自有憐才深意」則藉「抽象化具體」的譬喻運作，將抽象的情意具體化做可以擁有的容器，且容器內還裝滿了深深的憐愛之情。

　　上片既述明歌妓的美貌，下片便進入雙美風流事的具體書寫。首句「綢繆鳳枕鴛被」運用「物品代使用者」的轉喻，以歌妓閨房之「鳳枕鴛被」代指鳳枕與鴛被的使用者，也就是詞人與歌妓；次句「深深處、瓊枝玉樹相倚」除以「鴛被空間是容器」的概念譬喻形容鴛被內空間之深廣外，並更加露骨地運用「人是植物、肢體是枝枒」的概念譬喻，再疊加「人是美玉」的譬喻蘊涵，以「瓊枝玉樹」形容兩人如玉般潔白滑順的肢體。句意是說兩人在歌妓的繡床上纏綿，肢體在鴛

被深處交纏。纏綿過後「困極歡餘」句係以「精力與歡愉是有限資源」的譬喻運作形容激烈纏綿之後的疲困與無盡的歡喜。下接「芙蓉帳暖，別是惱人情味」兩句，先藉「物品代地點」的轉喻運作，以芙蓉帳代指芙蓉帳所在之歌妓繡床；後以「情感是食物」的譬喻蘊涵形容兩人的情感另有一種使人困擾的滋味。緊接著「風流事、難逢雙美」一句，詞人以主要概念譬喻「詞人與歌妓是風流事的雙美」表明儘管在歡場中，這種男歡女愛的風流事極少遇到郎才女貌的雙美組合，詞人與歌妓卻正是難得的雙美遇合。「況已斷、香雲為盟誓」是說況且歌妓已經剪下頭髮作為兩人愛情誓約的證物。其中「況已斷」藉已斷髮的狀態強調斷髮的盟誓動作，寓含「狀態即行為」的譬喻蘊涵。另外，以「香雲」代指頭髮，也寓含「女子美髮是雲朵堆疊」的譬喻蘊涵。最後兩句「且相將、共樂平生，未肯輕分連理」，是詞人藉由「人是植物、情人是枝葉相連的植物」的概念譬喻，希望自己與歌妓能共度一生、像連理枝一樣不要輕易分離。只是這樣的希望能否達成，恐怕詞人自己也沒有把握。這首詞詳細的譬喻來源域考察如表 4-3-26 所示。

### 表4-3-26　柳永〈尉遲杯〉詞的譬喻來源域考察

| 來源域 | 概念譬喻 | 角度攝取 | 語言表達式 | 目標域 | 譬喻類型 |
|---|---|---|---|---|---|
| 男女之情 | 君臣之情是男女之情 | 寵歌妓＞君寵臣 | 寵佳麗 | 君臣之情 | 結構譬喻 |
| 九衢 | 街道代範圍 | 九衢＞整個汴京城 | 算九衢紅粉皆難比 | 全汴京城 | 轉喻 |
| 化妝品 | 化妝品代使用者 | 紅粉＞美女 | 算九衢紅粉皆難比 | 使用者 | 轉喻 |
| 嫩臉修蛾 | 顯著局部代整體 | 嫩臉修蛾＞美女 | 天然嫩臉修蛾 | 美女 | 轉喻 |
| 初生植物 | 人是植物 | 嫩臉＞初生植物般柔嫩 | 天然嫩臉修蛾 | 人肌膚柔嫩 | 實體譬喻 |

| 蛾 | 眉是蟬蛾 | 修長的眉＞蟬蛾的觸鬚般彎曲而細長 | 天然嫩臉修蛾 | 眉型 | 實體譬喻 |
|---|---|---|---|---|---|
| 顏色 | 顏色代化妝品 | 朱＞口紅；翠＞翠眉 | 不假施朱描翠 | 妝容 | 轉喻 |
| 水波 | 眼波是水波 | 歌妓流盼的眼波＞澄淨的秋水 | 盈盈秋水 | 眼波靈動流轉 | 實體譬喻 |
| 雅態 | 行為即狀態 | 恣雅態＞盡情展現優雅的姿態 | 恣雅態、欲語先嬌媚 | 展現優雅姿態 | 結構譬喻 |
| 嬌媚 | 行為即狀態 | 先嬌媚＞先流露出千嬌百媚的萬般風情 | 恣雅態、欲語先嬌媚 | 露出嬌媚的萬般風情 | 結構譬喻 |
| 旅行 | 愛情是旅行 | 每相逢＞在愛情的路途上相遇 | 每相逢、月夕花朝 | 愛情 | 結構譬喻 |
| 物件 | 抽象化具體 | 抽象的情意＞可擁有的物件 | 自有憐才深意 | 情感 | 實體譬喻 |
| 容器 | 情感是容器 | 深意＞可容納很多情意 | 自有憐才深意 | 情感 | 實體譬喻 |
| 鳳枕鴛被 | 物品代使用者 | 鳳枕鴛被＞鳳枕與鴛被的使用者 | 綢繆鳳枕鴛被 | 使用者 | 轉喻 |
| 容器 | 鴛被空間是容器 | 深深處＞鴛被內空間之深廣 | 深深處、瓊枝玉樹相倚 | 鴛被空間 | 實體譬喻 |
| 植物的枝枒 | 人是植物、肢體是枝枒 | 瓊枝玉樹＞人的肢體 | 深深處、瓊枝玉樹相倚 | 人的肢體 | 實體譬喻 |
| 玉 | 人是美玉 | 瓊枝玉樹＞人的肢體如玉潔白滑順 | 深深處、瓊枝玉樹相倚 | 人 | 實體譬喻 |

| 資源 | 精力與歡愉是有限資源 | 困極歡餘＞困乏已極、歡喜有餘 | 困極歡餘 | 疲累與歡愉 | 結構譬喻 |
|---|---|---|---|---|---|
| 芙蓉帳 | 物品代地點 | 芙蓉帳＞芙蓉帳所在之歌妓繡床 | 芙蓉帳暖 | 歌妓繡床 | 轉喻 |
| 食物 | 情感是食物 | 惱人情味＞感情使人困擾的滋味 | 別是惱人情味 | 情感 | 結構譬喻 |
| 風流事的雙美 | 詞人與歌妓是風流事的雙美 | 詞人與歌妓＞歡場難得的郎才女貌雙美遇合 | 風流事、難逢雙美 | 詞人與歌妓 | 實體譬喻 |
| 行為 | 狀態即行為 | 況已斷＞強調斷髮的盟誓動作 | 況已斷、香雲為盟誓 | 狀態 | 結構譬喻 |
| 雲朵 | 女子美髮是雲朵堆疊 | 香雲＞女子美髮 | 況已斷、香雲為盟誓 | 女子美髮 | 結構譬喻 |
| 連理枝 | 人是植物、情人是枝葉相連的植物 | 未肯輕分連理＞兩人不分離 | 未肯輕分連理 | 戀人 | 結構譬喻 |

## 四、柳永妓戀詞之例

　　柳詞中除了少數狎妓詞較爲低俗露骨外，許多站在歌妓立場描寫歌妓的戀情與遭遇的妓戀詞，不但擺脫了肉慾糾葛，更採取同情與關懷的角度爲歌妓們代言與打抱不平，可說是柳永妓情詞之善者。

　　這些妓戀詞「強調妓女要求人格尊嚴與愛情自由的願望，其思想價值與藝術價值是不言而喻的。」〔註81〕柳詞在當時之所以傳播廣遠，所謂「凡有井水飲處，即能歌柳詞。」〔註82〕而且「教坊樂工每

〔註81〕　見薛瑞生著，《柳永別傳》，頁108。
〔註82〕　見宋・葉夢得，《避暑錄話》卷下（四庫全書本）。

得新腔，必求永爲詞，始行於世，於是聲傳一時。」〔註83〕也許與當時歌妓們將柳永視爲難得之知音，因此眞心喜歡傳唱柳詞應該也有些關係。

## （一）迷仙引

> 纔過笄年，初綰雲鬟，便學歌舞。席上尊前，王孫隨分相許。算等閒、酬一笑，便千金慵覷。常祇恐、容易蕣華偷換，光陰虛度。　已受君恩顧。好與花爲主。萬里丹霄，何妨攜手同歸去。永棄卻、煙花伴侶。免教人見妾，朝雲暮雨。

這首詞描寫一位正當花樣年華的美麗歌妓，雖然身在青樓並受到王孫狎客們的喜愛，動輒以千金博取她的一笑。她卻未被這種絢麗的生活所迷惑，反而有著青春易逝的危機感。她寄望能跟著心愛的人從良，嚮往在萬里丹霄下自由自在的空間，永遠拋棄歡場那種生張熟魏的生活。

　　這闋詞主要的概念譬喻是「人是植物、女人是花、歌妓是蕣華」。蕣華就是木槿花。木槿花於夏秋開花，朝開而暮萎。本詞取譬的角度即以木槿花朝開暮謝、花開短暫之植物特性映射歌妓青春短暫、年華易逝之生命特徵。譬喻的來源域是：木槿花，向目標域：歌妓映射。其譬喻映射過程如下表所示：

表 4-3-27　柳永〈迷仙引〉詞「人是植物、女人是花、歌妓是蕣華」的譬喻映射

| 來源域：木槿花 | 譬喻映射 | 目標域：歌妓 |
|---|---|---|
| 夏秋開花 | | 少女初長成 |
| 花色鮮豔亮麗、花型美麗 | | 青春美貌 |
| 每朵花都朝開暮落 | | 青春易逝 |

〔註83〕　見宋・葉夢得，《避暑錄話》卷下（四庫全書本）。

| 一朵花凋謝後，其他花陸續開放 | 歌妓易老，新人代出 |
| --- | --- |

　　在主要概念譬喻「人是植物、女人是花、歌妓是蕣華」的運作下，上片描述歌妓養成的歷程，亦即木槿花由初放到盛開的歷程。「纔過笄年」意謂才剛過十五歲插笄的年紀，「笄年」以女子插笄表示成年，是「插笄代女子年齡」的轉喻運作；且以十五歲作爲女子生命必經的站點，寓含「生命是旅行」的譬喻蘊涵。「初綰雲鬟」則意謂剛成年的女子甫將頭髮高盤於頭頂，含有以「髮式代指年齡」的轉喻運作。「便學歌舞」是說此時歌妓便要開始學習取悅客人的歌舞才藝，以歌舞代指所有取悅客人的才藝，也含有「部分代整體」的轉喻運作。接著幾句形容歌妓受寵當紅的情形。「席上尊前」是以坐臥鋪墊的用具「席」與酒樽代指歌席與酒筵，爲「部分代整體」的轉喻運作。「王孫隨分相許」以「王孫」代指貴族子弟亦爲「部分代整體」的轉喻運作。該二句意謂在酒筵歌席之上，貴族公子隨便就許諾。「算等閒、酬一笑」承上兩句，意謂很平常地酬謝歌妓的一個笑容。「酬一笑」將歌妓的笑容具體化作可酬謝的物品，寓含「笑是有價物」的譬喻蘊涵。王孫公子究竟以什麼來酬謝歌妓的笑呢？竟有千金之多。「便千金慵覷」說明主角並未被這豐厚的獎賞所打動，她另有想法。最後幾句「常祇恐、容易蕣華偷換，光陰虛度」揭露了她的憂患意識。「常祇恐」顯示歌妓將時間視爲可怕之物，寓含「時間是可怕之物」的譬喻蘊涵；「容易蕣華偷換」以「歌妓是蕣華」的譬喻運作，將歌妓比擬爲木槿花，再疊加「歲月是小偷」的概念譬喻，表示自己雖顏如蕣華般美艷，但朝開暮落，歲月很快就會將青春偷走，換上衰老的臉。最後「光陰虛度」句是以「時間是移動物」的概念譬喻，強調貪戀風塵繁華只是徒然讓時光白白溜走而已。

　　在擔心青春易逝的情況下，下片提出歌妓對其心上人的呼籲。「已受君恩顧。好與花爲主」除以君臣之情對比男女之情，也就是「男女之情是君臣之情」的譬喻蘊涵並承續上片「歌妓是蕣華」（歌

妓是花）的譬喻運作，表示歌妓受到對方的恩惠照顧，希望對方能進一步爲自己這朵好花做主。接著幾句描寫歌妓渴望自由，希望從良與心上人攜手同歸的心願。「萬里丹霄，何妨攜手同歸去」寓含「賣笑是囚禁、贖身是自由」與「賣笑是旅行、從良是回家」的譬喻蘊涵。「永棄卻、煙花伴侶」則透過「風塵生活是可拋棄之物」的譬喻運作，加上在前句「賣笑是旅行」的運作下，以「尋芳客是短暫旅伴」的譬喻延伸，強調歌妓希望永遠拋棄尋芳客的糾纏。最後「免教人見妾，朝雲暮雨」則以「看見即知道」以及「尋芳客是雲與雨、接客是早晚天氣變換」等譬喻蘊涵，描寫歌妓不願旁人知道她過去那種生張熟魏的風塵生活。只是這位歌妓青睞的恩客是否能令她如願呢？詞人並沒有給出答案，只能任由各人自行解讀了。這首詞詳細的譬喻來源域考察如表 4-3-28 所示。

表 4-3-28　柳永〈迷仙引〉詞的譬喻來源域考察

| 來源域 | 概念譬喻 | 角度攝取 | 語言表達式 | 目標域 | 譬喻類型 |
|---|---|---|---|---|---|
| 插笄（行爲） | 插笄代女子年齡 | 插笄＞女子十五歲 | 纔過笄年 | 女子年齡 | 轉喻 |
| 旅行 | 生命是旅行 | 過笄年＞生命過了 15 歲的站點 | 纔過笄年 | 生命 | 結構譬喻 |
| 綰雲鬟 | 髮式代年齡 | 綰雲鬟＞女子 15 歲的髮式 | 初綰雲鬟 | 女子 15 歲 | 轉喻 |
| 歌舞 | 部分代整體 | 歌舞＞所有取悅客人的才藝 | 便學歌舞 | 歌妓的才藝 | 轉喻 |
| 酒樽與坐席 | 部分代整體 | 坐臥舖墊的用具「席」與酒樽＞歌席與酒筵 | 席上尊前 | 酒筵歌席 | 轉喻 |
| 王孫 | 部分代整體 | 王孫＞貴族子弟 | 王孫隨分相許 | 貴族 | 轉喻 |

| 有價物 | 笑是有價物 | 歌妓之笑＞具體化作可酬謝的物品 | 算等閒、酬一笑 | 笑容 | 實體譬喻 |
|---|---|---|---|---|---|
| 可怕之物 | 時間是可怕之物 | 常祇恐＞害怕時間 | 常祇恐、容易蕣華偷換 | 時間 | 結構譬喻 |
| 蕣華 | 歌妓是蕣華 | 蕣華朝開暮落＞歌妓青春易逝 | 常祇恐、容易蕣華偷換 | 歌妓 | 結構譬喻 |
| 小偷 | 歲月是小偷 | 歲月偷走青春 | 常祇恐、容易蕣華偷換 | 歲月 | 結構譬喻 |
| 移動物 | 時間是移動物 | 光陰虛度＞時間過去 | 光陰虛度 | 時間 | 結構譬喻 |
| 君臣之情 | 男女之情是君臣之情 | 恩客與歌妓＞君與臣 | 已受君恩顧 | 男女之情 | 結構譬喻 |
| 花 | 女人是花 | 嬌豔但柔弱 | 好與花為主 | 女人 | 結構譬喻 |
| 囚禁 | 賣笑是囚禁、贖身是自由 | 萬里丹霄＞贖身後海闊天空 | 萬里丹霄，何妨攜手同歸去 | 賣笑 | 結構譬喻 |
| 旅行 | 賣笑是旅行、從良是回家 | 攜手同歸＞從風塵之途回家 | 萬里丹霄，何妨攜手同歸去 | 賣笑 | 結構譬喻 |
| 物件 | 風塵生活是可拋棄之物 | 永棄卻＞拋棄過去的風塵生活 | 永棄卻、煙花伴侶 | 風塵生活 | 實體譬喻 |
| 短暫旅伴 | 尋芳客是短暫旅伴 | 烟花伴侶＞賣笑旅行的短暫旅伴 | 永棄卻、煙花伴侶 | 尋芳客 | 結構譬喻 |
| 知道 | 看見即知道 | 見妾朝雲暮雨＞知道歌妓過往的風塵生活 | 免教人見妾 | 看見 | 結構譬喻 |
| 天氣變換 | 尋芳客是雲雨、接客是早晚天氣變換 | 朝雲暮雨＞歌妓生張熟魏的風塵生活 | 朝雲暮雨 | 歌妓接客 | 結構譬喻 |

## （二）少年游

> 一生贏得是凄涼。追前事、暗心傷。好天良夜，深屏香被，
> 爭忍便相忘。
>
> 王孫動是經年去，貪迷戀、有何長。萬種千般，把伊情分，
> 顛倒儘猜量。

這首妓戀詞同樣描寫歌妓的戀情。詞中的歌妓戀上尋芳的王孫，但一度歡會之後，王孫便棄她而去，留下可憐的歌妓，獨自傷心難過，更猜疑王孫對她的情份深淺。詞中歌妓的經歷正是身居社會下層的風塵女子普遍的遭遇，他們在尋芳客的甜言蜜語中一再的付出真心，卻往往被一次又一次地狠心拋棄。之後在無盡的空虛等待中傷心地度過一生。

柳永洞察宋代妓女的悲慘一生，爲其代言寫出歌妓的凄涼戀曲。歌妓們小心翼翼地挑選值得託付真心的人，每次的戀情都是豪賭，以自己的真情，賭對方會不會變心。無奈的是，這樣的賭局十賭九輸。這闋詞中的妓女便深陷在這樣的賭局中無法自拔。這也即是這首詞的主要概念譬喻：「歌妓的人生是賭博」。譬喻的來源域是：賭博，向目標域：歌妓的人生映射。其譬喻映射過程如下表所示：

### 表 4-3-29　柳永〈少年游〉詞「歌妓的人生是賭博」的譬喻映射

| 來源域：賭博 | 譬喻映射 | 目標域：歌妓的人生 |
|---|---|---|
| 設賭者（莊家） | | 尋芳客（王孫） |
| 賭徒 | | 歌妓 |
| 賭資（籌碼） | | 一生的幸福 |
| 賭法 | | 戀愛 |

在主要的概念譬喻「歌妓的人生是賭博」之運作下，上片首句詞人就代歌妓說出了心中的痛苦。這場人生的豪賭，歌妓賭贏了。可是贏得的是什麼？是凄涼。換句話說，什麼都沒有，唯一贏得的東西是

淒涼，這樣的結果眞的算贏嗎？恐怕是歌妓聊以自我解嘲罷了。句中將抽象的「淒涼」作爲人生賭局中的賭利，是「賭利是淒涼」的譬喻運作。接著回想起參賭的過程，「追前事、暗心傷」是說回憶往事、暗自傷心。句中需「追憶」往事，寓含「往事是逃走物」的譬喻蘊涵；「暗心傷」則以「心傷」比擬感情受傷，寓含「心是感情的容器」（感情受傷則心亦受傷）的譬喻蘊涵。接下兩句寫以往相處的美好回憶。「好天良夜」以天和夜代指美好的時節，是「部分代整體」的轉喻運作。「深屛香被」皆歌妓閨房之物，用以代指歌妓與王孫在深屛與香被中之親密行爲，乃「物品代用途」之轉喻運作。既在美好的時節，兩人已有過親密的行爲，最後王孫卻棄她而去。歌妓忍不住要問：「爭忍便相忘」？怎麼忍心突然就忘懷了兩人的美好過去。此處怨責王孫的忍心，亦即以人之心代人（王孫），爲「部分代整體」之轉喻運作。王孫得到了歌妓的人與心，卻倏地相忘而去，與賭局中贏錢就走的賭徒差相類似，可憐的歌妓恐怕有被詐賭的感覺吧。

　　換片首句形容王孫的絕情，他往往離開經年毫無消息。「動是」即往往是、每每是之意，以「動」的行動（變動）本意喻指常常行動（變動）之態勢，含有「行爲即趨勢」的譬喻蘊涵。又「經年去」表示一去整年，相隔遙遠，寓含「時間即空間」的譬喻蘊涵。王孫既然如此無情，「貪迷戀、有何長」？詞人透過「愛是貪婪」與「愛是魔力」疊加「好壞是長短（長是好）」的譬喻運作反映歌妓內心的自省：癡迷貪戀這種負心人，有什麼好處呢？矛盾的是，雖然提醒自己不要貪迷戀負心漢，卻仍舊拋不下這段感情。心中反覆掙扎，「萬種千般」則寓含「狀況複雜是事態多」的譬喻蘊涵，以形容所有可能的情況都已爲他設想。最後「把伊情分，顛倒盡猜量」是先利用「抽象化具體」的譬喻運作，將抽象的情分化做可「顛倒」丈量的具體物件，再加上「愛是測量」的譬喻運作，表明歌妓矛盾又猶豫，反覆估量猜測對方對自己到底有多少情分。雖然詞人並未明言其結局，想來歌妓的希望多半會落空，這是宋代娼家女子難以扭轉的命運。柳永的「這些詞雖

然仍以妓女為題材，但卻擺脫了那種低級庸俗的格調，以情為主，反映了妓女要求人格尊嚴，嚮往真正愛情的心聲。」〔註84〕此詞的譬喻來源域考察見表 4-3-30。

### 表 4-3-30 柳永〈少年游〉詞的譬喻來源域考察

| 來源域 | 概念譬喻 | 角度攝取 | 語言表達式 | 目標域 | 譬喻類型 |
|---|---|---|---|---|---|
| 賭博 | 歌妓的人生是賭博 | 人生之賭贏了 | 一生贏得是淒涼 | 人生 | 結構譬喻 |
| 淒涼 | 賭利是淒涼 | 淒涼＞人生賭局中的賭利 | 一生贏得是淒涼 | 賭利 | 結構譬喻 |
| 逃走物 | 往事是逃走物 | 往事奔逃迅速，須追而及 | 追前事、暗心傷 | 往事 | 實體譬喻 |
| 容器 | 心是感情的容器 | 感情受傷則心亦受傷 | 追前事、暗心傷 | 心 | 實體譬喻 |
| 天和夜 | 部分代整體 | 天和夜＞美好的時節 | 好天良夜 | 美好的時節 | 轉喻 |
| 閨房之物 | 物品代用途 | 閨房之物＞床笫之事 | 深屏香被 | 床笫之事 | 轉喻 |
| 人心 | 部分代整體 | 忍心＞忍心之人 | 爭忍便相忘 | 人 | 轉喻 |
| 常常行動之態勢 | 行為即趨勢 | 「動」的行動本意＞常常行動之態勢 | 王孫動是經年去 | 行動 | 結構譬喻 |
| 空間 | 時間即空間 | 一去整年＞相隔遙遠 | 王孫動是經年去 | 時間 | 結構譬喻 |
| 貪婪 | 愛是貪婪 | 貪戀對方的一切 | 貪迷戀、有何長 | 愛情 | 結構譬喻 |

〔註84〕 見薛瑞生著，《柳永別傳》，頁 111。

| 魔力 | 愛是魔力 | 愛情＞使人癡迷 | 貪迷戀、有何長 | 愛情 | 結構譬喻 |
|---|---|---|---|---|---|
| 長短 | 好壞是長短 | 長是好；有何長＞有何好處 | 貪迷戀、有何長 | 好壞 | 結構譬喻 |
| 萬種千般 | 狀況複雜是事態多 | 萬種千般＞包含各種情況 | 萬種千般 | 狀況複雜 | 結構譬喻 |
| 具體物件 | 抽象化具體 | 抽象的情分＞可顛倒丈量的具體物件 | 把伊情分，顛倒盡猜量 | 情分 | 實體譬喻 |
| 測量 | 愛是測量 | 情分＞可估量計算 | 把伊情分，顛倒盡猜量 | 愛情 | 結構譬喻 |

## （三）傾杯樂

　　皓月初圓，暮雲飄散，分明夜色如晴晝。漸消盡、醺醺殘
酒。危閣迥、涼生襟袖。追舊事、一晌憑闌久。如何媚容
豔態，抵死孤歡偶。朝思暮想，自家空恁添清瘦。　算到
頭、誰與伸剖。向道我別來，為伊牽繫，度歲經年，偷眼
覷、也不忍覷花柳。可惜恁、好景良宵，未曾略展雙眉暫
開口。問甚時與你，深憐痛惜還依舊。

這是一首柳永站在歌妓的立場代言的閨怨詞。詞中主要透過「景與
人」、「現在與過去」以及「理想與現實」等多層對比來凸顯歌妓複雜
的心理世界，既細膩又深入，不愧是歌妓們的貼心知己。以下分由「景
與人」、「現在與過去」以及「理想與現實」等概念融合網路，說明其
對比下之融合空間。

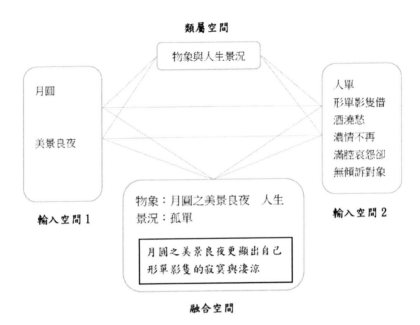

**圖 4-3-4　柳永〈傾杯樂〉的概念融合網絡 1-「景與人」的融合**

　　由圖 4-3-4 可知，景物對於詞中高樓女子的心情有無可抹滅的影響。良辰好景對於心情好的人而言，能讓他們更加愉快；但同樣的美好風光，對於心情低落的人來說，適足以勾起更多傷感。詞中的女子就是如此，原本心情低落、借酒澆愁，到了夜晚逐漸酒醒，在高閣中向外放眼一望，迥遠的天空高掛著圓月，在這雲散月圓、月明如畫的美好夜晚，不但沒有欣賞的興致，反而更加顯出自己的渺小與形單影隻的寂寞，這是多麼淒涼的對比，不由得令她感到身心俱冷。

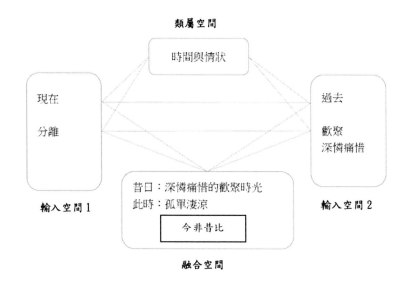

類屬空間

時間與情狀

現在

分離

過去

歡聚
深憐痛惜

昔日：深憐痛惜的歡聚時光
此時：孤單淒涼

今非昔比

輸入空間1　　　　　　　　　　　　　輸入空間2

融合空間

**圖 4-3-5　柳永〈傾杯樂〉的概念融合網絡 2-「現在與過去」的融合**

　　由圖 4-3-5 來說，詞中的女子在今與昔兩個輸入空間的境況對比之下，產生相聚與寂寞、歡樂與淒涼的強烈的落差，也因此在融合空間油然而生悵然若失的孤寂與落寞之感。

　　在圖 4-3-6 中，則是現實與理想兩個輸入空間的對比，理想中一個嬌媚艷麗的年輕歌妓應當不乏貴客，甚至是高官巨賈的追求，就算不是夜夜笙歌，也該是邀宴不斷。然而現實上這位青春又媚容豔態的美麗歌妓，卻「抵死〔註 85〕孤歡偶」、「自家空恁添清瘦」，對什麼事

─────────────────────

〔註85〕「抵死」有數種解釋：1.冒死；至死。《漢書・文帝紀》：「此細民之愚，無知抵死，朕甚不取。」唐・韓愈《故幽州節度判官張君墓志銘》：「君抵死口不絕罵，眾皆曰：『義士，義士！』」2.判處死刑。《新唐書・裴耀卿傳》：「夷州刺史楊濬以贓抵死，有詔杖六十，流古州。」宋・王安石《劉君墓志銘》：「弋陽富人爲客所誣將抵死，君得實以告。」明・王瓊《雙溪雜記》卷一：「州縣官被賊攻破城池，比守邊將帥律抵死。」清・徐昆《遯齋偶筆・烏程獄》：「獄乃定，文龍抵死。」3.分外；格外。宋・王安石〈與微之同賦梅花〉詩之三：「向人自有無言意，傾國天教抵死香。」金・秦略〈賦樂眞竹拂子〉詩：「覓箇龜毛抵死難，直教擊碎釣魚竿。」4.急急。宋・楊萬里〈梅花盛開〉詩：「春被梅花抵死催，今年春向去年回。」宋・陸游〈午

都提不起勁，連偷眼瞄一下花柳的興致也沒有，孰令致之？在融合空間就找到了答案，原來這是一位專情的歌妓，她的心上人不在身邊，使得她朝思暮想，在見不到對方又無計可施、百無聊賴下，只好先自行封閉起自己，不去理會外面的良夜美景，一心期待著心上人終究能夠回來，依然如往日一樣對她深深地憐愛痛惜。

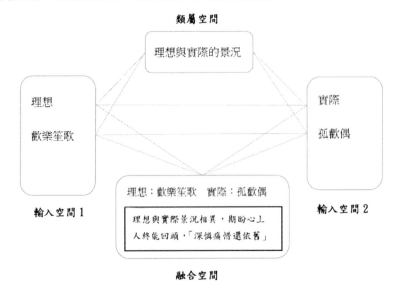

圖 4-3-6　柳永〈傾杯樂〉的概念融合網絡 3-「理想與現實」的融合

---

睡覺復酣臥至晚〉詩：「枕痕？面眼芒羊，欲起元無抵死忙。」5.竭力。宋‧周邦彥〈西平樂〉詞：「駝褐寒侵，正憐初日，輕陰抵死須遮。」元‧周昂〈魯直墨跡〉詩：「須知筆墨渾閒事，猶與先生抵死爭。」《老殘游記》第六回：「無才者抵死要做官，有才者抵死不做官，此正是天地間第一憾事。」6.終究，畢竟。宋‧辛棄疾〈沁園春〉詞：「甚雲山自許，平生意氣；衣冠人笑，抵死塵埃。」元‧馬致遠《青衫淚》第一摺：「稍似間有些錢，抵死裏無多債。」7.老是。宋‧晏殊〈蝶戀花〉詞：「百尺朱樓閒倚遍。薄雨濃雲，抵死遮人面。」8.猶言無論如何。冰心《離家的一年》：「然而他是個要強的孩子，抵死也不肯說戀家不去的話。」茅盾《子夜》八：「是他的過失麼？他抵死不承認的。」（見《漢語大詞典》光碟版，香港：商務印書館（香港）有限公司，2002 年）。此處應作「老是」解。

## 五、柳永戀妓詞之例

　　柳永混跡花街多年，直至四十八歲方考中進士。「可以斷定，在眾多的妓女中，的確是有個別或一兩個，算得上是柳永的紅粉知己的。凡是柳永到了外地所寫之詞，所表現的那種令柳永日思夜想的感情，應當說是為他那個或那幾個紅粉知己而發的。」〔註86〕這些詞也就是柳永的戀妓詞。

　　柳永對於當時身處社會底層的娼籍女子原本就心存同情與憐惜，這由他代言的妓戀詞中可見一斑。而這些戀妓詞除了寫出柳永與心愛歌妓間的感情糾葛外，更可看出柳永對於歌妓並非只是逢場作戲，或者僅是作為發洩淫慾的工具，而是以真實的感情作為基礎。他不僅將歌妓視為愛人，甚至考慮要迎娶為妾，這在北宋當代或可說是進步甚至是超越的思想。

### （一）征部樂

> 雅歡幽會，良辰可惜虛拋擲。每追念、狂蹤舊迹。長祇恁、愁悶朝夕。憑誰去、花衢覓。細說此中端的。道向我、轉覺厭厭，役夢勞魂苦相憶。　須知最有，風前月下，心事始終難得。但願我、蟲蟲心下，把人看待，長似初相識。況漸逢春色。便是有、舉場消息。待這回、好好憐伊，更不輕離拆。

這首詞描寫在進京趕考的途中對歌妓蟲娘的思念之情。「柳永與妓女關係密切，這是無庸諱飾的事實。但與眾多妓女只是填詞與討潤筆的關係，只有與個別妓女如師師、香香、安安，尤其是與蟲蟲，則是才子與紅粉知己的關係。」〔註87〕薛瑞生更舉柳永〈集賢賓〉（小樓深巷狂遊遍）為證，認為柳永有收蟲蟲為妾之意〔註88〕。「柳永在外地

〔註86〕　見薛瑞生著，《柳永別傳》，頁111。
〔註87〕　見薛瑞生著，《柳永別傳》，頁112。
〔註88〕　見薛瑞生著，《柳永別傳》：「如《樂章集》有《集賢賓》詞曰：『小樓深巷狂游徧，羅綺成叢。就中堪人屬意，最是蟲蟲。有畫難描雅態，無花可比芳容。幾回飲散良宵永，鴛衾暖、鳳枕香濃。算得人

寫的思念紅粉知己的詞，當亦是爲蟲蟲而發的，從此詞即可看出。」
〔註89〕「這首詞是與蟲蟲發生齟齬之後的追悔之詞，首二句即寫二人
發生齟齬，拋卻了良辰美景。」〔註90〕

　　且不論此詞是否眞如薛瑞生所言爲柳永與蟲蟲發生齟齬之後，爲
求與蟲蟲重修舊好所寫之詞，詞人於詞中所表露對蟲蟲的深情與思念
則是確定的。這項重要的詞旨也導引出本詞的主要概念譬喻：「思念
是疾病」。譬喻的來源域是：疾病，向目標域：思念映射。其譬喻映
射過程如下表所示：

表 4-3-31　柳永〈征部樂〉詞「思念是疾病」的譬喻
　　　　　映射

| 來源域：疾病 | 譬喻映射 | 目標域：思念 |
|---|---|---|
| 病名 | | 相思病 |
| 病因 | | 通常是與心愛的人分開 |
| 症狀 | | 不食不眠、精神厭厭、嚴重時腸斷 |
| 治療 | | 與心愛的人重聚便可不藥而癒 |
| 預後 | | 再次離別即發病、難以根絕 |

　　在主要概念譬喻「思念是疾病」的運作下，開篇兩句點出致病的
原因。原來是以往曾歡樂幽會，卻輕易地把這段美好時光拋棄了。其
中「雅歡幽會」句的「幽會」以私下相會代指相會的一切歡好行爲，
屬於「部分代整體」的轉喻運作；「良辰可惜虛拋擲」句中以「良辰」

---

　　間天上，惟有兩心同。　近來雲雨忽西東。煩惱損情悰。縱然偷期
　　暗會，長是忽忽。爭似和鳴偕老，免教斂翠啼紅。眼前時、暫疏歡
　　宴，盟言在、更莫忡忡。待作眞箇宅院，方信有初終。』以致有收
　　蟲蟲爲妾之意。」，頁112。
〔註89〕　見薛瑞生著，《柳永別傳》，頁112。
〔註90〕　見薛瑞生著，《柳永別傳》，頁112。

代指在一起的美好時光，亦屬「部分代整體」之轉喻運作；「良辰可惜」則指出了虛度時光之可惜，寓含「時間是有限資源」之譬喻蘊涵。接著寫分別後的追悔之情，也出現了相思病的部分病徵。「每追念、狂蹤舊迹。長祇恁、愁悶朝夕」意謂每當追憶起當時的放縱行徑，就整日愁悶、無法釋懷。其中「每追念、狂蹤舊迹」將往事具體化作逃走之物，須追而後能及，寓含「往事是逃走物」的譬喻蘊涵；「狂蹤舊迹」則以蹤跡代指行為結果，是「行為結果代行為」的轉喻運作；此句另可能將情人之爭吵、齟齬喻指為瘋狂之事，含有「爭吵是瘋狂」的譬喻蘊涵。「長祇恁、愁悶朝夕」句，「長」指時間久，含「時間即長度」的譬喻蘊涵；又以「朝夕」代指由朝至夕之整日，屬「部分代整體」之轉喻運作。後悔之後，底下接著寫自己設想的彌補方法。「憑誰去、花衢覓。細說此中端的。道向我、轉覺厭厭，役夢勞魂苦相憶」意思是希望有人能到花街找到蟲蟲，向她說明分別後自己魂牽夢繫、思念的痛苦。其中「花街」指妓女聚集之地，隱含歌妓是花，故歌妓所在是花街的「人是植物、歌妓是花」之譬喻蘊涵。「細說此中端的」句以「此中」指事件之中，乃具「事件是容器」之譬喻蘊涵；「端的」本指射箭之標的，此指事實原委，寓含「說明即射箭、重點是靶心」的譬喻蘊涵。而需人代為說明之事即對分離之懊悔與相思之苦，亦即主要概念譬喻「思念是疾病」之病徵所在：精神「厭厭」、「役夢勞魂苦相憶」，其中「役夢勞魂」句且運用「夢是人、魂是人」的擬人手法，將夢與魂比擬為可以役使與驅策之人，意謂連夢中與靈魂都不由自主受到驅策而思念蟲蟲，真所謂魂縈夢繫、無時不思念也。

　　換頭後首三句描寫詞人總猜不透蟲蟲的心事。此三句將蟲蟲的心事比喻為寶藏，也就是透過「心事是寶藏」的譬喻蘊涵，形容要探知蟲蟲的心事就如同尋寶一樣困難。既然蟲蟲的心事難得，接下幾句是詞人希望蟲蟲的心裡能有他的存在，而且「把人看待，長以初相識」。也就是「把人看待」句，利用的是「對待即看待」（看待＞對待）的譬喻運作，加上「長似初相識」以長度表示時間的「時間即長度」的

譬喻運作，願蟲蟲能夠對待他永遠像剛認識時一樣的好。詞人最後幾句則表明與蟲蟲相好的決心。首先「況漸逢春色」以春天的景色代指春天，屬「部分代整體」的轉喻運作；此處詞人更兼以季節逢春喻指他與蟲蟲之感情亦將漸入佳境，即寓含「感情變化是季節變換」（冬至春＞感情回溫）的譬喻蘊涵；若再連接下句「便是有、舉場消息」，則此季節逢春者不僅感情而已，更兼指詞人的考場捷報而言，亦即具含「考場變化是季節變換」的譬喻蘊涵。最後詞人以「情人是成對物」的概念譬喻向蟲蟲宣示，他與蟲蟲是成雙成對的，這次一定會好好憐惜蟲蟲，再不會輕易別離了。這首詞詳細的譬喻來源域考察如表4-3-32 所示。

### 表 4-3-32　柳永〈征部樂〉詞的譬喻來源域考察

| 來源域 | 概念譬喻 | 角度攝取 | 語言表達式 | 目標域 | 譬喻類型 |
|---|---|---|---|---|---|
| 雅歡幽會 | 部分代整體 | 雅歡幽會＞相會的一切歡好行爲 | 雅歡幽會 | 一切歡好行爲 | 轉喻 |
| 良辰 | 部分代整體 | 良辰＞在一起的美好時光 | 良辰可惜虛拋擲 | 美好時光 | 轉喻 |
| 有限資源 | 時間是有限資源 | 良辰（美好時光）＞應該珍惜（可惜） | 良辰可惜虛拋擲 | 時間 | 結構譬喻 |
| 逃走物 | 往事是逃走物 | （追念）往事＞追逃走之物 | 每追念、狂蹤舊迹 | 往事 | 實體譬喻 |
| 狂蹤舊跡 | 行爲結果代行爲 | 狂蹤舊跡＞往日放縱之行爲 | 每追念、狂蹤舊迹 | 放縱之行爲 | 轉喻 |
| 瘋狂 | 爭吵是瘋狂 | 狂蹤舊跡＞往日的爭吵 | 每追念、狂蹤舊迹 | 爭吵 | 結構譬喻 |

| 長度長 | 時間即長度 | 長＞時間久 | 長祇恁、愁悶朝夕 | 時間久 | 結構譬喻 |
|---|---|---|---|---|---|
| 朝夕 | 部分代整體 | 朝夕＞由朝至夕之整日 | 長祇恁、愁悶朝夕 | 由朝至夕 | 轉喻 |
| 植物 | 人是植物、歌妓是花 | 花街＞妓女聚集之地；花＞妓女 | 憑誰去、花衢覓 | 人 | 結構譬喻 |
| 容器 | 事件是容器 | 此中＞事件中 | 細說此中端的 | 事件 | 實體譬喻 |
| 射箭 | 說明即射箭、重點是靶心 | 端的（靶心）＞事實原委 | 細說此中端的 | 說明 | 結構譬喻 |
| 人 | 夢是人、魂是人 | 夢與魂＞可以役使與驅策 | 役夢勞魂苦相憶 | 夢、魂 | 擬人譬喻 |
| 疾病 | 思念是疾病 | 厭厭、苦相憶＞疾病徵狀 | 役夢勞魂苦相憶 | 思念 | 結構譬喻 |
| 寶藏 | 心事是寶藏 | 心事難得＞寶藏難尋 | 心事始終難得 | 心事 | 結構譬喻 |
| 看待 | 對待即看待 | 看待＞對待 | 把人看待 | 對待 | 結構譬喻 |
| 長度長 | 時間即長度 | 長＞時間久 | 長似初相識 | 時間久 | 結構譬喻 |
| 春色 | 部分代整體 | 春色＞春天 | 況漸逢春色 | 春天 | 轉喻 |
| 季節變換 | 感情變化是季節變換 | 逢春色＞感情回溫 | 況漸逢春色 | 感情變化 | 結構譬喻 |
| 季節變換 | 考場變化是季節變換 | 逢春色＞此次將考中進士 | 況漸逢春色。便是有、舉場消息 | 考場變化 | 結構譬喻 |
| 舉場 | 地點代事件 | 舉場＞進士科考 | 便是有、舉場消息 | 進士科考 | 轉喻 |
| 成對之物 | 情人是成對物 | 不輕離拆＞成對之物不分開 | 待這回、好好憐伊，更不輕離拆 | 情人 | 實體譬喻 |

### （二）佳人醉

> 暮景蕭蕭雨霽。雲淡天高風細。正月華如水。金波銀漢，
> 潋灩無際。冷浸書帷夢斷，卻披衣重起。臨軒砌。　素光
> 遙指。因念翠娥，杳隔音塵何處，相望同千里。儘凝睇。
> 厭厭無寐。漸曉雕闌獨倚。

這首詞寫秋夜懷人，所懷者為何人，詞中並未明言，若依薛瑞生之言「柳永在外地寫的思念紅粉知己的詞，當亦是為蟲蟲而發的」（註91），則此詞亦有可能是為歌妓蟲娘而寫。

這闋詞的主要概念譬喻是：「思念是旅行」。譬喻的來源域是：旅行，向目標域：思念映射。其譬喻映射過程如下表所示：

### 表 4-3-33　柳永〈佳人醉〉詞「思念是旅行」的譬喻映射

| 來源域：旅行 | 譬喻映射 | 目標域：思念 |
|---|---|---|
| 旅行者 | | 思念者 |
| 出發地 | | 入夢 |
| 旅行工具 | | 夢之舟 |
| 旅行時間 | | 由暮至漸曉 |
| 旅行路途 | | 月光之河（月河） |
| 目的地 | | 翠娥所在之地（但夢斷未到） |

在主要的概念譬喻「思念是旅行」的運作下，這是一次奇幻的思念之旅。在雨過天晴、風聲蕭蕭的暮景中出發。在「世間是容器」的譬喻運作下，旅途的景緻優美：天蓋極高、淡雲飄盪，秋風細細。而「月光是水」的譬喻蘊涵，讓思念沿著月光之河順流而下。只見月河銀河的波光交織成一片，蕩漾無際。此際卻突遇冷波，多次中斷了夢之舟的航程。旅程受阻，詞人只得離開夢之舟披衣重起，信步走到屋

---

〔註91〕　見薛瑞生著，《柳永別傳》，頁112。

前台階。

　　在「光是人」的擬人譬喻運作下，月光遙指遠方。失去了夢之舟，思念無法繼續航行。只能順著月河遙望，想念的翠娥、全無音訊，究竟在何處？是否也在千里之外，望著相同的月河？即使「眼睛是容器」的譬喻運作能看盡遠方的景物，卻仍望不到想念的翠娥。心情厭厭、毫無就寢的情緒，原本「時間變化即狀態改變」，但天色已漸曉，主角仍獨自倚靠著欄杆，顯然是傷心無法完成的思念之旅。這首詞詳細的譬喻來源域考察如表 4-3-34 所示。

表 4-3-34　柳永〈佳人醉〉詞的譬喻來源域考察

| 來源域 | 概念譬喻 | 角度攝取 | 語言表達式 | 目標域 | 譬喻類型 |
|---|---|---|---|---|---|
| 蕭蕭風聲 | 風聲代淒冷感覺 | 蕭蕭風聲＞淒冷感覺 | 暮景蕭蕭雨霽 | 淒冷感覺 | 轉喻 |
| 容器 | 世間是容器 | 天高＞容器高 | 雲淡天高風細 | 世間 | 實體譬喻 |
| 溶液 | 雲是溶液 | 雲淡＞疏薄的雲 | 雲淡天高風細 | 雲 | 結構譬喻 |
| 水 | 月光是水 | 月光澄澈似水 | 正月華如水 | 月光 | 結構譬喻 |
| 水波 | 月光是水波 | 金波＞金色水波 | 金波銀漢 | 月光 | 結構譬喻 |
| 河流 | 星光是河流 | 銀漢＞銀河 | 金波銀漢 | 星光 | 結構譬喻 |
| 容器 | 眼睛是容器 | 無際＞超出眼界之外 | 激灩無際 | 眼睛 | 結構譬喻 |
| 書帷 | 物品代地點 | 書房帷簾＞書房 | 冷浸書帷夢斷 | 書房 | 轉喻 |
| 液態物 | 冷是液態物 | 冷＞浸書帷 | 冷浸書帷夢斷 | 冷 | 結構譬喻 |
| 連續物 | 夢是連續物 | 夢＞能夠截斷 | 冷浸書帷夢斷 | 夢 | 實體譬喻 |

| 上 | 醒是上、睡是下 | 夢醒＞起身 | 卻披衣重起 | 醒 | 方位譬喻 |
|---|---|---|---|---|---|
| 來到 | 狀態即行為 | 面對＞來到 | 臨軒砌 | 面臨 | 結構譬喻 |
| 人 | 月光是人 | 有人的行為＞指 | 素光遙指 | 月光 | 擬人譬喻 |
| 翠眉 | 眉代人 | 翠眉＞美人 | 因念翠娥 | 美人 | 轉喻 |
| 傳遞 | 訊息是物件、送信是傳遞 | 隔音塵＞管道阻塞、無法傳信 | 杳隔音塵何處 | 送信 | 管道譬喻 |
| 千里 | 距離代人 | 千里＞千里外的人 | 相望同千里 | 千里外的人 | 轉喻 |
| 思念 | 遙望是思念 | 相望＞相互思念 | 相望同千里 | 遙望 | 結構譬喻 |
| 到達 | 看見即到達 | 凝睇＞視線到最遠的地方 | 盡凝睇 | 看見 | 結構譬喻 |
| 光束 | 視線是光束 | 凝睇＞視線能像光束般集中 | 盡凝睇 | 視線 | 結構譬喻 |
| 疾病 | 思念是疾病 | 厭厭無寐＞思念的病徵 | 厭厭無寐 | 思念 | 結構譬喻 |
| 思念的特徵 | 長時間狀態未變是思念的特徵 | 長時間狀態未變＞思念的特徵 | 漸曉雕闌獨倚 | 狀態未變 | 結構譬喻 |

## 第四節 柳永的羈旅行役詞

　　柳永一生潦倒，早年科場失意，浪跡在汴京的花街柳巷。直到四十八歲中了進士，踏入仕途，雖一度受到宋仁宗青睞，卻又因一闋〈醉蓬萊〉（漸亭皋葉下）得罪仁宗而斷送大好前程，也使得他的仕途大半都在吳山越水的宦遊中度過。這樣的經歷，使他有諸多無奈的

別離經驗，也有著不得志的慨歎，這些複雜的感情加上行役路途上的艱辛，就抒發爲他有名的羈旅行役之詞。

本節將柳永的羈旅行役詞依其不同情感，概分爲（一）記分別情狀之作、（二）記征途羈旅之作、（三）懷人、懷京與懷鄉之作、（四）追憶、感慨之作等四類〔註92〕，分別舉例析論，以期能更精準掌握其羈旅行役詞中概念譬喻運作之特色。

## 一、記分別情狀之作

柳永記分別情狀的作品也就是寫離別之情的作品。離別的對象大多是他的紅粉知己，亦即他一直念念不忘的某幾位歌妓，尤其是蟲娘。雖然這些作品並未明示是與歌妓之離別，嚴格說來其與柳永戀妓之詞或有部分重疊，所差者是此處強調其踏上羈旅征途前，面對「離別」時刻之感情敘寫以及此刻所反映出的種種複雜感受。

其中或許也包含柳永早期與妻子、情人之間別離的作品。這些作品按理也可歸入其愛情詞，像薛瑞生就將〈雨霖鈴〉（寒蟬淒切）一詞歸類爲柳永與其妻話別的愛情詞。

不同類別之間的重疊現象其實是很正常的。現代範疇理論主張的重要概念之一即「家族相似（Family Resemblance）：某一範疇的成員以某一方式互相聯繫，但並不全部擁有用來定義該範疇的特徵。」〔註93〕這就解釋了爲何不同分類中會出現某些重疊的成員，因爲這些成員各只具備了每種類別中的某些特徵，而非全部的特徵。也就是

---

〔註92〕 林柏堅於《柳永其人與其詞之研究》文中，將柳永 85 首羈旅行役詞分爲（一）記送別情狀之作 6 首、（二）記征途羈旅之作 13 首、（三）寄人、懷人、懷京懷鄉之作 53 首與（四）追憶、感慨之作 13 首，詳見林柏堅，《柳永其人與其詞之研究》（國立中央大學中國文學研究所，碩士論文，2007 年 1 月 26 日），頁 63～65。本文柳永羈旅行役詞之分類係參考林文之分法並略加修改。

〔註93〕 見束定芳編著，《認知義學》（上海：上海外語教育出版社，2009 年 5 月 1 版 2 刷），頁 49。

說，柳永的某些詞可能既符合羈旅行役詞的某些定義，也符合其他類別（例如愛情詞）的某些定義，這是難以避免的。

### （一）雨霖鈴

> 寒蟬淒切。對長亭晚，驟雨初歇。都門帳飲無緒，留戀處、蘭舟催發。執手相看淚眼，竟無語凝噎。念去去、千里煙波，暮靄沈沈楚天闊。　　多情自古傷離別。更那堪、冷落清秋節。今宵酒醒何處，楊柳岸、曉風殘月。此去經年，應是良辰、好景虛設。便縱有、千種風情，更與何人說。

這首〈雨霖鈴〉是柳永極富盛名的離別詞，也「是柳永最有代表性的詞作之一」〔註94〕。薛瑞生認爲柳永此詞「必寫於出仕之前」〔註95〕，而且「當寫於少年遊江浙及湖北、湖南時，復從其行程順序察之，則『楚天』乃指江浙。如此看來，所謂『都門帳飲』，不是官場祖餞，而爲情人餞別耳。詞首句即點明時間，謂『寒蟬』，當在七月。通觀全詞，詞人欲行而又留戀，未別即已惜別；送別之人當爲親友，自然亦含其妻在內；結尾又謂『此去經年』，則此次遠行非短暫離別可知。」〔註96〕也就是說，這首詞描寫的是柳永與情人的離別，極可能是與其妻的餞別。

綜觀全詞寫戀人或夫妻的不捨分離並設想別後的淒涼景況，則分離的過程恰似情人的愛情之旅。戀人相聚時的愛情自然如膠似漆倍感甜蜜，分離後則如失侶孤雁，前途無限悲苦。依此而言，詞中的主要概念譬喻即是「離別的過程是愛情的旅行」，譬喻的來源域是：愛情的旅行，向目標域：離別的過程映射。其譬喻映射過程如下表所示：

---

〔註94〕 見葉嘉瑩主編，《柳永詞新釋集評》，《雙調・雨霖鈴》【講解】，頁109。
〔註95〕 見薛瑞生著，《柳永別傳》，頁57。
〔註96〕 見薛瑞生著，《柳永別傳》，頁57。

表 4-4-1　柳永〈雨霖鈴〉詞「離別的過程是愛情的旅行」
　　　　　的譬喻映射

| 來源域：離別的過程 | 譬喻映射 | 目標域：愛情的旅行 |
|---|---|---|
| 情人的離別 | | 戀人或夫妻的關係 |
| 恩愛未離 | | 愛情或婚姻持續中 |
| 設宴餞別 | | 變故 |
| 情人離去 | | 戀人分手或夫妻離婚 |
| 離別後狀態 | | 單身 |
| 離別後處境 | | 婚姻或愛情結束 |

　　在主要概念譬喻「離別的過程是愛情的旅行」的運作下，我們
不妨以愛情旅行的角度審視這場情人的離別。離別時的場景也就是
戀愛旅行轉折點（中途站）的環境如何呢？時值寒蟬淒切哀鳴的孟
秋七月〔註97〕，一場驟雨過後，面對京城門外送別的十里長亭（亦
即愛情旅程中由雙人旅行變為單人之旅的中途旅店）天色已晚。情
人於亭內設帳擺宴送別，分離時近、分途日迫，怎有心情飲宴？萬
分留戀，不捨分別，舟子卻不斷催促、要求出發。即將分離和旅行
分途的兩人，雙手相執，淚眼相望、無語凝咽。想到即將前往的南
方楚境，煙波千里，夜晚霧靄沉沉，天際遼闊，前途茫茫。這是即
將離別之人對離別之後的迷惘，也是戀人單飛後對未來愛情旅行的
迷惘。

　　自古以來多情善感的人總為離別而傷心，更何況是在淒清冷落
的孟秋時節。今夜這場送別，酒醒之後將身在何處呢？想必在曉風
輕拂、殘月隱約的時刻，人便到兩岸楊柳的南方楚境了。這一去多
年，沿途縱有好時光、美好景致，對離開伴侶的人而言，那都只是
上天的虛設罷了。因為就算心中有千萬種愛慕情愫，戀人不在，又

---

〔註97〕　《禮記・月令》：「〔孟秋之月〕涼風至，白露降，寒蟬鳴。」

要向何人訴說呢？

這首詞詳細的譬喻來源域考察如表 4-4-2 所示。

### 表 4-4-2　柳永〈雨霖鈴〉詞的譬喻來源域考察

| 來源域 | 概念譬喻 | 角度攝取 | 語言表達式 | 目標域 | 譬喻類型 |
|---|---|---|---|---|---|
| 寒蟬 | 整體代部分 | 寒蟬＞寒蟬鳴聲 | 寒蟬淒切 | 蟬鳴聲 | 轉喻 |
| 寒蟬 | 生物代季節 | 寒蟬＞初秋七月 | 寒蟬淒切 | 七月 | 轉喻 |
| 淒切感情 | 所聽即所感 | 寒蟬鳴聲＞淒切之情 | 寒蟬淒切 | 寒蟬鳴聲 | 結構譬喻 |
| 長亭 | 建物代功能 | 長亭＞十里離別之亭 | 對長亭晚 | 十里離別之亭 | 轉喻 |
| 動物 | 雨是動物 | 驟＞快跑的動物＞雨快速落下 | 驟雨初歇 | 雨 | 結構譬喻 |
| 人 | 雨是人 | 雨停＞人歇息 | 驟雨初歇 | 雨 | 擬人譬喻 |
| 都門 | 設施代附近區域 | 都門＞城門外區域 | 都門帳飲無緒 | 都門外區域 | 轉喻 |
| 帳 | 設施代內部區域 | 帳＞帳內 | 都門帳飲無緒 | 帳內 | 轉喻 |
| 飲 | 部分代整體 | 飲＞飲食 | 都門帳飲無緒 | 飲食 | 轉喻 |
| 物件 | 情緒是物件 | 情緒好壞＞有無 | 都門帳飲無緒 | 情緒 | 實體譬喻 |
| 留戀處 | 地點代事件 | 留戀處＞離別時 | 留戀處、蘭舟催發 | 離別時 | 轉喻 |
| 蘭舟 | 工具代操作者 | 蘭舟＞駕舟人 | 留戀處、蘭舟催發 | 駕舟人 | 轉喻 |
| 相看淚眼 | 狀態即行爲 | 相看淚眼＞不捨分離 | 執手相看淚眼 | 不捨分離 | 結構譬喻 |
| 無語凝噎 | 感情即動作 | 無語凝噎＞悲傷不捨 | 竟無語凝噎 | 悲傷不捨 | 結構譬喻 |

| 想像的時空 | 實際時空即想像時空 | 想像的時空＞實際的時空 | 念去去、千里煙波，暮靄沈沈楚天闊 | 實際的時空 | 結構譬喻 |
|---|---|---|---|---|---|
| 傷害 | 離別是傷害 | 傷別離＞別離令人受傷 | 多情自古傷離別 | 離別 | 結構譬喻 |
| 多情 | 感情特徵代人 | 多情＞多情的人 | 多情自古傷離別 | 多情的人 | 轉喻 |
| 節候特性 | 人的感受即節候特性 | 清秋節＞冷落、蕭條 | 更那堪、冷落清秋節 | 人的感受 | 結構譬喻 |
| 清秋節 | 節候代事件 | 清秋節＞情人的離別 | 更那堪、冷落清秋節 | 離別時 | 轉喻 |
| 時間變換 | 空間變換即時間變換 | 酒醒後＞所在空間已變 | 今宵酒醒何處 | 空間變換 | 結構譬喻 |
| 睡眠 | 酒醉是睡眠 | 酒醒＞從酒醉中醒來 | 今宵酒醒何處 | 酒醉 | 結構譬喻 |
| 楊柳岸 | 景觀代地點 | 楊柳岸＞江浙地區岸邊風貌 | 楊柳岸、曉風殘月 | 江浙地區 | 轉喻 |
| 曉風殘月 | 天然景觀代時間 | 曉風殘月＞清曉時分 | 楊柳岸、曉風殘月 | 清曉時分 | 轉喻 |
| 移動物 | 時間是移動物 | 經年＞經過好幾年 | 此去經年 | 時間 | 結構譬喻 |
| 工匠 | 上天是工匠 | 良辰、好景＞上天造出的設施 | 應是良辰、好景虛設 | 上天 | 擬人譬喻 |
| 具體物 | 抽象化具體 | 風情＞有無之物 | 便縱有、千種風情 | 風情 | 實體譬喻 |
| 說的行為 | 行為代行為內容 | 說＞說話的內容 | 更與何人說 | 說話的內容 | 轉喻 |

## （二）采蓮令

　　月華收，雲淡霜天曙。西征客、此時情苦。翠娥執手送臨
歧，軋軋開朱戶。千嬌面、盈盈佇立，無言有淚，斷腸爭

忍回顧。　一葉蘭舟，便恁急槳凌波去。貪行色、豈知離
緒。萬般方寸，但飲恨，脈脈同誰語。更回首、重城不見，
寒江天外，隱隱兩三煙樹。

這闋詞是描寫離情之作。詞中詞人自比爲「西征客」，雖然「征」字
有「行」〔註98〕之意，西征即西行。但「征」字亦有「征伐；征戍」
之意，則西征便有向西出征之意涵〔註99〕。這意涵也提供我們可以從
戰爭的角度來解釋詞人之離情與別緒的另一個思考方向。

　　也就是說，從戰爭的角度來解讀的話，這首詞的主要概念譬喻
是：「離別是戰爭」。譬喻的來源域是：戰爭，戰爭通常是來自政府或
國家的強制命令，出征者無從抗拒；戰爭以戰勝對手爲唯一目的；戰
爭是不擇手段的；戰爭可以採取殘忍的殺戮行爲；因戰爭的危險特
性，出征者未必能安全返回，因此出征者離家時通常是極其不捨，離
情哀戚；由戰爭的這些蘊涵朝向目標域：離別映射，使離別也必須具
有戰爭般的殘忍，以克服離別的不捨；長時間音訊斷絕的恐懼；以及
生離死別的不捨。當然最主要的譬喻映射是以來源域戰爭的殘忍映射
至目標域離別的狠心，以及戰爭中能戰勝對方映射至離別時能克服不
捨。其他諸如戰爭中的死傷、戰術戰略運用以及武器的取擇等等皆非
映射範圍，這點也再次印證譬喻的角度攝取有其局部偏愛性。下表爲
〈采蓮令〉「離別是戰爭」概念譬喻的譬喻映射過程：

---

〔註98〕　參中研院語言所「搜詞尋字」語庫查詢系統：征，遠行。《爾雅·釋
　　　　言》：「征，行也。」《詩·小雅·小明》：「我征徂西，至于艽野。」
　　　　鄭玄箋：「征，行。」《楚辭·離騷》：「濟沅湘以南征兮。」王逸注：
　　　　「征，行也。」唐杜甫《北征》：「杜子將北征，蒼茫問家室。」，網
　　　　址：http://words.sinica.edu.tw/sou/sou.html（2016.1.9）
〔註99〕　參中研院語言所「搜詞尋字」語庫查詢系統：征，征伐；征戍。《書·
　　　　胤征》：「胤征」孔傳：「奉辭伐罪曰征。」孔穎達疏：「奉責讓之辭，
　　　　伐不恭之罪，名之曰征。」《樂府詩集·橫吹曲辭·木蘭詩》：「願爲
　　　　市鞍馬，從此替爺征。」唐王翰〈涼州詞〉：「醉臥沙場君莫笑，古
　　　　來征戰幾人回。」《水滸全傳》第十三回：「我們做了許多年軍，也
　　　　曾出了幾遭征，何曾見這等一對好漢廝殺！」，網址：http:
　　　　//words.sinica.edu.tw/sou/sou.html（2016.1.9）

表 4-4-3　柳永〈采蓮令〉詞「離別是戰爭」的譬喻映射

| 來源域：戰爭 | 譬喻映射 | 目標域：離別 |
|---|---|---|
| 戰爭起因 | | 離別之時 |
| 求勝的對象 | | 離別的情緒 |
| 戰爭的手段 | | 情緒的克服 |
| 戰爭的行為：殺戮 | | 離去 |

在「離別是戰爭」的譬喻映射下，離別的過程必須戰勝心中的不捨。詞的上片點明離別的時間是在秋天月收雲淡、天將黎明之時。離別時間迫近，離人難免情苦。離人之妻手執著離人之手，送別至大門口，大門在嘎嘎聲中慢慢開啓。離人之嬌美妻子不忍卒別，盈盈站立在門口，含淚無語、目送丈夫久久不去。這情景幾令離人傷心斷腸，唯有如同戰爭般狠心克服，強自前行，不忍回顧。

一登上小舟便任由它急急凌波而去。貪圖追趕行程，怎知小小心中方寸之地，塞滿千萬種離情別緒。除了將離恨吞落下肚，心中的萬千愁思又有誰可以訴說？再次回首，早已望不見故鄉城闕。只見寒江天外，隱隱約約兩三行雲煙繚繞的樹林。

戰場上戰勝對方或許有無比喜悅，離別時雖克服別離的不捨、狠下心離去，卻更是痛苦難捨，此亦概念譬喻中角度攝取的局部偏愛性使然。下表爲這首〈采蓮令〉詞的詳細譬喻來源域考察。

表 4-4-4　柳永〈采蓮令〉詞的譬喻來源域考察

| 來源域 | 概念譬喻 | 角度攝取 | 語言表達式 | 目標域 | 譬喻類型 |
|---|---|---|---|---|---|
| 具體物件 | 月光是具體物件 | 月光可收發 | 月華收 | 月光 | 實體譬喻 |
| 溶液 | 雲是溶液 | 雲多少＞濃淡 | 雲淡霜天曙 | 雲 | 實體譬喻 |
| 霜天 | 節候特徵代季節 | 霜天＞秋天 | 雲淡霜天曙 | 秋天 | 轉喻 |

| 出征 | 離別是出征 | 西征客＞別離往西者 | 西征客、此時情苦 | 離別 | 結構譬喻 |
|---|---|---|---|---|---|
| 食物 | 情感是食物 | 情苦＞難過 | 西征客、此時情苦 | 情感 | 結構譬喻 |
| 翠娥 | 眉型代美女 | 翠娥＞美女 | 翠娥執手送臨歧 | 美女 | 轉喻 |
| 臨歧 | 岔路代分別之地 | 臨歧＞分別之地 | 翠娥執手送臨歧 | 分別之地 | 轉喻 |
| 旅行 | 人生是旅行 | 送臨歧＞岔路，走不同人生路 | 翠娥執手送臨歧 | 人生 | 結構譬喻 |
| 軋軋 | 聲音代狀態 | 軋軋＞緩慢開門 | 軋軋開朱戶 | 緩慢開門 | 轉喻 |
| 朱戶 | 顏色代裝置 | 朱戶＞大門 | 軋軋開朱戶 | 大門 | 轉喻 |
| 千嬌面 | 顯著特徵代整體 | 臉＞人；千嬌面＞美女 | 千嬌面、盈盈竚立 | 美女 | 轉喻 |
| 行爲 | 狀態即行爲 | 無言＞未說話；有淚＞流淚 | 無言有淚 | 狀態 | 結構譬喻 |
| 痛苦 | 離別是痛苦 | 斷腸＞離別之苦 | 斷腸爭忍回顧 | 離別 | 結構譬喻 |
| 不捨 | 行爲即情感 | 回顧＞依依不捨 | 斷腸爭忍回顧 | 回顧 | 結構譬喻 |
| 葉片 | 小舟是葉片 | 蘭舟＞一葉 | 一葉蘭舟 | 小舟 | 實體譬喻 |
| 急槳 | 狀態即動作 | 急槳＞船行迅速 | 便恁急槳凌波去 | 船行迅速 | 結構譬喻 |
| 有價物 | 行程是有價物 | 貪行色＞忙趕路 | 貪行色、豈知離緒 | 行程 | 實體譬喻 |
| 方寸 | 面積代器官 | 方寸＞人心 | 萬般方寸 | 人心 | 轉喻 |
| 容器 | 心是容器；愁緒是內容物 | 心是容器 | 萬般方寸 | 心 | 實體譬喻 |

| 飲品 | 情感是飲品 | 有恨無法說＞飲恨無法吐出 | 但飲恨 | 情感 | 結構譬喻 |
|---|---|---|---|---|---|
| 脈脈 | 部分代整體 | 眼中含情＞情思 | 脈脈同誰語 | 情思 | 轉喻 |
| 容器 | 眼睛是容器 | 眼睛＞容器；情感＞容器內容物 | 脈脈同誰語 | 眼睛 | 實體譬喻 |
| 回首 | 整體代部分 | 回首＞回頭看 | 更回首、重城不見 | 回頭看 | 轉喻 |
| 重城 | 城闕代居住地 | 重城＞翠娥所居之地 | 更回首、重城不見 | 居住地 | 轉喻 |
| 頻頻回首 | 感情狀態即行為 | 頻頻回首＞心中不捨 | 更回首、重城不見 | 心中不捨 | 結構譬喻 |
| 容器 | 眼睛是容器 | 寒江天外＞眼睛容器（視線）之外 | 寒江天外 | 眼睛 | 實體譬喻 |

## 二、記征途羈旅之作

　　此類作品概指柳永於羈旅行役途中所生之感觸與感嘆，雖多少亦偶有涉及思念故人、思念家鄉之情愁，但以其在羈旅行役途中所寫作者為主。

　　柳永多次科考失利，曾長期離京漫遊楚地，途中不免抒發才人失意之感傷。及至考中進士，又為公務在各地行役，對行役途中之艱辛亦良有感觸。更因未被朝廷賦予要職，晚年對宦遊滋味深有體會，皆發而為其征途羈旅之感嘆。

### （一）陽臺路

　　楚天晚。墜冷楓敗葉，疏紅零亂。冒征塵、匹馬驅驅，愁見水遙山遠。追念少年時，正恁鳳幃，倚香偎暖。嬉遊慣。又豈知、前歡雲雨分散。　　此際空勞回首，望帝里、難收淚眼。暮煙衰草，算暗鎖、路歧無限。今宵又、依前寄

　　宿，甚處葦村山館。寒燈畔。夜厭厭、憑何消遣。

這闋〈陽臺路〉描寫征途上的感懷，「全詞情調相當低沉，當是後期去遠地赴任時所作」〔註100〕。也就是說，這首詞是在行役的路途上所寫，內容是對人生的感慨與省思，也充滿了懷鄉與思歸之情。

　　從認知譬喻的角度觀察，這首詞描寫的是行役的旅程，由實際旅途的艱苦與秋天衰敗的景觀興發對人生的感懷。詞中回首年少的嬉遊歲月，並瞻念前途茫茫，視年少至未來爲一段旅行，寓含「人生是旅行」的譬喻蘊涵。又詞人以實際的行役行程喻指人生旅程，即爲「人生旅程是行役旅程」的譬喻運作。也就是以具體的行役旅程映射至抽象的人生旅程。譬喻的來源域是行役旅程，映射至目標域的人生旅程，其譬喻映射過程如下表所示：

表 4-4-5　柳永〈陽臺路〉詞「人生旅程是行役旅程」的譬喻映射

| 來源域：行役旅程 | 譬喻映射 | 目標域：人生旅程 |
|---|---|---|
| 行役者 | | 謀生者 |
| 行役的目的地 | | 人生的目標 |
| 行役所經的途徑 | | 實現目標的手段 |
| 行役途中的障礙 | | 生命中的磨難 |
| 行役距離的進步 | | 向目標的進展 |
| 地標 | | 用來判斷進展的標準 |
| 十字路口、岔路 | | 人生的選擇 |
| 行役的糧食、物品 | | 天賦與物質資源 |

　　在主要概念譬喻「人生旅程是行役旅程」的運作下，上片前四句「楚天晚。墜冷楓敗葉，疏紅零亂。冒征塵、匹馬驅驅」描述行役途

<hr />

〔註100〕　見葉嘉瑩主編，顧之京、姚守梅、耿小博編著，《柳永詞新釋輯評》，《陽臺路》【講解】，頁 220。

中的衰敗景象：在歲暮秋晚的江南楚地，到處是飄墜的殘楓敗葉，楓紅稀疏凌亂。行役者此時不顧在旅途上所沾染的灰塵，單人匹馬辛勞奔走。此情景映射至目標域人生旅程即：在人生淒涼的暮年猶獨自在艱苦的挫折中掙扎，顧不得辛勞，仍戮力為目標而奮鬥。詞人於詞中雖未表明其人生目標為何，然據其行役之目的或為至遠地赴任推測，此詞映射的人生目標或即宦途順利顯達。也就是說，此人生旅程或可再映射至另一目標域——仕宦旅程之上。接著一句「愁見水遙山遠」描寫行役者為見到行役路途的水遙山遠而憂愁，映射至人生旅程亦即為人生目標的遙不可及而發愁。上片最後幾句「追念少年時，正恁鳳幃，倚香偎暖。嬉游慣。又豈知、前歡雲雨分散」是行役者追憶年少時偎香倚翠的放蕩生活，並感慨過慣嬉遊生活的他，怎料到從前共同歡樂的伴侶，如今已風流雲散、分散各地呢？這段行役前的回憶映射至人生旅程即為人生目標設定之前的年少輕狂歲月，如今目標既立，兼且為實現目標而辛苦努力中，往日優游樂哉的時光，自然是回不去了。

　　下片前兩句緊承上片，「此際空勞回首，望帝里、難收淚眼」是說行役者回憶往昔在汴京的嬉游歡樂，卻只是空想罷了，望向日夜思念卻無法歸去的汴京，眼中的淚水怎能收束得住。行役的旅程既無法回頭，人生的旅程又怎能折返？年少無憂的行程已經走過，不可能重來一遍的。緊接著幾句寫行役路上的險阻：「暮煙衰草，算暗鎖、路歧無限。今宵又、依前寄宿，甚處葦村山館」，意謂秋夜煙濃草衰，路途上暗中的阻礙與岔路多到數不盡，行役之路難走。今夜只好像以前一樣找個地方借宿，卻不知這寄宿的地方是水邊的客莊還是山間的旅店。此幾句映射到人生旅程也就是欲實現人生目標時的阻礙重重，又面臨許許多多的人生抉擇。只好先拋下目標，暫時停頓下來。最後「寒燈畔。夜厭厭、憑何消遣」兩句形容行役寄宿的孤寂淒涼與無聊，長夜漫漫，又有何消閒解悶之道呢？就人生旅程而言，實現目標的險阻重重，要摸索出解決之道也並不容易，長路漫漫，何時才能實現目

標呢？下表爲這首〈陽臺路〉詞的詳細譬喻來源域考察。

表 4-4-6　柳永〈陽臺路〉詞的譬喻來源域考察

| 來源域 | 概念譬喻 | 角度攝取 | 語言表達式 | 目標域 | 譬喻類型 |
|---|---|---|---|---|---|
| 南方楚地 | 古國名代地點 | 楚天＞南方楚地的天空 | 楚天晚 | 楚 | 轉喻 |
| 秋季 | 自然狀態代季節 | 落葉＞秋季 | 墜冷楓敗葉 | 落葉 | 轉喻 |
| 戰爭 | 生存是戰爭 | 葉枯＞敗葉 | 墜冷楓敗葉 | 生存 | 結構譬喻 |
| 疏紅 | 顏色代植物 | 疏紅＞楓葉稀疏 | 疏紅零亂 | 楓葉 | 轉喻 |
| 征塵 | 部分代整體 | 征塵＞旅途艱辛 | 冒征塵、匹馬驅驅 | 旅途艱辛 | 轉喻 |
| 匹馬 | 坐騎代騎乘者 | 匹馬＞行役者 | 冒征塵、匹馬驅驅 | 行役者 | 轉喻 |
| 看見 | 所感即所見 | 看見＞憂愁 | 愁見水遙山遠 | 憂愁 | 結構譬喻 |
| 逃走物 | 時間是逃走物 | 過去的時光＞追念 | 追念少年時 | 時光 | 結構譬喻 |
| 閨房 | 物品代地點 | 鳳幃＞女子閨房 | 正恁鳳幃 | 鳳幃 | 轉喻 |
| 香、暖 | 部分代整體 | 香、暖＞女體 | 倚香偎暖 | 女體 | 轉喻 |
| 嬉戲、遊樂 | 部分代整體 | 嬉戲、遊樂＞歡樂的生活 | 嬉游慣 | 歡樂的生活 | 轉喻 |
| 前歡 | 部分代整體 | 前歡＞以往共同歡樂的伴侶 | 又豈知、前歡雲雨分散 | 歡樂的伴侶 | 轉喻 |
| 人 | 雲雨是人 | 雲雨＞如人分散兩處 | 又豈知、前歡雲雨分散 | 雲雨 | 擬人譬喻 |

| 容器 | 動作是容器 | 沒有效果的動作＞空的動作 | 此際空勞回首 | 動作 | 實體譬喻 |
|---|---|---|---|---|---|
| 回首 | 回想即回首 | 回首＞回想 | 此際空勞回首 | 回想 | 結構譬喻 |
| 望帝里 | 想念即所望 | 望帝里＞想念故鄉 | 望帝里、難收淚眼 | 想念故鄉 | 結構譬喻 |
| 帝里 | 首長代地點 | 帝里＞京城 | 望帝里、難收淚眼 | 京城 | 轉喻 |
| 淚眼 | 器官代器官分泌物 | 淚眼＞眼淚 | 望帝里、難收淚眼 | 眼淚 | 轉喻 |
| 被釋放之物 | 眼淚是被釋放之物 | 眼淚＞收不回 | 望帝里、難收淚眼 | 眼淚 | 實體譬喻 |
| 暮煙衰草 | 景觀代時間 | 暮煙衰草＞秋天傍晚的景象 | 暮煙衰草 | 秋天傍晚 | 轉喻 |
| 暗鎖 | 人生是旅行 | 暗鎖＞人生目標的阻礙 | 算暗鎖、路歧無限 | 人生目標的阻礙 | 結構譬喻 |
| 歧路 | 人生是旅行 | 歧路＞人生的抉擇 | 算暗鎖、路歧無限 | 人生的抉擇 | 結構譬喻 |
| 依前 | 過去在前、未來在後 | 依前＞按照往日 | 今宵又、依前寄宿 | 往日 | 方位譬喻 |
| 葦村山館 | 位置代商店價值 | 葦村山館＞偏僻旅店 | 甚處葦村山館 | 偏僻旅店 | 轉喻 |
| 室友 | 燈是人 | 寒燈是旅店中的室友 | 寒燈畔 | 寒燈 | 擬人譬喻 |
| 夜厭厭 | 無眠即夜長 | 夜厭厭＞夜晚漫長＞人無眠 | 夜厭厭、憑何消遣 | 人無眠 | 結構譬喻 |
| 可消解打發之物 | 時間是具體物 | 時間＞可消解打發之物 | 夜厭厭、憑何消遣 | 時間 | 實體譬喻 |

## （二）安公子

遠岸收殘雨。雨殘稍覺江天暮。拾翠汀洲人寂靜，立雙雙鷗鷺。望幾點、漁燈隱映蒹葭浦。停畫橈、兩兩舟人語。道去程今夜，遙指前村煙樹。　游宦成羈旅。短檣吟倚閒凝佇。萬水千山迷遠近，想鄉關何處。自別後、風亭月榭孤歡聚。剛斷腸、惹得離情苦。聽杜宇聲聲，勸人不如歸去。

這首〈安公子〉描述詞人宦遊多年，羈旅思歸的心情。寫作手法上仍本柳永詞作上片寫景下片抒情的常用模式。

　　詞中所寫有景有情，主要是表達對羈旅的迷惘與對家鄉的思念。從認知譬喻的角度而言，詞人感嘆遊宦成為羈旅，即將宦遊的生涯對比客居異鄉的羈旅生涯。宦遊生涯可以是各階段宦遊行役旅行的結合；羈旅生涯亦可以是每一段異鄉旅行的總和。也就是說，宦遊是旅行，羈旅也是旅行。進一步而言，宦遊幾乎是官員仕宦之途的必經過程。就柳永而言，其宦遊時期既辛苦又漫長，正反映出其仕途的艱辛與坎坷。我們正可以透過詞人筆下具體的羈旅旅程來瞭解其抽象的仕宦旅程。亦即這闋詞的主要概念譬喻可以「仕宦旅程是羈旅旅程」來解釋。譬喻的來源域是羈旅旅程，映射至目標域的仕宦旅程，其譬喻映射過程如下表所示：

表 4-4-7　柳永〈安公子〉詞「仕宦旅程是羈旅旅程」的譬喻映射

| 來源域：羈旅旅程 | 譬喻映射 | 目標域：仕宦旅程 |
|---|---|---|
| 羈旅者 | | 任官者 |
| 羈旅的目的地 | | 仕宦的目標（升官） |
| 羈旅所經的途徑 | | 實現目標的手段 |
| 羈旅途中的障礙 | | 仕途中的磨難與挫折 |
| 羈旅的嚮導 | | 提攜者或賞識者 |

| 羈旅距離的進步 | 向目標的進展 |
| --- | --- |
| 地標 | 官職 |
| 十字路口、岔路 | 仕途中的選擇或去留 |
| 羈旅的糧食、物品 | 人脈資源與財力、才能等 |

　　詞的上片描述一段羈旅行程中的景象。遠方岸上殘雨漸漸停歇，在雨漸下漸小後，才稍稍驚覺江中的廣闊空際已到了暮晚時分。原本婦女遊春的江中小沙洲因遊人散去而顯得寂靜，只剩下雙雙對對的水鳥猶站立在沙洲上。暮色漸深，遠望江上幾點疏落的漁船燈火，隱隱約約映照出長滿蘆葦的江岸。船夫停下手中的船槳，稀稀落落地聽到船夫們的對話，遙遙指著前方雲煙繚繞著樹林的村落，說道那就是今夜寄宿的所在了。上片敘景雖不似詞人在其他羈旅行役詞中所描寫的景象那樣衰落低沉，卻也顯示出旅夜的孤寂和水上夜航的靜默。而這旅途上的孤寂肅靜映射至其仕宦旅程，亦正凸顯其仕途無人賞識且無任何奧援的孤立與無助。

　　由於仕途上的孤立無援，詞人不由得靠在船上的桅杆凝望佇立，感嘆遊宦之行已然成為客居他鄉的羈旅之途，獨自在萬水千山中行役，夜色低迷，早已不知路途的方向與遠近了。這迷途之感恰如在仕途上盲目前行，前途茫茫而不知何去何從。故鄉更不知遠在何方。自離別親人，已無心歡樂，只好辜負任何亭閣與賞月臺榭的歡樂聚會。甫因宦遊之苦而斷腸，又惹起思鄉的離情之苦。此時聽到杜鵑的啼聲，彷彿勸人不如歸去。這不如歸去，既是從羈旅歸去，亦是從仕宦之路歸去吧！下表為這首〈安公子〉詞的詳細譬喻來源域考察。

### 表4-4-8　柳永〈安公子〉詞的譬喻來源域考察

| 來源域 | 概念譬喻 | 角度攝取 | 語言表達式 | 目標域 | 譬喻類型 |
| --- | --- | --- | --- | --- | --- |
| 人 | 岸是人 | 岸能收起雨勢 | 遠岸收殘雨 | 岸 | 擬人譬喻 |

| 完整物 | 雨是完整物 | 雨少＞雨殘缺、殘存 | 雨殘稍覺江天暮 | 雨 | 實體譬喻 |
|---|---|---|---|---|---|
| 拾翠之地 | 行爲即狀態 | 動詞作爲形容詞 | 拾翠汀洲人寂靜 | 拾翠 | 結構譬喻 |
| 人 | 整體代部分 | 人＞人的嘻鬧聲 | 拾翠汀洲人寂靜 | 人聲 | 轉喻 |
| 站立的行爲 | 狀態即行爲 | 站立的狀態＞站立的行爲 | 立雙雙鷗鷺 | 站立的狀態 | 結構譬喻 |
| 人 | 鷗鷺是人 | 鷗鷺＞人站立的行爲 | 立雙雙鷗鷺 | 鷗鷺 | 擬人譬喻 |
| 望 | 見即望 | 眼望＞看見 | 望幾點、漁燈隱映蒹葭浦 | 看見 | 結構譬喻 |
| 漁燈 | 器具代器具功能 | 漁燈＞漁燈發出的光 | 望幾點、漁燈隱映蒹葭浦 | 漁燈所發之光 | 轉喻 |
| 蒹葭浦 | 植物代地點特徵 | 蒹葭浦＞長滿賤草的偏僻江岸 | 望幾點、漁燈隱映蒹葭浦 | 偏僻江岸 | 轉喻 |
| 畫橈 | 部分代整體 | 舟上的船槳＞小舟 | 停畫橈、兩兩舟人語 | 小舟 | 轉喻 |
| 舟人 | 操縱者代操縱者功能 | 舟人＞操舟之人 | 停畫橈、兩兩舟人語 | 操舟之人 | 轉喻 |
| 去程 | 旅程代旅人 | 去程＞去程的旅人 | 道去程今夜 | 旅人 | 轉喻 |
| 手指 | 器官代器官功能 | 手指＞指向 | 遙指前村煙樹 | 指向 | 轉喻 |
| 旅行 | 仕宦是旅行 | 前村煙樹＞仕宦前途茫茫 | 遙指前村煙樹 | 仕宦 | 結構譬喻 |
| 羈旅 | 仕途是旅途 | 宦遊＞羈旅 | 游宦成羈旅 | 仕途 | 結構譬喻 |
| 短檣吟倚 | 情感表現即行爲 | 短檣吟倚＞猶豫不決 | 短檣吟倚閒凝竚 | 猶豫不決 | 結構譬喻 |

| 閒凝佇 | 情感表現即動作 | 閒凝佇＞心有所思 | 短檣吟倚閒凝佇 | 心有所思 | 結構譬喻 |
|---|---|---|---|---|---|
| 旅行 | 仕宦是旅行 | 旅途迷路＞仕途障礙 | 萬水千山迷遠近 | 仕途 | 結構譬喻 |
| 鄉關 | 部分代整體 | 鄉關（家鄉城門）＞家鄉 | 想鄉關何處 | 家鄉 | 轉喻 |
| 風亭月樹 | 地點代事件 | 風亭月樹＞美景佳會 | 自別後、風亭月樹孤歡聚 | 美景佳會 | 轉喻 |
| 人 | 歡會是人 | 孤歡聚＞辜負歡樂的聚會 | 自別後、風亭月樹孤歡聚 | 歡會 | 擬人譬喻 |
| 痛苦 | 想念是痛苦 | 斷腸之苦＞想念親人 | 剛斷腸、惹得離情苦 | 想念 | 結構譬喻 |
| 苦味的食物 | 情感是食物 | 離情＞苦味的食物 | 剛斷腸、惹得離情苦 | 離情 | 結構譬喻 |
| 人 | 鳥是人 | 杜宇＞勸人 | 聽杜宇聲聲 | 杜鵑鳥 | 擬人譬喻 |
| 旅行 | 仕宦是旅行 | 不如歸去＞放棄仕途 | 勸人不如歸去 | 仕宦 | 結構譬喻 |

## 三、懷人、懷京與懷鄉之作

顧名思義，此類作品爲柳永在羈旅行役過程中所抒發的感懷，並側重在懷念的敘寫，所懷念的對象爲故人（含家人、友人、紅粉知己等）、汴京（其成長之第二故鄉）與故鄉（福建崇安）等。

按林柏堅對柳永羈旅行役詞之分類，此「寄人、懷人、懷京懷鄉」類〔註101〕共收柳詞 53 首之多，惟限於篇幅，本文僅能擇取其中數首代表作析論之。

### （一）雪梅香

景蕭索，危樓獨立面晴空。動悲秋情緒，當時宋玉應同。
漁市孤煙裊寒碧，水村殘葉舞愁紅。楚天闊，浪浸斜陽，

---

〔註101〕 按林柏堅將本類定爲「寄人、懷人、懷京懷鄉」，惟「寄人」一詞，未有明確定義或說明，莫能知其所指，故本文將之由類名中刪除。

　　千里溶溶。　臨風。想佳麗，別後愁顏，鎮斂眉峰。可惜
當年，頓乖雨迹雲蹤。雅態妍姿正歡洽，落花流水忽西東。
無憀恨、相思意，盡分付征鴻。

　　這是一首悲秋之詞。所謂悲秋，即面對蕭瑟秋景而感傷。一般認爲文
士悲秋的傳統始自戰國時楚人宋玉。因宋玉在其所著的〈九辯〉中首
句即言：「悲哉秋之爲氣也！蕭瑟兮草木搖落而變衰」〔註102〕，又說：
「坎廩兮貧士失職而志不平，廓落兮羈旅而無友生。惆悵兮而私自
憐。」〔註103〕故後人談到悲秋情緒時，多聯想到宋玉〈九辯〉，並借
宋玉以自況，稱之爲千古悲秋之祖。

　　對於文士悲秋的情緒，葉嘉瑩有深入的解釋：

　　……「春女善懷」與「秋士易感」在中國古典詩歌中，其
　　感情是有著相通之處的。寫女子的不被人賞愛和才士的不
　　被人任用，其寂寞悲涼之感，是相似的。但是，「秋士易感」
　　比「春女善懷」卻更有一種比較強烈的對於生命無常的悲
　　哀。因爲寫春女善懷一般都不寫衰老的女子，都寫年輕美
　　麗的女子；而寫秋士易感則寫才士走向衰老，慨歎年華已
　　逝，而自己的理想和事業卻在有限的生命之中未能成就。
　　這種悲哀是春女善懷的詩裡所缺乏的。〔註104〕

也就是說，秋士易感（亦即文士悲秋）的情緒，除了文士懷才不遇、
未受賞識任用的寂寞悲涼外，更有著生命將逝抱負理想卻未及實現的
遺憾，這也是傳統文人共有的文化語碼，自宋玉以降影響著後代千千
萬萬的文人。

　　柳永這闋〈雪梅香〉所描述的悲秋情緒，即透過「所感即所見」
的概念譬喻，將羈旅途中所見的蕭瑟秋景映射爲心中孤獨悲涼與年華

---

〔註102〕見宋・洪興祖著，《楚辭補注》〈楚辭卷第八・九辯章句第八〉（台
　　　　　北：大安出版社，1995年6月），頁282。
〔註103〕見宋・洪興祖著，《楚辭補注》〈楚辭卷第八・九辯章句第八〉，頁
　　　　　283。
〔註104〕見葉嘉瑩著，《北宋名家詞選講》（北京：北京大學出版社，2007
　　　　　年1月），頁70。

老去的悲哀。亦即這闋詞中的主要概念譬喻可以「所感即所見」來解釋。譬喻的來源域是所見秋景，映射至目標域的心情感受，其譬喻映射過程如下表所示：

表 4-4-9　柳永〈雪梅香〉詞「所感即所見」的譬喻映射

| 來源域：所見秋景 | 譬喻映射 | 目標域：心情感受 |
|---|---|---|
| 蕭條、冷落、淒涼 | | 寂寞悲涼 |
| 萬物凋零 | ⟹ | 生命消逝、死亡 |
| 接近歲暮年終 | | 人壽將盡之老年 |

在主要概念譬喻「所感即所見」的運作下，上片首先描寫詞人在羈旅中獨自登上高樓望遠，所見的秋景蕭索，並由此蕭條冷落的景象引動內心的悲秋情緒。這種哀感想必與當時宋玉悲秋的情緒相同。接著詞人藉由擬人譬喻賦予孤煙和殘葉以人的行為能力，於是漁市中的孤煙在寒涼的碧空中繚繞；水村中凋落的殘葉在整片經霜的楓紅中飛舞。這樣淒冷的景象進一步深化詞人心中的秋涼孤獨感覺。加上最後幾句遼遠的描寫：客居的楚地天際遼闊，西下的夕陽就如浸在江浪之中，映照著江水千里不停地奔流而去。彷彿廣遠的水天之際，只剩自己存在，那麼孤獨無依。

在高樓遠望，面臨著蕭颯的秋風。下片轉而想像心上人別後整天皺著眉頭的悲苦愁顏。可惜當年在風雅美姿、兩情相悅之時，突然雲雨兩分，像落花與流水分流兩地。對著秋景所生孤寂無聊的蒼涼加上綿綿相思的情意，除了託付給過往的大雁，又能託付誰呢？下表為這首〈雪梅香〉詞的詳細譬喻來源域考察。

表 4-4-10 柳永〈雪梅香〉詞的譬喻來源域考察

| 來源域 | 概念譬喻 | 角度攝取 | 語言表達式 | 目標域 | 譬喻類型 |
|---|---|---|---|---|---|
| 蕭索景象 | 景物特徵代季節 | 景蕭索＞秋天 | 景蕭索 | 秋天 | 轉喻 |

| 獨立的行爲 | 行爲代行爲者 | 獨立＞獨立的人 | 危樓獨立面晴空 | 獨立的人 | 轉喻 |
|---|---|---|---|---|---|
| 面 | 臉代臉的朝向 | 面＞面向 | 危樓獨立面晴空 | 面向 | 轉喻 |
| 物件 | 情緒是物件 | 情緒是可觸動物 | 動悲秋情緒 | 情緒 | 實體譬喻 |
| 宋玉 | 人代事件 | 宋玉＞悲秋的文士 | 當時宋玉應同 | 悲秋的文士 | 轉喻 |
| 人 | 炊煙是人 | 孤煙＞具有在空中繚繞的行爲 | 漁市孤煙裊寒碧 | 炊煙 | 擬人譬喻 |
| 寒碧 | 色調感覺代地點 | 寒碧＞寒涼的碧空 | 漁市孤煙裊寒碧 | 碧空 | 轉喻 |
| 人 | 樹葉是人 | 殘葉＞有人的跳舞行爲 | 水村殘葉舞愁紅 | 樹葉 | 擬人譬喻 |
| 愁紅 | 顏色代植物 | 愁紅＞經霜的楓葉 | 水村殘葉舞愁紅 | 經霜的楓葉 | 轉喻 |
| 楚天 | 古國名代地點 | 楚天＞南方的天空 | 楚天闊 | 南方的天空 | 轉喻 |
| 江水的浸泡物 | 夕陽是江水的浸泡物 | 斜陽＞浸泡在江水中 | 浪浸斜陽 | 夕陽 | 實體譬喻 |
| 具體物 | 風是具體物 | 臨風＞面對著風 | 臨風 | 風 | 實體譬喻 |
| 佳麗 | 外貌代人 | 佳麗＞心上人 | 想佳麗 | 心上人 | 轉喻 |
| 愁顏 | 顏面代人 | 愁顏＞憂愁的人 | 別後愁顏 | 憂愁者 | 轉喻 |
| 斂眉 | 情感即動作 | 整日斂眉＞憂愁 | 鎮斂眉峰 | 憂愁 | 結構譬喻 |
| 人 | 雨和雲是人 | 雲雨相合＞男女歡愛之情 | 頓乖雨迹雲蹤 | 雨和雲 | 擬人譬喻 |

| 雅態妍姿 | 部分代整體 | 雅態妍姿＞風雅文士與美麗女子 | 雅態妍姿正歡洽 | 才子與佳人 | 轉喻 |
|---|---|---|---|---|---|
| 男女分離 | 落花與流水是人 | 落花流水忽西東＞男女分離 | 落花流水忽西東 | 落花流水分別 | 擬人譬喻 |
| 物件 | 離恨與相思是物件 | 離恨與相思＞大雁可攜帶之物 | 無慘恨、相思意，盡分付征鴻 | 離恨與相思 | 實體譬喻 |
| 信差 | 雁是人 | 征鴻＞帶信的信差 | 無慘恨、相思意，盡分付征鴻 | 征鴻 | 擬人譬喻 |

## （二）曲玉管

> 隴首雲飛，江邊日晚，煙波滿目憑闌久。立望關河，蕭索
> 千里清秋。忍凝眸。　杳杳神京，盈盈仙子，別來錦字終
> 難偶。斷雁無憑，冉冉飛下汀洲。思悠悠。　暗想當初，
> 有多少、幽歡佳會，豈知聚散難期，翻成雨恨雲愁。阻追
> 游。每登山臨水，惹起平生心事，一場消黯，永日無言，
> 卻下層樓。

這首〈曲玉管〉亦是柳永羈旅行役詞中的名作。描寫的是憑欄遠望，
由蕭索之秋景觸動心中悲秋感慨並引起相思之離恨。

　　詞人既是觸景生情，詞中主要的概念譬喻即為「所感即所見」。
詞人眼中所見的秋景即為譬喻的來源域，映射至目標域的心情感受，
其譬喻映射過程如下表所示：

### 表 4-4-11　柳永〈曲玉管〉詞「所感即所見」的譬喻映射

| 來源域：所見秋景 | 譬喻映射 | 目標域：心情感受 |
|---|---|---|
| 隴首雲飛 | ⟹ | 遙遠的嚮往和懷思的感情 |
| 江邊日晚 | | 人的生命和時間消逝的悲哀 |

| 煙波滿目 | 迷茫無依、悲涼 |
|---|---|
| 蕭索千里清秋 | 人生的凋零寂寞與淒涼 |

　　柳永是擅長寫景的詞人，在主要概念譬喻「所感即所見」的運作下，他寫的景「非常富于感發的力量，他是寓情于景，並未用強烈的字樣，卻給人深刻的感發」〔註105〕。

　　上片開端幾句，「隴首雲飛，江邊日晚，煙波滿目凭闌久」：「隴首雲飛」，以「山是人」的擬人用法將山頂比喻爲人的頭部，描繪出一幅山頭白雲高飛的景象。而此景引人一種人生的理想與目標遙遙飛逝，難以追及的感慨。「江邊日晚」，岸邊夕陽自水面緩緩西沉，一天將盡，在「一生是一日」的譬喻蘊涵下，引發人的生命與時光消逝的悲哀。「煙波滿目凭闌久」，以「眼睛是容器」的譬喻運作，描述放眼望去滿眼煙波迷濛，詞人憑欄悵望良久，卻仍望不到前景何在？「立望關河，蕭索千里清秋。忍凝眸」，站在欄杆處，望見關山河川，充滿蕭條冷落的淒涼景象，千里之遠的景觀都充斥在淒清的秋氣之中。這種蕭索的情景予人一種生命殞落殘敗的孤獨之感，實在不忍卒睹。

　　中間一段寫與心上人離別的思念之情。「杳杳神京，盈盈仙子，別來錦字終難偶」，以儀態美麗的仙女代指所愛的女子，並以神京代稱她所住的京城，意謂在杳遠的都城，詞人心愛的美麗女子自別離後已許久沒有收到她的音訊了。「斷雁無憑，冉冉飛下汀洲。思悠悠」，在「雁是人」的譬喻運作下，傳說中鴻雁是爲人傳書的信差，可是終究未有憑依，只見牠緩緩飛落沙洲，更引起詞人對心上人悠長的思念。尤其離群的「斷雁」不正是寂寞羈旅、離群孤單的詞人自況嗎？或許詞人於思念心上人之外並兼有自憐自悲之複雜感情存在。

　　最後一段寫回憶也兼寫悲秋，「暗想當初，有多少、幽歡佳會，豈知聚散難期，翻成雨恨雲愁」，即回想當初與心上人歡聚，無比快

〔註105〕　見葉嘉瑩著，《北宋名家詞選講》，頁79。

樂。誰知聚散難料，一轉眼，相聚的歡樂就變爲離愁別恨了。「阻追游」一句，意謂因離別而受阻隔，無法與心愛之人一起尋勝而游。而與心愛之人離別的原因是爲了仕途。若仕途順利，能夠發揮才能實現理想，則此離別的代價或許是值得的。惟詞人付出偌大的代價，卻只在羈旅行役的不歸路上不斷流連，宦遊終年，徒增惆悵而已。最後幾句「每登山臨水，惹起平生心事，一場消黯，永日無言，卻下層樓」，正表達在不斷重複的宦遊路上，每當登山臨水，想起自己奔勞一生，卻未得知遇、有志難伸，不由得黯然神傷。心中縱有千言萬語又有何人能訴，只有在寂寞孤獨的失望中下得樓來〔註106〕，又將再度面對羈旅生涯那漫無止境的循環。下表爲這首〈曲玉管〉詞的詳細譬喻來源域考察。

### 表 4-4-12　柳永〈曲玉管〉詞的譬喻來源域考察

| 來源域 | 概念譬喻 | 角度攝取 | 語言表達式 | 目標域 | 譬喻類型 |
|---|---|---|---|---|---|
| 人 | 山是人 | 山頂如人之首 | 隴首雲飛 | 山 | 擬人譬喻 |
| 雲 | 人生目標是雲 | 雲飛＞目標高遠、游移難追 | 隴首雲飛 | 人生目標 | 結構譬喻 |
| 日晚 | 一生是一日 | 日晚＞人生暮年 | 江邊日晚 | 暮年 | 結構譬喻 |
| 容器 | 眼睛是容器 | 煙波滿目＞眼睛所見都是煙波 | 煙波滿目憑闌久 | 眼睛 | 實體譬喻 |
| 旅行 | 人生是旅行 | 羈旅煙波滿目＞人生的前途茫茫 | 煙波滿目憑闌久 | 人生 | 結構譬喻 |
| 關河 | 部分代整體 | 關河＞所有景觀 | 立望關河 | 所有景觀 | 轉喻 |

---

〔註106〕　下樓時由高處降往低處，常令人聯想所處地位的下降；且低頭下樓與人沮喪時低頭向下的身體經驗類同。

| 蕭索千里清秋 | 所感即所見 | 蕭索千里清秋＞生命殞落和寂寞 | 蕭索千里清秋 | 生命殞落孤寂 | 結構譬喻 |
|---|---|---|---|---|---|
| 凝眸 | 器官代器官功能 | 凝眸＞注視 | 忍凝眸 | 注視 | 轉喻 |
| 仙女 | 心上人是仙女 | 盈盈仙子＞美麗的女子 | 盈盈仙子 | 心上人 | 結構譬喻 |
| 錦字 | 事件代書信 | 錦字＞妻子的信 | 別來錦字終難偶 | 妻子的信 | 轉喻 |
| 人 | 雁是人 | 雁是信差 | 斷雁無憑 | 雁 | 擬人譬喻 |
| 雁 | 人是雁 | 羈旅的人＞斷雁 | 斷雁無憑 | 人 | 實體譬喻 |
| 連綿不盡之物 | 思念是物件 | 思悠悠＞連綿不盡之物 | 思悠悠 | 思念 | 實體譬喻 |
| 歡會 | 部分代整體 | 歡會＞相聚的歡樂時光 | 有多少、幽歡佳會 | 相聚的歡樂時光 | 轉喻 |
| 翻面 | 迅速改變是翻面 | 翻成＞迅速改變 | 翻成雨恨雲愁 | 迅速改變 | 結構譬喻 |
| 人 | 雲雨是人 | 雨恨雲愁＞人的離愁別恨 | 翻成雨恨雲愁 | 雲雨 | 擬人譬喻 |
| 追游 | 行為代行為者 | 追游＞追游的人 | 阻追游 | 追游的人 | 轉喻 |
| 登山臨水 | 所感即所見 | 登山臨水＞引起人嚮往卻不得實現的悲哀 | 每登山臨水 | 嚮往卻不得實現的悲哀 | 結構譬喻 |
| 物件 | 感情是易沾染之物 | 心事＞容易沾染之物 | 惹起平生心事 | 感情 | 實體譬喻 |
| 一場活動 | 心情是一場活動 | 一場消黯＞一次心情沮喪、痛苦 | 一場消黯 | 心情 | 結構譬喻 |
| 永日無言 | 狀態即行為 | 永日無言＞孤獨寂寞的狀態 | 永日無言 | 孤獨寂寞的狀態 | 結構譬喻 |
| 下樓 | 狀態即行為 | 下樓＞心情低落、無奈 | 卻下層樓 | 心情低落、無奈 | 結構譬喻 |

## （三）夜半樂

> 凍雲黯淡天氣，扁舟一葉，乘興離江渚。渡萬壑千巖，越
> 溪深處。怒濤漸息，樵風乍起，更聞商旅相呼。片帆高舉。
> 泛畫鷁、翩翩過南浦。　望中酒旆閃閃，一簇煙村，數行
> 霜樹。殘日下，漁人鳴榔歸去。敗荷零落，衰楊掩映，岸
> 邊兩兩三三，浣紗游女。避行客、含羞笑相語。　到此因
> 念，繡閣輕拋，浪萍難駐。歎後約丁寧竟何據。慘離懷，
> 空恨歲晚歸期阻。凝淚眼、杳杳神京路。斷鴻聲遠長天暮。

柳永這闋〈夜半樂〉當寫於羈旅途中。全詞分為三片，上片敘事寫景，
中間一片寫舟中所見，下片轉寫離愁別恨並兼寫秋士易感之悲慨。

這首詞以 144 個字的長調寫羈旅途中的一段行舟過程。行程中
有高昂順利的畫面，也有衰敗低落的景致。對照詞人一生，其舟行
旅程恰似其人生旅程。亦即，此羈旅行程可作為來源域映射至其人
生旅程之目標域。此「人生旅程是羈旅行程」即為此詞的主要概念
譬喻，其映射過程如下表所示：

### 表 4-4-13　柳永〈夜半樂〉詞「人生旅程是羈旅行程」的譬喻映射

| 來源域：羈旅行程 | 譬喻映射 | 目標域：人生旅程 |
|---|---|---|
| 航程 | | 人生 |
| 啟航 | | 追求人生目標 |
| 航行險阻 | | 人生挫折 |
| 航程終點 | | 人生的目標、理想 |
| 順風航行 | | 向目標進展之助力 |
| 殘日下 | | 人的生命和時間消逝的悲哀 |

上片寫啟航情景，「凍雲黯淡天氣，扁舟一葉，乘興離江渚。渡
萬壑千巖，越溪深處」，在嚴冬陰雲密佈的陰沉天氣下，乘坐一艘小
舟，興致高昂地啟航。度過千山萬嶺，越過溪流水深危險之處。此出

航過程在「人生旅程是羈旅行程」的譬喻運作下，映射至人生旅程。則歲暮天寒本非行舟出航的好天氣，亦即在人生旅程中，追求理想與目標的環境不佳，但爲實現理想，仍不避艱辛、鬥志高昂地「乘興」追尋，並經歷千辛萬難，克服極大的難關。「怒濤漸息，樵風乍起，更聞商旅相呼。片帆高舉。泛畫鷁、翩翩過南浦」，旅程中度過危險水域，江濤逐漸平息，還聽得到往來商旅互相招呼之聲，突然吹起的一陣順風，已送孤舟遠行。乘船浮行，迅速地越過南邊水岸。這情景映射至人生旅程，表示在追尋理想的過程中，克服困難後阻礙漸小，甚至有外來的助力，使其向目標的進展迅速。

中間一段寫行船中向外所見，「望中酒旆閃閃，一簇煙村，數行霜樹。殘日下，漁人鳴榔歸去。敗荷零落，衰楊掩映，岸邊兩兩三三，浣紗游女。避行客、含羞笑相語」，從船中望去，遠處酒旗搖動不定，一群煙霧繚繞的村落，幾列經霜的樹木。夕陽餘暉下，漁人叩舷而歌歸去。殘敗的荷花稀稀落落，在岸邊衰頹的楊柳間時隱時現地出現三兩位出遊的浣紗女子，躲避過往的行旅，面帶害羞的神情相互調笑低語。在人生旅程中，酒旗代表人生理想的一個標的，眼見目標似乎就在前方閃動，追尋的路上卻是煙霧繚繞，樹木經霜，茫茫無緒。在「一生是一日」的譬喻運作下，殘日漸下，映射生命逐漸老去凋零，追尋的路上，別人就像漁人一般都已滿載而歸，自己卻仍困在羈旅路途，像敗荷衰柳凋謝無成。即連浣紗游女都能三倆有伴，自己心愛的人卻只能孤單空等。

下片先寫思念，「到此因念，繡閣輕拋，浪萍難駐」，承接上片，意謂看見浣紗游女皆能有伴，因此思念起心愛的人。當初爲了理想，輕易拋下心上人，自己卻像流浪的浮萍，難以停留。「歡後約丁寧竟何據」，是感嘆日後約會的叮嚀竟無法實現。「慘離懷，空恨歲晚歸期阻」，悽慘的離愁，在「一年是一日」疊加「一生是一年」的譬喻蘊涵下，「歲晚」即人已老矣，志業無成，卻仍消磨在羈旅之途阻礙了歸鄉之期。「凝淚眼、杳杳神京路」，是說含淚凝望遙遠的京城路。「杳

杏神京路」映射至人生，可指入朝爲官之路渺茫遙遠。「斷鴻聲遠長天暮」，失群的孤雁找不到歸宿的悲鳴聲，在暮晚的長空天際迴盪著。老而無成猶牽絆於羈旅的詞人不就是那失群的孤雁嗎？下表爲這首〈夜半樂〉詞的詳細譬喻來源域考察。

表 4-4-14　柳永〈夜半樂〉詞的譬喻來源域考察

| 來源域 | 概念譬喻 | 角度攝取 | 語言表達式 | 目標域 | 譬喻類型 |
|---|---|---|---|---|---|
| 氣候特徵 | 氣候特徵代季節 | 凍雲＞冬季 | 凍雲黯淡天氣 | 季節 | 轉喻 |
| 葉片 | 小舟是葉片 | 小舟扁小如葉片浮於水 | 扁舟一葉 | 小舟 | 實體譬喻 |
| 載具 | 興致是載具 | 興致可供人乘坐 | 乘興離江渚 | 興致 | 實體譬喻 |
| 萬壑千巖 | 顯著特徵代整體 | 萬壑千巖＞高山峻嶺 | 渡萬壑千巖 | 高山峻嶺 | 轉喻 |
| 容器 | 溪流是容器 | 溪水＞容器內容物 | 越溪深處 | 溪流 | 實體譬喻 |
| 人 | 波濤是人 | 會發怒與休息 | 怒濤漸息 | 波濤 | 擬人譬喻 |
| 樵風 | 典故代風向 | 樵風＞順風 | 樵風乍起 | 順風 | 轉喻 |
| 人 | 風是人 | 突然有風＞人忽然起身 | 樵風乍起 | 風 | 擬人譬喻 |
| 揚帆 | 部分代整體 | 揚帆＞行船 | 片帆高舉 | 行船 | 轉喻 |
| 船首圖案 | 部分代整體 | 船首圖案＞船 | 泛畫鷁、翩翩過南浦 | 船 | 轉喻 |
| 容器 | 眼睛是容器 | 看見之物是眼睛可容納的內容物 | 望中酒旆閃閃 | 眼睛 | 實體譬喻 |
| 煙村 | 所感即所見 | 煙村＞前途迷茫 | 一簇煙村 | 迷茫 | 結構譬喻 |

| 霜樹 | 所感即所見 | 霜樹＞淒涼、滄桑 | 數行霜樹 | 淒涼 | 結構譬喻 |
|------|-----------|-----------------|----------|------|----------|
| 殘日 | 一生是一日 | 殘日＞人生晚年 | 殘日下 | 人生晚年 | 結構譬喻 |
| 植物衰敗 | 所感即所見 | 植物衰敗＞生命殞落、凋零 | 敗荷零落，衰楊掩映 | 生命殞落凋零 | 結構譬喻 |
| 繡閣 | 住所代人 | 繡閣＞心愛女子 | 繡閣輕拋 | 女子 | 轉喻 |
| 拋棄 | 分離是拋棄 | 離開人＞拋棄物 | 繡閣輕拋 | 離開 | 結構譬喻 |
| 浪萍 | 人是植物 | 浪萍＞羈旅之人 | 浪萍難駐 | 流浪者 | 實體譬喻 |
| 一日之晚 | 一年是一日 | 一年之末＞一日之晚 | 空恨歲晚歸期阻 | 一年之末 | 結構譬喻 |
| 凝眼 | 器官代器官功能 | 凝眼＞注意看 | 凝淚眼、杳杳神京路 | 注意看 | 轉喻 |
| 孤雁 | 人是雁 | 斷鴻＞羈旅孤獨的人 | 斷鴻聲遠長天暮 | 孤獨的人 | 實體譬喻 |

## （四）傾　杯

驚落霜洲，雁橫煙渚，分明畫出秋色。暮雨乍歇。小楫夜
泊，宿葦村山驛。何人月下臨風處，起一聲羌笛。離愁萬
緒，聞岸草、切切蛩音如織。　　　為憶。芳容別後，水遙
山遠，何計憑鱗翼。想繡閣深沈，爭知憔悴損、天涯行客。
楚峽雲歸，高陽人散，寂寞狂蹤迹。望京國。空目斷、遠
峰凝碧。

這是一闋羈旅傷秋之詞。詞的上片寫景，下片抒情，是柳永羈旅行役
詞的普遍寫作模式。柳永詞之佳作常被讚美為情景交融，此詞亦不例
外，潘君昭云：

> 柳永羈旅行役之作對自然景色的描繪很出色，尤其擅長寫
> 秋景。他常以宋玉自比，在詞中傾吐哀曲。清寂的山光水

　　影，凝聚著他個人落拓江湖的身世之感，構成一幅幅秋日
　　行吟圖。在表現手法上，因調而異，變化多端，有的用直
　　筆，有的多曲折，有的兩者兼備。在本詞，乃是一首迂迴
　　曲折的遊子悲秋吟。〔註107〕

此詞透過秋景描述羈旅路途上的傷心情懷，詞人將所見所聞之景觀內化爲心中的離情別緒與悲秋之感慨。其主要之概念譬喻即「內心情感是聞見之景觀」。詞人所聞見之景觀即爲譬喻的來源域，映射至目標域的內心情感，其譬喻映射過程如下表所示：

### 表 4-4-15　柳永〈傾杯〉詞「內心情感是聞見之景觀」的譬喻映射

| 來源域：聞見之景觀 | 譬喻映射 | 目標域：內心情感 |
|---|---|---|
| 鶩落霜洲，雁橫煙渚 | | 季節改變，並有人似候鳥陷於羈旅惡劣蕭條的境地之感 |
| 暮晚 | | 人的生命和時間消逝的悲哀 |
| 雨 | | 沖刷清洗，令秋暮更清冷凄涼 |
| 小檝夜泊，宿葦村山驛 | | 羈旅奔勞，志意難伸，有家難歸 |
| 秋夜月下隨風飄送羌笛聲 | | 四處飄蕩的羌笛聲分外凄涼寂寞，令人思鄉不已 |
| 蟋蟀短促凄切的叫聲 | | 時節變易、蕭瑟驚秋的哀感 |

　　在主要概念譬喻「內心情感是聞見之景觀」的運作下，外在的景觀是刺激，引起內心感情的回應。那詞人所聞見者爲何，竟能激起心中強烈的反應呢？上片即爲對景觀的描述，「鶩落霜洲，雁橫煙渚」

---

〔註107〕　見張淑瓊主編，《中國文學總欣賞》，唐宋詞4柳永，〈傾杯〉賞析，
　　　　　頁155。

兩句以候鳥的變遷標示季節的改變，並以「行爲即狀態」的譬喻蘊涵，令水鴨飛下和雁字排列的狀態充滿靈動之感。而「霜洲」與「煙渚」的描述，更令水中的洲渚水霧瀰漫，多了撲朔迷濛之感。透過「人是鷺、雁」的譬喻連結，則鷺和雁棲落於滿佈霜與煙之洲渚，正映射人被困於羈旅惡劣蕭條的境地之悲哀。「分明畫出秋色」一句，透過「大自然是畫家」的譬喻運作，將當前景觀視爲大自然之畫作，秋景即爲畫作上之色彩，明確點出眼前的濃濃秋色。「暮雨乍歇」是柳詞中常見意象，暮爲一日之末，易使人有生命與時間消逝的悲哀之感。秋亦接近歲末，且有凋零蕭瑟之悲意，則秋暮更具有生命與青春消逝的凋零蕭瑟之悲。雨本是羈旅路途的阻礙，綿綿細雨可象徵連綿不絕之愁緒。驟雨更是摧殘花卉的外力，常是摧毀美好事物的象徵。秋暮之雨下過即停，這一番清洗，原就蕭索之秋景，更顯清冷淒涼。「小檝夜泊，宿葦村山驛」，「小檝」即短槳，詞中藉「部分代整體」之轉喻以槳代指船，一個「小」字令人產生小小孤舟在茫茫江河飄盪的蒼茫孤寂之感。「夜泊」指夜晚停船靠岸，此入夜泊船予人一種漂泊無定，奔忙至夜晚方得以靠岸休息的感覺。「宿葦村山驛」，意指所寄宿之地乃荒村驛館，詞人漂泊終日，夜晚卻寄宿於荒涼之小村驛站，其中寓含多少羈旅半生、功業無著的那種勞而無所獲之悲哀。「何人月下臨風處，起一聲羌笛」，客居夜晚望明月，常令遊子產生「共望明月、兩地相思」之離愁別恨。加上羌笛迎風吹奏，其哀怨笛音隨風四處飄送，更增添客居他鄉之孤寂與淒涼。「離愁萬緒，聞岸草、切切蛩音如織」，明月、幽怨的羌笛聲已足令遊子銷魂，值此萬般離愁橫生之際，詞中復以「蛩音是紡織品」的譬喻蘊涵，用紛繁交錯的紡織品喻指岸邊草間蟋蟀短促淒切的叫聲，頓時令人更生時節變易、蕭瑟驚秋的哀感。這整夜淒切的蛩音，叫人悲上加悲，將伴隨著詞人徹夜而無眠。

轉入下片，「爲憶」意謂因此景而生憶往之情。「芳容別後，水遙山遠，何計憑鱗翼」，先藉著「顯著特徵代整體」之轉喻以芳容代指

佳人、以水和山代指相隔之空間、以麟翼代指魚雁，說明與佳人分別之後，相隔千山萬水，如何能憑魚雁傳達彼此的相思之情？「想繡閣深沈，爭知憔悴損、天涯行客」，「繡閣」，猶繡房。女子的居室裝飾華麗如繡，故稱。此以女子居室代指佳人住處，意謂自己設想佳人久居深閨，怎能明白自己漂泊天涯、羈旅異鄉的艱辛瘦損。其中亦含作者漂泊萬里，至今未獲知遇、志業無成，生命仍消磨在羈旅之途阻礙了相聚之期的悲哀。「楚峽雲歸，高陽人散，寂寞狂蹤迹」，楚峽，楚地峽谷，多指巫峽。雲歸，浮雲歸去。「楚峽雲歸」意謂連巫峽浮雲都已歸去，詞人卻仍徬徨於羈旅之途。雲另予人一種變化無常、一逝不返之形象，因此「楚峽雲歸」亦可解讀爲往日歡愛已如浮雲歸去般，長逝而不返矣。高陽，係高陽酒徒的略語。亦即「地點代人」之轉喻運作。聯繫下句「寂寞狂蹤迹」，即指往昔的狂朋怪侶零散已盡，想起年少輕狂的放縱行爲，益覺冷清和孤單。「望京國。空目斷、遠峰凝碧」，望，即眺望、遠望。亦含對理想之想望與期盼之意。京國，即京城汴京。空目斷，先藉「器官代器官功能」之轉喻，以目代指眼望；再以「眼睛是容器」之譬喻蘊涵，強調所望爲空，唯見遠山濃綠，遮住京城之望。整體句意爲，遠望京城，無論是伊人所在或是家鄉，都杳不可見；自己返京任職的目標，更是空望。舉目所見，唯有遠山濃綠矗立，返京之路阻礙重重，相思之苦與功業無成之悲如何彌平呢？下表爲這首〈傾杯〉詞的詳細譬喻來源域考察。

### 表 4-4-16　柳永〈傾杯〉詞的譬喻來源域考察

| 來源域 | 概念譬喻 | 角度攝取 | 語言表達式 | 目標域 | 譬喻類型 |
|---|---|---|---|---|---|
| 候鳥變遷 | 季節改變是候鳥變遷 | 鶩、雁往南＞秋季 | 鶩落霜洲，雁橫煙渚 | 季節改變 | 結構譬喻 |
| 橫列之狀態 | 行爲即狀態 | 雁橫列之狀態＞雁排列之行爲 | 雁橫煙渚 | 排列之行爲 | 結構譬喻 |

| 畫家 | 大自然是畫家 | 景觀是畫作；季節是色彩 | 分明畫出秋色 | 大自然 | 擬人譬喻 |
|---|---|---|---|---|---|
| 人 | 雨是人 | 雨停＞人歇息 | 暮雨乍歇 | 雨 | 擬人譬喻 |
| 小檝 | 部分代整體 | 小檝（短槳）＞船 | 小檝夜泊 | 船 | 轉喻 |
| 宿 | 行為代行為者 | 宿＞寄宿者 | 宿葦村山驛 | 寄宿者 | 轉喻 |
| 人起身 | 起聲是起身 | 聲音高起＞人起身 | 起一聲羌笛 | 聲音高起 | 結構譬喻 |
| 絲頭 | 愁是絲頭 | 愁太多＞絲有萬頭 | 離愁萬緒 | 愁 | 實體譬喻 |
| 紡織品 | 蛩音是紡織品 | 蟋蟀的叫聲像紡織品密集 | 聞岸草、切切蛩音如織 | 蛩音 | 實體譬喻 |
| 芳容 | 顯著特徵代整體 | 臉＞人；芳容＞佳人 | 芳容別後 | 佳人 | 轉喻 |
| 水和山 | 部分代整體 | 水和山＞相隔之空間 | 水遙山遠 | 空間 | 轉喻 |
| 鱗翼 | 部分代整體 | 鱗翼＞魚雁 | 何計憑鱗翼 | 魚雁 | 轉喻 |
| 繡閣 | 女子居室代佳人住處 | 繡閣＞佳人住處 | 想繡閣深沈 | 佳人住處 | 轉喻 |
| 容器 | 閨房是容器 | 繡閣＞大又深 | 想繡閣深沈 | 繡閣 | 實體譬喻 |
| 人 | 雲是人 | 雲消逝＞雲歸去 | 楚峽雲歸 | 雲 | 擬人譬喻 |
| 高陽 | 地點代人 | 高陽＞高陽酒徒 | 高陽人散 | 高陽酒徒 | 轉喻 |
| 蹤跡 | 足跡代行蹤 | 蹤跡＞行蹤 | 寂寞狂蹤迹 | 行蹤 | 轉喻 |
| 發狂 | 放縱的行為是發狂 | 縱情聲色＞狂蹤迹 | 寂寞狂蹤迹 | 縱情聲色 | 結構譬喻 |

| 眼望 | 心想是眼望 | 望＞想望、盼望 | 望京國 | 心想 | 結構譬喻 |
|------|-----------|--------------|--------|------|---------|
| 容器 | 眼睛是容器 | 空目斷＞所見是空 | 空目斷、遠峰凝碧 | 眼睛 | 實體譬喻 |
| 可凝結之物 | 顏色是具體物 | 凝碧＞碧色可凝結而成 | 空目斷、遠峰凝碧 | 碧色 | 實體譬喻 |
| 人 | 山是人 | 有人的行為＞將碧色凝聚 | 空目斷、遠峰凝碧 | 山 | 擬人譬喻 |

# 四、追憶、感慨之作

柳永一生漂泊，早年考場失利，未名未祿多年。迨至 48 歲考中進士，方待一展抱負，卻陰錯陽差得罪仁宗，致未獲派重要職務，只外任些地方小官，受困於羈旅之途。對於他生命的前後差異，葉嘉瑩如此認為：

> 柳永少年時就喜歡在歌樓酒肆流連，為歌伎酒女樂工寫詞。他的仕宦觀念和浪漫性格的矛盾，使他少年疏狂，失意則寄託在愛情的浪漫生活之中。但到了晚年，生命衰老了，用世的志意也落空了，卻再也不能像少年時把精神寄託在浪漫的愛情之中了。這種心情的轉變，體現在他的詞中。〔註108〕

這樣便不難理解柳永的羈旅詞中何以會經常出現一些追憶往日生活、感慨今昔變遷之作品了，這些詞中大多數的寫作時間可能在其中晚年間。

## （一）少年游

長安古道馬遲遲。高柳亂蟬嘶。夕陽鳥外，秋風原上，目斷四天垂。

歸雲一去無蹤迹，何處是前期。狎興生疏，酒徒蕭索，不似少年時。

〔註108〕 見葉嘉瑩著，《北宋名家詞選講》，頁 81。

這首〈少年游〉情調低沉，意興索然，雖是小令篇幅不大，且「表面平淡，內中感發的情意卻很豐富。」〔註 109〕

　　詞由長安古道寫起，當是詞人無數次來往於京城羈旅行役途中之一回。在此羈旅路上，詞人瞻念前程、回首往事，感傷生命老去，即是以實際旅途的艱苦與秋天衰敗的景觀興發對人生的感懷。詞中回首年少的疏狂歲月，感嘆以往酒友零散，視年少至當前爲一段旅行，寓含「人生是旅行」的譬喻蘊涵。又詞人實際上以自己在京城道上的低沉沮喪，反襯一心追逐名利者的困境。亦即詞人以「人生是競逐名利的旅行」的譬喻運作，表達競逐名利過後的蕭條與失落。也可以說整闋詞就是以「人生是競逐名利的旅行」的概念譬喻來貫串。譬喻的來源域是旅行，映射至目標域的人生，其譬喻映射過程如下表所示：

表 4-4-17　柳永〈少年游〉詞「人生是競逐名利的旅行」的譬喻映射

| 來源域：旅行 | 譬喻映射 | 目標域：人生 |
|---|---|---|
| 旅行者 | | 謀生者 |
| 旅行的目的地 | | 人生的目標：名利 |
| 旅行所經的途徑 | | 實現目標的手段 |
| 旅行途中的障礙 | | 生命中的磨難 |
| 旅行距離的進步 | | 向目標的進展 |
| 地標 | | 用來判斷進展的標準 |
| 十字路口、岔路 | | 人生的選擇 |
| 旅行的糧食、物品 | | 天賦與物質資源 |

　　在主要概念譬喻「人生是競逐名利的旅行」的運作下，上片首句「長安古道馬遲遲」，詞人表現出不同於其他爲名利奔忙者的行進狀

_____

〔註 109〕　見葉嘉瑩著，《北宋名家詞選講》，頁 85。

態。長安，有名的歷史古都，漢唐等多個朝代都曾建都於此。此處可能是虛指，詞人應是藉「古都名代都城」的轉喻，以長安古都代指北宋的都城汴梁。古道，古老的道路。馬遲遲，馬慢步徐行的樣子。詞人運用「部分代整體」的轉喻，以馬代指人和馬。在前往京城的古老道路上，一人一馬緩步徐行。自古來連結都城的交通要道，多是車馬奔馳、來去匆忙。往來的人們不論為官為商，大多為升官發財、追名逐利而來。而今一人一馬竟緩步慢行，這就有些反常也教人心中納悶。是累了嗎？恐怕是吧！不僅因長久羈旅奔波而疲憊，更因競逐名利的人生而心生厭倦。更何況長期的辛勞追尋並未有實質進展，反而離鄉背井與心愛的人相隔日遠。「高柳亂蟬嘶」，意謂高高的柳樹上，聽得蟬聲雜亂嘶鳴。蟬與柳皆為秋天的象徵。秋蟬鳴聲長而顯得淒楚，在「所感即所聞」的譬喻運作下，聽在傷心人耳中更容易引起心中的悲涼；柳樹的枝條至秋天而枯黃凋零。柳因枝葉凋落方顯其高，在「人是柳」的譬喻蘊涵下，見枝條凋枯的高柳怎不令人想起生命的衰老凋零呢？「夕陽鳥外」，是說夕陽在眾鳥高飛無蹤之天際外下沉了。在「人是鳥」與「一生是一日」的譬喻蘊涵下，夕陽西沉正如人的生命和時間的流逝。倦鳥尚知歸巢，作者卻在如夕陽之晚景中，猶將有限之生命耗損在無益的羈旅途中，能不悲哀？「秋風原上」，是說廣遠的平原上秋風四起。風原本就能吹落花卉，秋風且常被視為摧殘一切美好事物的外力。在「人生是旅行」的譬喻蘊涵下，風可以是阻擋人向理想前進的阻力。何況在夕陽西下的空闊平原上，四面八方強襲而來的蕭颯秋風，退避無路，完全籠罩在淒涼的包圍之中，更加顯示出旅人的渺小孤寂與無助。「目斷四天垂」，目斷，猶望斷，「以目代望」是「身體器官代功能」的轉喻運用；「斷」字也具有「視線是刀」的譬喻蘊涵，意謂視線可斷開看不見的空間。四天垂，四面的天幕垂掛下來。寓含「黑暗是簾幕」的譬喻蘊涵；四周黑暗的狀態即四周掛上簾幕的行為，亦具有「狀態即行為」的譬喻運作。此處詞人不僅被四面的秋風包圍，更被四周的黑暗吞噬，四顧茫茫，頓生無路

可走、無處可歸的蒼茫孤寂之感。

　　在這種情景中轉入下片，「歸雲一去無蹤迹」，歸雲，猶行雲。浮雲在遼闊的空中飄盪，本是遊子的象徵，李白〈送友人〉詩即云：「浮雲遊子意，落日故人情。」﹝註110﹞但雲另予人一種變化無常、一逝不返之形象。詞人透過「雲是人」的擬人譬喻，令雲具有人「歸去」之行為能力，藉以傳達連漂泊的雲都尋找歸宿而去，自己的歸宿又何在呢？「何處是前期」，前期，事前或過去的約定。在「人生是旅行」的譬喻蘊涵下，此指過去的人生理想。承接上句意謂過去的理想和願望都落空了，就像歸雲一般消逝無蹤了。接下三句是對當下的感慨：「狎興生疏」，狎興，狎游的興致。生疏，即不親近、疏遠。此藉「興致是人」的譬喻運作，將抽象的狎游興致具體化作陌生疏遠之人。「酒徒蕭索」酒徒，嗜酒的人，此指酒伴。蕭索，指稀少。「不似少年時」，即透過「時間改變即情況變化」的譬喻運作，表達一切都與年少時不同了。這最後三句的意思是說，當年濃烈的狎游興致如今已意興闌珊；往日的酒伴也衰老、凋零了；年少時的浪漫、理想和情懷，都已經在歲月和羈旅中消逝無蹤了。「這首詞表現了柳永的晚年，當『狎興生疏，酒徒蕭索』，他不能再像少年時以『淺斟低唱』的浪漫生活來做為感情和心靈之寄托及投注的時候，一種生命落空的悲哀。」﹝註111﹞下表為這首〈少年游〉詞的詳細譬喻來源域考察。

### 表 4-4-18　柳永〈少年游〉詞的譬喻來源域考察

| 來源域 | 概念譬喻 | 角度攝取 | 語言表達式 | 目標域 | 譬喻類型 |
|---|---|---|---|---|---|
| 長安 | 古都名代都城 | 長安＞北宋汴梁 | 長安古道馬遲遲 | 汴梁 | 轉喻 |

﹝註110﹞　見清‧彭定求等編；中華書局編輯部點校，《全唐詩》（北京：中華書局，1999 年 2 月），第三冊卷一七七，頁 1809。原詩云：「青山橫北郭，白水遶東城。此地一為別，孤蓬萬里征。浮雲遊子意，落日故人情。揮手自茲去，蕭蕭班馬鳴。」

﹝註111﹞　見葉嘉瑩著，《北宋名家詞選講》，頁 87。

| 馬 | 部分代整體 | 馬＞馬和人 | 長安古道馬遲遲 | 馬和人 | 轉喻 |
|---|---|---|---|---|---|
| 馬遲遲 | 人生是競逐名利的旅行 | 馬遲遲＞厭倦競逐名利 | 長安古道馬遲遲 | 厭倦競逐名利 | 結構譬喻 |
| 秋蟬鳴聲 | 所感即所聞 | 秋蟬鳴聲長而淒楚＞心中悲涼 | 高柳亂蟬嘶 | 心中悲涼 | 結構譬喻 |
| 柳 | 人是柳 | 柳之凋零＞人衰老 | 高柳亂蟬嘶 | 人 | 實體譬喻 |
| 夕陽 | 一生是一日 | 夕陽＞人之晚年 | 夕陽鳥外 | 晚年 | 結構譬喻 |
| 容器 | 鳥飛行的範圍是容器 | 鳥飛行的範圍之外＞容器外 | 夕陽鳥外 | 鳥飛行的範圍 | 實體譬喻 |
| 阻礙 | 人生是旅行 | 秋風是追尋理想之阻礙 | 秋風原上 | 秋風 | 結構譬喻 |
| 目 | 身體器官代功能 | 目＞眼望 | 目斷四天垂 | 眼望 | 轉喻 |
| 刀 | 視線是刀 | 目斷＞視線能斷開空間 | 目斷四天垂 | 視線 | 實體譬喻 |
| 簾幕 | 黑暗是簾幕 | 黑暗＞掛上簾幕 | 目斷四天垂 | 黑暗 | 實體譬喻 |
| 掛簾幕的行為 | 狀態即行為 | 黑暗的狀態＞掛上簾幕的行為 | 目斷四天垂 | 黑暗的狀態 | 結構譬喻 |
| 人 | 雲是人 | 雲具有人「歸去」之行為能力 | 歸雲一去無蹤迹 | 雲 | 擬人譬喻 |
| 隱藏物 | 約定是隱藏物 | 之前的約定找不到了 | 何處是前期 | 約定 | 實體譬喻 |
| 人 | 興致是人 | 狎游興致＞陌生疏遠之人 | 狎興生疏 | 狎游興致 | 擬人譬喻 |
| 人事皆改變 | 時間改變即情況變化 | 年齡漸增＞人事皆改變 | 不似少年時 | 年齡漸增 | 結構譬喻 |

## （二）梁州令

> 夢覺紗窗曉。殘燈闇然空照。因思人事苦縈牽，離愁別恨，無限何時了。　憐深定是心腸小。往往成煩惱。一生惆悵情多少。月不長圓，春色易爲老。

此詞描寫離愁別恨，並未確指離別與相思的對象，只是以賦筆泛詠離別的情緒。「其詞的特點也正在這『泛詠』上，沒有明確的感情指向、情感內涵，也沒有具體的傷別情狀。」〔註112〕

　　雖然沒有明確的感情指向與情感依歸，這首詞卻寫出了人類共有的遺憾：好景不常在，亦即所有一切美好的事物總是特別容易消逝。這也就是詞中的主要概念譬喻：「美好的事物是易逝物」。譬喻的來源域是「易逝物」，映射至目標域的「美好的事物」上，其譬喻映射過程如下表所示：

### 表 4-4-19　柳永〈梁州令〉詞「美好的事物是易逝物」的譬喻映射

| 來源域：易逝物 | 譬喻映射 | 目標域：美好的事物 |
|---|---|---|
| 圓月 | | 人間的團圓 |
| 春天 | | 青春年華 |
| 盛開的花朵 | | 青春女子的容顏 |
| 朝露 | | 生命、人生 |
| 彩虹、花 | | 愛情 |
| 曇花 | | 一切美好的事物 |
| 煙雲 | | 美好回憶 |

　　詞的上片先點明時間與原由。「夢覺紗窗曉」，夢覺，猶夢醒。乃以「睡眠即入夢」的譬喻運作，入夢即入睡、夢醒即睡醒。紗窗，蒙紗的窗戶。此指紗窗外，爲「裝置代裝置內外」之轉喻運作。曉，明

---

〔註112〕 見葉嘉瑩主編，顧之京、姚守梅、耿小博編著，《柳永詞新釋輯評》，《中呂宮·梁州令》【講解】，頁 568。

亮，特指天亮。整句意謂由睡夢中醒來發覺紗窗外已然天明。「殘燈闇然空照」，殘燈，將熄的燈。傳統上「殘」字常藉以表達不完整之事物，如殘花、殘兵、殘燭等。此處「殘燈」蓋指燈光，為「照明物代照明」之轉喻運作。另外，殘燈的意象很容易讓人興發生命將盡的聯想。也就是在「人是燈」的譬喻蘊涵下，生命將枯的老人是即將熄滅的殘燈。闇然，昏暗貌；暗淡無光的樣子。空照，無用的照明。寓含「照明是容器」的譬喻蘊含，故無效的照明乃為空照。「殘燈闇然空照」意謂殘燈將滅，燈光昏暗，在天明時無效地照耀著。「因思人事苦縈牽」，人事，指人世間事。縈牽，旋繞牽掛。這裡是透過「人間事是旋繞物」的譬喻蘊涵將人間情事比喻為迴旋纏繞之物。也寓含「感情是食物」的譬喻蘊涵，將感情視為味苦之食物。句意是說對照殘燈行將枯滅，人的年壽又有幾何？因而想起人間情事纏繞縈懷，令人痛苦。接下兩句「離愁別恨，無限何時了」，離愁別恨，離別的愁思。無限，沒有窮盡。這兩句意即人間離別的愁思無窮無盡，要到何時才能結束？

轉入下片，「憐深定是心腸小，往往成煩惱」，憐深，憐愛情深。心腸，猶心頭、心中。此二句藉「心腸是容器」、「憐愛是容器內容物」的譬喻運作，表達詞人心中的容器容納不下如此深厚的憐愛，因此才造成煩惱。「一生惆悵情多少」，惆悵，因失意或失望而傷感、懊惱。此句藉「抽象化具體」的譬喻運作，將抽象的感情化做具體可計數之物，意謂人的一生之中傷感、懊惱的感情不知有多少。最後二句譬喻正是此詞的主要譬喻所在：「月不長圓，春色易為老」。這也是人們共同的遺憾所在，所有一切美好的事物總是特別容易消逝。藉由「人是月」與「春是人」的雙重譬喻，正如月亮無法每日長圓，人們亦不能長相聚；美麗的春景如人一般容易憔悴老去，人間的美好事物又怎能長久存在呢？下表為這首〈梁州令〉詞的詳細譬喻來源域考察。

## 表 4-4-20　柳永〈梁州令〉詞的譬喻來源域考察

| 來源域 | 概念譬喻 | 角度攝取 | 語言表達式 | 目標域 | 譬喻類型 |
|---|---|---|---|---|---|
| 入夢 | 睡眠即入夢 | 入夢即入睡；夢覺即睡醒 | 夢覺紗窗曉 | 睡眠 | 結構譬喻 |
| 紗窗 | 裝置代裝置內外 | 紗窗＞紗窗外 | 夢覺紗窗曉 | 紗窗外 | 轉喻 |
| 殘燈 | 照明物代照明 | 殘燈指殘燈之光 | 殘燈闇然空照 | 殘燈之光 | 轉喻 |
| 殘燈 | 人是燈 | 殘燈＞老人 | 殘燈闇然空照 | 老人 | 實體譬喻 |
| 無效照明 | 照明是容器 | 空照＞無容器內容物的無效照明 | 殘燈闇然空照 | 空照 | 實體譬喻 |
| 旋繞物 | 人間事是旋繞物 | 可迴旋纏繞心間 | 因思人事苦縈牽 | 人間事 | 實體譬喻 |
| 味苦之食物 | 感情是食物 | 感情是味苦之食物 | 因思人事苦縈牽 | 感情 | 結構譬喻 |
| 過剩物 | 愁與恨是過剩物 | 愁與恨＞無限多 | 離愁別恨，無限何時了 | 愁與恨 | 實體譬喻 |
| 容器 | 心腸是容器 | 憐愛是容器內容物；憐深＞憐愛多 | 憐深定是心腸小 | 心腸 | 實體譬喻 |
| 製品 | 煩惱是製品 | 心腸是工廠＞煩惱是製品 | 往往成煩惱 | 煩惱 | 實體譬喻 |
| 可計數之物 | 抽象化具體 | 感情化做具體可計數之物 | 一生惆悵情多少 | 感情 | 實體譬喻 |
| 月不長圓 | 人是月 | 月不長圓＞人不長聚 | 月不長圓 | 人不長聚 | 實體譬喻 |
| 畫家 | 大自然是畫家 | 季節是畫家所上的顏色；春天＞春色 | 春色易爲老 | 大自然 | 擬人譬喻 |
| 人 | 春是人 | 春天會老 | 春色易爲老 | 春 | 擬人譬喻 |

# 第五節　小　結

柳永詞作的敘寫方式以鋪敘爲主。一般而言鋪敘的作品中譬喻的運用較少，而是較多轉喻的運作。然而，從本章析論的結果來看，柳永的詞中仍不乏常見的概念譬喻。

以描寫太平氣象的「都會承平詞」而言，本章析論的柳永投獻名作〈望海潮〉（東南形勝），詞中上片的主要概念譬喻是「杭州是繁華都會」，下片則是「西湖是美麗勝地」，下闋後段更寓含「杭州太守是威武風流的地方長官」的譬喻蘊涵。詞人爲了取得仕途之利，從多方面歌詠杭州太守。先詠杭州繁華、再詠西湖美好，最後在總體性隱喻閱讀下，這闋詞的所有來源域皆朝向歸美「太守政績」的更大目標域「太守政績是美好杭州」映射。其次描寫七夕的節慶詞〈二郎神〉（炎光謝），上片的主要概念譬喻爲「織女星與牽牛星七夕相聚是旅行」，下片則爲「祈求幸福是女子乞巧」與「有情人是唐明皇與楊貴妃」。詞人結合傳統民俗、神話傳說以及歷史故事，以牛郎織女、婦女穿針乞巧、唐明皇與楊貴妃三個動人的面向來敘寫七夕。由「整體性隱喻閱讀」來看，整闋詞的三個敘寫面向都是來源域，向目標域——「願天上人間，歡欣快樂，年年有今夜」映射。另一闋投獻皇帝的〈醉蓬萊〉（漸亭皋葉下），上片的主要概念譬喻爲「皇宮是容器」，下片爲「國運旅行是皇帝出遊」。柳永這首對宋仁宗歌功頌德的作品，不但沒有爲他的仕途帶來任何幫助，反倒因此得罪了宋仁宗，使他的仕途蒙上了陰影，可說是弄巧成拙。但其以容器「封閉容納」的特性表達皇宮是可以「容納」祥瑞之氣的祥瑞之地。並以「旅行」的概念讚頌皇帝出遊之各種吉象，寫來很有層次。

再從本章選析的柳永愛情詞作品來看，〈玉女搖仙佩〉（飛瓊伴侶）上片以「佳人是仙女」的主要譬喻讚頌佳人的美貌；下片繼以「美好愛情是才子與佳人的結合」的譬喻蘊涵，稱美自己與佳人的愛情是才子和佳人的雙美結合。雖然以仙女喻指美人屬於常見的常

規譬喻，但詠唱才子與佳人式的愛情倒也可說是創舉。另〈駐馬聽〉（鳳枕鸞帷）以「婚姻是旅行」、「戀愛是旅行」與下片「分手是方向相反的旅行」等旅行的概念譬喻，形容自己的戀愛或婚姻之波折。〈八六子〉（如花貌）則是藉「夫妻是雙飛鳥、分手是分飛」與下片「夫妻是琴瑟、夫妻的感情是琴瑟的樂音」等概念譬喻，描述夫妻間分合之煩惱心境。〈安公子〉（夢覺清宵半）同樣藉由「夫妻是比翼鳥、分飛是痛苦」的常規譬喻感慨因故分離之痛苦。〈燕歸梁〉（織錦裁編寫意深）則以「妻子的錦書是藝術珍寶」的主要譬喻，闡述收到妻子來信的珍視與感動。

在本章選析的柳永讚妓詞中，〈鳳棲梧〉（簾內清歌簾外宴）以「歌聲是物理力」的主要譬喻，讚美歌妓歌聲力量之強大動人。另〈浪淘沙令〉（有箇人人）的主要譬喻：「舞者是趙飛燕」與〈柳腰輕〉（英英妙舞腰肢軟）的主要譬喻：「英英是趙飛燕」，都是以漢代著名的舞后趙飛燕來比美歌妓舞姿的優雅與舞技的高超。

在本章選析的柳永狎妓詞中，〈晝夜樂〉（秀香家住桃花徑）竟無所顧忌地以「陶醉是瘋狂」的主要譬喻，披露自己沉迷溫柔鄉中的瘋狂情事。〈尉遲杯〉（寵佳麗）則藉「詞人與歌妓是風流事的雙美」的主要譬喻，美化自己狎妓的風流情事，無怪乎這類詞要被批評爲卑劣低俗了。

在本章選析的柳永妓戀詞中，〈迷仙引〉（纏過笄年）以「人是植物、女人是花、歌妓是蘂華」的常規譬喻與〈少年游〉（一生贏得是淒涼）以「歌妓的人生是賭博」的主要譬喻，代言寫出歌妓的淒涼戀曲。因爲有著青春易逝的危機感，只能鋌而走險進行以一生幸福爲賭注的感情遊戲，柳詞眞的寫出了北宋當代娼籍女子淒涼與悲情的人生。

在本章選析的柳永戀妓詞中，〈征部樂〉（雅歡幽會）與〈佳人醉〉（暮景蕭蕭雨霽）兩闋詞，分別以「思念是疾病」和「思念是旅行」

的主要概念譬喻，暢述詞人對歌妓中紅粉知己的思念之苦。

　　就柳永最爲人所稱頌的羈旅行役詞來說，從宋代至今，屢屢被讚頌是「情景兼到」〔註 113〕、「融情入景」〔註 114〕。因爲他擅長上片寫景，下片抒情。柳永的這種寫法，從認知的角度深入來看，正是「所感即所見」、「感情即景象」概念譬喻的運用。

　　如本章選析的柳永記分別情狀之作中，〈雨霖鈴〉（寒蟬淒切）透過「離別的過程是愛情的旅行」的主要譬喻，以愛情旅行的角度審視與情人的這場離別。較特別的是〈采蓮令〉（月華收）以「離別是戰爭」作爲主要的譬喻。亦即藉由戰爭的概念描述離別的過程中必須戰勝心中的不捨。

　　再如本章選析的柳永記征途羈旅之作中，〈陽臺路〉（楚天晚）與〈安公子〉（遠岸收殘雨）兩首詞，分別透過「人生旅程是行役旅程」及「仕宦旅程是羈旅旅程」的主要譬喻，以羈旅路途的艱困比擬其人生與宦途之挫折與阻滯。由柳詞中常見的「人生是旅行」、「仕途是旅行」等概念譬喻論之，其詞作中將實際之旅行體驗與感受，映射至人生與仕途極爲合理。惟其在旅行的譬喻蘊涵中，總流露著「悔昨恨今」的低迴情緒。如曾大興在《柳永和他的詞》一書中便分析柳永羈旅行役詞的意象如下表〔註 115〕：

〔註 113〕　語出清・陳廷焯，《白雨齋詞話》：「煉字琢句，原屬詞中末枝。然擇言貴雅，亦不可不愼。古人詞有竟體高妙，而一句小疵，致令通篇減色者。如柳耆卿『對瀟瀟暮雨灑江天』一章，情景兼到，骨韻俱高，而有『想佳人妝樓顒望』之句。佳人妝樓四字，連用極俗，亦不檢點之過。」見唐圭璋編，《詞話叢編》（北京：中華書局，1986年），卷四，頁 3903～3904。

〔註 114〕　語出梁啓勛，《詞學》下編：「……（二）柳耆卿溶情入景之作，除《雨霖鈴》（楊柳岸曉風殘月）、《八聲甘州》（想佳人妝樓凝望）兩首尚有《少年遊》（長安古道馬遲遲）、《玉蝴蝶》（望處雨收雲斷）……」（北京：中國書店，1985 年）。

〔註 115〕　撰者據曾大興《柳永和他的詞》所述製表，（高雄：中山大學出版社，2001 年 9 月第二版），頁 64。

### 表 4-4-21　柳永羈旅行役詞之意象

| 意象分類 | 內　　　　　容 |
|---|---|
| 時間意象 | 一、時令：秋、秋風、秋光、秋色、秋聲、秋氣、秋杪、清秋、深秋、晚秋、重陽、春、春杪、清明<br>二、時辰：暮、暮天、暮雲、暮煙、暮景、暮山、暮雨、暮草、暮角、曉、夜、中夜 |
| 空間意象 | 一、地域：<br>1、江湖：長川、長堤、楚天、楚江、楚鄉、楚峽、淮楚、淮岸、江鄉、江渚、江天、江吳、汀渚、汀洲、水鄉、漁鄉、關河、島嶼、水村<br>2、魏闕：神京、瑤京、白玉京、京國、故國、長安、帝城、帝里、皇都<br>二、居處：<br>1、旅店：旅館、山館、別館、孤館、村館、村店、山驛、水驛、長亭、危亭、危樓、層樓、江樓<br>2、青樓：秦樓、妝樓、玉樓、楚館、平康、香閨、鴛帷、洞房、繡閣、香閣 |
| 人文意象 | 一、男性：宋玉、何晏、潘岳、漁人、舟子、商旅、行客<br>二、女性：佳人、佳麗、仙子、嬌媚、翠娥、舊歡、傾城、綺羅、玉釵、妓、媚容、媚醫、蓮臉<br>三、聲歌：棹歌、羌笛、羌管、漁笛、胡笳 |
| 實物意象 | 一、舟車：扁舟、蘭舟、畫舸、畫橈、畫鷁、征帆、片帆、雲帆、輕帆、鱗棹、蘭棹、蘭橈、小楫、短檣、危檣、繡轂<br>二、燈：漁燈、寒燈、殘燈、燈火 |
| 動物意象 | 一、坐騎：馬、匹馬、瘦馬、征驂<br>二、蟲鳥：鶯、鷗鷺、蛩、暝鴉、杜宇、寒蟬、殘蟬、栖禽、雁、斷雁、斷鴻、歸鴻 |
| 植物意象 | 一、樹木：古柳、敗柳、高柳、老松、枯柏、梧桐、桐樹、江楓、垂柳、衰楊、木葉、殘葉<br>二、花草：蘋花、桃花、桐花、蒹葭、芳草、衰草、敗荷、斷蓬 |
| 天體意象 | 一、太陽：陽鳥、斜陽、垂楊、夕陽、殘陽、殘日、殘照、西照、斜日、落日<br>二、星月：銀漢、銀河、絳河、月華、華星、皓月、殘月、殘星 |

| | |
|---|---|
| 氣象意象 | 一、風：曉風、冷風、金風、西風、涼飆<br>二、雨：殘雨、夜雨、驟雨、膏雨<br>三、霜：霜、霜天、霜風、霜磧、霜林、霜樹、霜葉、霜洲<br>四、煙：煙、煙芝、煙渚、煙水、煙汀、煙浪、煙樹、煙村、<br>　　　煙光、煙波、煙島、淡煙、輕煙、孤煙、殘煙<br>五、雲：雲、霞、斷雲、斷霞、雲峰、靄 |

　　而本章選析的柳永懷人、懷京與懷鄉之作中，除〈夜半樂〉（凍雲黯淡天氣）仍是以旅行概念的「人生旅程是羈旅行程」作為主要譬喻外，〈雪梅香〉（景蕭索）、〈曲玉管〉（隴首雲飛）與〈傾杯〉（鶩落霜洲），皆為典型情景交融的作品。亦即以「所感即所見」、「內心情感是聞見之景觀」之概念譬喻，藉所見之景表述心中之情。其概念融合網路如下圖所示：

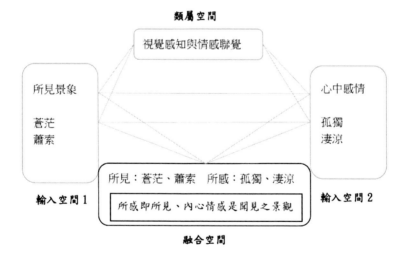

**圖 4-5 -1　柳永詞中「所感即所見」、「內心情感是聞見之景觀」寫法的概念融合網路**

　　最後本章選析的柳永追憶、感慨之作中，無論〈少年游〉（長安古道馬遲遲）以「人生是競逐名利的旅行」作為主要譬喻，或是〈梁州令〉（夢覺紗窗曉）以「美好的事物是易逝物」作為主要譬喻，都是詞人「到了晚年，生命衰老了，用世的志意也落空了，卻再也不能

像少年時把精神寄托在浪漫的愛情之中了。這種心情的轉變，體現在他的詞中」〔註116〕的痛苦追憶與感慨。

　　總之，本章探求柳永詞中的概念譬喻思維以及其映射過程，除藉以索隱出其主要概念譬喻求其思維奧秘，也完成整體性隱喻閱讀原則的具體實踐。另外，柳詞中常用之譬喻思維如以旅行映射人生、琴瑟與比翼鳥映射夫妻等，除與其個人之身體經驗相關外，亦與北宋當代的傳統生活文化相關聯。再次印證語言學 George Lakoff 等大師所提出的譬喻體驗論以及譬喻受共同文化影響等說法。

---

〔註116〕　見葉嘉瑩著，《北宋名家詞選講》，頁 81。